Selected Stories

SAKI

Illustrated by Edward Gorey

萨基短篇小说选

〔英〕萨基——著 冯涛——译
〔美〕爱德华·戈里——插图

上海译文出版社

萨基

Saki

(1870.12.18—1916.11.14)

目 录

雷金纳德

瞧我干的好事——我不该如此失察的。我违背雷金纳德的意愿硬劝他去了迈基洛普夫妇的游园会。

我们都会偶尔犯错。“他们知道你在这儿，你要是不去他们会觉得很怪的。而我眼下尤其要跟迈基洛普太太交好。”

“我知道，你想要她那帮烟灰色波斯小猫中的一只做乌姆普斯的妻子——要么是丈夫，对不对？”（除了衣着之外，雷金纳德对细节问题极为蔑视。）“而我就得为了这一紧急的配对事件忍受社交方面的牺牲——”

“雷金纳德！根本不是这么回事，只不过我肯定迈基洛普太太会很高兴我把你带去罢了。像你这般深具魅力的年轻人在她的游园会上可是稀缺资源呢。”

“在天堂里也该是稀缺资源。”雷金纳德志得意满地道。

“你这样的人物天堂里确实没几个，在这个意义上倒也不假。还是说正经的，游园会不会对你的忍受力造成多大考验的；我保证，你不必玩什么槌球，也不必跟副主教的太太谈话，或是从事任何可能造成身体疲惫的事务。你就把最漂亮的衣服套上，摆出一副适度的亲切表情，以一只厌世鹦鹉的胃口吃点巧克力冰淇淋就行了。除此之外对你没有任何额外要求。”

雷金纳德闭上了眼睛。“肯定会有一帮拼了小命赶时髦的年轻女人问我是否看过《桑·托伊》；不那么与时俱进的一帮会渴望听到当初维多利亚女王执政六十周年庆典的一切消息。稍作鼓励，她们就会问我是否眼看着协约国部队开进巴黎。女人为什么这么喜欢翻弄过去的老账？她们跟裁缝一样要不得，他会永远记着你还欠他一套衣服的钱，哪怕那套衣服你早就不穿了。

“我将在一点钟下令开午饭；你会有两个半小时的时间梳洗打扮。”

雷金纳德的眉头紧蹙，我知道我的目的已然达到。他是在为哪条领带配哪件背心委决不下呢。

当时我就已经有了些不安。

在驶往迈基洛普家的途中，雷金纳德出奇地安静，单单他把自己的双脚骗进了一双尺码太小的鞋子这一事实恐怕还不是全部原因。我更加不安了，一到迈基洛普家的草坪，我就把他卸在一盘诱人的香草糖汁栗子旁，并尽可能远离副主教的太太；我刚刚离开他一段“外交距离”，就异常清晰而痛苦地听得莫克比家的大女儿在问他是否看过《桑·托伊》。

应该是在十分钟后，不会再长了，在此期间我跟女主人谈得相当惬意，我已经许诺将《永恒之城》借给她，外加兔子蛋黄酱的菜谱，就要谈到为她的第三只波斯猫宝宝提供个温馨之家了，这时我忙里偷闲瞥了一眼，发现雷金纳德已经不在我安置他的位置了，而且那盘香草糖汁栗子也原样未动。与此同时，我意识到门多萨老上校又要开始讲他那个他是如何将高尔夫引入印度的经典故事，而雷金纳德就在他身边，太危险了！竟然也有雷金纳德对于上校而言就是鱼子酱的时候。

“我一八七六年在浦那的时候——”

“我亲爱的上校，”雷金纳德咕噜道，“您想想看，您竟然能接受这种事！无意中就这么泄露了自己的年龄！我绝不会承认一八七六年时自己已经来到这颗星球了。”（雷金纳德就是再疏忽再诚实也不会承认自己超过二十二岁。）

上校的颜色变成了烂熟的无花果，雷金纳德则无视我中途拦截的努力，溜到了草坪的另一边。几分钟后，我发现他正兴味盎然地教兰姆佩奇家的幼子调制苦艾酒的良方，而孩子的母亲就在旁边听着。兰姆佩奇太太是本地禁酒运动的头面人物。

我赶忙打断这一前景堪忧的促膝谈心，将雷金纳德安置在可以看到槌球手大发脾气的位置，然后马上去找我的女主人，想重续我们的猫宝宝谈判。我并没有立刻就找到迈基洛普太太，最后倒是女主人跑来找我了，但她谈的却并非猫宝宝。

“令表亲正在跟副主教的夫人谈论《扎扎》；至少他正在谈，她在传唤自己的马车。”

她讲话的口气干巴巴的，而且很不连贯，就像在重复一段法语练习，我知道就米莉·迈基洛普而言，乌姆普斯注定要打一辈子光棍了。

“如果你不介意，”我匆忙道，“我想我们也该传唤我们的马车了，”然后拼力朝槌球场方向进发。

我发现每个人都在紧张而又亢奋地谈着天气以及南非的战争，只有雷金纳德靠在一把舒服的椅子里，面带梦幻般邈远的神情，想来一座火山在把整个村庄都毁灭后该有同样的德性。副主教太太正以令人不敢正视的专心一志扣她的手套。除非我为她的“快乐星期天傍晚基金”认捐三倍的款，否则决不敢再踏入她府上一步了。

就在那个节骨眼上，槌球手们结束了比赛，这场槌球戏可是持续了整整一下午都未露丝毫结束征象啊。我自问，它干吗非得在这么需要分散注意力时戛然而止？每个人似乎都在朝向骚乱的中心涌来，副主教与雷金纳德的座椅就是风暴的中心。谈话停顿下来，一群人就这么满怀期待地呆在那儿，静得赛过了破晓辰光——如果芳邻碰巧不养家禽的话。

“里海是怎么形成的？”雷金纳德突然令人震惊地问。

大家已现受惊奔逃的朕兆。副主教的太太望着我。吉卜林或别的什么人曾在什么地方描写过轰然倒地的骆驼望着商队竟然不管它死活继续向前时的那一瞥。这位好太太眼神中凝固了的责备使那段描写活生生在我脑海浮现。

我打出最后一张牌。

“雷金纳德，已经不早了，海水的潮气就要过来了。”我知道他右边眉毛上那精心弯转的发鬈未必受得了潮气。

“我绝对、绝对不会再带你去什么游园会了。绝对不会了。……你的举止太可耻了……卡斯庇安人到底看见了什么？[①]”

因错用了良机而生的真心遗憾的阴影掠过雷金纳德的脸。

“毕竟，”他道，“我相信杏黄的领带还是最好配丁香色的背心。”

① 雷金纳德原说的是：“What did the Caspian Sea？”（里海是怎么形成的？）“我”听成了：“What did the Caspian see？”

雷金纳德谈圣诞礼物

我希望大家能绝对清楚地明白（雷金纳德道）我不想要一本“乔治，威尔士亲王”的祈祷书作为圣诞礼物。知道这一事实的人永远不嫌太多。

在有关送礼的学问上（雷金纳德继续道）应该开一些实际技巧的课程。似乎没有一个人对于别的任何人想要什么具有哪怕最模糊的概念，有关这一问题的流行观念实在不能为一个文明社会增光添彩。

比如说，乡下的女性亲戚“知道领带总归是用得上的”，于是送你一条可怕的条纹领带，你只能私下里或在图特南路[①]上才敢系到脖子上。她如果用它捆扎醋栗树丛倒可能真“用得上”——既能支撑枝条又能吓走飞鸟，一举两得——因为不争的事实是：见多识广的普通大山雀跟平均水平的乡居女性亲戚相比具有更加完好的美学品位。

然后，还有那些姑母婶母们。在涉及礼物的问题上她们总是个困难重重的阶层。麻烦在于谁的姑母都够不上年轻。等你终于教育得她们认识到西区[②]居民不戴红色羊毛连指手套的事实了，

① 伦敦一条五方杂处的廉价商业街。
② 伦敦的富人区。

她们却要么死了，要么跟全家争吵，要么就做出某件同样不体谅人的事来。这就是训练有素的姑母总是这么稀缺的原因所在。

譬如我的姑母阿加莎，她去年的圣诞节送了我一副手套，竟然费心选了一副戴旧了的而且纽扣数量一个不差的。但——它们竟然有九个指头！我把手套送给了一个我私下里痛恨的男孩：他当然没戴过，不过他原本有可能戴的——这就是死亡的严酷所在了。那接近于为他的葬礼送白花一般体贴了。我当然写信告诉姑母那副手套正是一直以来的欠缺之物，它能像玫瑰一样令我们的生活绽放开来；我还怕她嫌我轻佻——她来自北方，那儿的人整天生活在对天堂和杜勒姆伯爵的恐惧中。（雷金纳德装出一副对政治无所不知的样子，这就可以为他不谈政治提供绝好的借口。）具有少量外国血统的姑母们在理解这类事上可说最令人满意的了；不过如果你无法选择姑母，长远看来最聪明的做法就是你自选礼物然后把账单给她送去。

甚至你自己圈子里的朋友，按说应该更了解你的，在这一问题上也颇有些奇怪的错觉。我并没有在收集廉价版的《鲁拜集》。我把最近收到的四本送给了开电梯的男孩，我乐于想到他会连带着菲茨杰拉德的注解读给他上了年纪的母亲听。开电梯的男孩总是有上了年纪的母亲；我想，这对他们来说是一种好意的表现。

就我个人而言，我看不出选一样合适的礼物到底有何难哉。没有一个体面地成长起来的男孩会不赞赏那些如此庄严地摆放在莫里尔橱窗中富有装饰性的利口酒瓶子——如果能弄到一瓶，我相信没有人会责怪你的。而且你无法确定里面装的到底是薄荷甜酒还是查吐士酒[1]的那一刻总是最为激动人心——就像桥牌桌上看到你的搭档摊牌时一样令你激动得发抖。大家都会说到他们喜欢基督教衰落后的好处，不过创造出了绿色查吐士酒的宗教体系永远都不可能真正死去。

当然了，还有利口酒的酒杯、裹了层冰糖的水果、织锦窗帘以及无数种其他生活的必需品都可以成为可心的礼物——并不是说要多么奢侈，比如说为某人付账啦或是买件真正可爱的珠宝之类。我可比不得圣经中所谓的好女人，我的价值高不过红宝石。[2] 就算找得着这样一个女人，在圣诞节期间她也肯定是个不小的麻烦；恐怕只有一张空白支票才能解决这个难题。也许她灭绝了反倒是好事。

我的可爱之处就在于（雷金纳德总结道）我是个很容易取悦的人。不过到“威尔士亲王”的祈祷书为止。

---

① 由法国加尔都西会修士用芳香草和白兰地制成的酒。

② 见《圣经·箴言》第三十一章十至三十一节。和合本译作：“她的价值远胜过珍珠”。

雷金纳德在剧院

“毕竟，”公爵夫人含混地道，“总有些事是你回避不了的。什么是对什么是错，什么是良好的行为什么是德行的清廉，都有一清二楚的界限。”

“就这个问题而言，”雷金纳德答道，“有俄罗斯帝国的例子呢。麻烦的是您所谓的界限并不总在同一个地方。”

雷金纳德与公爵夫人互不信任，并由一种科学性的兴趣所调节。雷金纳德认为公爵夫人有很多东西需要学习；特别是不要急吼吼地从卡尔顿大厦往外赶，像过了这个村就没这个店了一样。他说，一个对如何退场漠不关心的女人会在古德伍德赛马会之前就离开伦敦，而且会在错误的时刻死于某种很不时髦的疾病。

公爵夫人认为雷金纳德未能超出环境所要求的伦理标准。

“当然，”她杀气腾腾地继续道，“相信永久的改变，相信一切易变如今已成了时尚，而且说我们都不过是原始猿类的改良形式——你当然也信奉这一学说喽？”

“我觉得这么说绝对为时过早；就我认识的大多数人而言，这一过程还远未完成。”

“同样，你当然也不信教了？”

“不，大谬不然。最近的时尚是罗马天主教的心境外加不可知论的良心：你既得到了前者的中世纪情调又享受到后者的现代化便利。”

公爵夫人强压下鼻孔里的冷气。她是那类以庇护人的感情对待英国国教的人，仿佛英国国教是从她们家菜园里成长起来的。

“不过还有些别的事，”她继续道，“恐怕即使对你而言也有某种程度的神圣性。比如爱国主义、大英帝国、帝国的职责以及血浓于水这类的东西。”

雷金纳德作答前停顿了有一两分钟，这时雷米尼勋爵暂时垄断了剧院的听觉职责这一话题。

“这就是一部悲剧中最要不得的，”他论道，“人们总是没办法听见自己在说什么。当然，我接受帝国的观念和职责。哪怕是在欧洲大陆我也同样毫不犹豫地赞同。不过等这个社交季结束后，我们空下来的时候，还要请你给我解释一下，比如说存在于一个法裔加拿大人、一个温和的印度人与一个英国约克郡人之间的血缘手足之情到底是怎么一种情况。”

“哦，所谓‘统治着自棕榈到寒松的疆土’① 嘛，”公爵夫人满怀希望地引道，“我们当然不该忘记我们都是伟大的盎格鲁-撒克逊帝国的一部分。”

“这是因为它的组成部分正迅速变为耶路撒冷的一个郊区。我承认，一个非常令人愉快的郊区，以及相当迷人的耶路撒冷。不过仍然是个郊区。”

“真是的，当某人正自觉地将文明的益处撒播到整个世界时却被告知他住在一个郊区！慈善事业——我猜你会说那只不过是个让人感觉舒适的错觉；不过，即便是你也必须承认只要还存在

---

① 引自吉卜林的诗《曲终人散》（Recessional），上下文是“我们先祖自古信奉的神，我们迤远战线的主，他可畏的手统治着自棕榈到寒松的疆土。”

着短缺、痛苦或是饥馑，不管多么遥远或多么不易近身，我们都会立刻以最大限度的慷慨提供帮助，如果需要的话，我们会将救济分发至世界的天涯海角。”

公爵夫人故意顿了顿，带着大获全胜的自得。她曾在一次客厅会议上发表过同样的意见，曾受到热烈欢迎。

“我倒是怀疑，”雷金纳德道，“您是否曾在冬天的夜晚步行至泰晤士堤岸？”

“天哪，当然没有！干吗要问这个？”

“我也没有；只是好奇。即便是你们的慈善事业，因为是在一个一切皆以竞争为基础的世界上实行，既有了信用账户也必得有个借方。小渡鸦也会叫着要吃的。”

“它们有吃的。”

“一点没错。由此可以推定别的什么东西肯定做了它们的食物。”

“哦，你这不过是在耸人听闻。你尼采读得太多了，连一丁点道德均衡感都不剩了。我可否请问，你如今还受任何行为准则的制约吗？”

“为了一己的便利，一个人还是要遵守某些确定准则的。比如，绝对不要轻易辱慢你在欧陆松林或是旅馆吸烟室里遇到的任何胡须斑白的无害的陌生人，他很有可能就是瑞典的国王陛下。”

“这种克制想来肯定让你厌烦之至。我年轻时，你这个年龄的男孩子可是谦恭而又纯洁的。”

“如今我们只剩下谦恭了。现如今可一定得术业有专攻了。这倒让我想起我在某本圣书上读到的某个人的故事：他可以选择自己最渴望的东西。由于他既没有要头衔、荣誉以及尊严，只要了巨大的财富，前面提到的那些玩意儿也都归了他。”

“你肯定不是在哪本圣书上读到的。”

“没错；我想你可以在《德布雷特英国贵族年鉴》中找到他。”

雷金纳德与唱诗班狂欢

“绝不要充当什么先驱，”雷金纳德在写给密友的信上道，“喂肥了狮子的就是最早的一批基督徒。”

而雷金纳德本人恰恰就是个先驱。

他家族里再也没有一个人有接近提香式[1]的头发或是幽默感，而且他们将报春花用作餐桌的装饰。

再往下就是他们压根就不理解雷金纳德，他吃早餐总是迟到，轻嚼细咽着吐司，而且还就宇宙发表些大不敬的议论。这个家族吃着燕麦粥，相信一切事，甚至天气预报。

因此，当教区牧师的女儿主动承担起改造雷金纳德的重担时全家都松了口气。她芳名阿娜贝尔，这也是牧师先生铺张无度的表现之一。阿娜贝尔被认为天生丽质且天诞聪颖；她从不打网球，而且据称读过梅特林克的《蜜蜂的一生》。如果你身处一个小村庄而不碰网球并且读梅特林克，你必定智力超群。而且她还去过两次费坎普，从待在那儿的美国人身上学得了很好的法语口音；由此她获得了自认可以用来对付俗物的关于世界的认识。

阿娜贝尔既然愿意承担起改造家族的这个化外之民的重任，全家自然额手称庆不已了。

① 即橙红色头发。提香作画喜用橙色。

阿娜贝尔首先从请她这位还毫无疑心的学生去牧师公馆的花园喝茶着手；她相信自然环境的健康影响，她从未去过西西里岛，不知道那里的情形大不一样。

她也像任何一位曾向某个死不悔改的青年鼓吹回头是岸的女人一样，详述了一番空虚生活的罪恶，这在乡村更其显得罪不可赦，村民们一大早起来就会跑去看看夜间是否又结出了一枚草莓。

雷金纳德回忆起旷野的百合，“就那么自然地开放着，美艳不可方物”。

“但那可不是我们应该追慕的楷模。”阿娜贝尔气吁吁地道。

“不幸的是我们根本无法企及。你不知道我为了追慕百合那种简洁的优雅费了多大的事。”

“以外貌自恃实在有悖德行。美好的人生实在胜过漂亮的外表千百倍。”

“你也同意这两者没有可比性。美只不过能引人犯罪罢了——我总是这么说。”

阿娜贝尔开始认识到这场战斗并非总是意志坚定者胜了。从她古老的性别本能出发，她放弃了正面攻坚，转而抱怨起她孤军奋战的教区工作、她精神上的孤独以及她的灰心丧气——并在适当的时刻将草莓和奶油端上桌来。雷金纳德显然深受后者的影响，而且当他的女导师向他建议可以经由助她督导唱诗班牧童的周年远足来开始他奋发图强的新生时，他的眼中闪烁出改宗者的那种危险狂热。

就阿娜贝尔而言，雷金纳德是孤身一人跨入他奋发图强之新生的。大多数有德的女人都禁受不了潮湿的野草，阿娜贝尔于是因感冒而卧床。雷金纳德颇具战略眼光，他带着那队怯怯羞羞、憨头犟脑的孩子去了最近的林间小溪，并允许他们下河洗澡；然后他坐在他们脱下来的衣服上跟他们讨论他们不远的将来——即命令他们排成敬拜酒神的狂欢队列穿过村庄。如果说早就预备好的六孔小笛是他的先见之明，那么从邻近的果园顺手牵一只公羊则证明了他的事后远虑。雷金纳德颇为在行地解释道，他们还应该有豹皮的装备；不过，只要有条纹手帕也就将就了，孩子们千恩万谢地照做了。雷金纳德认识到，在他可以掌握的这点有限时间内不太可能教会他这帮直打哆嗦的新教徒一首颂扬酒神的颂歌，于是他就起了头，让大家唱起了一首更加熟悉，尽管不太合适的禁酒圣歌。毕竟，他说，最重要的是心意到。遵循着剧作家在首演之夜的礼节，他谨慎地隐在队列之后，于是这一颂扬酒神的狂欢队伍就怯怯生生地牵着那头公羊，如丧考妣地朝村子迤蠶而去。歌声早在到达村子的大道前就已停歇，不过短笛痛苦的哀号还是引得村民拥到门口观看。雷金纳德说他曾在画中见过类似的场面；村民们却是头一遭有幸观此奇景，而且交头接耳议论个不停。

雷金纳德的家人至死都不原谅他。他们没有丝毫幽默感。

雷金纳德论操心

我有位总是操心的姑母（雷金纳德道）。也不是我的亲姑母——算业余的吧，这种业余姑母也并非真值得你操心。她在社交上相当成功，也没什么值得一提的家庭悲剧，所以就将目力所及的伤心事尽数收编，也包括我在内。从这方面说来，她是我们都认识的那些对眼前的麻烦一概视而不见的甜蜜可爱、毫无怨言的女人的对立面，或者随你换别的什么叫法。当然了，她们受人爱戴正因如此，但我得承认她们搞得我烦不胜烦；她们令人想起头早已被切掉却还在奋力扑腾的鸭子。鸭子们从不休息。如今，我姑母还有点头发，配她正合适，还有个跟其他仆人吵架的厨子，这总是个大有希望的信号，还有个一年中缺席十一个月的良心，只在四旬斋期间现身，烦她丈夫的朋友，他们当然比天使要低得多了，所以让我们这么说吧：因为有这么多天生的优势——她将她那种特别的古铜色也说成一种天生优势，对此谁都不敢还有二话可说——她当然就得跑到外头去寻她的苦恼了，比如那些没得到执照的餐馆。这一系统有它的优势：你可以将你的不快与你的其他安排交错开来，因为那些真正的操心事总是会在你用餐、装扮或其他重要的时刻不期而至。我认识一只金丝雀，它经年累月地想孵出一只小鸟，每个人都将其视为无可责难的糊涂心性，就像是出售德拉瓜湾[1]，如果买卖成功，那对于各家通讯社而言可算得当年度的重大损失；后来那只鸟竟然真的孵出了小鸟，恰好在全家祷告的中途。我虽说是中途，也算是结尾：当你在盘算该喂那只小金丝雀吃什么的时候，你是没法为了每日的面包继续感恩的。

眼下，她正在为罗马尼亚的犹太人待遇问题操心。我个人认为犹太人有很多可贵的品质；他们对于自己的贫困以及我们的富有如此心平气和。我敢说，生活在罗马尼亚日常开销超出入账的情况恐怕不会太多。这儿的麻烦在于有那么多有钱可扔的人似乎很不清楚该往哪儿扔。比如说那个帮助急症患者的基金——什么样的病算是急症？有一位叫玛里恩·穆尔西伯的女士，她会认为自己会打桥牌，正如她会认为自己能骑着自行车从山上冲下来；结果她去了医院，如今她已经加入了一家姊妹会——失去了她的所有，你知道，而且将剩余的一切都献给了天堂。不过你仍然不能将此称为突然的灾难；这在可怜的亲爱的玛里恩出生时就已发生了。医生们当时都说她活不了半个月，而她从那时开始就一直在努力看她能不能活过这半个月。女人就是这么固执己见。

此外，还有教育问题——并非说我在这上面看不出什么值得担心的。在我看来，教育是桩被荒谬地高估了的事务。至少，谁在学校时都不会太把它当真，因为要注意的事实在是太多了。值得认识的一点是：人实际上都是自己教自己的，剩下的就是接受各种强加的影响了。你的长辈相比你而言总是懂得那么少的原因在于他们不得不通过教育忘掉那么多在你出生前他们就获得的东

① 德拉瓜湾是印度洋一港湾，位于莫桑比克南部。一五〇二年葡萄牙人发现该海湾，英国于十九世纪后数度介入对此地区的争夺与开发。

西。我当然是个自然学科的信徒；正如我对博韦瑟尔勋爵夫人所说，如果你想学一点精巧的作态，只需注意观察一只波斯猫在进入一间拥挤的沙龙时那种故作的漫不经心，然后再实际操练上半个月，准保大功告成。你知道，博韦瑟尔夫妇可不是什么世袭贵族，不过他们正以分期付款的方式一级一级往上爬——不过还差得远，剩下的就看大家怎么想了。他们心地善良，而且从不忘你的生日。我忘了勋爵当初是干什么的了，伦敦金融区的什么人物吧，他的爱国主义是打哪儿来的；而勋爵夫人——哦，她的衣服是巴黎定制的，但她穿的时候却带上了浓厚的英国风味。她可真是有爱国心。我想她肯定是在很严格的教养下长大的，她是如此拼命地想以正确的方式来做错事。其实我也告诉过她，如今这些也都无所谓了：我就认识几个德行完美的人到处都受到接待。

雷金纳德论乡居派对

问题在于，你绝不会真正认识你的男女主人。你会逐渐认识他们的猎狐犬和他们的菊花，以及是否能在起居室里放胆谈论关于婴儿学步车的故事，还是只能私下里告诉参加派对的每个成员，以免冒犯了民意；但你却绝对腾不出时间来探索你的男女主人这块人类的僻地。

我在沃里克郡曾认识了一个自己耕种土地的家伙，不过他在其他方面倒颇为稳健。我从没想到过他这样的人会有一个灵魂，然而不久之后他就跟一个驯狮手的寡妇私奔了，如今在波斯湾的某个地方当上了高尔夫教练；这当然是恬不知耻，因为他原本不过是个微不足道的高尔夫球手，不过，这仍然表现出了想象力。他妻子真堪同情，因为他原本是家里面唯一知道怎么控制厨子脾气的人，如今她只能在她的宴会邀请函上注上“D. V.”[1] 的字眼。当然，这毕竟比家庭丑闻还强些；一个离弃了自己厨子的女人永远都不可能完全恢复她在社交界的地位。

我猜做主人的也半斤八两；他们对客人的了解大多也就水过地皮湿，一旦他们确实对你多了一点了解，他们又大多到此为止，不再深究。那次我离开多塞特郡的一次乡居派对时，气氛可

① 为拉丁文“Deo volente”之略，意为“如果上帝允许”。

着实有点冬天的寒意。他们本来是请我过去打猎的，我对这类玩意儿却并不怎么热中。那些山鹑类的鸟都绝对千篇一律；你一旦错过了一只，就会错失整个一类——至少我的经验如此。在吸烟室里，他们试图奚落我在五码之内都射不中一只小鸟，但笨拙得可以，就好比牛群围着一只牛蝇嗡嗡打转却自认它们是在戏弄它。于是我第二天一早就起来——我知道是一早，因为空中有云雀的啼鸣，而且青草看起来也像是都被撂在了外面整整一晚上——开始尽我所能搜寻鸟类飞行路线上最突出的目标，并目测了一下远近，于是我在尽可能近的位置，以我的全部知识为指导将枪里的子弹尽数射完。事后大家都说那是一只家养的鸟；这真是够蠢的，因为在起先的几次射击中它可真够狂野的。后来它确实安静了些，等它的手脚停止向周围的风景挥舞告别后，我找了个干园艺活的男孩把它拖到了大厅里，每个人在去早餐室的路上都会看到它。我在楼上独自用的早餐。事后回想起来那餐饭无疑染上了浓重的非基督教精神。我猜将孔雀的翎毛带到室内恐怕很不吉利；反正在我告别时女主人的眼睛里满是恽怒。

当然了，也有些女主人对什么都能容忍，即便是“孔雀事件”（有这样一个词吗？），只要你外表光鲜并且足够不同寻常，可以跟别的客人构成平衡；也有迥乎不同的类型——比如某个喜欢读梅瑞迪斯的女孩，每次吃饭都绝对准时，穿家制衣服并且有空了就忏悔。她终于去成了印度并嫁了出去，回到英国后仰慕皇家艺术院，一厢情愿地认为一道平凡的咖喱对虾就永远是一顿正式午宴的够格的代用品。这时候她可真是危险了；不过她再糟也糟不过那种压根不是出于挑衅就向你提出市场和交易问题的女人。你就想象一下吧：曾经有一次我被一位勇于探询乡居生活真相的女主人问及在一间十乘六英尺的饲养间里她能养多少只家禽！鬼才知道！我告诉她只要她把门关起来，随她养多少。看来这个办法她从没想到过，至少在下剩的用餐时间内她就一直叨叨个不停。

当然，我也说过，你永远无法真的了解自己的立脚点，而且谁都保不齐偶尔犯错。不过话又说回来了，从长远看来说不定还失之东隅收之桑榆呢：如果我们当初没把我们的美国殖民地搞得一团糟，我们也就永远没机会请来自合众国的男孩教我们如何留头发、裁衣服，我们就须得从别处想办法了，我想。即便是在我们想到他几个世纪以前，这个小流氓就已经在中国发明出来了。英国必须醒醒了，正如德文郡公爵哪天说过的；不是他？哦，那就是别人。并非我沉溺于对未来的绝望之中；是总有些人在为未来绝望，而等未来到了眼前时，他又开始吟唱他们已然尽力的高调。想想别人的孙辈哪天会起身和蔼地将你叫醒，真够可怕的。

有时你真禁不住要同情希律王。①

---

① 犹太王（公元前40—4年），据《新约》，他命令杀死伯利恒所有两岁以下的儿童，想借以杀死尚处于襁褓中的耶稣。

雷金纳德在卡尔顿大厦

“气候可真是无常，”公爵夫人道，“煤价这么贵的时候天冷成这副模样可真是不幸！穷人该多难过啊。”

“有人曾说过上帝总是站在有钱人那边。”雷金纳德回道。

公爵夫人震惊不已地吃了块凤尾鱼；她相当老式地不喜欢对有钱人的不敬。

雷金纳德听凭她的女性直觉来选择就餐之地，但他要自己选红酒，因为知道女性的直觉在葡萄酒面前就会突然止步不前。一个女人会兴高采烈地为她最没吸引力的朋友选丈夫，或在一无所知的情况下贸然卷入一场政治争论——但没有一个女人会兴高采烈地选葡萄酒。

“开胃菜总能让我兴味盎然，”雷金纳德道，“它们让我想起一个人度过的童年时光，期待着下面一道菜会是什么样子——在余下的菜式中你会希望自己应该多吃点开胃菜。您不愿意观察大家进入一家餐馆时的不同方式吗？有一种女人是全力冲进来的，仿佛她一生的计划全系于这一刻的绝对权力，而且怕它随时就会失效；看到她安全抵达座椅你真会长出一口气。也有一种人总是带着敷衍塞责的不情愿列队进入，仿佛他们是一群正进入一个瘟疫城市的死亡天使。你在国外的旅馆里会经常看到这种类型的英国人。如今还到处都能看到掘金子爆发户的身影，带着一副

纵贯非洲的神气——我想也许可以称之为兰德①做派。”

“说到国外的旅馆，”公爵夫人道，“我正在为要在俱乐部发表的一个讲演准备草稿，题目是现代旅行的教育作用，主要侧重于道德方面。我曾跟博韦瑟尔的姑母谈起过——她刚从巴黎回来，你知道。真是个可爱的女人——”

“而且愚蠢透顶。在如今这个女人受到过度教育的时代她可真是与众不同。据说曾有人通过巴黎的围城而浑然不知法国和德国正在开战；而我听说博韦瑟尔的姑母在巴黎住了整整一冬，竟以为亨伯特家族②是一种自行车牌子……不是有个主教还是什么人相信我们到了另一个世界后会遇到我们在世时认识的所有动物吗？要是遇到一整群你在王子饭店最近认识的银鱼，那可真要尴尬死了！我肯定我在紧张不安时将只会说起柠檬。不过，我敢说如果我们不把它们吃掉它们同样会被冒犯的。我知道如果在食人

① Rand，即威特沃特斯兰德（Witwatersrand），南非德兰士瓦省南部高地，是世界最大的金矿区。

② 当时法国的一个著名家族，出过金融家和政客。

族的宴会上我被当作一道菜端上桌，如果食客埋怨我不够肥嫩或不够新鲜我是会恼火至极的。”

“关于演讲，我的主意是，”公爵夫人匆忙抢过话头，“探究随意地在欧洲大陆旅行是否会削弱人的道德感和社会良心。因为我们知道有些在英国相当正派的人士一渡过英吉利海峡就判若两人了。”

“这些人的做派我称之为廉价版①德行，”雷金纳德道。“大体上，我认为他们兼得了两个非常值得羡慕的世界的好处。而且，毕竟，有些国外的旅行线路对超重行李的要价太高，因此偶尔把自己的名誉暂时抛诸脑后不失为一种节约有效之道。”

“我亲爱的雷金纳德，我们得说，不论是在摩纳哥还是别的任何所在，都应该像在埃克塞特②一样力避丑闻啊。”

“说到丑闻，我亲爱的艾琳——我可以称您艾琳的吧？”

“我倒不知你已经跟我熟到这个分上了。”

“我认识你比令教父教母可以叫你那个名字的时间都长。丑闻不过是快乐之徒为乏味之人创造的一种富有同情心的补偿。想想看有多少人无可责难的生活被他人灿烂的轻举妄动所照亮。告诉我，我们左边桌上的那个戴着老式花边的女人是谁？哦，其实没什么要紧；如今当别人是塔特萨尔花格呢上的幼畜图案一样紧盯着看可是很时兴呢。”

“斯拜尔韦克希特太太？相当迷人的女人；跟她丈夫分了——”

“收入问题？”

---

① 原文 Tauchnitz 是指德国陶赫尼茨书店印的廉价本英语书籍。

② 英国德文郡首府。

“哦，差了十万八千里，应该说差了无数海里的冰洋。他的工作是探测浮冰并研究青鱼的运动，已经出版了一本有关爱斯基摩人家庭生活的极有趣的书；但他自然也就极少有他自己的家庭生活了。”

“如果换个带着墨西哥暖流回家的丈夫就会有优势多了。”

“他妻子对此非常在意。她收集邮票。这对她是极大的安慰。跟她一道的是韦尔普尔斯夫妇，我的老相识；他们总是麻烦不断，可怜的家伙。”

“麻烦可不是随你的兴致能呼之即来挥之即去的；它就像个松鸡沼地或是鸦片烟瘾——一旦上了手你就甭想甩脱它了。”

“他们的长子就使他们大失所望；他们本来期望他成为一个语言学家，花了无数钱财教他说——哦，几十种语言！——而他竟成了个缄口苦修的特拉普派修士。他们那个本来为美国婚姻市场预备的幼子又对政治起了兴致，写了无数本呼吁为穷人提供住房的小册子。这当然是个非常重要的问题，我自己每天早上也要花很多时间致力于此；但，正如劳拉·韦尔普尔斯所言，最好是自己成家立业之后再去煽动别的人。她对此很是操心，不过倒是一直胃口颇佳，就这一点而言我觉得她真是无私啊。”

“面对失望的态度也各有不同。我就认识一位姑娘，她一直护理着一位久病的富有叔叔，他能拖那么长时间全靠她的基督徒的坚忍，但他在死前竟然把钱都留给了一家猪瘟医院。到了那时她发现她的坚忍已经用光了，如今她在客厅里为人朗诵。这就是我所称的报复。”

“人生充满了不如意，”公爵夫人评论道，“我觉得保持快乐心境的艺术就在于假装它们都是幻影。不过我亲爱的雷金纳德，随着年岁渐增，这一点竟越来越难以做到了。”

“我觉得这比你想象的要更容易实践。年轻人总有对那些永不会实现之事的渴望，老年人总有对压根没发生过的往事的怀想。只有中年人真正意识到他们的缺陷——这也就是大家应该待他们特别耐心的原因所在。但实际上谁都不会耐心待他们。”

“毕竟，”公爵夫人道，“对人生的幻灭可能端赖我们对它的估价方式。我们后来者记住我们的也许是那些我们相对忽略了的品质和成功。”

“仰赖所谓后来者的记忆恐怕不一定可靠。那些中世纪圣徒的人生中也可能有幻灭，不过，如果他们能预见到他们的大名如今主要地是跟赛马和中低档葡萄酒联系在一起，他们也就该心满意足了。眼下，如果您能暂时撇下盘子里的盐腌柠檬，我想我们该舒舒服服地到棕榈树下喝喝咖啡了。”

雷金纳德的圣诞狂欢

有人说（雷金纳德道）除了失败再也没有比胜利更糟的了。如果你曾在所谓的节庆日跟一帮索然无味的人待在一起，你可能会修正这一说法。我永远都忘不了在巴伯沃尔德家过的那个圣诞。巴伯沃尔德太太是我父系的一位亲戚——那种不到拜访就永远想不起来的表亲——我之所以一定要去是因为这已经是她的第六次邀请了；可为什么父亲的罪孽一定要报应到儿子头上——你在那个抽屉里找不到便笺的；那是我用来保存旧菜单和首演节目单的地方。

巴伯沃尔德太太的个性相当严肃，谁都没见她笑过，甚至在对自己的朋友讲些不愉快的话或开列储物单时都丝毫不肯假以颜色。她对自己的快乐持悲观态度。非常像一头参加印度藩王接见典礼的大象给人的印象。她丈夫一年四季都毫不懈怠地侍弄园艺。当一个人在瓢泼大雨中冲出去为玫瑰树刷去毛虫时，我通常都会想象他的家居生活应该尚有留恋之处；不管怎么说，毛虫们肯定栗栗不安。

当然还有别的客人。有一位曾在拉普兰或类似地域打过猎的某某少校；我忘了他打的是什么猎物，也根本不愿想起。他们几乎每次用餐都拿这种猎物当冷盘，而他则不间断地向我们叙述它们从头到脚各处的详细尺寸，仿佛他认为我们想拿它们做冬天的保暖内衣。通常我都全神贯注地听他的细述，后来有一天我相当谨慎地提到我在林肯郡沼地打到的一只霍加狓[①]。少校的脸色一变而为漂亮的姹紫嫣红（我记得当时就想我的浴室如果贴上这种颜色的壁纸该多好看），而且我想就在那一刻他几乎就从心底里不喜欢我了。巴伯沃尔德太太现出一副对伤者急救的神情，并问他干吗不出版一本回忆录；那肯定会非常有趣。她事后才记起他已经送过她两厚册他的回忆录了，卷首插图用的是他的肖像和亲笔签名，卷尾附录是有关北极贻贝的生活习性。

直到晚上我们才抛掉日间的操心和分心事真正活了过来。牌戏被认定为一种太轻佻空虚的消遣，所以他们大部分人都玩一种他们所谓的书本游戏。你跑到外面的厅里——我猜是去寻找灵感——然后你脖子上缠着一条围巾再次进来而且看起来很蠢，其他的人就该猜出你是“韦·迈克格雷格”[②]。我在礼貌允许的范围内坚决抵制这种蠢行，但因为好性儿磨不开面子，我还是同意去化装成一本书，不过我警告他们要花一段时间才能完成。他们耐下心来等了四十分钟，其间我跑到餐具室跟小听差玩酒杯九柱戏去了；你知道的，用一枚香槟的软木塞玩，谁击倒的酒杯多并且不能打碎它们，就算赢。我赢了，七个酒杯中有四个完整无缺；我想威廉输在过于紧张。客厅里的那群人因为我总不出现已经急不可耐，事后我虽然向他们解释我当时演示的是《在走廊尽头》[③] 也丝毫无法使他们平静下来。

---

① 产于非洲，类长颈鹿而较小，无斑，颈也较短。

② 《韦·迈克格雷格》是英国记者和作家贝尔（John Joy Bell， 1871—1934）描写英国格拉斯哥地方生活的幽默短篇集，出版于一九〇二年，曾风靡一时。

③ 吉卜林的一个鬼故事。

“我从来没真正喜欢过吉卜林，”轮到巴伯沃尔德太太的时候，她道，“我没觉得《托斯卡纳的蚯蚓》有什么聪明可言——要么是达尔文写的？”

这些游戏当然很有教育意义，不过，就个人而言，我还是更喜欢桥牌。

在圣诞夜，我们被安排以古老的英国方式欢庆。大厅里四面透风，不过似乎很适合欢庆之用，并装饰以日本扇子和中国宫灯，看来很有古老的英国风味。一位年轻女士以披肝沥胆的恳切语气朗诵了一则关于一个小女孩夭折或是做了什么事的陈腐故事款待我们，接着，少校绘声绘色地向我们描述了他跟一头受伤狗熊的搏斗。我私下里希望狗熊们在类似的场合偶尔也能赢那么几次；至少事后它们不会吹嘘个没完。我们还没来得及调匀呼吸，一位年轻人就开始在我们身上施展开了测心术，一见之下你就会本能地觉得这位测心术大师有位尽职的母亲和马虎的裁缝——面对再大的困境他都能侃侃而谈，不时疑心地抚平头发，仿佛他认为他的头发会反击似的。测心术相当成功；他宣称女主人脑子里正在想的是诗，她承认她正在琢磨奥斯丁的一首颂诗。这已经够接近的了。我怀疑她脑子里真正在转的是一小块羊颈肉外加一点李子布丁是不是就能充当第二天厨房里的晚餐。作为欢庆顶点的是团团围坐一起玩具有进步意义的哈尔马跳棋，奖品是牛奶巧克力。我从小家教甚严，而且我也不喜欢为了牛奶巧克力煞费苦心，所以我就发明出一点头痛就此退场。有一位朗珊-史密斯小姐比我早退场几分钟，她是位相当令人敬畏的女士，总是一大早就在大家都很不方便的时刻起床，给你的印象是早餐前她一直在跟欧洲大部分政府密切沟通。她门上钉了张便条，要求次日极早就叫醒她。这种良机可是千载难逢。我另写了张条子贴在原来的条子上，只留下她的签名，宣称在大家寓目于这些文字之前她应该已然结束了她无谓的生活，并为给大家带来的麻烦致歉，期望能举行个军事化的葬礼。几分钟后，我在楼梯口拼力挤爆一个充气纸袋，并且像悲剧主人公一样大声呻吟，估计地窖里都能听得到。然后我就按自己的本意上床睡觉。大家拼命要撞开那位女士房门的声音听来绝对不合礼节；她勇敢地予以抵抗，我相信他们足足花了一刻钟时间在她身上寻找子弹，仿佛她是个具有历史意义的古战场。

我痛恨在节礼日①外出旅行，不过有时候你也不得不干些你不喜欢的事。

---

① 英国和部分英联邦国家的法定假日，在圣诞节次日，如遇星期日则推迟一天，按俗这天向雇员、仆人、邮递员等赠送盒装礼品。

雷金纳德的《鲁拜集》

有一天（雷金纳德道），我正在浴室里消磨时光，对新年的到来颇为悲观，这时突发奇想，想做个诗人。据我理解，最重要的条件是你必须生出来了。好吧，我把自己的出生证搜了出来，发现我在这一点上绝无问题，然后我就着手为新年写一首颂歌，我觉得不是没有可能。我相信，不论是在什么领域，只要能享用到第一流的美味佳肴，看似绝不相干的人也能做出极端不同寻常之事。这首颂歌中最佳的诗句照抄如下：

你听到的是恼怒的松鸡之呻吟，
抑或被勒上马嚼子的蜗牛之咆哮
（是丈夫抑或母亲，像我一样，还是夫或妻），
你曾否悄悄走过那个
受伤之袋熊正在悲叹的黑暗房间？

当然，不太可能每个人都有过这样的经验，但人们的想象力正是在这种情况下被刺激起来并将他们拖离他们狭隘、单调的自我。没人说过我狭隘或是单调，但一想到那个里面有头遭殃的袋熊的房间，连我都会时不时兴奋不已。它当然不好。但几位编辑却一致认为它不宜发表；他们说这种诗以前就有过而且比我的还

要糟，但对这类作品的市场需求实在是太有限了。

我正灰心丧气的时候，公爵夫人请我在她的纪念册上写点什么——你知道，有波斯风味又有点颓废的——于是我想一首关于臭鸡蛋的四行诗应该很适合这样的要求。于是我一挥而就：

咯咯，咯咯，小母鸡，
我真想知道我碰上的这个蛋
是不是你下的，又是何时下的，
唉！太晚了。阿门。

公爵夫人反对“阿门”，我是觉得这会为这整个事件增添一种宽恕与盖棺论定的色彩；她还说这也不够波斯，好像我正设法卖给她一只其母不是因为血统而是出于爱情生下它来的小猫。于是我完全推倒重来，新版如下：

那只数月前生下汝之母鸡，
谁知道她在怎样的死日永远安息；
汝之生命尾声已得眷顾
并将汝之腐臭降于财政之敌。

我觉得这里面颓废的味道都足以折服豺狼了，而且自觉对这个鸡蛋本来可以在圣卢克夏天[1]具有的经济价值表达了无限的哀怜和感叹。但公爵夫人却请求我将任何政治暗示统统去除；她是

① 指秋季特别暖和的一段时期，因与圣卢克的庆典日（10 月 18 日）同期，故名。

某个妇女组织的主席，她说这有可能会被当作对某些应受谴责之手段的认可。我怎么也想不起艾琳卖力支持实则阻碍的是哪个党派了，但我不会忘记我有一次在她家小住时她交办的一件事：她给了我一本小册子和一些葡萄等物，前者要送到一个不够坚定的投票者家里，后者用于慰问一个因服了一种专利药物寒战发个不止的女人。我觉得倒不如将葡萄送给投票的，把政治文学给那个病妇，谁知事后公爵夫人竟荒谬地颇为着恼。好像是因为政治传单上的题头是“写给打算摇摆不定者”——这个愚蠢的标题可不归我负责——于是那个病妇就再也没能康复；不过，那个投票的却完全被葡萄和果子冻给争取过来了，我想这也该功过相抵了。谁料公爵夫人竟称之为贿赂，而且说这可能危及她所支持的候选人；他应该向教会基金和教堂基金认捐，为足球和板球俱乐部以及赛艇会认捐，为各种集市、豆宴[①]以及敲钟人认捐，为家禽展和耕作比赛认捐，为阅览室和唱诗班远足认捐，还有狩猎奖、推荐书等等诸如此类的杂事；但行贿却绝对不能容忍。

我想相较于写诗我可能还是在选举活动上更有天分，这首四行诗真让我烦不胜烦了。那个鸡蛋真是难以驾御了，公爵夫人又建议增加点法国文学的调调。我于是搜索枯肠，想从最熟悉的法国经典中寻出点可以利用的边角碎料，进行了点记忆操练后我写出了以下的版本：

> 汝有否园丁曾有之笔？
> 我无此物；且知目下梨树之不佳。
> 哦，彼凯阔巴德之驰骤

① 指雇主一年一度招待雇工的宴会，因席间必有熏豆子拼盘，故名。

较王子殿下之骏马尚犹多。

即便如此也不能令艾琳完全满意；我猜是其中的地理概念困扰了她。她可能以为凯阔巴德是个不怎么时兴的德国矿泉疗养地，你会在那儿碰到竞逐婚姻市场的投机者以及专门应急的塞尔维亚国王们。到了这时，我开始当真有点不耐烦了。我即便动怒时看起来也相当和颜悦色。（我原希望你会说我经常动怒的。谈话可不能让我一个人垄断了。）

“当然，如果你想要点真正波斯真正激情的东西，那就加点红酒和夜莺。”我继续建议道；但她却把纪念册一把夺了过去。

“你休想。绝对不要什么红酒或者什么激情。这本纪念册是亲爱的阿加莎送我的，她会很难过地看到它这么快就——”

我说我根本不相信阿加莎会感觉出什么快慢来，于是我们就这个问题相当激烈地争论起来。最后，公爵夫人宣称不准我在她的纪念册上涂任何肮脏玩意儿了，而我说甭指望我在她的肮脏本子上写任何东西了，归根结底我们俩的观点也没太大分歧。下剩的那个下午我假装在生闷气，但我实际上仍然在琢磨那首四行诗，就像猎狐犬把吃食藏在一个隐秘的花圃下留待此后慢慢享用。我瞅机会找到了阿加莎的笔迹，她的字把纪念册的首页全部占满了，然后我尽可能模仿她一本正经的笔迹，在页上角插上了一段描述西藏风情的诗篇：

跟你，哦，我的爱，在一头哼哼唧唧
的牦牛鞍上行完一段驿程，
（我认为所谓驿程是种很不舒服的邮政旅程）
瑟缩发抖的女伴再也挤不进来，

比海德公园里的庞阿尔[1]还要舒畅。

即便是在相当僻远的西藏，你也无法想象阿加莎会跟某位情人结伴跨上一头牦牛。我都相当怀疑她会在瑞士辛普隆隧道这样隐匿的地方跟她自己的老公这么干。不过，正如我已说过的，诗总能刺激我们的想象力。

顺便说一声，上次你问我十四号能否跟你一起吃饭，我说我要跟公爵夫人一起吃饭。哦，这已经取消了，我将跟你一起吃饭。

① 梅塞德斯创始之前占垄断地位的豪华车名。

雷金纳德在俄罗斯

雷金纳德坐在公爵夫人沙龙的角落里，竭力想原谅周围的家具，它们显然是想模仿路易十五的风格，但却经常露出威廉二世[①]的马脚。

他将公爵夫人归为与众不同的那类女人：她看起来像是下雨天也会习惯性地出去喂鸡。

她芳名奥尔迦；她将自己的希望和信仰都寄托于一条猎狐犬，并坦承她赞同社会主义者的观点。身为一位俄国公爵夫人也不一定都叫奥尔迦；事实上，雷金纳德就认识不少叫薇拉的公爵夫人；不过猎狐犬和社会主义倒是独一无二的。

“卢申伯爵夫人养了条牛头犬，”公爵夫人突然道，“在英国养牛头犬比猎狐犬更时髦吗？”

雷金纳德回顾了一下近十年来的犬科时尚，给了个模棱两可的回答。

“你认为她好看吗，我是说卢申伯爵夫人？”公爵夫人道。

雷金纳德想了想，从伯爵夫人的面色看来她的饮食像是只限于蛋白杏仁饼干和淡雪利酒。于是他就讲了出来。

“那怎么可能？”公爵夫人洋洋得意地道，“我就眼见她在

① 威廉二世（1859—1941），普鲁士国王，德意志帝国皇帝。

多侬餐馆吃鱼汤。”

公爵夫人总是为那些面色实在欠佳的朋友辩护。她就像她这个性别的众多成员一样，慈善只有在对方真正丑陋时才会发生，而且通常并不会走得更远。

雷金纳德收回了他的蛋白杏仁饼干和雪利酒的理论，转而对一幅小型画像生出了兴趣。

“那个呀？”公爵夫人道，“那是罗里科夫老公爵夫人的画像。她当时住在米里奥大街，靠近冬宫，而且是位旧式俄罗斯教育出身的宫廷命妇。她对人、事的知识有限到了极点；但她对每个跟她有过接触的人都优渥有加。有个故事，说她临死前，就要离开米里奥大街去往天堂的时候，曾用她正式的不连贯的法文给圣彼得写了封信：‘在下罗里科夫公爵夫人。很荣幸认识您。请您将我介绍给仁慈的上帝。’圣彼得满足了她的愿望，为她作了介绍，于是公爵夫人就给仁慈的上帝写了封信：‘在下罗里科夫公爵夫人。很荣幸认识您。我们在米里奥大街的教堂里经常谈到您。’”

“只有国教的老派牧师懂得如何温文优雅地轻嘴薄舌。”雷金纳德评论道，“这让我想起在某个外国首都的英国国教教堂里的一件事，我们就不提具体地名了，那天我正好在教堂里，一位初级牧师正为了某样苦难在募捐讲道，他有一段真正的雄辩的讲道庶几担当得起我上面的品评，‘受苦者的眼泪，我该将其比作什么——比作钻石？’另一位初级牧师原本出于职业上的嫉妒一直在假寐，这时被突然惊醒，匆忙中回答，‘我该出方块[①]吗，搭档？’前者的反应同样于事无补，因为他做梦般但又以一种痛苦

---

① 英语中的“钻石”和纸牌中的“方块”是一个词：diamond。

的决断口气下了结论：“一对方块。”所有的人都看着这位传道士，不过他自己倒是对在这样的环境下得到的分数挺满意的。”

“你们英国人总是这么轻嘴薄舌，”公爵夫人道，“我们俄罗斯的麻烦太多了，哪容你轻松得起来。”

雷金纳德忍不住轻微哆嗦了一下，仿佛一只意大利灰狗在等待他自己本不赞成的某一冰河时代到来时作出的反应。然后就听天由命地进入不可避免的政治话题。

“你们在英国听说的有关我们的事没有一样是真的。”这就是公爵夫人令人鼓舞的开头。

“我在学校里总是拒绝学习俄国地理，”雷金纳德道，“我肯定有些名字必定是错的。”

“我们的政府体系都是错的，”公爵夫人不动声色地继续道，“官僚们想的只是自己的腰包，人民备受剥削和掠夺，所有的一切均处置失当。”

“就我们而言，”雷金纳德道，“一个内阁在执政约四年后通常就被认为已经邪恶得毫无人性、一钱不值了。”

“但如果这是个坏政府，你们可以在选举中让它下台啊。”公爵夫人争论道。

“就我的印象而言，我们一般是这么做的。”雷金纳德道。

“但我们这儿却可怕透顶，每个人都在走极端。在英国，你们却从不走向极端。”

“我们走向阿尔伯特大厦。”雷金纳德解释道。

“我们总是在压抑和暴力之间摇摆，”公爵夫人继续道，“而且我们的人民真是但求平安无事，真是遗憾。你在哪儿都找不到这么温厚又这么重家庭观念的人民了。”

“在这一点上我完全同意您的意见，”雷金纳德道，“我在某个法国港口认识的一个男孩就是最好的例子。他的头发是自来鬈，特别是在礼拜天，而且他桥牌打得很好，即便对一个俄国人而言这也很能说明问题。我不认为他还有什么别的长处，不过他的家庭观念还真叫强。他外婆去世时，他虽没有因此全盘放弃桥牌，但他宣布从今往后的三个月内他将只穿黑色以示哀悼。我觉得这可真是美好。”

公爵夫人并未受到感动。

“我想您一定非常任性，活着只为了快活，”她道，“一种只要寻欢作乐、赌博玩牌、放荡挥霍的生活带来的也只能是心灵的不满。终有一天您会认识到这一点。”

“哦，我知道有时候是会这样的，”雷金纳德赞同道，“禁止打开的香槟总是最甜的。”

不过这一评论用在公爵夫人身上纯属浪费，她更喜欢只溶有一丁点麦芽糖的香槟。

“希望您能再来看我，”她道，特意用一种防止这种希望太有感染力的语调；接着又添了一句，“您一定要到我们乡下的住宅小住几日。”

她乡下的土地位于谭博夫市另一面几百俄里之外，在她和她最近的邻居之间还有十五英里左右聚讼不已的耕地。雷金纳德觉得那儿像是自有一种隐私，神圣不容侵犯。

一个不购物的性别

伦敦西区新开了一家大型购物中心，而且特别以女性为目标客户，这不禁让我们想到：女性当真购物吗？当然，她们像蜜蜂飞向花朵采蜜一般勤勉地前去购物已经是个不争的事实，但她们是按这个词的实际含义在购物吗？投入金钱、时间和精力的真正意义上的购物程序自然应以不断满足个人的普通家庭需要为最终目的，在这一点上，女仆（以及各个阶层的家庭主妇）可是声名狼藉，她们几乎将不去满足日常生活的必需品当作了一种荣誉。“我们到礼拜四就没淀粉用了。”她们以宿命论者的预感道，而到了礼拜四淀粉果然用光了。她们已经几乎以分秒不差的准确性预见了她们的存货何时用罄，如果礼拜四碰巧店铺关门较早，她们的胜利就完满无憾了。储存有淀粉并以零售为目的的那家店铺没准儿就在她们家门口，但女性的意识已然拒绝了这种可以为正在缩小的存货补充货源的明显来源。一句“我们不在那儿购物”立马就超越了人们日常活动的范围。而且值得一提的是，正如兔子不吃窝边草，一个女人也很少跟她眼皮子底下的商店打交道。似乎某种日用品供应的源头越远，越是容易告罄。也许当初的方舟在起碇前五分钟时就有几个女性的声音洋洋得意地宣称鸟食不够了。几天前，我认识的两位女士向我倾诉了些她们的精神不安：因为有个朋友刚好在午饭前的时间来访，她们又不能请她留下来共进午餐，因为（带着一丝合法的骄傲）“家里面什么都没有”。我向她们指出，她们就住在一条店铺云集的街上，要不了五分钟就能动员出一顿相当过得去的午宴的。“这个嘛，”她们相当尊严地道，“我们倒从没想到。”给我的感觉像是我给她们提了什么迹近下流的建议。

而且，在满足跟文学有关的需求方面，女性的购物能力更是几乎溃不成兵。如果你偶然出了一本小有名气的书，你肯定会收到某位你几乎都不认识的女士的来信，问你“怎么能弄到这本书”。她知道这本书的书名、作者和出版社，但论到如何才能跟它发生实际性的接触，对她而言仍是个无法解决的问题。你回信指出如果她求助于五金商或是谷物商那无异于缘木求鱼，因此郑重建议她跟某位书商接洽，如此应不失为最有希望之途径。一两天后她又写信给你：“一切顺利；我已经从令姑母处借得。”当然，这就是一位根本不购物的主儿，她已然找到了更好的途径，不过当她这些另辟的蹊径全都闭塞后她也就没辙了。有一位住在西区的女士有一天向我谈起她对西苏格兰高地狗很有兴趣，极欲了解这种狗的详情。几天后我在最流行的一种户外生活周报的最近一期上碰巧读到一篇详述这一题目的文章，于是写信把详情告诉了她，并给出了那一期周报的出版日期。“我弄不到那份报纸。”她打电话告诉我。她竟然弄不到。她就生活在一个据我估计有不下一千个报刊零售商的城市里，她在每天出去购物的途中就该路过几十个这样的报刊亭，但那篇写西苏格兰高地狗的文章对她而言简直就像是写在一本弥撒书里并密藏在西藏东部的某个喇嘛庙里一样遥不可及。

看中某样东西就粗暴地径直买来的男性购物者自然会引起女性旁观者斗志昂扬的嘲笑。大半个夏日午后都在玩弄一只耗子然后还有可能把它给玩丢了的猫，无疑会对一只十秒钟内就把耗子解决掉的勤勉的狗持同样嗤之以鼻的态度。几天前的一个午后，我去买几样东西，就要买齐了的时候被我的一位女性相识发现了，按照她教父母的先例，我们就叫她阿加莎好了。

“你肯定不会在这儿买吸墨纸吧？”她激动不安地低声大叫道，而且她似乎当真希望我就此罢手。

“我带你去威克品克店吧，”我们刚走出那家店铺她立刻道，“他们有各种颜色的吸墨纸，真是太可爱了——珍珠色、淡紫色，还有浓褐色的和压纹吸墨纸——”

“可我只想要普通的白色吸墨纸。”我说。

“别担心。他们威克品克的人认识我的。”她不合逻辑地回答。阿加莎显然觉得吸墨纸非常罕见，只卖给少数知名人士，以免被充作危险或不合礼仪之用途。在走了约两百码后，她开始觉得她的下午茶比我的吸墨纸要紧要得多了。

“你为什么要买吸墨纸？”她突然问道。我耐心地向她解释了一番。

“我用它吸干手稿上未干的墨迹并避免染污笔迹。可能是公元前两世纪中国的一个发明，不过我不能肯定。我能想到的唯一别的用途是可以把它团成球给小猫玩。”

“但你没有小猫。”阿加莎道，带着一种要在绝大多数场合阐述绝对事实的那种女性的执著劲儿。

“流浪猫随时都可能闯进来。”我答道。

总之，我还是没有买到吸墨纸。

加布里埃尔-厄内斯特

“你的森林里有野兽。”在驶往车站的途中画家坎宁安道。这是他在途中说的唯一一句话，不过因为范·切尔一直没停过嘴，坎宁安的沉默也就丝毫不显了。

“一两只离群的狐狸外加几只常住的黄鼠狼。不会再有更野的了。”范·切尔道。画家未置一辞。

“你说的野兽到底指的什么？”他们已经到了月台了，范·切尔才又问道。

“没什么。我的想象吧。火车来了。”坎宁安道。

那天午后，范·切尔照常去他的林地漫步。他书房里有一只制成标本的麻鸠，又知道很多野花的名字，所以他姑妈把他描述为一位伟大的博物学者也许不无道理。至少，他是个伟大的步行者。他习惯于在散步途中细心留意所见的一切，倒并非为了匡助当代的科研，主要是为晚间的闲谈寻找话题。他注意到野风信子已经开始开花，于是提醒自己把这一现象告诉大家；时令虽或许已然提醒他的听众注意到了出现这种现象的可能性，不过至少他们会觉得他对他们是绝对坦诚无欺的。

然而，那天午后范·切尔看到的却是一番远远超越了他日常经验的情景。橡木矮林的洼地上有一泓深潭，潭上方横悬一光滑的石块，石块上四仰八叉地躺着个约十六岁的少年，正在懒洋洋地晒他水淋淋的褐色身体。因为刚刚潜过水，他的湿发分成几绺紧贴在头上，他浅褐色的眼睛异常明亮，几乎有一种凶狠的微光闪烁其间，此刻正懒散而又警觉地转向范·切尔。这一奇特的景象实大出范·切尔的意外，他发现自己竟兀自沉浸于新奇的幻想，一时忘了开口。这个野性十足的少年到底来自何处？大约两个月前，磨房主的妻子丢了个孩子，大家都认为是被磨房的水流给冲走了，但那还只是个婴儿，并非一个半大少年。

“你在这儿干什么？”他盘问道。

“显而易见，晒太阳。”少年答。

“你住哪儿？”

“就这儿，森林里。”

“你不可能住在森林里。”范·切尔道。

“很棒的森林。”少年道，口气中竟带有一丝保护人的味道。

“可你晚上睡在哪儿？”

“晚上我不睡觉；那是我最忙的时候。”

范·切尔有点恼怒，但又有一种他不愿正视的不祥预感。

“你吃什么呢？”他问。

“肉。”少年道，他以一种拖长了的回味语气说出这个词，仿佛正在品尝它的美味。

“肉！什么肉？”

“既然你这么感兴趣，不妨直言相告：兔子、野禽、野兔、家禽，当令的羊羔，我能捉到的孩子；不过我晚上出来狩猎时他们一般都给关得太严，不容易弄到。我上次品尝小孩子的嫩肉已经是两个月前的事了。”

范·切尔故意忽略了少年最后一句调侃性质的评论，竭力将少年引到更容易操控的对象上。

“你号称以野兔为食可真是吹牛把帽子都吹掉了。”（考虑到少年的着装情况，这个比喻很难说恰当。）“我们这边山坡上的兔子可不容易捉到。”

“晚上我四条腿跑着捉。”少年的回答颇耐人琢磨。

“我想你是说你带着条狗去捉？”范·切尔斗胆一猜。

少年懒懒地翻身仰卧，低低地笑出声来，这笑声听来甚觉怪异，既像是开心的轻笑，又像是令人心惊的咆哮。

“我不认为有哪条狗会乐于跟我做伴，特别是在夜里。”

范·切尔开始觉得这个有着怪异眼神和怪异言谈的少年身上有某种真正诡异的感觉。

“我不能让你待在这边的森林里。”他语带权威地宣布。

“相比你家里，我想你该更愿意我待在这里。”少年道。

这个野性十足的裸体动物如果出现在范·切尔秩序井然到古板程度的家里倒真是个奇观。

“如果你不走。我只得强迫你走了。”范·切尔道。

少年像道闪电般跃入深潭，一眨眼工夫他那水淋淋、亮闪闪的身体就在范·切尔站立的岸边冲了出来。这动作对水獭来说算不得什么；可是一个少年做来就未免太让人吃惊了。范·切尔不由自主地向后退去，但脚下一滑，差点摔在长满野草的岸边，而那双虎视眈眈的黄色眼睛就近在咫尺。他几乎本能地抬手护住咽喉。少年再次笑出声来，这一次咆哮已经将轻笑驱逐殆尽，然后，又一下令人瞠目的闪电般跃动，少年已然跃入柔顺的杂草和蕨类植物丛中，不见了踪影。

“多不同寻常的野兽！”范·切尔站直身体时道。然后他想起了坎宁安的评论：“你的森林里有野兽。”

慢慢往家走的路上，范·切尔开始琢磨当地发生的各种事件，看有没有可能跟这个让人瞠目的年轻野人扯上关系。

近来森林里的野味似乎越来越少，农场里的家禽时有走失，野兔也莫名其妙地越来越罕见，他还听到些山坡上的羊羔不时被拖走的抱怨。这个野性少年是不是真有可能带着几只偷猎的良犬在山中打猎呢？他曾说起在夜里“四条腿”猎食，但又很奇怪地暗示没有狗愿意接近于他，“特别是在夜里”。这可真是费解。然后，当范·切尔在算计最近一两个月来发生的各种损失和破坏时，他的脚步和思绪突然间同时定格了。那个两个月前丢失的婴孩——都认为是跌到磨房的水流里被冲走了；但孩子的妈妈曾坚持说她听到他们居住的山坡上，从水流的对岸传来孩子的尖叫。当然，这太不可思议了，但他还是希望那个少年没有谈及两个月前吃过小孩嫩肉的怪话。这种可怕的事件就是开玩笑也是说不得的。

这次范·切尔没有像通常那样想跟大家交流一下他在森林里的发现。他作为一位教区议员和治安法官的身份似乎也因他个人财产的大受威胁而遭到某种程度的损害；甚至可能有一张记录他遭袭的羊羔和家禽的沉重账单已经送上门来了。晚饭时他非同寻常地沉默。

“你舌头打结了？”他姑母道，“人家会以为你看到了一匹狼呢。”

范·切尔因为不太熟悉这句老话，觉得姑母的评论相当愚蠢；如果他果真在他自己的产业范围看到了一匹狼，那他的舌头不定会多么活跃呢。

范·切尔直到翌日早餐时仍觉得昨天的事件引起的不安之感并未完全退尽，于是他决定乘火车去附近教区总教堂所在的镇上找到坎宁安，问清楚他到底看见了什么使他做出森林中有野兽的结论的。既然下了决心，他通常的乐观本性也就部分恢复了。他于是哼着欢快的小调，漫步走进晨室去吸他惯常的早烟。谁料，一进入晨室，轻松的小调就骤然变成了敬神的诅咒。软榻上优雅地四仰八叉地躺着的正是森林里的那个少年，带着一种几乎是夸张的安闲神态。他比范·切尔昨天看到他时要干爽，不过除此之外他的衣着看来没有丝毫的不同。

“你怎么敢跑到这儿来？”范·切尔怒斥道。

“是你跟我说我不许待在森林里的呀。”少年平静地道。

“但没叫你到这儿来。我姑妈要是看到你该怎么办！”

为了将眼前的灾难最小化，范·切尔慌忙用一份晨报尽可能将他这位不速之客遮掩起来。正在此时他姑母走了进来。

“这个可怜的孩子迷了路——而且丧失了记忆。他不知道自己是谁也忘了自己来自何处。”范·切尔绝望地解释道，同时担心地瞥了那位流浪儿童一眼，看他是不是打算不合时宜地实话实说，暴露他外貌以外的其他野性特征。

范·切尔小姐大感兴趣。

“没准他内衣上有记号。”她提议道。

“看来他的内衣也都丢了。”范·切尔说，一边狂乱地扯了几下晨报，使它尽量保持在原位。

一个无家可归的裸体小孩就像一只流浪的小猫或是被遗弃的小狗一样引起了范·切尔小姐的满腔柔情。

“我们得尽我们所能好好照顾他。”她决定。于是在极短的时间内，一位信使就被遣往牧师公馆——牧师曾雇过一个小听差——带来一套食品室仆人的着装以及必要的附件如衬衫、鞋子、硬领等等。修饰整齐、结束一新的少年在范·切尔眼里丝毫未失去其诡异之气，但他姑母却觉得他着实甜蜜可人。

“在我们知道他到底是谁之前也得叫他个什么呀，”她道，“我想，就叫他加布里埃尔-厄内斯特吧；这名字好，挺合适他的。”

范·切尔表示同意，但私下里不禁怀疑这个好名字是否安错了地方。他的疑虑丝毫未曾减轻，因为他那条沉静的老猎狗自从少年一进门就逃到了外面，眼下正顽固地待在果园的尽头浑身哆嗦着不停狂吠，而惯常跟范·切尔本人一样勤勉地饶舌的金丝雀也吓得缩成一团，至多惊恐地吱吱两下。他于是越发下定决心，一定要尽快跟坎宁安磋商一下此事。

当他驶往火车站时，他姑母正安排加布里埃尔-厄内斯特帮她招待她主日学校班里的孩子喝下午茶。

坎宁安一开始并不太愿意谈这个话题。

“我母亲死于某种脑部疾病，”他解释道，“所以你该理解我为什么不愿详述我看到的或只是自认为看到的任何一件具有不可思议的怪异特征的事物。”

“你到底看到了什么？”范·切尔坚持道。

“我自认为看到的场景实在太过诡异，没有任何一个理智健全的人会相信它当真发生过。在府上的最后一天傍晚，我正半掩在果园门口的树篱边欣赏落日的余辉时，突然看到一个裸体少年也站在光秃秃的山坡上望着落日。我把他当成了一个刚在附近哪个池塘里洗过澡的孩子，但他的身姿真像极了异教神话中的牧神，我马上就想请他做我的模特儿，如果再有那么一瞬我就会跟他打招呼了。但就在那时，太阳完全隐没，所有的橘黄粉红尽皆失色，只留下一片清冷和灰白。而与此同时，一件令人惊骇的事发生了——那个少年也跟着失踪了！”

“什么！消失于无形了？”范·切尔激动地问道。

“并非如此；这正是最可怕的所在，”画家回答，“就在一秒钟前站着那个少年的空旷山坡上立着一匹巨大的野狼，通体黑色，还有闪光的獠牙和凶狠的黄色眼睛。你可能会想——”

但范·切尔已经来不及想什么了，他以最快的速度向车站狂奔。他打消了先发个电报的念头。“加布里埃尔-厄内斯特是个狼人”根本就没办法将事情说清楚，他姑母会认为那是封密码电报而他又忘了给她密码本。他唯一的希望是能在日落前赶回家。雇来的马车似乎慢得像是蜗牛，沿途的乡间道路被落日的红霞染得姹紫嫣红。他冲进家门时他姑母正在收拾吃剩的果酱和蛋糕。

“加布里埃尔-厄内斯特在哪儿？”他几乎尖叫道。

“他送小图普回家去了。”姑母道，“天色已经不早了，我怕小家伙自己回家不安全。多可爱的落日啊！”

范·切尔虽然并未遗忘西边的落霞，却没留下来讨论落霞之美。他以日常少见的速度沿通往图普家的窄路奔去。路的一边是磨房迅疾的水流，另一边耸起山坡光秃秃的轮廓。通红的落日尚有一角挂在天边，再拐个弯儿就该看到他追的那对错配的冤家了。但霞光突然间完全失色，天边只剩一抹灰暗的光影在不停颤抖。范·切尔闻得一阵惊恐的哀号，只得无奈地停下了脚步。

小图普和加布里埃尔-厄内斯特踪影皆无，但后者弃置的外衣就躺在乡间小路上，于是大家揣测是小图普跌入了激流，陪伴的少年脱掉衣服跳进水里想救他，但自己也溺水身亡。范·切尔和当时正在近旁的几个工匠都听到一个孩子就在发现衣服的附近高声尖叫。图普太太还有十一个孩子，所以对幼子的丧亡表现得很是节制，但范·切尔小姐却真心为她失去的弃儿悲伤不已。她原想在教区的小教堂里立块纪念铜匾，上书："加布里埃尔-厄内斯特，一个无名少年，为救他人英勇献身。"

范·切尔一般而言对他姑母甚为迁就，但这次却断然拒绝为加布里埃尔-厄内斯特树碑立传。

拉普洛什卡的灵魂

拉普洛什卡是我认识的最为卑鄙之徒，同时也称得上最有趣的人物。他在说人家坏话时采用的方式如此迷人，你禁不住会原谅背地后里说你的那些同样恶毒的话。我们总是痛恨任何有关我们的恶意流言，却又总喜欢听说给我们听而且说得巧妙的流言。拉普洛什卡干得实在不赖。

拉普洛什卡自然交游颇广，而且他在择友方面也有些计较：大部分是银行账户的余额能够适应他那一边倒的好客观点之人。于是，他虽然收入颇为有限，却能在收支相抵的情况下过得相当舒适，在那些由于各种原因能够容忍他的相识之间过得就更舒服了。

但对于穷人或是跟他一样收入有限的人，他的态度就变得警觉而又焦虑；他像是时刻被一种担心所折磨，唯恐一个先令或法郎，或者不论何种流通的货币会从他的口袋或效劳中流入他某个手头正紧的同事囊中。按照坏事自有好报的原则，他会高高兴兴地为某位富有的赞助人奉上两法郎一根的雪茄烟，但我知道但凡碰到需要给侍者一点小费的场合他会宁肯身陷作伪证的苦恼也不承认他拥有哪怕一个小铜币的罪行。其实就算他付了那枚硬币，他也会在最短的时间内把它讨回来——他自有办法保证欠他钱的一方牢记这一事实——不过他深知人算不如天算，所以他那枚便士或苏[1]只要一刻还不到手，对他而言简直就是生不如死。

知道了拉普洛什卡这一可爱的弱点后，你就总忍不住拿他对并非出自本意之慷慨的恐怖开开心。主动提出用出租马车载他一程，然后又假装带的钱不够付车资；瞅准他手里捏着一把银币找头时向他要个六便士，闹他个大红脸，这都是些要靠见机行事的机灵促成的小折磨。不过论到拉普洛什卡的足智多谋，我们必须承认，无论面对多么尴尬的困境，他总能在绝不违背其永远说“不”的声誉前提下以某种方式脱身。不过众神有时也会遍撒机会于众人，我的机会在一天晚上，我正跟拉普洛什卡一块儿在一家廉价的路边餐馆共进晚餐时翩然而至。（除非是有不容置疑之收入的人士邀请，拉普洛什卡宁肯勒紧裤带；当然，碰上人家请客的好机会他就唯恐裤带不够松了。）饭就要吃完的时候，突然有个紧急口信召我即刻前往，我就没顾我的同伴激动不安的抗议，残忍地回道：“先付了我那份，明天还你。”翌日一大早，我走了平常一条极少取道的边街，但拉普洛什卡凭着本能很快就逮到了我。他带着一种彻夜未眠的神气。

“从昨晚开始你欠我两个法郎。”这就是他上气不接下气的问候语。

我故意把话题扯到了葡萄牙的局势上，情况似乎越来越不妙了。但拉普洛什卡对这个话题就像条耳聋的蝰蛇般心不在焉，并马上又回到了两法郎的主题。

“恐怕我必须得欠你的了。”我轻快而又残忍地道，“在这个世界上我一个苏都没有。”这还不算，我还伪称：“我要离开半年时间，也许更长些。”

---

① 法国旧铜币名，合五生丁。

拉普洛什卡一言未发，但他的双眼凸出了一块，而且两颊呈现出巴尔干半岛民族志地图般斑驳的颜色。当天日落时分，他溘然长逝。医生的诊断是“心力衰竭”；不过我因为晓得内情，明白他事实上死于心痛。

如何处置他那两个法郎也就成了问题。害死拉普洛什卡是一回事；留着他至爱的金钱又会造成一种我很不习惯的铁石心肠的感觉。最容易的解决办法当然是送给穷人，但这无论如何都不适应目前的情形，因为再没有比滥用他的财产更能使死人苦恼的了。反过来，想把这两法郎送给富人也得需要点技巧。摆脱困境的方式看来还是见机行事的好，于是下个礼拜天我就挤进了巴黎一家最受欢迎的教堂中那各色人等的人流。一个上书“济勒·古雷先生之穷”的募捐口袋正在走道上似乎泼水不进的人海中蜿蜒地破浪前进，我前面的一个德国人显然不希望募捐的请求打扰了他对宏伟音乐的欣赏，对他的同伴相当大声地对所谓的慈善募捐提出了批评。

“他们根本不想要钱，”他道，“他们的钱多得用不完。他们哪里有什么穷。他们吃得比谁都好。”

假如此言不虚，我的问题就解决了。我把拉普洛什卡那两法郎扔进了袋中并暗自祝祷勒·古雷先生一定要富贵齐天。

三个星期后，我因事去了维也纳，有天晚上我很享受地在瓦灵格区一家简陋但却极好的小餐馆里用餐。店里的设备极其原始，但他们的炸肉排，他们的啤酒和奶酪简直无与伦比。美酒佳肴引来食客无数，除了近门的一张小桌子之外已经客满了。吃到一半，我偶尔瞥了一眼那个空座，发现已经有人了。全神贯注死盯着菜单一定要从便宜菜色中榨出最便宜的那一种的正是拉普洛什卡。他看了我一眼，将我点的菜肴尽收眼底，仿佛在说，“你吃的就是我那两个法郎”，然后就迅速将目光移开。如此看来，勒·古雷先生的穷显然是真穷了。炸肉排马上味同嚼蜡了，啤酒也像是变了温暾水；瑞士干酪我碰都没碰。我唯一的念头就是赶快离开那个餐馆，离开那个人就座的那个房间；在我仓皇逃窜之际，我感觉拉普洛什卡责备的眼神盯着我给吹短笛的小费数目——又是从他那两法郎中出的。翌日，我特意到一家我觉得活着的拉普洛什卡绝不可能涉足的昂贵餐厅吃午饭，希望死了的拉普洛什卡仍能恪守同样的界限。事实证明我没错，但我从餐厅出来后发现他正面容愁惨地研究钉在入口处的菜单。然后他慢慢地举步去了一家自助餐厅。有生以来第一次，维也纳生活的魅力和快乐在我眼中黯然失色。

自此之后，无论到巴黎、伦敦还是天涯海角，我总是能经常看到拉普洛什卡。如果我坐在戏院的包厢里，就会感觉到他躲在最高楼座的昏暗旮旯里偷偷望着我的目光。如果在下雨的午后进入我的俱乐部，我就会看到他憋憋屈屈地躲在对面的门廊下避雨。我哪怕在海德公园收费最低廉的椅子上坐坐，也会看到他就坐在一边的免费长椅上，他倒从不盯着我看，不过总是煞费苦心地如影随形。我的很多朋友都开始说我脸色大变并建议我能抛开的杂事就尽量抛开。要是能做得到，我早就把拉普洛什卡抛开了。

在某个礼拜天——也许是复活节，因为比平常挤得更厉害——我再次挤进拥在时髦的巴黎教堂听音乐的人群，那个募捐包又一次艰难地穿越人海。我身后的一位英国女士想把一个硬币扔进去，但隔得太远，于是我经她请求帮她把硬币投进去。那是个两法郎的硬币。我突然灵机一闪，临了只把我的一个苏放进募捐包，那枚银币滑进了我自己的口袋。我把拉普洛什卡的那两法郎又从穷人手里夺了回来，那起穷鬼永远不配有这样的馈赠。我从人群中退出时听到有个女人的声音道，“我不信他把钱放进了募捐袋。巴黎怎么遍地都是这种人！”不过我的心情却很久以来头一次轻松起来。

如何把这重新得到的财富送给“配”得到它的富人，仍是个棘手的问题。我再次将希望寄托给意外的灵感，而幸运竟再次眷顾于我。两天后，我因为避雨，闯进了塞纳左岸一座历史悠久的教堂，我发现 R. 男爵——巴黎最富有但衣着最破敝的著名人物正在细察教堂的旧木雕。这可真是千载难逢、稍纵即逝的良机！于是我在自己明显的英国腔法语之上再加以强烈的美语变形，向男爵询问起教堂建筑的时代、其规模以及美国游客肯定想知道的其他细节问题。在获悉这类男爵只需几句话就能对付了的信息之后，我庄严地将那两法郎硬币放在他手上，热诚地保证那是“给您的”，然后转身离去。男爵微微一怔，不过还是很有风度地接受了施舍。他踱到钉在墙上的一个小匣子前，把拉普洛什卡的两法郎扔进了投币孔。小匣子上题了一行字“济勒·古雷先生之穷”。

当天傍晚，在和平咖啡馆附近一个拥挤的拐角，我瞥见了拉普洛什卡的身影。他微笑着将礼帽稍稍一抬，就此消失。此后我再也没有见到他。终于，钱给了配领受它的富人，拉普洛什卡的灵魂终得安宁。

战略家

加拉特夫人举办的年轻人派对是非常孤高排外的；这样一来它实际上越来越不值钱，因为你能邀请的人只会越来越少。加拉特夫人并不是有意想不值钱的，不过她一般来说总能达到这种结果。

“女孩应该有十个左右，”罗洛在驱车前往派对的途中推测道，“应该有四个男孩，除非罗特斯莱兄弟把他们的表弟带来，老天绝对不许。那将意味着杰克跟我要对他们仨了。”

罗洛跟罗特斯莱兄弟差不多自打襁褓中开始就一直不和。他们只时不时地在各种假日里碰到，每次碰到，谁的后援最少谁就会倒霉。罗洛已经把一位忠心耿耿而且肌肉发达的党羽计算在今晚的派对之内，这样才基本平衡。但他到的时候却听到他预期中伙伴的姐姐在向女主人道歉，说她弟弟因故不能前来；片刻之后他又注意到罗特斯莱果然把他们的表弟也带来了。

两对三应该很刺激，也有可能会倒霉；一对三就注定跟拜访牙医一样有趣了。罗洛在不失礼的前提下尽快订下了他的马车，然后带着一丝他想象中真正的贵族登上断头台时面带的微笑面对他的对手。

“真高兴你能来。”大罗特斯莱热忱地道。

“现在，我猜你们这帮孩子该想着玩游戏了吧。”加拉特夫人道，以便给派对的活动起个头。既然孩子们都很有教养，不便驳她的面子，剩下的问题就只有玩什么了。

“我知道一个好玩的游戏。”大罗特斯莱一脸纯真地道，“男孩子离开这个房间想出一个词来；然后再回来让女孩子猜这个词是什么。”

罗洛知道这个游戏。要是他这一派占优的话他本人就会做同样的提议。

“这也难保有什么趣儿。”男孩子们鱼贯而出的时候盛气凌人的德洛丽斯·斯尼普轻蔑地道。罗洛的想法却大为不同。他切望上帝不要让罗特斯莱兄弟手边有什么比打结的手帕更糟的家什。

身负选词重任的男孩子把自己反锁在图书室里，确保他们的深思不受外部打扰。事实证明上帝并没有正派地保持中立；图书室靠墙的一个架子上摆着一根打狗鞭和一根鲸鱼骨的马鞭。罗洛心想，把这么具有杀伤力的武器落在这儿真是可耻的疏忽。他可以在两样武器中选一样受罚，于是就选了打狗鞭；没过一分钟他就后悔不迭了，心想自己怎么做了这么愚蠢的选择。然后他们就回到那群没精打采等着的女士面前。

“这个词是‘骆驼’。”罗特斯莱的表弟笨口拙舌地宣布。

“你这个呆子！”女孩们尖叫道，“这个词得由我们猜出来。你们只能再回去另想个词了。”

“千万别！”罗洛脱口而出，“我是说，这个词确切地说并不是骆驼；我们刚才是在开玩笑。就假装是‘单峰驼’吧！”他低声对别的男孩道。

“我听见他们在说‘单峰驼’！我亲耳听见的。我才不管你怎么辩；我听见了。”可憎的德洛丽斯告了密，“她那么长的耳朵，什么听不见。”罗洛粗暴地想。

“我想我们只能回去了。”大罗特斯莱顺从地道。

他们再次把自己反锁起来开秘密会议。“你们看这儿，我可不想再尝一遍打狗鞭的滋味了。”罗洛抗议道。

“当然不了，小亲亲，”大罗特斯莱道，“这次我们要试试鲸鱼骨马鞭了，你会知道哪一样更痛。这种事只有亲身尝试一下才能知道。”

罗洛很快就发现他当初选打狗鞭还算是明智之举。秘密会议给他一定时间让他的下唇不再哆嗦，与此同时讨论该选哪个词。“北美野马”不合适，因为会有半数女孩子不知所云；最后他们选了“白氏斑马”①。

“你们得过来坐在这儿。”调查委员会在他们重新露面后齐声道；但罗洛顽固地坚持被询问方应该一直取站姿。不管怎么说，总算熬到了游戏结束宣布要吃晚餐了。

加拉特夫人倒不是有意克扣她年轻的客人，不过晚餐桌上稍微稀罕一点的吃食从来都不会不必要地准备太多，通常最好的策略是看到桌子上还有你想吃的东西就尽快下手。这一次，她备了十六个桃子在十四个孩子中间“传送”；这也的确错不在她：罗特斯莱两兄弟和他们的表弟因为预见到饥肠辘辘回家转的漫漫长途，每人悄悄在兜里多揣了一个，不过到最后，在德洛丽斯跟胖乎乎、好性儿的艾格尼斯·布莱克之间只剩下一个桃子时，可真够难堪的。

“我想我们最好一人一半。”德洛丽斯酸溜溜地道。

但艾格尼斯可是胖乎乎在先，好性儿其后的；这是她生活中

① 似斑马的哺乳动物，原产于南非，自十九世纪后期以来即已绝种。

的指导性原则。尽管她非常同情德洛丽斯，她还是几口就把桃子吞了下去，并解释说桃子一分就毁了，汁水就流尽了。

“现在你们想来点什么？”加拉特夫人为了转移注意力赶紧问道。“我本来预订的职业魔术师在最后关头跟我爽了约。你们有谁能朗诵一段的？”

这么一问之下，马上现出普遍恐慌的兆头。大家都知道，德洛丽斯只要稍加催促就会朗诵“劳克斯莱堂”。曾有过数次，当她刚诵出首句“同志们，请让我单独待一会儿”时，她的很多听众都将其当作了真正的命令不折不扣地马上执行了。所以，当罗洛轻率地宣称他可以玩几个小戏法时大家都长出了一口气。他有生以来从没玩过什么戏法，但两次拜访图书室的经历已经刺激得他前所未有地卤莽起来。

“大家都见过魔术师从人身上变出硬币、纸牌之类的玩意儿，”他宣布，“现在，我要从你们身上变出点更有趣的东西来。比如说耗子。”

“不要耗子！”

正如他预见到的，大部分观众爆发出一阵抗议的尖叫。

“那就水果吧。”

修正后的建议得到了赞同。艾格尼斯尤其眉开眼笑。

罗洛没再罗嗦，径直走向他的三个敌人，顺序把手伸进他们胸口的内袋，摸出三个桃子。没人鼓掌，不过对于表演者来说，再热烈的掌声也不如这次的鸦雀无声更配他的妙举了。

“当然，一开始我们就知道了。”罗特斯莱兄弟的表弟蹩脚地道。

“算了吧。”罗洛暗自吃吃笑道。

“如果他们早就串通好的话，他们就会赌咒发誓对此一无所

知了。”德洛丽斯以敏锐的自信评论道。

“你还会变别的戏法吗？”加拉特夫人慌忙问道。

罗洛当然不会了。他于是暗示他可以把这三个桃子变成别的什么东西，但艾格尼斯已经把其中一个变了口中食，所以也就没法儿再变什么了。

“我知道一个游戏，”大罗特斯莱阴沉地道，“我们几个男孩子出去想出几个历史人物来，然后回来扮演他们，姑娘们得猜出扮的是谁。”

“恐怕我必须得走了。”罗洛对女主人道。

“你的马车还要有二十分钟才到呢。”加拉特夫人道。

“今晚天气如此晴好，我想散着步去迎我的马车。”

“眼下雨下得正大呢。你刚好来得及玩这个历史游戏。”

“我们还没听过德洛丽斯的朗诵呢。”罗洛绝望地道；话一出口他就意识到自己大错特错了。面对“劳克斯莱堂”的威胁，

大家众口一词地拥护历史游戏。

罗洛打出了最后一张牌。他假意压低声音对罗特斯莱兄弟说悄悄话，其实故意要让艾格尼斯听个一清二楚，他道——

“好吧，老伙计；我们这就去图书室把剩下的巧克力吃完。”

“我觉得也该轮到女孩子们出去了，这才算公平。”艾格尼斯精神勃发地道。她坚持要公平公正。

“瞎说，”其他女孩道，“我们的人太多了。”

“那我们也出四个。我是其中之一。”

艾格尼斯朝图书室飞奔而去，后面跟着三个并不热心的女孩。

罗洛沉入一把椅子，朝罗特斯莱兄弟微弱地一笑，也就是将牙齿露出那么一刹那；一只侥幸逃脱猎犬的獠牙终于安全沉入深潭的水獭，应该也会露出类似的情感表征。

从图书室传来挪动家具的声音。艾格尼斯正在把一切翻个底儿朝天，力图找到那神话里的巧克力。然后又传来一阵更令人愉快的声音：车轮嘎嘎吱吱地碾在潮湿的砾石路上。

“今晚真是过得太愉快了。”罗洛对女主人道。

多饶一个[①]

人物：

理查德·达姆巴顿少校

卡鲁太太

佩里-佩吉特太太

场景：

向东行驶的蒸汽船甲板。达姆巴顿少校坐在甲板躺椅上，他身边另有一把椅子，上面印着“卡鲁太太”之字样，附近还有第三把椅子。

（卡鲁太太从右侧上，从容不迫地在她的躺椅上坐下，少校假装没看到她。）

少校（突然转身）：艾米丽！多年未见！这真是老天注定啊！

艾米丽：老天注定！才不是呢；是我定的。你们男人都这么宿命论。我将自己的行期推迟了整整三周，为的就是跟你同船，我看到你乘这条船了。我贿赂了乘务员，他才把我们的椅子肩并

---

① 原文为“the baker's dozen”，所谓“面包师傅的一打”实际上是十三个，以昔日面包师傅及其他商店售货时以十三为一打，以免被控短斤少两，故名。

肩搬到这样一个清静的角落，而且我费了九牛二虎之力使自己今天早上看起来特别吸引人，临了你倒说什么“老天注定”。我看起来确实特别吸引人，没错吧？

少校： 非比寻常。岁月只在你的魅力之上又增添了成熟。

艾米丽： 我就知道你会这么说。示爱的措辞实在太有限了，不是吗？毕竟，主要的魅力就在于有人在向你示爱。你在向我示爱，没错吧？

少校： 艾米丽我最亲爱的，我早就开始求爱了，甚至在你就座之前。我也贿赂了乘务员把我们的椅子摆到一个隐秘的角落。“您可以当它已经安排好了，先生。”他这样回答我。那是刚用完早餐的时候。

艾米丽： 一个先想着填饱肚子的男人。我一离开房舱就开始安排躺椅的事宜了。

少校： 别这么不讲道理。我是在用早餐时才发现你竟然也在船上的。整个用餐期间我使出浑身解数向一位轻佻女郎大献殷勤，就是为了引你吃醋。眼下她可能就在房舱里给她的某位轻佻同伴大肆描述我的行径呢。

艾米丽： 你没必要费那么大劲儿引我吃醋，狄基。你多年前就这么干过，当时你娶了别的女人。

少校： 说起来，你当时已经走了，而且也嫁了别的男人——一个鳏夫。

艾米丽： 我想，嫁个鳏夫不会造成太大伤害。如果能碰到个真正像样的鳏夫，我还想再嫁一次呢。

少校： 你看，艾米丽，你这么说实在有欠公正。自始至终你都领先我整整一圈。眼下该我向你求婚了；你只需回答“我愿意”就成了。

艾米丽： 我实际上已经说过了，所以我们根本不用在这上面浪费时间。

少校： 哦，这么说来——

（他们相互对视，然后突然充满激情地拥抱在一起。）

少校： 我们当时是半斤八两。（突然跳起脚来。）哦，该死，我倒忘了！

艾米丽： 什么忘了？

少校： 孩子。我早该告诉你。你不介意孩子吧？

艾米丽： 只要不是太多。你有几个？

少校（匆忙数手指头）： 五个。

艾米丽： 五个！

少校（忧虑地）： 太多了？

艾米丽： 是不少。问题是我也有孩子。

少校： 很多？

艾米丽： 八个。

少校： 六年时间生了八个！哦，艾米丽！

艾米丽： 只有四个是我的。另四个是我丈夫的遗留问题。不过还是有八个呀。

少校： 八加五就是十三个。我们不能带着十三个孩子开始我们的婚姻生活；这太不吉利了。（激动得来回踱步。）一定得想想办法。我们要是能把他们减到十二个就成了。十三太不吉利了。

艾米丽： 我们有没有办法送掉一两个？法国人不是喜欢多要孩子吗？我经常在《费加罗报》上看到这方面的文章。

少校： 我想他们想要的是法国孩子。我的孩子连法语都讲不来。

艾米丽： 他们中总会有一个可能变得堕落邪恶，这样你就可以不认他了。我听说过这样的事。

少校： 可是，老天爷，你得先教育他们才行。一个男孩子如果不送到一所好学校，你是没法期待他变得堕落的呀。

艾米丽： 他怎么就不能天然自己堕落呢。好多男孩都是这样的。

少校： 只有在他们承继了堕落父母的遗传时才有这种可能。你不会认为我身上有什么堕落的因子吧?

艾米丽： 也有会隔代遗传的可能嘛。你的家族里就没出一个坏蛋?

少校： 是有一位从不提起的姑母。

艾米丽： 这就是了!

少校： 但你不能太指望这个。在维多利亚中期有无数被打上不能谈起烙印的事物其实都应该相当宽容地加以讨论的。我想这位另类姑母可能也就嫁了个"一位论"教徒，要么就是分开两腿骑着马去打猎这类的由头。不管怎么说，我们不能这么毫不确定地等着某个孩子继承一位是否真正堕落还有待查考的姑奶奶的衣钵。肯定得想别的法子。

艾米丽： 不是有人从别人家里过继孩子的吗?

少校： 我听说的都是自己没有孩子的才这么干，而这样的人——

艾米丽： 嘘！有人来了。是谁?

少校： 佩里-佩吉特太太。

艾米丽： 就是她了!

少校： 什么她了，过继孩子？她没有孩子?

艾米丽： 只有个可怜的小女孩。

少校： 我们来探听一下她的口气。

（佩里-佩吉特太太从右边上。）

啊，早上好。佩里-佩吉特太太。刚刚用早餐的时候我还在琢磨我们上次在哪儿见过呢。

佩太太： 在克里特林，不是吗？

（在空的躺椅上躺下。）

少校： 在克里林特，当然了。

佩太太： 当时我正在跟斯拉格福德勋爵及夫人吃饭。他们非常迷人，但很卑鄙。饭后他们带我去了室内赛车场，去看某位舞者演绎门德尔松的“无衣歌”[①]。我们全挤在靠近屋顶的一个小包厢里，你可以想象会热成什么样子。那就像是洗土耳其浴。而且，当然了，你什么都看不见。

少校： 那就不像洗土耳其浴了。

佩太太： 少校！

艾米丽： 您来的时候我们正巧谈到您呢。

佩太太： 当真！希望不是讲我的坏话。

艾米丽： 瞧您说的，当然不会！旅程刚刚开始就谈这个还为时过早。我们是很为您感到难过。

佩太太： 为我难过？此话怎讲？

少校： 您家里壁炉虽暖，膝下却着实凄凉，您知道。没有嗒嗒跑动的小脚丫。

佩太太： 少校！你怎么敢这么说？我有我的小姑娘，我想你该清楚的。她的小脚丫跑得不比任何孩子差。

---

① 门德尔松的作品叫“无词歌”（Songs without Words），而不是什么“无衣歌”（Songs without Clothes）。

少校： 但只有一对小脚丫。

佩太太： 那是自然，我女儿又不是条蜈蚣。你就想想他们让我们在那些可怕的丛林驻地间调来调去，连一所像样的住宅都没有，我想我是有了个没壁炉取暖的孩子，而不是什么没孩子的凄凉壁炉。不过还是谢谢你们的同情。我想你们都是出于好意。无礼经常都出于好意。

艾米丽： 亲爱的佩里-佩吉特太太，我们只是为你那个甜蜜的小姑娘难过，你知道，等她长大一点的时候。没有小兄弟姐妹跟她一起玩。

佩太太： 卡鲁太太，你这话至少让我觉得你很无礼。我结婚才不过两年半，我的家庭自然不大了。

少校： 将一个女性小孩子说成是一个家庭未免有失夸张吧？家庭意味着人丁兴旺。

佩太太： 说真格的，少校，您的语言还真是不同凡响。我敢说，虽然我目前只有那么一个你所谓的女性小孩子——

少校： 哦，以后她也不会变成个男孩，如果这是您的筹算的话。就听我们一句吧，在这上面我们的经验可比你丰富得多了。生下来是个女孩，就一直是个女孩。大自然并非一贯正确，但她总是坚持自己的错误。

佩太太（起身）：达姆巴顿少校，我们乘的船不幸总是太小，不过我确信我们在剩余的旅途中尚能找到足够多避免彼此交际的场所。在您这方面我也有同样的期望，卡鲁太太。

（佩里-佩吉特夫人自左边下。）

少校： 真是个不通人情的母亲！（跌倒在躺椅上。）

艾米丽： 把孩子托付给她这种脾气的人我才不放心呢。哦，狄基，你当初干吗要弄出这么大个家庭来？你不是一直都说想让我做你孩子的母亲吗。

少校： 你在忙着跟人家建立、生育新王朝的时候我不能就这么干等着呀。你为什么就不能满足于自己生几个孩子，偏要集邮一样把一批都集满？竟然想到嫁给一个有四个孩子的男人，你也想得出！

艾米丽： 哼，眼下正有人求我嫁给有五个孩子的男人呢。

少校： 五个！（一下子跳起来。）我说的五个？

艾米丽： 你说的当然是五个。

少校： 哦，艾米丽，没准我数错了呢！现在听好了，跟着我数。理查德——当然是随我的名字。

艾米丽： 一个。

少校： 阿尔伯特-维克多——想必是国王加冕那年生的。

艾米丽： 两个！

少校： 莫德。她的名字取自——

艾米丽： 就甭管她跟谁叫了。三个！

少校： 还有杰拉尔德。

艾米丽： 四！

少校： 没了。

艾米丽： 你肯定？

少校： 我发誓就这么多。我一定是把阿尔伯特-维克多数成俩了。

艾米丽： 理查德！

少校： 艾米丽！

（两人拥抱在一起。）

耗子

西奥德里克·沃勒自小就在母亲温柔的呵护下长大，一直到他中年，母亲都竭力保护他免受她所谓的粗鄙现实的侵扰。但她一死，就剩下西奥德里克独自面对那个一如既往的现实世界了，那可远比他意料中的要粗鄙得多。他这样性情和教养的人，哪怕简单到乘个火车这样的小事也会充满各种小烦恼和小龃龉。一个秋天的早上，他在一个二等车厢安顿下来后，仍旧觉得心神不宁。他一直待在一个乡村牧师公馆，同住之人当然既不野蛮也不疯癫，但他们对于家庭事务的管理一直都很松懈，所以难免漏洞百出。应该载他前往车站的矮脚马拉的车从来就未曾安排妥帖，而且就在他即将动身之际，本该料理各项杂务的杂役又失了影踪。情急之下西奥德里克只得跟教区牧师的千金共同担当为矮脚马套上挽具的重任，他虽然没说什么，心下却充满了厌恶。他们得在一个称作马厩的昏暗的库房里摸索，那地方闻起来也确实很像马厩——不过有些部分则颇有些耗子的气息。西奥德里克也不是当真就怕了耗子，不过将它们归之于生活中那些粗俗之物的行列，并认为万能的上帝只需稍微运用一下道德的勇气，老早前就该认识到它们并非不可或缺之物，将其从大自然的循环中撤除了。当火车缓缓驶出车站时，西奥德里克紧张的想象力又开始责备自己身上散发出淡淡的马厩场院的气味，他通常总是刷得极为整洁的外衣上兴许还沾着一两根发霉的稻草呢。所幸他车厢里除他之外唯一的旅客，一位大约跟他同龄的女士似乎正在昏昏欲睡而非详细审查他；列车会直达终点，而且是老式的车厢，没有走廊相通，因此在一个小时左右的时间内就不会再有别的乘客打搅西奥德里克的这种半隐私状态了。然而，还没等列车提到正常的速度，他就倍感嫌恶却又异常鲜明地感受到他并非跟那位昏昏欲睡的女士孤身独处；他甚至并非跟他自己的衣服孤身独处。他身体上一个暖烘烘的小东西虽看不见却令他极度痛苦、切齿痛恨的爬动表明他衣服里面钻进了一只迷途的耗子，肯定就是在给矮脚马上挽具时冲进它如今的避难所的。偷偷摸摸的跺脚和摇晃以及野蛮地径直抓、掐都未能将那位擅闯者驱逐出境，这位擅闯者的座右铭倒确乎是“更上层楼”了。衣服的合法占有者往椅垫上一靠，尽力想马上找到办法结束这一双重拥有权。如果要他的衣服在整整一小时内继续充当流浪耗子们（他已经在想象中至少将入侵者的数量翻了一倍）的罗顿屋[1]，那可实在是不堪设想。但是，若非部分脱去衣服，他又断不能将他的苦恼彻底除去，然而要当着一位女士的面宽衣，哪怕是出于如此值得赞许之意图，单是想一想就足够使他羞愧得面红耳热了。当着女士的面他连袜子都从没脱过。然而——眼下的这位女士从各方面的迹象来看都已睡熟；而且那只耗子看来正努力将它的漫游年代压缩在奋发图强的几分钟内完成。如果说生命轮回的理论确有那么一点道理的话，这只耗子的前生肯定是阿尔卑斯登山俱乐部的一员。有时，它在情急之下会一脚踩空，向下滑落个半英寸左右；然后，吃惊

① 所谓“罗顿屋”，是一种租给穷人住宿的房屋，其条件优于仅提供夜宿铺位的寄宿舍。

之余，或者更可能是愤怒之余，它竟会张口咬人。西奥德里克被逼无奈之下采取了有生以来最为大胆的举动。他脸红得就像是甜菜根，一边极度苦恼地盯着他沉睡的女性旅伴，一边迅速、无声地将他的旅行毛毯的两角固定在车厢两侧的行李架上，这样一来整个车厢就被隔成了两部分。在他临时布置好的逼仄更衣室里，他飞快地脱掉一部分衣服，那只耗子于是全然从斜纹软呢和半羊毛织物的包裹中显露出来。当那只行迹败露的耗子朝地板上拼命一跃之际，那条毯子也滑落下来，以一声令人心脏停跳的巨响跌落在地板上，而几乎就在同时，被惊醒的女士也睁开了眼睛。西奥德里克以迅雷不及掩耳之势扑向毯子，一把将它拽到下巴底下，然后顺势倒向车厢另一侧的角落。他脖子和前额的血液在血管里奔突跳跃，无言地静待对方开口。然而那位女士却似乎满足于安静地凝视她这位用毯子裹起来的奇怪旅伴。她看到了多少？西奥德里克心下思忖；而且，她到底会怎么想他眼下的这副怪相？

“我想我是感冒了。”他绝望地冒险道。

“是吗，真抱歉，”她答道，“我刚想问您能否把这边的窗子打开呢。”

“我怕是发了疟疾。”他补充道，牙齿轻轻地磕碰不已，既是出于恐惧，也是想证明他的理论。

“我手提箱里带着些白兰地呢，您能否帮我拿下来？”他的旅伴道。

“绝对不行——我是说，我从来不服用任何东西。”他向她诚挚地保证。

“我猜您是在热带得的吧？”

西奥德里克跟热带的联系仅限于一位锡兰的叔叔每年送给他

的一箱茶叶，他觉得就连疟疾也在弃他而去了。他琢磨着，有没有可能将事件的真实情况一点点地透露给她?

“您怕耗子吗?”他冒险问道，脸红得更加厉害——如果还有这个余地的话。

“除非是成群结队。为什么问这个?”

“刚才我衣服里爬进去了一只耗子。”西奥德里克的声音听来简直不像是他了，“这可真是尴尬死了。”

“想必是的，要是你衣服穿得很紧就好了。”她评论道，“不过耗子对何为舒适想必有很奇怪的看法。”

“我只得在您刚才小睡的时候把它弄了出来。”他继续道。然后，咽了口唾沫又补充说，“就是为了把它弄出来，我才弄——弄成这样的。”

“弄掉只小耗子也犯不着感冒呀。”她叫道，态度之轻率令西奥德里克非常厌恶。

她肯定是已经觉察到了他的窘境，故意消遣他呢。他全身的血液似乎都已凝聚到了脸上，出丑的痛苦在他灵魂中上下乱翻，比无数只耗子更加难受。然后，随着头脑逐渐冷静下来，极度的恐惧取代了全然的羞辱。随着时间一分一秒地流逝，火车距离熙攘忙乱的终点也越来越近了，到时候，就会有几十双窥探的眼睛取代目前从车厢另一侧望着他、令他动弹不得的这一双眼睛。只剩一线绝望的机会，几分钟内就会见分晓：他的旅伴可能再次陷入有福的沉睡。不过，随着时间的流逝，这个机会也随之彻底泡汤。西奥德里克无数次偷偷摸摸的窥视都发现她警醒得眼睛都不眨一下。

“我想我们应该快到了。”她道。

西奥德里克本已经越来越惊恐地注意到沿途重新出现的一堆

堆狭小丑陋的房屋，这句话正可以作为一个信号。就像被追猎的野兽会绝望地从隐身处蹿出来、疯狂地冲向另一个暂时的避难所，他不顾一切地掀掉毯子，手忙脚乱地将他凌乱的衣服往身上套。他感觉好几个单调的郊外小站已经从车窗旁一晃而过，他感觉胸口和嗓子眼宛若重锤敲打，喘不过气来，感觉到他不敢去看的角落里那冷冰冰的沉默。然后他跌坐回自己的座位，衣冠俱全，几乎发狂。列车已经减速，就要停下来了，此时那位女士开了口。

“您能不能帮我个忙，”她问，“去叫一位行李搬运工来带我去乘出租马车？您身体欠安还这么麻烦您真是过意不去，但我这么个瞎眼老太婆到了站真是一筹莫展哪。”

托比莫利

那是八月底一个阴冷落雨的午后，正是个不尴不尬的时节：山鹑要么还没长成，要么已经储藏在冷库里了，根本没什么可打的——除非在北部布里斯托尔海峡附近，在那儿也许还能追猎肥胖的红色牡鹿。布莱姆雷夫人的乡居派对并不在北部的布里斯托尔海峡附近举办，因此那个午后的茶桌旁就高朋满座了。尽管时节尴尬、场合陈腐，大家还没有现出那种疲惫的坐立不宁的迹象——那将意味着嫌恶自动钢琴以及抑制不住地渴望打竞叫桥牌。整个派对的宾客显而易见都被科尼利厄斯·安品那毫不做作的负面个性吸引住了。在所有参加布莱姆雷夫人派对的宾客中，他的声誉是最可疑的。有人曾赞他“聪明”，而他之所以受到邀请，也是因为女主人至少期望他的聪明能给大家带来点娱乐。但直到下午茶时间，她也未能发现他的聪明表现在什么方面。他既不风趣也非槌球冠军，既没本事给人催眠也主持不了票友的串戏。他又算不得什么小白脸，没有一个女人会因他的外表担待他的智力缺陷。他只不过是安品先生，所谓的科尼利厄斯看来不过是一层受洗时的透明烟雾。而眼下他声称自己正在着手一项伟大的发明，相形之下，火药、印刷术、蒸汽机的发明不过就是儿戏。近几十年来，科学已经在众多领域取得了令人瞠目的重大进展，不过他的创造与其说是科学成就，倒更像一桩奇迹。

“你当真要我们相信，”威尔弗瑞德爵士道，“你已经发现了如何教会动物讲人话的方法？亲爱的老托比莫利就是你成功教出来的第一个学生？”

“这是个我迄今为止已研究了十七年的难题，”安品先生道，“可是一直到八九个月前，我才真正看到了胜利的曙光。当然我试验了成千上万种动物，不过最近我才最终选定了猫——这真是一种神奇的造物，它们既不可思议地吸收了我们的文明，又始终保持着它们自己高度发达的野性本能。你不时会碰到一两只具有出类拔萃智力的猫，正如在人群中的发现一样，而我在一周前结识托比莫利时立刻就看出它就是一只具有超群智能的‘超猫’。在此前的实验中我已经取得了巨大的成功；而跟托比莫利一起合作之后，正如您所说的，我已然实现了我的目标。”

安品先生在归结自己的成功时竭力压下了自得的语气。没人道出“老鼠”这个词[①]，虽然克劳维斯摆出了一个单音节词的口型，也许发的就是这种表示不信的啮齿动物的芳名。

“你的意思是不是说，”莱斯克小姐稍稍顿了一下道，“你已经教会托比莫利听懂和发出单音节的简单句子？”

“我亲爱的莱斯克小姐，”这位奇迹创造者耐心地道，“教小孩子、野蛮人以及智商低下的成年人时才使用这种零碎的方式；而一旦找到了如何教育一种智能高度发展的动物的窍门，我们就再也不需要这种漏洞百出的办法了。托比莫利能非常正确完美地讲我们的语言。”

这次克劳维斯确定无疑地冒出了句：“超老鼠！”[②] 威尔弗

---

① rats 的一意是“胡说，瞎扯”。

② 亦即“超级瞎扯”。

瑞德爵士虽比较有礼貌，却同样表示怀疑。

“那我们把那只猫带进来当场检验一下岂不最好？”布莱姆雷夫人建议道。

威尔弗瑞德爵士找猫去了，其他人则安顿下来，没精打采地准备观赏一次应该算得机敏的腹语术表演。

威尔弗瑞德爵士不一会儿就回来了，他晒得黑黑的脸色泛出苍白，眼睛兴奋地大睁着。“真他妈的，是真的！”

他的激动显然是真的，大家也因而兴味大生。

威尔弗瑞德爵士往一把靠背椅上一倒，继续气喘吁吁地道：“我发现他正在吸烟室里打瞌睡，就大声唤他过来喝茶。他像通常一般视而不见地朝我翻了一下眼皮，我又说，‘来吧，托比；别让我们久等’；他妈的！他竟然以绝对自然的语气懒洋洋地说等他先活动活动手脚就过来！我惊得差一点灵魂出窍！”

安品先生先前的布道大家全作耳旁风；而威尔弗瑞德爵士的几句话一出大家马上就深信不疑了。在因震惊而生的一片众口喧哗中，这位科学家无言地坐着，静静享受着他那惊人发现的第一颗果实。

在喧嚷声中托比莫利进入了房间，他步态轻盈、故作冷淡地穿过围着茶桌的人群。

大家这才突然醒过神，强自安静下来。不知怎的，要承认一只家猫具有跟人类同等的思维能力确乎总有点尴尬。

“你要喝点牛奶吗，托比莫利？”布莱姆雷夫人的声音听来相当紧张。

“喝点也没什么不可以。”那只猫这样回答，而且腔调相当漠不关心。一阵压抑住的兴奋一下子在听众中爆发出来，布莱姆雷夫人在往茶碟里倒牛奶时手相当不稳当也就颇可以谅解了。

"恐怕泼出来不少。"她颇为歉疚地道。

"反正也不是我的羊毛地毯。"托比莫利回道。

人群中又一阵沉默，然后莱斯克小姐以她最佳的教区长助理[①]之仪态问他学习人类的语言是否很难。托比莫利端详了她一会儿，而后目光定格在中间的距离。显然这种恼人的问题越出了他人生规划的范围。

"你对人类的智能有什么看法？"梅维斯·佩灵顿笨拙地问。

"具体点，谁的智能？"托比莫利冷冷地回问。

"哦，比如说我的。"梅维斯道，虚弱地一笑。

"这可是将我置于尴尬境地了。"托比莫利道，但他的语气和态度却没有一丁点尴尬的意味。"当你的名字被建议列入此次乡居派对的来宾名单时，威尔弗瑞德爵士曾予以反对，说你是他的相识中最没有头脑的女人了，并说好客跟照顾低能儿可是两码事。布莱姆雷夫人回说你的低能恰恰是为你赢得邀请的特质，因为你是她能想到的唯一白痴到可能买他们旧车的主顾。你知道，就是那辆他们称为'科林斯王之妒忌'的车，因为要是你在后面推着它的话它上坡还是挺顺的。"

布莱姆雷夫人的抗议本可以有更大成效的，可惜她刚刚在早上还似乎不经意地暗示那辆问题车最适合梅维斯开回德文郡家里了。

巴菲尔德少校此刻费劲地插进来想转移话题。

"你跟那只玳瑁色小母猫在马厩里搞的风流事怎么样了，呃？"

---

① 英国国教的教区长助理通常由女性担任，负责走访教区内的贫病居民。

话一出口，所有的人都意识到大错已铸成。

“大家通常都不会在公开场合谈论这类事情的。”托比莫利生硬地道。“从我对你进入这幢房子的小小观察来看，我有理由相信如果我把话题转到你的那点小风流事上，你也会觉得很不方便的。”

这话引起的恐慌可不限于少校一人。

“你想去看看厨子是否已经为你备好晚餐了吗？”布莱姆雷夫人匆忙地建议道，假装忘了到托比莫利的晚餐时间至少还有两个小时的事实。

“多谢，”托比莫利道，“没这么快，我才用过茶点。我可不想死于消化不良。”

“猫不是有九命嘛。”威尔弗瑞德爵士热忱地道。

“也许吧，”托比莫利回道，“不过只有一副肝脏。”

“阿德莱德！”科奈特太太道，“你真想鼓励那只猫跑到用人那儿去传播我们的闲话吗？”

感到恐慌的已经非止一两个人了。城堡外围有一圈装饰性的围栏，大部分卧室的窗户都对着这圈围栏，此刻大家都惊慌地想起那正是托比莫利最喜欢的散步场所，他整天都在那儿盘桓，因为从那儿可以观察那些鸽子——还有鬼才知道的别的什么。如果他在目前这种直言不讳的天性之下又添上了爱唠叨的毛病，那结果可就不止是令人不安了。科奈特太太惯常在她的梳妆台上花费无数光阴，她虽严守时刻，肤色却宛若游牧民族，此刻她跟少校一样局促难安。斯克拉文小姐平常勤奋地书写优美的诗篇，过着无可指摘的生活，也极少见地表现出了愤怒；如果你的私生活过得有条不紊、贞洁高尚，也没必要喧嚷得尽人皆知呀。伯蒂·范·泰恩在年方十七时就已经堕落不堪，因此早就放弃了力争更加堕落的宏愿，此刻的脸色翻成了栀子花那样凝滞的白，但他毕竟还没像奥多·芬斯伯利那样冲动之下愚蠢地冲出房间，此君是位年轻的绅士，应该正在攻读神职，他想必是不想听到涉及别人的闲话才出此下策的。克劳维斯表面仍能保持镇定自若；私下里却在算计要花多长时间才能从《交易和市场》代理那儿弄到一盒稀罕的耗子当作这只猫的堵嘴钱。

即使在这么棘手微妙的情形之下，艾格尼斯·莱斯克仍然不能容忍自己太长时间待在幕后。

“当初我干吗要到这儿来？”她问得颇具戏剧性。

托比莫利立刻接过了话头。

“以你昨天在槌球场上跟科奈特太太所言判断，你是为吃而来。你将布莱姆雷夫妇描述为你有生以来认识的最乏味之人，不过又说他们还算聪明，雇了个一流的厨子；否则的话他们就甭想再有什么回头客了。”

“真是一派胡言！我请求科奈特太太——”惊慌失措的艾格尼斯尖叫道。

“科奈特太太把你的话又传给了伯蒂·范·泰恩，”托比莫利不依不饶地继续道，“并说，‘那个女人简直是个饿死鬼；为了一天四顿大餐她哪儿都肯去。’而伯蒂·范·泰恩说——”

就在这个节骨眼上，“编年史”终于仁慈地停止了叙述。托比莫利瞥见教区长家的黄色大公猫正穿过灌木丛朝马厩的方向走去。一眨眼工夫，他已经跳过开着的法式窗户消失不见了。

科尼利厄斯·安品这位过于聪颖的学生甫一消失，他就发现自己身陷怨恨的指责、焦虑的质询以及惊恐的恳求的飓风包围之中。眼下这种境地的责任完全在他，而且他必须防止事态的进一步恶化。他必须回答的第一个问题是：托比莫利有可能将他这一危险的天赋传授给其他的猫吗？是有这种可能，他回答，他可能已经将他这一全新的技艺传授给了他亲密的朋友，那只马厩里的小母猫，不过他传授的范围想必不会再超过这一范围了。

“既然如此，”科奈特太太道，“作为猫来讲托比莫利虽也许颇有价值，是只了不起的宠物；但我相信你也肯定会同意，阿德莱德，不论是他还是那只马厩里的猫，都必须毫不拖延地除掉。”

“你当然也不会认为刚才的这一刻钟我过得很是享受吧？”布莱姆雷夫人悲苦地道，“我丈夫和我都很喜欢托比莫利——至少在这项可怕的技能输入他体内之前；不过事已至此，当然，唯一能做的就是尽快将他毁灭了。”

“我们可以在他中午时分一定去找的剩饭里面放些马钱子碱，”威尔弗瑞德爵士道，“那只马厩里的猫由我亲自去溺死。马夫会因为失去宠物非常痛心，不过我会说这两只猫得了很严重的传染性兽疥癣，我们怕它会过给猎狗。”

“但这是我的伟大发现啊！”安品先生告诫道，“我经过了这么多年的研究和实验——”

“你可以去拿农场里的短角牛做实验，它们一直受到恰当的看管，”科奈特太太道，“要么就选动物园里的大象。它们据称有很高的智商，而且它们不会溜到我们卧室里、躲到我们的椅子底下。”

一位天使长刚刚心醉神迷地宣布千禧年的到来，马上又发现它不可原谅地跟亨利这个地方犯冲，将不得不无限期的推迟，他所感到的沮丧也几乎无法跟科尼利厄斯·安品对他神奇成就的遭遇感到的灰心相比。公众的观点竟然众口一词地反对他的创造——实际上，如果征询大家对这一问题的看法，极有可能大部分人都会投票赞成也请他享用马钱子碱的大餐呢。

漏洞百出的一系列安排以及想眼看着事件有个了结的焦虑心情使大家没有马上散去，但当晚的晚餐却算不得社交上的成功。威尔弗瑞德爵士已经在那只马厩猫和随后的马夫身上颇费了一番周折。艾格尼斯·莱斯克炫耀地将她的饮食严格限定在咬几口干吐司上，她咬起来的架势就像对付一个仇敌；而梅维斯·佩灵顿则自始至终报复性地保持沉默。布莱姆雷夫人一个人滔滔不绝地维持着她希望中的谈话，而她的注意力实际上却集中在门口。餐具柜上已然精心备好了一整盘零碎鱼肉，但甜食、开胃菜和饭后甜点都上完了，不论是餐厅还是厨房都仍然未见托比莫利的影踪。

跟随后在吸烟室开始的守夜相比，死气沉沉的晚餐桌还算是好的。吃吃喝喝至少能让人暂时分心并能遮掩大家普遍的尴尬。在目前这种紧张焦虑的情况下桥牌根本不可能打得起来，而且在奥多·芬斯伯利面向冷淡的观众凄凄惨惨地演绎了一次“森林中的梅丽桑德”[①]后，音乐也就不言而喻地乐得免俗了。用人们在十一点钟就寝，同时宣布餐具室的小窗仍然开着以便托比莫利的不时之需。客人们已经将最新一期的各种杂志读了个遍，然后逐渐退守“班德明顿丛书”[②]和合订本的《笨拙》。布莱姆雷夫人不时前往餐具室探视，每次回来都面带沮丧神气，大家也就不问自知了。

凌晨两点的时候，克劳维斯打破了沉默。

“他今晚不会露面了。也许他正在本地的报社里口述他的第

① 德彪西的著名歌剧《佩利亚斯与梅丽桑德》中的一场。

② 一套著名的运动和休闲丛书。

一次连载内容呢。某某夫人的大著不会再登了，他的口述才是今天的大新闻。”

对大家普遍的好性情雪上加霜之后，克劳维斯就上床睡觉去了。乡居派对的其他成员也都在相隔很长时间后陆续学了他的榜样。

负责上早茶的用人面对千篇一律的问题都给出千篇一律的答复：托比莫利仍然没有回来。

早餐甚至比前夜的晚餐更加死气沉沉，不过在结束之前倒是峰回路转了。托比莫利的尸体从灌木丛被捡了回来，是一位花匠刚刚发现的。从他咽喉的咬痕以及爪子上的黄毛看来，他肯定是跟牧师家的大黄猫进行了一场实力悬殊的决斗。

中午之前，大部分客人都离开了城堡，午饭后，布莱姆雷夫人已经有足够的精神因为痛失她珍爱的宠物给牧师公馆写信大兴问罪之师了。

托比莫利曾是安品的得意门生，而他注定再也后继无人了。几周后，德累斯顿动物园里的一头大象毫无缘由地挣脱束缚踩死了一位显然一直在逗弄它的英国人。报纸上登的受害者的姓是奥品以及艾普林，不过名字却确定无疑：科尼利厄斯。

“如果他当时正强迫那头可怜的野兽学习德语的不规则动词，”克劳维斯道，“那他可真是咎由自取。”

帕克尔泰德太太打虎

帕克尔泰德太太决定她应该打只老虎。倒并非因为她突然心生杀戮之渴望，也不是自觉应将印度变得较前更加安全和有益健康，使每百万居民中的野兽数量略为降低一分。她之所以突然极欲步宁录[1]之后尘，只是因为露娜·比姆伯顿最近乘一位阿尔及利亚飞行员的飞机飞了十一英里，而且喋喋不休地谈个没完；只有一张亲自弄到的虎皮以及一大摞新闻照片才有可能杀杀她的锐气，胜过她的风头。帕克尔泰德太太已然想好了她将如何在柯曾街的公馆举行的午宴，假托为露娜·比姆伯顿举办，而一张虎皮地毯将占据最前台的位置以及所有的谈资。而且她还在脑子里设计好了将在露娜·比姆伯顿明年的生日送给她的虎爪胸针。在这个本应主要由饥饿和爱支配的世界中帕克尔泰德太太算得是个例外；她的行动及其动机大部分源自对露娜·比姆伯顿的厌恶。

天时地利也正应其时。帕克尔泰德太太为了能不必冒太大风险费太大力气打一只老虎悬赏一千卢比，而碰巧临近的一个村子就号称有这么一只具有光荣血统的动物经常光顾，这只老虎因为年老体衰已无法猎食，无奈只得将胃口局限于小型的家养动物。一千卢比的赏格已然激发起村民的冒险及商业本能：小孩子被派

① 《圣经》中之著名猎手。

驻当地的丛林外围，不分昼夜地看守，以防那只老虎心血来潮另换个新的猎场，又故意粗心地四处留下些不太值钱的山羊让他对目前的岗位感到满意。最让他们担心的倒是在尊敬的夫人预定的猎虎之前他就已然老死。做母亲的干完一天的活计之后抱着婴儿穿过那处丛林回家转的途中都不敢再放声歌唱，以免惊扰了那只年高德劭的猎兽的宁静睡眠。

那个伟大的夜晚终于适时到来，月光朗照，万里无云。一棵位置适中的树上已然搭建了一处舒适的平台，平台上就卧着帕克尔泰德和她出钱雇的女伴梅宾小姐。一只山羊被绑在适当的距离外，此羊天赋异秉，能一刻不停地叫个没完，哪怕是只半聋的老虎在这么个月朗风清之夜也该听得一清二楚。两位女猎手带着一支具有精确瞄准器的来复枪外带一小摞纸牌静候猎物的登场。

“我想我们还是有点危险的吧？”梅宾小姐道。

她并不真的担心那只野兽，但她生恐她付出的劳动会有一丝一毫多过付给她的钱。

“胡说，”帕克尔泰德太太道，“那只老虎老得都快不行了。就算它想跳上来也跳不动。”

“要是这么老的话我想你不该这么慷慨。一千卢比可不是个小数目。”

路易萨·梅宾对金钱采取的是呵护备至的老大姐的态度，不论其国籍或币值均一视同仁。她积极有力的干涉已然使不少的卢布免于在某个莫斯科的旅馆以小费的名义被浪费掉，法郎和生丁即便在紧急状况下也会出于本能抱紧她的大腿不放，换了个不这么具有同情心的主儿，它们早就义无返顾地跟他说拜拜了。她对这只风烛残年的老虎市值大贬的推断因那只动物自身的现身而暂时终止。它[1]一看到那只捆着的山羊，立刻蹲伏在地上，与其说是为了掩护自己，更像是为了发动重大攻击之前先休息一会儿攒攒力气。

“我相信它是病了。”路易萨·梅宾大声用兴都斯坦语道，为的是让村子里的头人听到，这位头人就埋伏在近旁的一棵树上。

“嘘！”帕克尔泰德太太道，与此同时，那只老虎正在缓缓地靠近那待宰的山羊。

“快，赶快！”梅宾小姐颇有些激动地催促道，“要是他没碰那只山羊我们就不用再另外付钱了。”（诱饵是要另外付费的。）

来复枪砰地一声巨响，那只巨大的黄褐色兽王往一侧一跳，然后翻过身来就不再动弹。转眼间，一群兴奋的土著就拥上前来，他们的喊叫很快就将这特大喜讯传遍全村，村民们打起手鼓奏起胜利的凯歌。他们的欢庆在帕克尔泰德太太心里激起惬意的回响；柯曾街上的午宴看来已然近在眼前了。

还是路易萨·梅宾首先注意到那只山羊正因为致命的枪伤垂死挣扎，而老虎身上却无任何中弹的迹象。显然来复枪命中了山羊，那只食肉的巨兽因为年老体衰，又受来复枪的巨响惊吓，心力衰竭而死。帕克尔泰德太太自然因这一发现很是苦恼；可再怎么说，死虎都是她的了，村民们因为急于得到那一千卢比的赏格，自然心甘情愿地接受她射死那只巨兽的神话。而梅宾小姐又是花钱雇来的女伴。因此，帕克尔泰德太太心情愉快地面对着无数照相机镜头，她那配了照片的盛名也就从《得克萨斯摄影周

---

[1] 小说中对老虎的称谓有时用“he”，有时间“it”，译文也亦步亦趋。

刊》一路传播到俄罗斯《新时代》的图片版星期一增刊。露娜·比姆伯顿则有好几个星期拒绝看任何带照片的报纸，她对那只虎爪胸针礼物表示感谢的回信则堪称成功压抑情感的典范。午宴的邀请她则婉拒了，压抑情感也得有个限度，超出这个界限就很是危险了。

那张虎皮地毯从柯曾街一路旅行至领主府，全郡的人都跑来观看并倾慕不已，帕克尔泰德太太化装为狄安娜[1]参加郡化装舞会更是显得恰如其分。然而，她拒绝了克劳维斯关于举行一次原始人舞会的颇具诱惑力的建议，克劳维斯说在这样的舞会上所有的人都得身穿自己最近猎杀的野兽的毛皮。“我跟襁褓中的婴儿相比也强不了多少，”克劳维斯坦承，“只能裹几张兔子皮了，不过，”他又加了一句，相当恶毒地瞥了一眼狄安娜的块头，“我的身材可是跟俄罗斯芭蕾舞团的小伙子一般完美呢。”

---

① 罗马神话中的月神与狩猎女神。

“要是大家知道了事实真相，他们可要笑翻了。”路易萨·梅宾在舞会几天后道。

“你这话什么意思？”帕克尔泰德太太马上追问。

“你是怎么射中山羊吓死老虎的呀。”梅宾小姐道，带着她颇令人不愉快的愉快笑容。

“没人会信的。”帕克尔泰德太太道，她脸色上的颜色却千变万化，活像赶在邮件发送前翻得飞快的一本邮购样品目录。

“露娜·比姆伯顿会信。”梅宾小姐道。帕克尔泰德太太的面色定格为带点绿意的苍白。

“你决不会出卖我的吧？”她问。

“我在达肯附近看中了一所周末度假小屋，我很想买下来。”梅宾小姐看似全不相干地道，“六百八十镑，产权房。相当合算了，只是我没那么多钱。”

路易萨·梅宾那所可爱的度假小屋被命名为“野兽派”，夏日里因花园边缘种植的虎皮兰更显明艳，成为她的朋友艳羡又惊异不已的对象。

“路易萨能买下这么一所房子真是奇迹。”大家一致裁定。

帕克尔泰德太太再未进行大型的狩猎活动。

“意外的花销实在太大。”她对追根究底的朋友倾诉道。

背 景

“那个女人满口艺术行话，真叫烦。”克劳维斯对他的一位记者朋友道，“她那么喜欢讲这幅那幅的画‘在人身上成长’①，就仿佛它们是一种蘑菇。”

“这倒让我想起亨利·德普利斯的故事，”那位记者道，“跟你讲过吗？”

克劳维斯摇了摇头。

“亨利·德普利斯是卢森堡大公国的公民。经过深思熟虑后，他选择了旅行推销员的职业。他因业务活动经常涉足大公国境外，有一次他正在意大利北部一个小镇逗留时从家里得到一个消息：他的一个已故的远房亲戚留给他一份遗产。

“这份遗产并没有多少，即便以亨利·德普利斯谦虚的观点来看也不算多，不过这件事仍促使他看似无甚害处地奢侈了一把。确切说来，他资助了以安德里亚·平契尼先生的文身为代表的当地艺术一把。平契尼先生也许算得上意大利有史以来最出色的文身技艺大师，但他的景况却着实艰难，一下子能有六百法郎的入账，他很乐意在他这位顾客的背后，从锁骨一直到腰线，刺

① “grow on one”在这里的意思是“越来越让人喜欢”。

满伊卡洛斯[1]坠海的生动画面。这一设计正式付诸实施时德普利斯曾略感失望，他原以为伊卡洛斯是三十年战争期间被华伦斯坦[2]攻克的要塞，不过等文身全部完成之后他就再满意没有了，因为所有有幸见过这一文身的人都交口赞之为平契尼的杰作。

“这是他最伟大的成就，也成为他的天鹅绝唱。还没等拿到工钱，这位杰出的艺术家就撒手人寰。他被葬在一块藻饰华丽的墓碑之下，碑上那些带翼的小天使雕刻繁复，身上几乎没有他可以施展其毕生技艺的余地。不过这倒提醒了平契尼的寡妻他应得的那六百法郎工钱。旅行推销员亨利·德普利斯人生中的重大危机亦由此而起。那笔遗产历经无数七零八碎的克扣已然所剩无几了，在付过紧迫的葡萄酒账以及各种零杂账务后，能付给平契尼寡妻的就只剩下四百三十法郎左右了。这位女士当然有理由感到愤慨，她之愤慨，据她喋喋不休的解释，并非全因少了一百七十法郎，而且此举亦是意图贬低她已故丈夫公认杰作之价值的表现。一周后，德普利斯被迫将出价降至四百零五法郎，平契尼寡妻的愤慨被激之下成为狂怒。几天后，德普利斯惊愕万分地得知，她已收回了这件艺术品的所有权，决定不再出售，转而将其赠送给贝加莫市政当局，而后者感激不尽地笑纳了。他尽可能不引人注目地离开了当地，当他的业务需要他赶往罗马时他真是长出了一口气。他希望他的身份以及那幅著名的艺术品能够在那里隐匿不名。

---

① 希腊神话中建筑师和雕刻家代达罗斯之子，代达罗斯用蜡和羽毛造成翼翅与其一同逃出克里特岛，但因伊卡洛斯飞行时离太阳过近，蜡翼受热后融化，坠海而死，古代多作为绘画题材。

② 华伦斯坦（1583—1634）是神圣罗马帝国统帅，三十年战争时统率帝国军队，战绩卓著，后因败绩被撤职并被刺杀。

“但他的背上还担着那个死人的天赋杰作呢。有一天，他出现在一家蒸汽浴室时立刻被浴室老板强令穿上衣服，这位老板是北意大利人，严辞禁止著名的‘伊卡洛斯坠海’在未经贝加莫市政当局授权下进行公开展示。这一事件传出去之后，公众的兴趣及官方的警惕同时大涨，德普利斯由是再也不能在最炎热的午后哪怕在海或河里浸泡一下，除非他用厚实的浴袍将锁骨以下的后背遮个严严实实。此后，贝加莫当局又认为盐水可能会对这件杰作造成伤害，于是这位已经不胜其烦的旅行推销员收到一纸永久禁令，严禁他在任何情况下洗海水浴。总而言之，当他的公司要他去波尔多附近地区进行商业活动时，他真有点感激涕零了。不过他的感激一到法意边境就被兜头一瓢冷水泼个正着：一队颇为壮观的官方警力阻挡了他的去路，他被严正地提醒禁止意大利艺术品出口的严厉律法。

“嗣后，卢森堡和意大利政府间进行了一次外交磋商，欧洲局势一度笼罩着爆发危机的可能性。但意大利政府态度坚决；拒不考虑旅行推销员亨利·德普利斯之命运甚至他是否存在之问题，坚持‘伊卡洛斯坠海’（由已故平契尼，安德里亚创作）目前乃贝加莫市政当局之财产，不得离开意境一步。

“一时的喧嚣最终逐渐平静下来，但该当德普利斯倒霉，几个月后，实际上已经处于退休状态的他发现自己又成了一场激烈论战的风暴中心。有一位德国艺术专家请得贝加莫市政当局的许可前来考察这一著名的杰作，却宣布这并非平契尼的真迹，可能是他在垂暮之年雇的某位学生的作品。德普利斯在这一问题上的证词一文不值，因为针刺的过程他一直处于麻醉状态。而意大利一家艺术杂志的编辑则驳斥了这位德国专家的观点并力图证明他的个人生活违反了所有关于正派的现代标准。整个意大利和德国都被拖入这场纷争，其他的欧洲国家不久也悉数卷入。西班牙议会曾惊现狂暴场面，哥本哈根大学授予那位德国专家一枚金质奖章（嗣后又派一名委托人前往调查其污点的证据），而在巴黎有两名波兰学生以自杀的形式表达他们对此事的看法。

“与此同时，这个倒霉蛋的‘背景’没有丝毫的改善，他因之跟意大利的无政府主义者沆瀣一气也就不足为怪了。他至少有四次作为危险及不受欢迎之外侨被遣送至边境，但每次都因‘伊卡洛斯坠海’（归于平契尼，安德里亚名下，二十世纪早期）被紧急追回。后来，在一次于热那亚举行的无政府主义者大会上，一位同志在争论引发的狂怒中将满满一药瓶腐蚀性溶液倒在了他的后背上。他当时身着的红色衬衣减轻了伤害程度，但‘伊卡洛斯’却因之毁于一旦。他的攻击者因武力攻击自己的同志遭到严厉申斥并因毁坏国属艺术珍宝被判七年监禁。亨利·德普利斯刚刚能出院时就被以不受欢迎之外侨身份遣送出境。

“在巴黎一些比较僻静的街区，特别是在国家美术部周边地区，你有时会碰到一位情绪低落、面现焦虑之色的人，如果你跟他打个招呼，他回答你的时候会略带卢森堡口音。他怀抱一个幻想，认为自己就是‘米罗的维纳斯’丢失的双臂之一，他希望有人能劝说法国政府出资购买他。除此之外，我相信他的理智完全正常。”

“易怒者”赫尔曼
——“大悲恸”的故事

时值二十世纪二十年代，“大瘟疫”席卷英格兰之后，“易怒者”赫尔曼，亦称为“智者”的赫尔曼践祚英国王位。瘟疫吞噬了整个英国王室，第三第四代子孙尽皆陨命，于是本来在承继王位序列中位于第十三位的萨克斯-德拉赫森-瓦赫特赫尔斯坦因之赫尔曼十四成为领土遍及海内外的大不列颠帝国君主。他之登极算得政治领域发生的最出人意料的事件之一，而且发生得极为斩截彻底。在许多方面他都堪称有史以来坐上重要王位的最激进之君主；人民还没来得及弄明白身处何处，已然又身处异地了。即便按传统来讲相当激进的首相，也发现很难跟上这位君主对立法提出的建议。

“事实上，”首相承认道，“我们处处受到那些鼓吹女性投票权的家伙牵制；全国上下，他们处处干扰我们的会议，他们还想把唐宁街变成某种政治性的野餐营地。”

“必须想办法对付。”赫尔曼道。

“对付，”首相道，“绝对应该；问题是怎么对付？”

“我给你起草一份法案，”国王道，在他的打字机旁边坐下来，“颁布女性要为将来所有之选举进行投票的法律。要进行投票，你注意到没有？或者更直白一点说：必须投票。男性选民仍跟以往一样，可投可不投；但每一位二十一岁以上七十岁以下之女性将必须投票，不但是国会选举、郡议会选举、区委员会选举、教区委员会选举以及地方自治选举，而且验尸官、学校督察、教会委员、博物馆馆长、卫生部门负责人、治安法庭审判员、公共泳池督察员、承包人、唱诗班指挥、市场主管、艺术学校教师、教堂司事以及其他地方负责人员——等想到了我再往上加——所有这些职位都要变成选举产生，她们都必须进行投票，女性选民如果无故不参加本地区的任何一次选举之投票将被处以十镑之罚金。除非有正当的医生证明，不得无故缺席。让议会两院通过这一法案，后天带到我这儿来签字实行。”

自强制妇女履行选举权之法案执行之日起，即便在呼吁女性投票权声音最响亮的圈子内也很少或几乎无人为之兴奋不已。此前这个国家的大部分女性都对选举权云云漠不关心甚至有抵触情绪，而如今，就连那些最狂热的妇女参政论者亦开始怀疑当初为什么觉得把选票扔到一个小盒子里竟会有那么大吸引力。在乡村地区要将新法案的规定付诸实施就够让人挠头的了；在城镇和大城市这简直变成了一场梦魇。各种选举似乎没完没了。洗衣女工和缝纫女工不得不急匆匆地从工作地赶去投票，经常连候选人到底是谁都不甚了了，一般不过是碰上谁算谁；女性职员和女服务员须得极早起床，先把票投好了再赶往工作地点。社交圈内的女性发现在必须不断赶往投票站的情况下根本无法再从容地安排各项社交事务，周末派对和夏日假期逐渐成为男性独享之奢侈。对于开罗和里维埃拉的公民而言，只有那些真正残疾或家资巨万之人才有可能履行如此严苛之规定，一次缺席就得付十镑罚金，如此累积下来就是一般的富足之家亦难以承受。

如此一来，剥夺妇女投票权的鼓噪渐渐成为一项声势浩大的运动也就没什么可大惊小怪的了。反对妇女投票同盟已拥有上百万信徒；它的主题色：香橼色和老荷兰红四处飘扬，它的战斗主题歌“我们不想投票”唱遍全国。由于政府对和平劝说未表现出任何反应，暴力方式遂大行其道。会议被搅乱，大臣遭围攻，警察被暴打，通常的监狱费遭拒付。同盟成立一周年前夜，妇女们在特拉法加尔广场上举行示威活动，她们将自己一层层缚在纳尔逊像柱上，整个像柱都被遮了个严实，同盟惯常采用的花状装饰也因之不得不放弃。但政府仍固执地坚持女性应该有投票权的立场。

实在没办法了，女性的智慧终于想出了最后一招权宜之计，奇怪的是此前竟没人想到。“大悲恸”运动组织了起来。一次就有一万个女性在首都的各大公共场所分成几组以接力的方式痛哭不止。她们在火车站哭，在地铁公共汽车里哭，在国家美术馆哭，在陆军和海军仓库旁哭，在圣詹姆斯公园哭，在民歌音乐会上哭，在王太子宫前哭，在伯灵顿拱廊哭。此前一直未曾间断的出色闹剧《亨利的兔子》因妇女们在正厅、包厢和楼座中可怕的痛哭陷入危机，打了多年的一桩著名离婚案也被部分观众的哭泣行为夺去了大部分光彩。

“我们该怎么办？”首相问道，他厨子的眼泪流进了所有早餐的碗盏，他孩子的保姆悲戚戚地默默流着泪带孩子到海德公园散步去了。

“怎么办都来得及，”国王道，“让步总是来得及的。让议会两院通过一项剥夺女性投票权的措施，后天带到我这儿来取得王室批准。”

首相退出后，“易怒者”赫尔曼，亦被称为“智者”的国王意味深长地微微一笑。

“杀死一只猫的办法不止用奶油呛死它这一招，”他引证道，“不过我不能肯定，”他又加了一句，“是否还有比这个更好的办法。”

动荡疗法

车厢里正对克劳维斯的行李架上搁着一个敦实稳重的旅行包，包上系着个标牌，上书："J. P. 哈道尔，沃伦府，蒂菲尔德，近斯娄镇。"行李架正下方就坐着这一标牌描述的真人，敦实、稳重：衣着稳重，谈吐稳重。用不着听他的谈吐（那是对坐在他身旁的一位朋友而发，主要的话题不过是罗马风信子的退化以及教区麻疹的流行），你也能相当精确地估算出旅行包主人的性情与精神世界。但他似乎不愿给一位不经意的旁观者留下丝毫想象的空间，因为他的谈话已经转向对自我的省察。

"我搞不懂这到底是怎么回事，"他对朋友道，"我才四十出头，精神状态却似乎已然完全像是中老年了。家姊也有同样的倾向。我们喜欢所有的一切都恰好处在通常的位置；我们喜欢事物都在确定的时间发生；我们喜欢一切都依循惯例、井井有条、严守时刻，精确到毫发无损、分秒不差。一旦实际情况并非如此我们就会很苦恼，就会心烦意乱。就拿一件最不相干的小事来说吧，原来每年都有一只画眉在我们草坪的柳树上筑巢；但今年却不知怎的，突然转到花园院墙的常春藤上筑巢去了。我和家姊都没怎么提这件事，不过我想我们俩都觉得这一变更毫无必要，而且确有些恼人。"

"或许是另一只画眉也未可知。"朋友道。

“我们也想到过，” J. P. 哈道尔道，“不过这样一来我们就更有理由恼火了。我们并不想在有生之年再换只画眉什么的；不过，我前面也说过，我们应该还不到为这种事这么操心的年龄吧。”

“你们需要的，”朋友道，“是一种动荡疗法。”

“动荡疗法？我真是闻所未闻。”

“你该听说过歇息疗法，那是针对因过甚操心、生活太紧张导致精神崩溃的病人的；你的情况正相反，因为生活太平静、滞缓反受其害，你需要相反的疗法。”

“可这种疗法哪儿找去？”

“比如说，你可以自荐做基尔肯尼橙色党的候选人，或是在巴黎的某个流氓街区做那么一次社区调查，要么到柏林举行讲演证明瓦格纳的大部分作品实际是甘必大[1]所谱写；而且摩纳哥境内也大有可以旅行的地方。不过，要想真正起作用，动荡疗法还是应该在家里实行。不过你到底该怎么办，我真是一点概念都没有。”

正是闲谈中的这一点使克劳维斯大感兴趣。毕竟，他来斯娄镇拜访一位年长亲戚的两日居留肯定很是乏味。列车停靠之前他已然在衬衣的左手袖口记下标牌上的题字：“J. P. 哈道尔，沃伦府，蒂菲尔德，近斯娄镇。”

两天后的上午，哈道尔小姐正在晨室阅读《乡村生活》时她弟弟突然闯了进来。当时正是她应该阅读《乡居生活》的日子和

① 甘必大（1838—1882），法国总理、共和派领袖，为第三共和国奠基人之一。

时辰，哈道尔先生的闯入实属异常；但他手里捏着一份电报，在这个家庭中，电报可是非经上帝之手绝少碰到的意外。而且这份电报还颇有晴天霹雳之势。“主教正在附近督察一坚信礼之仪式因麻疹之故无法在教区长公馆停留拟求助君之好客已派秘书接洽。”

“我几乎都不认识主教大人；我只跟他搭过一次话。” J. P. 哈道尔叫道，是意识到早知如此当初就不该冒失地跟主教搭话后对自己的辩白。倒是哈道尔小姐第一个重整旗鼓：她跟她兄弟一样极端讨厌晴天霹雳，不过她的女性本能告诉她这个霹雳可一定得敷衍好。

“我们可以把那只冷鸭子加上咖喱翻热。”她道。那天并非吃咖喱的日子，不过那封橘红色的信封已然搅乱了日常的规矩。她兄弟未置一辞，不过目光中满是对她如此勇敢的感谢。

“一位年轻绅士求见。”客厅女侍报道。

“是那个秘书！”哈道尔姐弟异口同声地低语道；两人马上

摆出一副僵硬的架势，表示他们虽然将所有生人均视若罪人，不过还是乐于倾听他们的申辩之辞的。那位年轻的绅士面带一种优雅的傲慢走了进来，跟哈道尔预想中的主教秘书有天壤之别；他没料到国教制度在必要之开支如此浩繁的情况下竟还能负担如此昂贵的衣饰排场。来人的长相倒是有点面熟；假如两天前他在车厢里肯多留意一下正对面那位旅伴的话，他应该已经认出眼前站着的并非旁人，正是克劳维斯。

“您就是主教大人的秘书？”哈道尔问，自觉地恭敬起来。

“大人的机要秘书。”克劳维斯答道，“你可以叫我斯坦尼斯洛斯；别再管我姓什么了。主教大人与阿尔伯蒂上校可能过来用午餐。我自然也要过来。”

听起来很像是安排王室的访问计划。

“主教正在附近督察一个坚信礼的仪式，对吧？”哈道尔小姐问。

“表面上。”克劳维斯含混带过，然后就要当地的大幅详细地图。

克劳维斯表面上仍在详细研究地图之际，又有一封电报送到。收信人是“沃伦府哈道尔转交斯坦尼斯洛斯王子”。克劳维斯瞥了一眼内容，宣布道：“主教大人和阿尔伯蒂傍晚时分才到。”然后回头继续研究地图。

午宴的气氛并不十分热烈。王子秘书虽胃口颇好地又吃又喝，却很不乐意一开金口。饭毕后他突然容光焕发地一笑，感谢女主人的盛情款待并恭恭敬敬地大吻其手。哈道尔小姐无法决定这一举动到底是太阳王时代王室礼仪的遗风，还是罗马人对被征服的撒宾族[1]妇女的轻佻戏弄。那天并非她该犯头痛的日子，但

① 古代意大利中部一民族，公元前三世纪被罗马征服。

她觉得即便来点头痛也情有可原，于是就退回自己的房间犯起了跟主教到来之前同样厉害的头痛。克劳维斯问明了去最近电报局的路之后转眼就转过车道不见了影踪。约两小时后哈道尔先生又在大厅里碰到了他，问起主教大人何时抵达。

“大人正跟阿尔伯蒂一起在图书室。”克劳维斯答道。

“但为什么没人告诉我？我根本就不知道主教已经到了！”哈道尔大叫。

“没人知道主教在此，”克劳维斯道，“越是不受注意越好。无论如何决不允许到图书室打搅他。这是他的命令。”

“可这么神神秘秘的到底是为了什么？阿尔伯蒂又是什么人？主教大人不想喝茶吗？”

“主教大人渴的是血而不是什么茶。”

“血！”哈道尔喘吁吁地道，没料到这次的晴天霹雳比他预想的还要可怕。

“今晚将成为教会史上伟大的一夜，”克劳维斯道，“我们将杀尽附近的每一个犹太人。”

“屠杀犹太人！”哈道尔愤怒地道，“你的意思是大家都起来反对他们？”

“不，这只是主教本人的意思。眼下他正在详细部署呢。”

“可是——主教是个非常宽容、仁慈的人呀。”

“这正可以提升他此次行动的影响。这会引起巨大轰动。”

这个至少哈道尔相信。

“他会被绞死的！”他确信地大叫。

“汽车就在外头等着接他，岸边也备好了汽艇。”

“可这整个地区的犹太人加起来也超不过三十。”哈道尔又提出异议，他的头脑在今天一系列打击之下运转起来就像地震干扰下的电报线路一样不稳定。

“我们的名单上有二十六人。”克劳维斯道，指着一扎记录，“我们将能够更加彻底地对付他们。”

“你是想告诉我，你们正在考虑对利昂·伯博里爵士这样的人采取暴力行动吗？”哈道尔结结巴巴地道，“他可是这个地区最受人尊敬的人物。”

“他的确在我们的名单上，”克劳维斯漠不关心地道，“不管怎么说，我们有可以信任的人来负责这一工作，所以不必仰赖本地的帮助。我们还招了些童子军做后备。”

“童子军！”

“没错；在他们明白要真刀实枪地大开杀戒后，他们比成年人更跃跃欲试。”

“这将成为整个二十世纪的一大污点！”

“而尊府将成为吸墨纸。你没意识到欧洲和美国至少半数的报纸都将刊登尊府的照片吗？顺便说一声，我已将在图书室找到的阁下以及令姊的几张照片寄给了《马丁》和德国的《周刊》杂志；希望你不会介意。还有一张贵府楼梯的草图；这次杀戮可能大部在您的楼梯上进行。”

在J. P. 哈道尔头脑中汹涌翻腾的各种情绪实在太过强烈，以至于无法诉诸言语，不过他终于还是喘吁吁地道：“这幢房子里根本就没有犹太人。”

“只是目前没有。”克劳维斯道。

“我要去警察局。”哈道尔大喊一声，突然来了劲儿。

“灌木林中有十个人在站岗，”克劳维斯道，“他们得到命令，未经我的信号允许，任何人不得离开这幢房子半步，否则格杀勿论。前门附近还埋伏着一队全副武装的前哨。童子军负责监视屋后的动静。”

正在这时，车道上传来欢快的汽车喇叭声。大家怀抱刚从噩梦中醒来一半的感觉冲到大厅门口，但见是利昂·伯博里爵士自己驾车过来了。“我收到了你的电报，”他道，“出了什么事？”

又是电报？简直成了个电报日了。

哈道尔困惑万分地看着那则电报：“急速赶来。紧急。詹姆斯·哈道尔。”

“我全明白了！”他突然尖叫了一声，声音激动得打颤，痛苦地朝灌木林方向看了一眼后一把将惊讶万分的伯博里拖进门里。大厅里已备好茶点，但如今已完全惊恐失措的哈道尔拽着他不断抗议的客人径直上了楼，几分钟内，全家老小也都被叫到了那个暂时安全的区域。茶桌就剩下克劳维斯一个人赏光了；图书室里的狂热分子显然是太专注于他们的血腥阴谋了，根本无暇顾及茶杯和热吐司。期间门铃响起，这位年轻人起身应门，将保罗·伊萨克斯让进房内，此人是鞋匠兼教区委员，也是因收到沃伦府的紧急邀请赶过来的。主教秘书以博尔吉亚家族①都难媲美的孕满凶残的谦恭态度将最新投入其网罗的这名俘虏一直领至楼梯顶端，万般无奈的主人正在那儿候着。

然后就是漫长而心惊胆战的守夜。克劳维斯有一两次离开房间到灌木林巡视，然后总是回到图书室，显然是简要汇报去了。他有一次出去从晚班邮差手里接过信件，然后以一丝不苟的姿态将信送到楼梯顶端。他又出去了一次后，来到楼梯中间发表了一项公告。

---

① 博尔吉亚家族是定居于意大利的西班牙世袭贵族，在十五至十六世纪出过两个教皇和许多政治及宗教领袖，此家族以善于玩弄阴谋及热心赞助文艺著称。

“童子军误会了我的信号，已经把邮差给杀了。您瞧，我在这类事上真是太缺乏经验了。下次我会做得更完美些。”

那位已经跟晚间邮差订了终身的女仆伤心得大哭小叫。

“别忘了你的女主人正犯头痛呢。” J. P. 哈道尔道。（哈道尔小姐的头痛更加厉害了。）

克劳维斯匆匆下楼，在图书室短暂停留后又带了个口信回来：

“主教大人对哈道尔小姐的头痛表示慰问。他正传下令去，公馆周边尽量避免使用火器；公馆内必须的杀戮将以冷兵器进行。主教大人不明白一个人为什么不该既是基督徒又是个绅士。”

这是他们最后一次看到克劳维斯；已经快七点了，他那位年长的亲戚该希望他穿好衣服下来用晚餐了。虽然他已经离开了沃伦府，但在漫长的不眠之夜大家仍以为他还在底层活动，楼梯的每一次吱嘎，风每一次吹过灌木林的沙沙，无不充满恐怖的意味。直到第二天早上大约七点钟，园丁的儿子再加上早班邮差才最终使大家确信二十世纪并未遭到玷污。

“我并不指望他们会对这次的动荡疗法有丝毫的感激。”克劳维斯坐在开往伦敦的早班火车上寻思。

斯莱德尼·瓦斯塔尔

康拉丁年方十岁，医生已经宣称这个男孩活不了五年了。这位医生既圆滑又无能，几乎不值一提，但他的专业意见却为德·洛普太太认可，她可是几乎无所不能。德·洛普太太是康拉丁的表姐兼监护人，在康拉丁眼里她代表着整个世界那必须如此、令人厌恶的真实的五分之三；另五分之二与前述五分之三势如水火，即他自己以及他的想象。这些日子里，康拉丁觉得他就要被那些乏味而又必须履行的义务给压垮了——诸如疾病、由此而生的各种约束以及没完没了的沉闷。而如果没有了他一直以来在孤寂的刺激下格外活跃的想象，他恐怕老早就给压垮了。

德·洛普太太哪怕在她最为诚实的时刻亦不曾向自己承认她不喜欢康拉丁，不过她确曾模糊地感觉到“为了他好”而挫磨他是桩她并不觉得特别讨厌的职责。康拉丁虽全心全意地恨她，却也能遮掩得滴水不漏。他能为自己创造的寥寥无几的乐趣也因为会受到他这位监护人的不喜而平添出一番意趣，对于他的想象的疆域而言她则完全被排除在外——作为一种不洁之物，永远不得其门而入。

那个阴沉无趣的花园对他而言也绝少吸引力，因为有那么多扇窗户随时都会打开禁止他做这做那，要么就是提醒他又该吃药了。仅有的几株果树则严禁他采摘，仿佛它们是在贫瘠的荒地上也能枝繁叶茂的稀有品种；实际上可能很难找到一位果农肯花十先令买下它们一年的出产。然而，在一个被遗忘的角落，几乎被一丛阴郁的灌木完全遮掩，却有一所面积并不算小的工具房，在这四堵墙内康拉丁找到了一处避难所，既像是游戏室又像是教堂。他在其中安置了众多他熟习的幻影，部分源自历史的碎片，部分纯属他头脑的创造，不过值得夸耀的是里面竟也有两个有血有肉的居民。一个角落里住着一只羽毛凌乱的乌当母鸡，男孩在它身上倾注了多少除此之外几乎别无着落的柔情啊。再往后的暗处立着一个巨大的笼子，隔成两间，其中一间密密地拦着铁栅。这就是一只巨大的北美雪貂的居所，这是一个友好的屠户家的男孩连笼子一起私带进来放在里面的，康拉丁用一把珍藏很久的小小的银餐具换的。他其实很怕这只身体柔软、尖牙利齿的野兽，但它又是他最为宝贝的财富。它居住在工具房里这一事实本身就是一桩神秘又可怕的乐趣，要小心翼翼地不让“那个女人”知道，这是他私底下授予他表姐的称号。后来有一天，天知道出于什么缘故，他为这只雪貂编了个奇妙的名字，从那一刻起它就一变成为一个神和一种宗教。那个女人每周到附近的教堂沉溺于一次宗教，而且带着康拉丁一道，但对他而言，教堂里的仪式对他的临门[①]教派而言不啻异教邪说。每周四，他都会在工具房里阴暗发霉的静默中，面对斯莱德尼·瓦斯塔尔——即那只大雪貂居住的笼子以神秘复杂的仪式敬拜他的神。他还会为他的神殿奉上应时的红花和冬日里血红的浆果，因为那是个特别在事物狂暴急躁的一面用力的神，用以反对那个女人的宗教，据康拉丁观察，

---

① “临门”（Rimmon）原系《圣经·列王记》中记载之亚述人和巴比伦崇拜的神。

那个女人的宗教与此恰是背道而驰。逢上重大的节日，就要在笼子前撒上碾成粉末的肉豆蔻，之所以用此供品的重要原因即在于要想得到肉豆蔻就必须得偷。这类节日来得颇不规律，主要是为庆祝某一过去的特殊事件而设。比如有一次德·洛普太太一连三天犯牙疼，康拉丁也就一连三天欢庆节日，几乎就要确信她的牙疼就是斯莱德尼·瓦斯塔尔引发的了。如果这一小恙再持续一天的话，家里的肉豆蔻也该随之罄尽了。

那只乌当母鸡从未被引入对斯莱德尼·瓦斯塔尔的崇拜。康拉丁很早以前就认定她是个再洗礼派教徒。他并未假装懂得再洗礼派教徒到底是怎么回事[①]，事实上他一无所知，只不过私下里希望这种教徒勇敢活跃并且不那么值得尊敬。德·洛普太太正是他设想一切所谓值得尊敬之物并因此对其深恶痛绝的平台。

没过多久，康拉丁对工具房的专注就引起了他监护人的注意。“他不分四季地在那儿磨蹭对他可不好。”她立马决定，并在某一天的早餐桌上宣布那只乌当母鸡已经在前天夜里被卖掉并被带走了。她眯缝起那双近视的眼睛望着康拉丁，静待狂怒与悲伤的大发作，她已准备好了一连串绝妙的格言和论理予以反击。但康拉丁却一言未发：还有什么可说的。也许是他面色苍白的脸上的某种表情使她产生了片刻的不安，因为当天午后的茶桌上摆出了吐司，这可是她通常会以对他的身体不利禁止端上来的珍肴；也因为制作吐司“很是麻烦”，这在中产阶级女性的眼中算得上致命的罪过。

“我还以为你喜欢吐司呢。”眼见他碰都没碰她惊叫道，颇

---

① 再洗礼派教徒认为婴儿受洗无效，成年时应再次受洗，并主张不抵抗主义及政教分离等。

带点受到伤害的意味。

“有时吧。”康拉丁道。

当天晚上，崇拜雪貂神的仪式有了些创新。康拉丁一直以来原本安于默诵赞歌，那晚他则提出了一项要求。

“为我做件事，斯莱德尼·瓦斯塔尔。”

并没有确指什么事。既然斯莱德尼·瓦斯塔尔是个神，他就该心领神会。康拉丁瞥了一眼另外那个已经空了的角落，吞下一声抽泣，起身返回那个他如此痛恨的世界。

从此以后，每天晚上在他卧室可喜的黑暗中，每天傍晚在工具房的暮色里，康拉丁悲苦的连祷再未间歇：“为我做件事，斯莱德尼·瓦斯塔尔。”

德·洛普太太注意到拜访工具房的活动并未停止，于是有一天她就进行了一番进一步的调查。

“你在上了锁的笼子里养了什么东西？”她问，“我想应该是豚鼠吧。我要把它们全部清除。”

康拉丁紧紧闭住嘴巴，但那个女人搜遍了他的卧室，找到了他仔细藏好的钥匙，并立刻毫不犹豫地向工具房进军以完成她的大发现。那是个寒冷的午后，康拉丁被命令待在房间里不许出去。从餐厅最远的那扇窗可以望见灌木丛一角露出来的工具房的门，康拉丁就站在那里望着。他看见那个女人进入了工具房，然后他想象着她打开那个神圣笼子的门，用她近视的眼睛向下望着他的神躺在其中的厚厚的稻草床。也许她会出于笨拙的不耐烦去戳那些稻草。康拉丁热切地最后一次默念了一遍祷词。但他明知就算在念的过程中他也并不真的相信。他知道那个女人马上就会回来，面带他如此憎恶的噘着嘴巴的笑，在一两个小时之后园丁就会将他神奇的神带走，已经不再是神，不过是笼子里一只棕色

的雪貂而已。而且他知道，那个女人会像她眼前这样永远地大获全胜，而他则会在她的折磨她的作威作福以及高明的智慧之下日渐憔悴，直到有一天，一切在他都无所谓了，而医生会被证明料事如神。在失败的痛苦与悲伤之下，他开始高声地挑战般唱起对他受到威胁的偶像的赞美诗：

> 斯莱德尼·瓦斯塔尔勇往直前，
> 他的思想血红他的牙齿雪白。
> 他的敌人求和但他为他们带来死亡。
> 最美丽的斯莱德尼·瓦斯塔尔。

突然间他闭上嘴巴靠得离窗户更近了。工具房的门仍然原样开着，时间正在分分秒秒地逝去。虽流逝得很慢，却的确流逝了过去。他望着草坪上一小群椋鸟跑着飞着掠过；他一遍又一遍地数着，有一只眼却一直盯着那扇摇晃的门。一位酸着脸的女仆走进来布置茶桌，康拉丁仍然站在那儿等着望着。希望已一寸寸爬进他心里，那双原本只懂得在失败后保持愁闷的平和的眼睛开始闪现出胜利的光彩。他强捺下狂喜，不出声地再次唱起胜利与毁灭的赞歌。而不久他的眼睛就得到了回报：一头又长又矮的黄褐色野兽通过那扇门溜了出来，眼睛在越来越昏黄的日光中闪着光，爪子与咽喉处的皮毛上沾着湿湿的暗色污迹。康拉丁跪下身来。那只伟大的雪貂来到花园边上的一条小溪旁，喝了几口水，然后穿过一座板条搭的小桥，消失在灌木丛间。斯莱德尼·瓦斯塔尔就这么永远地去了。

“茶已经沏好了，”酸着脸的女仆道，“女主人哪儿去了？”

“她刚才到工具房去了。”康拉丁道。

待女仆去唤她的主人喝茶后，康拉丁从餐具柜的抽屉里找出一柄烤吐司的叉子给自己烤了一片吐司面包。在烤面包、抹上一大块黄油并慢慢地享受吃吐司的过程中，康拉丁听到餐厅外头一阵阵喧闹与静寂的更替。那个女仆愚蠢的高声尖叫，厨房里传来的惊奇的众声喧哗，急行的脚步杂沓以及迅速派人外出求救的声音，然后，一阵寂静之后，传来惊恐的抽泣与背着重物向房间里走来的拖沓脚步声。

“谁去告诉那个可怜的孩子呢？我这辈子都做不来这么残酷的事儿！”一个声音尖声叫喊。在她们相互间争论这件事的当口，康拉丁又为自己烤了片吐司。

寻子记

埃尔西诺别业笼罩着一片不同寻常的静寂，然而，又时常被吵吵嚷嚷的悲叹打断，像是出现了令人不知所措的丧亲之痛。莫迈比夫妇失去了他们襁褓中的婴儿；所以才出现了那种不同寻常的静寂；他们正在狂乱地四处搜寻，连声不迭地大叫，每当他们跑回来在家里的犄角旮旯里再次搜罗一遍时，就出现了那传遍房间和花园的吵嚷。克劳维斯其时正是埃尔西诺别业心不甘情不愿的临时客人，莫迈比太太向他报告这一重大新闻时他正在花园尽头的一个吊床上假寐。

“我们失去了孩子。”她尖叫道。

“你的意思是他死了，是跑丢了，还是你拿他做牌戏的赌注给输了？”克劳维斯懒洋洋地问。

“刚刚他还在草坪上兴高采烈地蹒跚学步，”莫迈比太太泪眼婆娑地道，“阿诺德这时候过来了，我正问他喜欢用什么酱来配芦笋——”

“希望他说的是荷兰酸辣酱，”克劳维斯来了兴头，“因为我最恨的就是——”

“就这么一转眼我的宝贝就不见了。”莫迈比太太继续尖声道，“我们上上下下，房子里花园里大门外都找遍了，可哪儿都不见踪影。”

“那他也听不见吗？”克劳维斯问，“要是真听不见的话，他肯定至少在两英里外了。”

“但在哪儿？怎么可能？”心烦意乱的母亲问。

“没准是老鹰或是什么野兽给叼走了。”克劳维斯提示道。

“萨里地区压根儿就没有老鹰和野兽。”莫迈比太太话虽如此，声音里已带上了惊恐。

“不时会从巡回马戏团溜出来几只。我有时觉得他们是为了做广告故意把它们放出来的。想想看本地报纸会出个多么危言耸听的头条：‘著名不从国教者之子命丧斑点土狼之口。’你丈夫虽不是什么著名的不从国教者，不过他母亲出自卫斯理宗的家族，而且你也得允许新闻界有点言论自由。”

“即便如此我们也该找到点遗骸吧。”莫迈比太太抽搭搭地道。

“要是土狼饿极了，不单单是拿它的食物闹着玩儿，也就没多少遗骸剩得下来了。就会像那个小孩子与苹果故事里说的——连果核都没了。”

莫迈比太太赶紧转身到别的地方寻求安慰与忠告去了。她竟然纵容自己自私地沉溺于年轻母亲的丧子之痛，全然无视克劳维斯对芦笋酱汁的焦心。然而她还没走出一码远，边门上的敲打声又使她猛地驻了脚。彼得霍夫别业的吉尔佩特小姐已经赶过来细听她丧子之痛的详情了。克劳维斯对这个故事已然相当厌烦，可莫迈比太太却天生成一种残酷的本领，哪怕重复到第九十遍，也能像第一次讲述一样兴味盎然。

“阿诺德走了过来；他正抱怨风湿病的当口——”

“这个家里可抱怨的东西多了去了，我倒头一次听说抱怨什么风湿病。”克劳维斯嘟囔道。

“他正在抱怨风湿病。”莫迈比太太继续道，竭力在已然长时间、高度紧张的哭诉后在语气中注入一种冷漠的调调。

可她再次被人打断。

“压根儿就没有风湿病这档子事。”吉尔佩特小姐道。她的语气中带着一种侍者宣称酒水单上最便宜的红酒已然告罄时采用的那种公然蔑视的态度。而且她也拒不提供其他更值钱的疾病名称，而是将它们一笔抹杀。

莫迈比太太的火气也盖过了悲痛。

“我猜你接着就该说孩子压根儿没有失踪了。”

“他是失踪了，”吉尔佩特小姐勉强承认道，“不过只是因为你没有足够的信念找到他而已。他之所以未能安然无恙地回到你身边只不过因为你缺乏信念。”

“哪怕他眼下已经被一只土狼给吃了并已被部分消化，”克劳维斯道，仍然挚爱地抱住他的野兽理论不放，“这类恶果是不是也该被注意到了？”

他对这一问题的复杂化使吉尔佩特小姐颇为吃惊。

“我肯定地感觉到土狼没吃这个孩子。”她的语气却没那么肯定。

“土狼也许同样地肯定它已经把孩子吃了。你瞧，它可能跟你一样信念十足，而且在孩子目前的下落这个问题上拥有比你更为专业的知识。”

莫迈比太太的眼泪又出来了。“要是你有信念，”她抽搭搭地道，紧紧抓住这跟稻草，“你能不能找到我们的小埃里克？我肯定你有我们不具备的能力。”

罗斯-玛丽·吉尔佩特绝对真诚地信仰基督教科学派的信条；至于她是否理解了或者说正确阐明了这些信条，也许通过这样的方式最能验明正身：眼下无疑就是个绝佳的机会。于是她开始了茫无头绪的搜寻，费尽全力召唤她拥有的每一块信仰的碎片为她指明方向。她走出花园，来到光秃秃的空旷公路上，莫迈比太太在后面警告："去那儿找没用的，我们已经搜了不下十几次了。"但此时的罗斯-玛丽除了自得之外已经对一切充耳不闻了：坐在公路的正中央心满意足地玩弄尘土和几朵凋谢的金凤花的，正是一个围着白色围涎的婴儿，一边的太阳穴上还竖着一簇用浅蓝色缎带扎起来的亚麻色头发。罗斯-玛丽首先出于女性惯常的警惕确定远处并无汽车驶来，然后冲上前去，不顾孩子坚决的反对一把将他抱起，冲进埃尔西诺的大门。孩子狂怒的尖叫已然宣布了他被找到的事实，几乎歇斯底里的父母冲过草坪来迎接他们失而复得的宝贝。这一场景的美学价值因罗斯-玛丽很难控制住挣扎不已的婴儿略为受损，孩子最后被头尾颠倒地放入激动万分的家人怀抱。"我们的小埃里克又回到我们身边了。"莫迈比夫妇同声大叫；由于孩子将两个小拳头紧紧地压在眼窝里，整张小脸除了大张着哭喊的嘴巴之外被遮了个严实，母子相认的过程本身也几乎全凭信仰了。

"小宝宝高兴回到爹地和妈咪身边吗？"莫迈比太太低声哼唱；孩子对尘土和金凤花表现出来的明显偏爱使克劳维斯觉得这问题问得实在有失策略。

"让他到轮轮上转转。"父亲见孩子的哭嚎丝毫没有临近终止的迹象，于是颇为聪明地建议道。一转眼，孩子已经骑跨在园圃滚压轮上，再在轮上猛推一把让它转起来。从这个圆柱体的底下突然传来一声震耳欲聋的嚎叫，连那个哭叫不止的婴儿的声音都淹没不闻了，紧接着轮子里爬出了个围着白色围涎的婴儿，一边的太阳穴上还竖着一簇用浅蓝色缎带扎起来的亚麻色头发。新来者无论是外貌特征还是肺活量均毋庸置疑。

"我们的小埃里克。"莫迈比太太尖叫一声，冲上前去吻得

他几乎透不过气来，“他藏在轮轮里是想吓我们一大跳吧？”

这显然就是这个孩子突然失踪又同样突然现身的原因所在。但那个半路杀出来的孩子又是怎么回事？此刻他哭哭啼啼地坐在草坪上，受冷遇的程度只有当初受到的欢迎可与比肩。莫迈比夫妇盯着他的眼神仿佛他是故意毫无心肝又毫无价值地伪装好后蠕动到他们跟前骗取关爱的。吉尔佩特小姐无助地盯着这个几分钟之前在她眼里还是个珍宝的小东西，脸色渐渐转灰。

“当爱已成往事，哪怕在爱人的眼里爱也变得何其渺小。”克劳维斯对自己引用道。

罗斯-玛丽第一个打破沉默。

“如果你怀里抱着的才是埃里克，那么那个——是谁？”

“那个，我认为，应该由你来解释。”莫迈比太太生硬地道。

“显然，”克劳维斯道，“那是被你信念的力量塑造成型的复制品。问题是：你打算拿他怎么办？”

罗斯-玛丽颊上的灰白更其明显了。莫迈比太太将真的埃里克更紧地搂在怀里，仿佛怕她这位诡异的邻居一怒之下将他变成一碗金鱼。

“我是在路当间儿发现他的。”罗斯-玛丽无力地道。

“你不能再把他带回去放在那儿，”克劳维斯道，“公路是用来跑汽车的，不能用作废弃奇迹的储藏室。”

罗斯-玛丽哭了起来。“哭者独哭”这句谚语像它的大部分同类一样在实际应用时严重落空：两个孩子如丧考妣般号啕，身为父母的莫迈比夫妇也几乎还没从先前的丧子之痛中缓过神来。只有克劳维斯仍保持着他处乱不惊的快活劲儿。

“我一定得一直留着他吗？”罗斯-玛丽悲哀地问。

“这倒不必，”克劳维斯安慰道，“等他年满十三就可以进皇家海军了。”罗斯-玛丽再度痛哭失声。

“当然，”克劳维斯又补充道，“关于他的出生证明可能一直麻烦不断。你必须得向海军部解释清楚，他们死板得吓人。”

这时，夏洛特堡别业的保姆上气不接下气地跑过草坪来认领小珀西，他当初从前门溜出来后一眨眼就在公路上消失不见了；大家这才长出了一口气。

事已至此，克劳维斯仍觉得有必要亲自去厨房确认一下芦笋的酱汁。

拉蒂斯拉夫

伯爵夫人家老大和老二的婚姻都很是糟糕。据克劳维斯观察，这是他们的家族习性使然。但幼子拉蒂斯拉夫端的是相当灰白的家庭里的一头黑羊，而且迄今尚未婚配。

“说到坏处也就这些了，”伯爵夫人道，“不过倒也能使男孩子免受委屈。”

“是吗？”索菲男爵夫人问，并非想置疑这个论断，不过是勉力使谈吐显得聪明。她正是在这一点上一直努力想践踏万能的主之天命，这个主很明显从来都不打算让她的谈吐有一丝一毫的聪明可言。

“我不明白为什么我就不该谈吐聪明，”她会这么抱怨，“家母就曾是公认的健谈名媛。”

“这种事经常是隔代遗传的。”伯爵夫人道。

“这太不公道了，”索菲道，“谁都不会反对自己的母亲比自己聪明健谈，可我得承认，要是我女儿谈吐聪明的话，我会相当着恼的。”

“好在她们都不健谈。”伯爵夫人安慰道。

“这倒也不尽然。”男爵夫人道，立马掉转枪头为自己的女儿辩护了，“埃尔莎星期二曾相当聪明地说起‘三国同盟’。说它好比一把纸伞，只要不在下雨天撑出去就没问题。这可不是随便哪个人都讲得出的。”

“随便哪个人都说过这话；至少我认识的随便哪个人。当然我认识的人极为有限。”

“我觉得你今天似乎在故意找茬儿。”

“我一贯如此。你没注意到像我这样真正具有完美脸型的人从来都很难相与吗？”

“我并不觉得尊容有你自夸的那般完美。”男爵夫人道。

“那才怪了呢。家母可是她那个时代最著名的古典美人之一。”

“这种事有时可是隔代遗传的，你要知道。”男爵夫人上赶着道，对她而言，想出一句妙语可是像捡到一把金柄雨伞一样稀罕的。

“我亲爱的索菲，”伯爵夫人亲切地道，“这话没有丝毫的聪明可言；不过既然你努力得这么辛苦，我想我也不该给你泼冷水。跟我说说：你没觉得埃尔莎跟我们的拉蒂斯拉夫很是般配吗？他也该成家立业了，干吗不挑埃尔莎？”

“要埃尔莎嫁给这么个混世魔王！”男爵夫人喘吁吁地道。

“讨饭的还想挑食？”伯爵夫人论道。

“埃尔莎可不是讨饭的。”

“从经济上讲不是，否则我也不会提这门亲了。不过她年龄实在不小了，你知道，而且既没头脑又没相貌。”

“你似乎忘了她是我女儿。”

“这才更显得我慷慨大度。不过说实话，我看不出拉蒂斯拉夫有什么不好的。他没有债务——至少没什么了不得的债务。”

“可你想想他的名声！如果大家的议论有一半属实——”

“也许四分之三是实情。可这又有什么？你并不想找个天使长做女婿吧。”

“我不想要拉蒂斯拉夫。我可怜的埃尔莎跟着他不定受多少罪呢。”

“受点罪对她来说没什么大不了；那会跟她的发型越发般配，而且如果她没法跟拉蒂斯拉夫相处，她总还可以去为穷人行善。”

男爵夫人从桌子上拿起一张镶框的照片。

“他的确很是英俊。”她迟疑地道；然后更加迟疑地加了一句，“我敢说亲爱的埃尔莎应该可以使他洗心革面的。”

伯爵夫人镇定自若又恰如其分地呵呵一笑。

三个星期后，伯爵夫人在格拉本大街一家外国人开的书店里再次对索菲男爵夫人施加压力，男爵夫人当时也许正想买几本信仰方面的书籍，虽说找错了柜台。

“我刚把两个亲爱的孩子留在了罗登斯塔尔斯家。”伯爵夫人劈头就道。

“他们看起来兴致很高吗？”男爵夫人问。

“拉蒂斯拉夫穿了身崭新的英式服装，所以他自然兴致很高。我听到他跟托妮讲了个关于修女和捕鼠夹的有趣故事，不过也经不得复述。埃尔莎正在告诉所有的人那个三国同盟就像纸伞的俏皮话——这个看来倒是经得住以基督徒的坚忍不断地复述。”

“他们看起来相互有爱慕之意吗？”

“老实说，埃尔莎看起来像是颇为爱慕一条马毯。干吗让她穿橘黄色？”

“我一直觉得这很配她的肤色。”

“不幸的是一点都不配。呃，别忘了，你星期二要跟我一起吃午饭的。”

星期二那天的午宴男爵夫人来迟了。

“你猜出什么事了！”她一冲进房间就尖叫道。

“应该是大事，你吃饭都迟到了。”伯爵夫人道。

“埃尔莎跟罗登斯塔尔斯家的私人司机跑了！”

“不得了！”

“我们家还从没有人干过这等事。”男爵夫人喘吁吁地道。

“也许是他对她们没有同等的吸引力。”伯爵夫人公允地道。

男爵夫人开始觉得自己是没指望获得她的大难使她应得的惊诧和同情了。

“无论如何，”她反咬一口，“她没办法嫁给拉蒂斯拉夫了。”

“无论如何她是没办法了，”伯爵夫人道，“他昨晚突然跑到国外去了。”

“跑到国外去了！去了哪儿？”

“我相信是墨西哥。”

“墨西哥！但为了什么？为什么是墨西哥？”

“英国人有句谚语，‘良心使我们都成为牛仔。’①”

“我倒不知道拉蒂斯拉夫还有良心。”

“我亲爱的索菲，他没有。把一个人匆忙往国外送的是别人的良心。咱们还是用饭吧。”

---

① 原典出莎士比亚《哈姆雷特》的台词：“Thus conscience does make cowards of us all.”所谓“良心使我们都成为懦夫”，大意为有所顾虑故致行事犹疑之谓也。此处“conscience make cowboys of us all”是对这一名句的戏仿。

山上的乐声

西尔维亚·塞尔顿怀着大获全胜后的愉快心情在耶斯尼的晨室用罢了早餐，颇像是一位铮铮铁汉在伍斯特战役[①]次日的感受。从本性上讲她并不好斗，而是属于因环境所迫而奋起斗争的更成功的那个斗士阶层。她命中注定一生中会充满一系列小小的斗争，虽然通常她的胜算都不太大，不过通常得胜的却总是她。如今她更是觉得她最艰苦当然也是最重要的斗争已然胜券在握。能顶着夫家明显的敌意、不顾她要托付终身的这个人对女性毫不含混的漠不关心嫁给莫蒂默·塞尔顿，确是一桩需要些魄力和机巧方能成就的业绩；而昨天，她又将胜利推进到了决胜阶段：她已经成功地将这位熟识他的敌人称之为“死人莫蒂默”的夫君从伦敦和一系列矿泉疗养地硬拽了出来，并——用她的词汇来讲——将他“安置”在了这个本是他乡间别墅的丛林环绕的僻远庄园。

“你怎么都不可能搬动莫蒂默的，”她婆婆曾说过风凉话，“不过他要是真到了那儿就会在那儿待下去；耶斯尼对他的魔力几乎跟伦敦一样大。你能理解他为什么乐意待在伦敦，但耶斯

① 伍斯特为英国中西部的自治市镇，位于伯明翰西南偏南的塞汶河岸，克伦威尔和议会军于一六五一年九月三日在此地取得了对于查理二世和苏格兰军队的最后胜利。

尼——”这位王公贵胄的未亡人耸了耸肩膀。

耶斯尼具有一种阴森的几乎是蛮荒的野性，对于城市培养出来的趣味而言自然不会有什么吸引力，具体到西尔维亚，她名虽如此[1]，对于比“林木茂盛的肯辛顿”更加深密的森林也并不怎么习惯。她将这片乡野视作有益健康的胜地，不过如果你起劲得过了分，它也会成为一种麻烦。对城市生活的不信任对她而言不过是在嫁给莫蒂默之后才出现的新生事物，昨晚，她满意地看到当耶斯尼的林木与石楠花映满他的眼帘时，他目光中她称为“杰明街[2]的神气”已逐渐淡出。她的毅力和策略已然奏效；莫蒂默会乐意留下来的。晨室的窗户外面是一块呈三角形的坡状草皮，宽容一点的话可以称之为草坪，在被忽视的矮矮的灌木树篱之外就是一道长满石楠与欧蕨的更加陡峻的山坡，陡坡又骤然下陷成为一个巨穴般的深谷，谷间繁生着橡树和紫杉。在这片蓬勃的野性之间，似乎看得到跟不可见之物的恐怖隐秘联系在一起的生之欢娱。当西尔维亚以一种艺术学派的目光欣赏这片景致时，她不禁志得意满地笑了，可随后她却突然几乎哆嗦了一下。

“这儿可真够野的，”她对已经在她身边落座的莫蒂默道，“在这样的地方你几乎都会觉得对潘神的崇拜并未完全消歇呢。”

“对潘神的崇拜本来就未曾消歇，”莫蒂默道，“不断有新的神灵会将他的崇拜者吸引过去，但他就是自然之神，一切最终都会归结于他。他已被称为众神之父，不过他大部分的孩子都是死婴。”

西尔维亚对宗教的态度很诚实，却又有些含混的虔诚，并不

---

① “西尔维亚”（Sylvia）与“森林”（sylvan）是同根词。

② 伦敦的杰明街以做工精细的衬衣闻名遐迩。

喜欢听到她的信仰被当作二茬的作物谈论，不过至少听到死人莫蒂默能这么精神这么有信心地谈论一个话题，确实颇为新鲜、大有希望。

“你不是当真信仰潘神吧？”她疑虑地问。

“我虽在大部分事务上都是个傻瓜，”莫蒂默平静地道，“我还不至于傻到来到这儿还不信有潘神存在。而且如果你不傻的话，当你在他的国土上居住时就不要太明目张胆地藐视于他。”

一个星期还不到，西尔维亚就对在耶斯尼周边的林间漫步丧失了兴趣，于是她开始探察庄园里的各个建筑。在她的印象中，农家庭院应当意味着欢快的忙碌：应该有搅乳器有脱粒机有面带微笑的挤奶女工，还应该有成群的马匹在挤满鸭子的齐膝水塘里饮水。但当她在耶斯尼庄园农场那荒凉的建筑之间闲逛时，她的第一印象却是一种压倒一切的凝固和荒芜感，仿佛置身某个早就让位于猫头鹰和蜘蛛网的遭到废弃的孤独农庄；然后，她又感到一种暗含的警惕的敌意，一种跟潜伏于林木繁茂的深谷与矮林中相同的不可见之物的阴影。从沉重的门扇和紧闭的窗户后面传来蹄子不安宁的踢踏或是拴紧的缰绳的刮擦，不时还有圈养的野兽低沉的嘶吼。远处的角落里，一只毛发蓬乱的狗很不友善地专注地望着她；当她走近时它静悄悄地溜回狗窝，待她经过后又悄无声息地再次溜出来。几只母鸡在一个干草堆下面觅食，一见到她就鬼鬼祟祟地躲到了一扇大门底下。西尔维亚都觉得如果她在这片谷仓和牛栏的荒野上碰到什么人的话，他们也会鬼魂一般从她面前溜走。最后，在迅速转过一个拐角之后，她终于撞上了一个不会被她吓走的生灵。泥塘里四仰八叉地躺着一只巨大的母猪，大得超过了一位城市女性对于猪类哪怕最疯狂的估算，而且它还立刻摆出一副怨愤的警觉神气，表示若有必要坚决击退罕有的进犯。这次轮到西尔维亚临阵退缩了。在她沿途经过堆料场、牛棚和漫长的单调墙垣之际，突然惊闻一种奇怪的声音——一个少年发出的笑声的回响，灿若金石又含混莫测。农场里雇的唯一一个少年就是呆头皱脸的庄稼汉詹恩，而且此时正在眼前半山坡上的西红柿地里干活，问到莫蒂默时，他也想不出西尔维亚退却途中偷偷嘲笑她的可能是谁。这次无迹可循的笑声更加深了她对于耶斯尼周围笼罩着一种隐秘又邪恶的“某种东西”的印象。

如今她很少能见到莫蒂默；他一天到晚都像是给农场、森林和鳟鱼溪给独占了。有一次，她循着早上见他选取的方向走去，结果来到了一处坚果矮林中的空旷地，周围被巨大的紫杉树环绕，空地的中央竖了一个石头的基座，基座上立着一个年轻的潘神的小型铜像。铜像做工精美，不过最吸引她注意的是有一串新砍下来的葡萄作为供品放在它脚下。在这幢庄园府邸中葡萄可绝对算不上丰产，西尔维亚恼怒地将那串葡萄从基座上抓起来。她慢慢地往回走的途中心中充满侮蔑的恼恨，但随后就转化为一种迹近惊恐的强烈情感；一个少年正透过厚厚的杂木林怒视着她，少年的面孔黝黑漂亮，目光中却有着无以言表的邪恶。那是条孤寂的小径，其实耶斯尼周围的小径又有哪条不孤寂呢；她没顾得上细看一眼这个突然现身的幻影，匆忙加快了脚步。直到进了家门她才发现那串葡萄已经落在了奔逃的途中。

“我今天在林子里看见了一个少年，”当晚她告诉莫蒂默，“黝黑的面孔，相当英俊，但一看就是个无赖。我想是个吉卜赛人吧。”

“听来不无道理，”莫蒂默道，“只是眼下这一带根本就没有吉卜赛人。”

“那他是谁？”西尔维亚问，眼见莫蒂默也提不出别的可能性，她又记起了发现供品的事。

“想来应该是你干的，”她道，“这虽属无害的蠢行，可要是给人家知道了，他们可会认为你傻到了家。”

“你没节外生枝吧？”莫蒂默问。

“我——我把葡萄给扔了。看起来太傻了。”西尔维亚道，眼见着莫蒂默不动声色的脸上现出烦恼的神情。

“我觉得你这么做可算不得明智。”他沉思道，“我可听说森林之神对戏辱他们的人行事相当可怕。”

“对那些信仰他们的人来说或许可怕，可我并不信邪。”西尔维亚反驳道。

“都一样，”莫蒂默以他平静、不动声色的调调道，“我要是你的话就会回避森林和果园，并且对农场里长角的野兽敬而远之。”

这当然都是一派胡言，但在那个森林环抱的地方胡言似乎也能让人心神难安。

“莫蒂默，”西尔维亚突然道，“我想我们还是尽快返回伦敦吧。”

她的胜利并不像她设想得那般圆满；它已经败到她本人都急于退出的程度。

“我觉得你不会回伦敦的。”莫蒂默道。他就像是在解释他母亲关于他的预言。

西尔维亚颇为不满并略带些自卑地注意到她次日午后的漫步出于本能地远离了森林的范围。至于说到长角的牲畜，莫蒂默的警告实属多余，因为她充其量也就一直将他们视作可疑的局外之物敬而远之：她的想象剥夺了那么富有母性的奶牛的性征，将她们都变作了随时都会“两眼冒红”的好斗公牛。那头养在果园底下狭窄围场中的公羊，她经过充分而又审慎的鉴定后已认定他性情温顺；不过今天，她还是决定不再去测试他的温顺与否了，因为这位通常非常文静的野兽正明显烦躁不安地不断从草地的一头走到另一头。一阵低沉、断断续续的笛声从近旁的矮林深处传出来，听来像是出自芦苇做的长笛，而且似乎跟公羊不安的举止以及森林里传来的狂野乐声之间存在某种微妙的关联。西尔维亚于是转身爬上了一个覆满石楠的山坡，这道山坡蜿蜒俯瞰着耶斯尼庄园。她已经将笛音抛在了身后，但在她脚下，风却穿越林木茂盛的山谷为她带来别一种音乐，那是紧追猎物不放的猎犬紧张的狂吠。耶斯尼庄园正处在德文和萨默塞特两郡乡野的交界处，被追猎的麋鹿有时候会逃至此处。此时的西尔维亚可以看到一具黝黑的躯体越过一个个山头，又时不时在穿越深谷时失去影踪，而他身后，那无情的群犬狂吠也愈来愈响，尽管那头鹿跟她没什么相干，她对猎物的同情却越来越强烈。他终于冲出橡木矮林和蕨类植物的外围，气喘吁吁地立在空地上，原来是一头鹿角齐全的九月牡鹿。他显然是要冲进深谷下面的褐色水塘区域，然后朝赤鹿喜爱的圣地——大海奔去。然而，出乎西尔维亚的意料，他竟转头朝山坡上面奔来，磕磕绊绊但是坚决地穿越厚厚的石楠。“这可糟了，”她想，“那群猎狗会在我眼皮底下将他拖下山去。”但追猎的乐声似乎稍歇了片刻，作为替代她再次听到了那管芦笛奏出的野性乐音，一会儿从这边一会儿又从那边传来，似乎是在激励失败的牡鹿最后奋力一搏。西尔维亚站在远离他路径的地方，半隐在繁密的越橘丛中，但见他僵直地摇摆着向山上走去，他的侧腹闪着黑亮的汗水，脖颈上粗糙的毛发在对比下放出亮光。笛音突然在她周围吹响，仿佛就出自她脚下的灌木丛，与此同时，那头巨大的野鹿也转过身形朝她直冲过来。转瞬间，她对这头猎物的同情就转为对自己身处险境的极端恐惧；厚厚的石楠树根挫败了她奔逃的企图，她发狂般朝下望了一眼正在逼近的狗群。巨大的鹿角就在几码之外了，在已然麻木的恐惧中，莫蒂默的警告在她脑际一闪：小心农场里长角的野兽。然后她又突然兴奋地一振，因为她发现她并非独涉险境，有一个人形就站在几步之外，膝盖之下掩在越橘丛中。

“把它[①]赶开！”她尖叫道。但那个人形并无回应的举动。

鹿角直戳向她胸口，这头野兽辛辣的气味充满了她的鼻翼，但她目光中充满的恐惧却并非源自就要到来的死亡。她耳际响起一个少年的笑声，灿若金石又含混莫测。

---

① 小说中对牡鹿的称谓之前用“he”，现在用“it”，显示出西尔维亚对这头牡鹿所怀情感的变化，译文也亦步亦趋。

圣韦斯帕鲁斯的故事

“给我讲个故事吧。”男爵夫人道，绝望地盯着外面的雨；是那种明亮的，仿佛自知理亏的雨，看起来随时都能停，却可能大半个下午都淅沥个不止。

“什么样的故事？”克劳维斯问，猛挥了一下槌球棒作为收场。

“真实到足够有趣又不会真实得令人生厌。”男爵夫人道。

克劳维斯出于自我的舒适和满意重新调整了一下几个软垫；他知道男爵夫人希望她的客人待得舒服，而且认为在这一点上尊重她的意愿理所应当。

“我给你讲过圣韦斯帕鲁斯的故事吗？”他问。

“你给我讲过大公爵、驯狮员、金融家的寡妇以及黑塞哥维那一位邮政局长的故事，”男爵夫人道，“还有一位赛马骑师和一位想去华沙的业余家庭女教师的故事，再就是有关你母亲的几个故事，但肯定一个圣人都没出现过。”

“这个故事发生在很久以前，”他道，“属于那种让人很不舒服的光怪陆离的时代，那时候三分之一的人是异教徒，三分之一信奉基督教，最大的那三分之一随大流：朝廷信什么他们就跟着信什么。当时有一位国王叫克里克罗斯，性情暴躁，却膝下无子，没有直系继承人；不过他已婚的姐姐却为他提供了一大群外甥供他从中选嗣。这群外甥里面最适合也最得到王室认可的是年方十六的韦斯帕鲁斯。他是最著名的美男子，最优秀的骑士和标枪手，并有那种堪称无价的高贵禀赋，能若无其事地从一位吁请者面前走过，仿佛压根没看见他，不过要是他有的话肯定还是会给些什么的。家母就在某种程度上有此天赋；她能面带微笑毫发无伤地走过一个慈善义卖会，第二天碰到义卖的组织者还能表现出一副‘要是我知道你们需要资助’的热切神情，真是堪称胆识过人啊。克里克罗斯国王当时属于那异教的三分之一，崇拜神圣的巨蛇达到了狂热的顶峰，这些巨蛇就住在皇宫附近的一个圣林里。老百姓在私下的信仰方面可以自行其是，只要不僭越审慎的界限，但所有为朝廷服务的官员如果转而信了新的宗教就会被‘看低’，这既是比喻性的说法亦是不折不扣的事实：他们会被扔到皇家熊窟里而其他人从周遭的回廊朝下观赏。因此，当年少气盛的韦斯帕鲁斯在一次宫廷典礼上腰别一串玫瑰经念珠[①]，而且面对愤怒的质询公开宣布他已决定皈依基督或至少要试上一试时，也就难怪大家流言纷飞惊慌失措了。要是换了别的外甥国王可能也就下道旨意痛打一顿或是干脆放逐，可这次出状况的是他宠爱的韦斯帕鲁斯，他于是决定就像如今的某位父亲听儿子宣布要做个职业演员一般来考虑整个事态。因此他叫来了皇家图书馆的司书。当时的皇家图书馆也大不到哪儿去，为国王管理图书的司书总有大量的余暇。于是当出了什么逾越常规或暂时失控的事件时，他就经常受命予以妥善处置。

“‘你必须对韦斯帕鲁斯王子晓之以理，’国王道，‘并让他深切认识到他这种倾向的错误所在。我们决不能让王位继承人树立这么危险的榜样。’

---

① 是为天主教徒念玫瑰经时专用。

“‘可我到哪儿去找必要的论点呢？’司书问。

“‘我准你的假去皇家森林和矮木林去拣选你的论点，’国王道，‘如果你还收集不到适合这一状况的锐利论断和有力之反驳，你可就真是个无谋少智的伧夫了。’

“司书于是进入林中，撷选了大量极具论辩性的唇枪舌棒，然后就去跟韦斯帕鲁斯就其行为之荒唐、不义尤其是不得体进行了一番理论。他的论辩给年轻的王子留下了深刻印象，这一印象一直持续了数周，在此期间再未听闻他有任何令人遗憾的堕入基督邪教的表现。但后来又有一同样性质之流言震动了朝廷。在一次本应请求神圣的巨蛇赐以仁慈之护佑的场合，人们听到的竟然是韦斯帕鲁斯赞颂查鲁尼的圣奥迪罗的圣歌。国王对这次新发作大为震怒，开始对事态持悲观态度了；韦斯帕鲁斯显然是打算对他信奉的邪教采取危险的执迷不悟的态度了。然而从外表看来他又没有丝毫堕入邪教的表现；他并不像那些狂热分子那样目光暗淡失色，也没有那般梦想家的神秘兮兮。恰恰相反，他确是当朝最英俊的少年；他体格雅致而又结实强健，面色健康，眼睛是熟透的桑葚色，一头乌黑光滑的秀发，保养得极佳。”

“听起来倒是颇像描述你自己年方十六时的模样嘛。”男爵夫人道。

“家母可能给你看过我早年的一些照片。”克劳维斯道。将揶揄全作恭维接受，然后继续讲他的故事。

“国王将韦斯帕鲁斯在黑塔里关了三天，只有面包和清水维生，只能听到蝙蝠的尖叫和鼓翼声，透过一道狭窄的小窗只能看到高天的流云。反对异教的团体开始自负地谈论起这位少年殉教烈士。从饮食的角度说来，这位殉教者的苦行倒是没那么可怕，因为塔楼的典狱长有那么一两次因为疏忽将他自己晚餐的一部分烤肉水果红酒什么的落在了王子的牢房里。惩罚结束后，韦斯帕鲁斯被严密监视，看他是否还有宗教方面的反常言行，因为国王已经痛下决心，在这么重要的问题上决不再允许有丝毫的通融。如果再有类似的胡言乱语，他说，王位继承人就必须得换人。

“一段时间内一切正常；夏日的运动盛会就在眼前，年轻的韦斯帕鲁斯全神贯注于摔跤、赛跑与投掷标枪的比赛，根本顾不上考虑什么宗教问题了。但接着，夏日盛会的高潮终于来到，大家要绕着神圣的巨蛇翩翩起舞，而韦斯帕鲁斯在这时竟‘袖手旁观’。这次对国教的公然侮辱实在太明目张胆了，就算国王有心假作不知都不可能了，何况陛下根本就不会费这种心思。他一个人坐了一天半的时间沉思默想，大家都认为他是在到底是处死还是宽恕年轻王子的问题上委决不下；其实他只是在琢磨该以什么方式处死这个少年。既然不得不出此下策，那就一定得吸引大量公众的注意，也就是要尽可能使之壮观，使之引人入胜。

“‘这孩子虽说误信邪教，’国王道，‘而且执迷不悟，可到底还是个甜蜜可人的少年，所以最该让甜蜜的带翼使者送他上路。’

“‘陛下的意思是——？’皇家司书道。

“‘我的意思是，’国王道，‘他该被蜜蜂叮死。当然是被皇家蜜蜂叮死。’

“‘真是最优雅的死亡。’司书道。

“‘既优雅又壮观，而且绝对痛苦，’国王道，‘满足了所有期望。’

“国王本人设计好了死刑仪式的所有细节。韦斯帕鲁斯要被剥光衣服，手要绑在身后，然后把他吊起来，使他恰好平躺在三个最大的皇家蜂房之上，这样一来，他的身体只要有丝毫的动弹就会碰到蜂房。剩下的就全看蜜蜂的了。据国王估算，死亡的痛楚可能会持续十五到四十分钟，但他另外几个外甥则意见不一，还分别押了不小的赌注：有的赌他马上就会死，有的则押他会拖延至数小时。不管怎么说，他们一致同意这可比扔到臭气熏天的熊窟里被丑恶的食肉动物撕成碎块强得多了。

“可是碰巧皇家蜂房的主管自己也倾向基督教，而且他也像大多数朝廷官员一样非常迷恋韦斯帕鲁斯。因此，他在执行死刑的前夜就忙着把所有皇家蜜蜂的蜂针一一拔下来；这个工作费时既长又极耗心思，不过他是位养蜂专家，辛辛苦苦地忙碌了将近整个晚上之后终于成功地给所有或者说几乎所有蜂房的住户都解除了武装。”

“我还不知道你能从一只活着的蜜蜂身上拔下它的蜂针。”男爵夫人深表怀疑地道。

“每个行当都有它的秘密，”克劳维斯回答道，“否则它也就算不得一个行当了。总之行刑的时刻到来了；国王和朝廷上下各就各位，平民百姓但有希望观瞻这一奇景的也可预定席位。幸运的是皇家蜂园占地颇广，而且从环绕御花园的露台正可以俯瞰；再临时搭建几处平台之后，虽有点挤，大家还是都各得其所了。韦斯帕鲁斯被带入蜂房前的空地，虽涨红了脸，略有些局促不安，却丝毫没有因为成为众所瞩目的中心而不快。”

“除了相貌之外他看来还有更多跟你相似的地方呢。”男爵夫人道。

“别在故事的关键时刻打断我。”克劳维斯道，“狱卒刚刚才仔细调整好韦斯帕鲁斯在前述蜂房上面的位置，还没等退到安全的距离之外，他就瞄准蜂房拼力一脚，把三个蜂房踢成了一摞。转瞬间他就从头到脚被蜜蜂裹了个严实；每只蜜蜂都惊恐而又羞辱地明白在这个大难临头的时刻自己没办法叮咬，不过每只蜜蜂都觉得应该摆出叮咬的架势。韦斯帕鲁斯笑得尖声喊叫浑身抽搐，因为他简直要被胳肢死了，时不时地他会狂怒地大踢一脚大骂一声，那是少数几只逃脱缴械命运的蜜蜂中有一只奋起反击的缘故。但观众们惊异地发现他并未露出丝毫濒死的痛苦，而且随着筋疲力尽的蜜蜂一群群地从他身上跌落，他的肉体仍然如同受刑前一样白皙光洁，而且还因为无数只蜂脚沾上的蜂蜜更加透出熠熠的光彩，间杂着几个绝少几次叮螫留下的小红点。显然这是个为他而彰显的奇迹，观礼的人群中有人大声自语道，可以说因为惊奇也可以说是出于狂喜。国王下令将韦斯帕鲁斯放下来听候裁处，然后就沉默地迈着僵硬的步子去用午膳，用膳期间他小心地仿佛一切如常地大吃大喝。膳毕他召见司书。

“‘这次惨败有何意味？’他问。

“‘陛下，’司书道，‘要么就是蜜蜂出了大差池——’

“‘我的蜜蜂不会有丝毫差池，’国王傲慢地道，‘它们是最好的蜜蜂。’

“‘要么，’司书道，‘就是韦斯帕鲁斯王子有些不容置疑的确处。’

“‘如果韦斯帕鲁斯对了，那错的肯定就是我喽。’国王道。

“司书沉吟不语了。很多人是祸从口出；这位倒霉的近臣却是因不智的沉默而招祸。

“国王一怒之下将适合他尊严的举止规范以及饱餐一顿后必定身心皆要憩息的金科玉律抛至九霄云外，冲向皇家司书，用象牙棋盘、白镴酒壶和黄铜烛台对着他的脑袋一阵乱揍；把他揍得凶狠无比，经常撞到一个铁质的火把台上，然后又一气踢得他绕餐室转了三圈。最后揪着头发拖过长长的走廊，将他通过窗户扔到了底下的院子里。”

“他伤得很重吗？”男爵夫人问。

“自然不轻，而且还很吃惊，”克劳维斯道。“您瞧，国王的暴力脾气早就是恶名昭彰了，可在饱餐一顿之后这么毫无节制地任意胡为这还是头一遭。司书大人拖了好多天才去世——事实上终于痊愈了也未可知，不过克里克罗斯当天傍晚就驾崩了。韦斯帕鲁斯几乎还没来得及把身体上的蜂蜜弄干净，一个匆忙赶来的代表团已经在给他头上抹加冕的圣油了。因为众所共见的奇迹再加上一位基督教君主的即位，大家纷纷改投这一新教也就是意料之中的事了。一位仓促上任的主教因在仓促预备的圣奥迪罗大教堂中的无数洗礼劳累不堪。而这位差一点成为少年殉教者的新王也就在广泛流传的想象中成为皇家的少年圣徒，他的盛名吸引着无数好奇与虔诚的观光客麇集首都。韦斯帕鲁斯因为忙于组织庆祝自己登极的运动会和体育竞赛，根本顾不上理会围绕他个人沸腾起来的宗教热情；他对目前事态的第一次指示是宫廷侍从（一位最近皈依基督的狂热信徒）请他批准一项举行仪式破除对蛇林偶像崇拜的草案时做出的。

“‘陛下想必会慨允亲自用一把特制的神圣斧头砍倒第一棵树。’这位善拍马屁的近臣道。

“‘我更乐意用随便什么斧头先把你的狗头给剁下来，’韦斯帕鲁斯怒道，‘你以为我会通过致命地冒犯圣蛇开始我的统治吗？再没有比这个更不吉利的了。’

“‘可陛下的基督教信条呢？’大惑不解的侍从叫道。

“‘我从来就没信过什么基督教，’韦斯帕鲁斯道，‘我假装皈依基督不过是为了激怒克里克罗斯。他总是发那么可爱的脾气。而且平白无故地被他抽鞭子、痛骂而且还关到塔里面确实挺好玩的。可要是真心诚意地成为基督徒，像你们表面做出来的这种样子，我想都不会想。而且我每次向圣蛇祈祷求它们保佑我赛跑摔跤和打猎成功，圣蛇总是会帮我，也正是由于它们高贵的介入，蜜蜂才没法用蜂针伤我的。在我的统治一开始就撤消对它们的崇拜简直就是忘恩负义。你提的建议真让我厌恨。’

“侍从绝望地绞着双手。

“‘但是，陛下，’他悲叹道，‘人民正在将您当作圣徒崇拜，贵族们正在争先恐后地皈依基督，邻国信奉基督的君主正派出使节欢迎您成为他们的兄弟。大家还想将您奉作蜂窝的护佑圣徒，皇帝的朝廷也已经将一种特定的蜜黄色命名为韦斯帕鲁斯金。您不能背弃所有这一切啊。’

“‘我并不介意受到崇拜、欢迎和荣誉，’韦斯帕鲁斯道；‘我甚至不介意被适度地圣化，只要别要求我跟圣徒一样生活就成。不过希望你清楚明白地了解，我是决不会放弃对威严、幸运的巨蛇的崇拜的。’

“虽未明言，从他最后几个字里你都能嗅到熊窟的气味，而且他那双深桑葚色的眼睛正闪着危险的光芒。

“‘虽是新朝，’侍从对自己道，‘还是老脾气。’

“最终，为了国家的利益，信仰问题只能折中解决。国王定期以圣韦斯帕鲁斯的身份出现在国家大教堂去面对他的臣民，那片偶像崇拜的林子逐渐缩小，最终被剪除。不过圣蛇已被移至御花园的一处秘密的灌木丛，异教徒韦斯帕鲁斯及其家族的某些成员在那里虔诚、得体地崇拜着它们。也许就是因为这个原因，这位少年国王一直到死都在体育和狩猎方面战无不胜，也正因此，尽管民众对他圣洁的崇拜广为流行，他却从未被正式追封为圣徒。”

“雨终于停了。”男爵夫人道。

去奶品店的路

男爵夫人和克劳维斯坐在海德公园一个他们经常光顾的角落里，对络绎不绝经过他们身边的各色人等评头论足。

“刚过去的那几位满面沮丧的年轻女人是什么人？”男爵夫人问，“她们的神情像是已经向命数卑躬屈膝了，却还不能肯定这样的礼数能否得到回报。”

“她们呀，”克劳维斯道，“是布雷姆莱·鲍姆菲尔德姐妹。我敢说你要是有过跟她们一样的经历也很难高兴得起来。”

“我的经历一直就很令我沮丧，”男爵夫人道，“可我从来不表现出来。这就跟显出你的年龄一样糟糕。跟我说说布雷姆莱·鲍姆菲尔德姐妹的事儿吧。”

“说来话长，”克劳维斯道，“她们的悲剧源自于发现了一位姑母。那位姑母当然一直就在那儿，不过她们差不多早就忘了她的存在了，直到有一位远亲更新了她们的记忆，他在自己的遗嘱中明白无误地提到了她；榜样的力量真是无穷啊。这位姑母一直默默地穷着，一下子变得相当富有了，而布雷姆莱·鲍姆菲尔德姐妹也突然关心起她孤苦伶仃的生活，将她置于她们集体的羽翼之下予以庇护。好家伙，这么一来，围绕她的羽翼就跟启示录里野兽的翅膀一样众多了。”

“至此为止我还是看不出她们有什么可悲的。”男爵夫人道。

“我还没讲到呢。”克劳维斯道，“这位姑母一直以来过得都很简朴，对我们眼中的生活看得极淡，而她的几位贤侄女也并不鼓励她乱花一个子儿。这里面有相当一部分在她死后就是她们的了，而她又年事已高了，不过，在她们发现以及获取这位合意的姑母过程中感到的满意之上，还笼罩着一点阴影：她公开承认她的那点小财富中的相当一部分应当归她的一位外甥所有。他可是个该受到强烈谴责的无赖，而且是个头等花钱如流水的主儿，不过在老太太被人遗忘的岁月里他多多少少倒是待她不薄，所以她不愿意听到他的一句不是。至少，她对听到的抱怨全当耳旁风，不过她的几位贤侄女仍竭力使她听到大量讲他的坏话。她们私下里都说，要是那些好钱落入这么一个无赖的手里就太令人遗憾了。她们习惯上将姑母的钱称作‘好钱’，仿佛别人的姑母手里都是伪造的假钞。

“通常在德比、圣莱热和其他著名赛马会结束后，她们就会纵情地大声推测罗杰又在不幸的赌赛中浪费了多少金钱。

“‘他的旅行费用也一定是个大数目了，’有一天布雷姆莱·鲍姆菲尔德家的大小姐道，‘他们说他参加英国境内的所有赛马会，更别提国外的赛事了。就算是他跑到印度去看大家都议论纷纷的加尔各答赌金全赢制赛马会我也不会感到吃惊的。’

“‘旅行能开阔心智，我亲爱的克里斯汀。’她姑母道。

“‘亲爱的姑母，如果旅行是以正确的态度进行的，这话自然不假，’克里斯汀赞同道，‘可如果旅行只沦落为赌博和挥霍的途径，那结果就不是开阔心智，而是榨空钱袋了。不过，只要罗杰过得开心，我想他是不会在乎钱花得多快，多么不值得，也不会在乎再到哪儿筹钱去的。看来这该算件憾事，我就是这个

意思。'

"姑母这时候已经转移了话题，因此是否听到了克里斯汀的说教都是个问题。不过，正是她的观点——我是说姑母的观点——所谓旅行能开阔心智，使布雷姆莱·鲍姆菲尔德家的三小姐灵机一动，想出了要罗杰原形毕现的好主意。

"'只要姑妈能亲眼看到他在赌桌上怎么挥金如土，'她说，'她就能认清他的真面目，比我们磨破了嘴皮都要有效。'

"'我亲爱的维罗尼克，'她两个姐姐道，'我们可不能跟着他去参加赛马会。'

"'当然不是去什么赛马会，'维罗尼克道，'不过我们可以去个可以旁观赌博自己并不参与的地方。'

"'你是说蒙特卡罗？'她们问，开始为这个主意跃跃欲试了。

"'蒙特卡罗路太远，而且名声也太糟，'维罗尼克道，'我可不愿意跟我们的朋友说我们要去蒙特卡罗。不过我相信罗杰在每年的这个时间通常会去迪耶普，有些很受尊敬的英国人也会去那儿，而且旅费也不贵。要是姑妈经受得了穿越英吉利海峡的颠簸，我想换换环境对她会大有益处。'

"那个致命性的念头就是这么在布雷姆莱·鲍姆菲尔德姐妹心中成型的。

"据她们事后回想，她们的探险从一开始就很不吉利。一上路，过英吉利海峡时，布雷姆莱·鲍姆菲尔德三姐妹全都难受得要死，而她们的姑母却很是享受海上的空气并广交各色的陌生旅伴。接着，她虽然只是多年前在欧陆待过一段时间，当时是作为受雇于人的女伴度过了非常实用的学徒期，可她对法语口语的精通比得她们姐妹仨话都不敢张口了。要把这么一个知道自己想要什么又能开口就要，而且一定要如愿以偿的主儿置于她们集体的羽翼之下当真是越来越难了。而且她们本是为罗杰而来，谁知在迪耶普竟扑了个空；原来他当时在普尔维尔，那是再往西只有几英里之遥的一处小型温泉胜地。布雷姆莱·鲍姆菲尔德姐妹发现迪耶普太拥挤也太轻佻了，于是劝说老太太移居到相对僻静的普尔维尔。

"'您肯定不会觉得那儿无聊的，'她们向她保证，'旅馆附带了一个小赌场，您可以看着人家跳跳舞，看人家在小马赌[1]上白白扔钱。'

"那正好是小马赌被滚球赌[2]排挤掉之前的事儿。

"罗杰跟她们并不住同一个旅馆，不过她们知道那个小赌场正是他大多数午后和傍晚都要光顾的地方。

"她们住下来的第一个傍晚就早早用过了晚饭，溜达进了赌场，在各个桌子周围盘桓。伯蒂·范·泰恩当时正好在那儿，他把事件的前前后后都向我描述了一遍。布雷姆莱·鲍姆菲尔德姐妹总是鬼鬼祟祟地偷眼朝门口溜，像是期待着什么人出现，而那位姑母眼看着好多小马一圈圈地绕着桌子打转则越来越高兴越来越觉有趣儿。

"'你知道吧，那个可怜的八号已经连着有三十二回没赢过了，'她对克里斯汀道，'我一直在替它算着呢。我真是得给它添上五法郎鼓励鼓励它了。'

"'亲爱的，您还是过来看看跳舞吧。'克里斯汀紧张地道。要是罗杰这时候进来发现老太太正在小马赌桌上声援他的爱好可就有点失算了。

①② 原为法文。

“‘等我给八号压上五法郎再说。’姑母道，而且一转眼她的钱已经在桌子上了。小马开始转起了圈子；这次却跑得挺慢的，八号马像是个诡计多端的魔鬼一样逼近了终点，三号眼看就要赢了，最后却被赶超了一个鼻子尖的距离。经过精确的测量后八号被宣布为胜者。姑母一下子赢了三十五法郎。这么一来，布雷姆莱·鲍姆菲尔德姐妹再想把她从桌子旁边拽开可就难上加难了。待到罗杰登场之际，她已经净赚了五十二法郎；她那几位侄女在她背后绝望地打转，就像是几只被鸭子孵出壳的小鸡，绝望地望着她们的母亲在一个危险并且极不相宜的环境里自得其乐。在那晚罗杰坚持做东以他姨妈以及三位布雷姆莱·鲍姆菲尔德小姐的名义举办的晚餐派对上，最显眼的就是其中的两位尽情狂欢而另外的三位则像参加葬礼般郁郁寡欢。

“‘我想我是再也碰不得鹅肝酱馅饼[①]了，’克里斯汀后来向一位朋友倾诉，那位朋友又倾诉给了伯蒂·范·泰恩，‘那会马上勾起对那个可怕夜晚的回忆。’

“在接下来的两三天里，三位侄女一直在计划着返回英国或至少搬到另外一个没有赌场的度假村。而姑母却忙着制订在小马赌中获胜的方法。她最初的挚爱八号已经背叛了她，盯住五号坚持了多场后情况更糟。

“‘你们知道吗，今儿下午我已经输了七百法郎了。’她在她们到来后第四天的傍晚兴高采烈地宣布道。

“‘姑妈！那可就是二十八镑呢！而且您昨天也输了。’

“‘哦，我会把它们全捞回来的，’她很是乐观地道，‘不过不是在这儿。这些愚蠢的小马实在不灵。我要换个可以舒舒服服

① 原为法文。

玩轮盘赌的地方。你们不必看起来这么震惊。我一直就有这么个感觉，只要有机会，我会变成个老赌棍的，而如今你们这几个小亲亲就把机会摆到了我面前。我必须得喝一杯祝你们健康。服务生，来一瓶庞特·卡奈。啊，它在酒水单上的号码是七；今晚我要赌一下七号了。今儿下午我压那个愚蠢的五号时它赢了四次呢。'

"那天晚上七号也不在赢的状态。布雷姆莱·鲍姆菲尔德姐妹受够了旁观灾难的罪，干脆凑到了赌桌旁边，如今她们姑母已经是一位备受尊敬的常客了。她们悲哀地注视着一、五、八、四号接连不断地胜利，七号那位倔强支持者钱袋里的'好钱'都被他们扫空了。当天的损失总共接近了两千法郎。

"'你们这帮不可救药的赌徒。'罗杰发现她们都挤在赌桌旁时戏谑地道。

"'我们没有赌，'克里斯汀冷若冰霜地道，'我们只是在看。'

"'不会吧，'罗杰老练地道，'当然你们就是个辛迪加，姨妈代表你们大家压赌。当别的号赢了的时候，谁都能从你们的表情上看得出来你们压了赌。'

"当天晚上姨妈跟外甥单独用了晚餐，至少如果伯蒂没有加入的话他们本是这么打算的；三位布雷姆莱·鲍姆菲尔德小姐都犯了头痛。

"第二天姑母将他们全体都带到了迪耶普，兴致勃勃地计划着将一部分损失赢回来。她的运气时好时坏；事实上，她真走过几次好运，足够使她完全沉浸在她这项全新的消遣中乐不思蜀；不过总体说来她还是个输家。在她将大量阿根廷铁路股票卖出的那一天，布雷姆莱·鲍姆菲尔德姐妹遭到一次集体性的打击，精神为之极度沮丧。‘那笔钱无论如何再也回不来了。’她们相互间如丧考妣地道。

“维罗尼克终于忍无可忍，自己回家去了；您瞧，带姑母进行这次灾难性的探险原是她的主意，虽然另外两位还没当着她的面说三道四，可她们眼睛里蕴含的责备让她觉得比公开的谴责更加难受。另外两位仍留了下来，越来越绝望地守着她们的姑母，寄希望于随着迪耶普赌博季的结束她最终能安全地回到家里。与此同时，还算走运，她们紧张地估算出‘好钱’并没有浪费掉多少。然而，她们的算盘再次落了空，迪耶普赌场的关闭只不过使她们的姑母转而寻找另外方便的赌博地点。‘一旦让猫晓得了去奶品店的路——’我忘了那句谚语是怎么结尾的了，不过用来描述布雷姆莱·鲍姆菲尔德家这位姑母的状况正好贴切。她被侄女们带着领教了一种从未尝试过的乐趣，并发现正对自己的胃口，她当然不会急着放弃她最新获得的这些知识的果实了。您瞧，这个老太太有生以来头一回真正享受到了生活的乐趣；她是在扔钱没错，可她在这个过程中获得了极大的乐趣和兴奋，而且她还有足够的资金舒舒服服地继续享受下去。确实，她只是刚刚开始学着理解如何养尊处优的艺术。她是个很受欢迎的女主人，作为酬报，她的那些赌友们碰到自己手气顺的时候总是乐于请她共进晚餐和宴会。她那两个仍旧留下来照顾她的侄女，心情颇像是眼看着本可以安全进港的珍宝船就要沉没而不得不离去的船员，满腹可怜巴巴的不情愿，在这些波希米亚式的欢宴中自然觉得索然乏味；看着‘好钱’就这么慷慨地滥施于这些莫名其妙、对她们不会有任何社交价值的相识狂欢作乐，她们当然不会觉得开心了。只要有可能，她们就找借口不参与姑妈这种可鄙的欢宴；布雷姆莱·鲍恩菲尔德姐妹的头痛由此越来越有名了。

“终于有一天，贤侄女们得出了结论，用她们的话说就是：对于这么一位已经这么彻底地从她们羽翼的保护下挣脱出来的亲戚而言，她们再继续照顾下去也就‘毫无意义了’。姑母大人则以一种几乎令人感到惊惶的快活态度接受了她们的告别宣言。

“‘你们也该回家找个专家好好瞧瞧你们的头痛了。’这就是她对目下境况的评论。

“布雷姆莱·鲍姆菲尔德姐妹的归家路是一次不折不扣的莫斯科大撤退，使这次撤退更加痛苦的是这次的莫斯科并没有被熊熊的火焰所吞没，① 只不过灯火辉煌得过了分。

“从共同的朋友和熟人那儿她们偶尔能获知她们这位挥霍无度的亲戚的一鳞半爪：她已经公然是个疯狂的赌徒了，靠那些乐于助人的放债人提供的救助为生。

“所以也就难怪她们在公开场合总是一脸的沮丧了。”克劳维斯最后归结道。

“哪一位是维罗尼克？”男爵夫人问。

“三姐妹中表情最沮丧的那位。”克劳维斯道。

---

① 借拿破仑从失火的莫斯科仓皇溃败的典故。

说退塔灵顿

“老天！”克劳维斯的姑母叫道，“正有个我认识的人朝我们冲过来呢。我记不得他的名字了，不过他跟我们在伦敦吃过几次午餐。塔灵顿——对了，就是他。他已经听说了我要为公爵夫人举办的野餐会，他会像救生带一样缠上我，要不到请柬誓不罢休的；然后他就该问能否把他所有的老婆老娘和姐妹们一起带上了。这就是这些小温泉最糟糕的地方：你简直谁都躲不过。”

“您要是真想溜，我来给您殿后，”克劳维斯自告奋勇，“您要是不耽误时间起码能领先十码的距离。”

克劳维斯的姑母对这一建议反应极为敏捷，像尼罗河上的一艘汽船般扭头就跑，掀起的尾迹后面还带着长长的一条京巴儿的褐色波浪。

“假装不认识他。”这是她的临别赠言，因为可以不必参战所以格外英勇鲁莽。

接下来，一位殷勤有礼的绅士的问候就碰上了克劳维斯“达里恩静默的山峰”般的凝视，表示在细查对象之后并无丝毫认识的迹象。

“我猜是因为我蓄了胡子您才认不出我了，”来人道，“我才蓄了两个月。”

“恰恰相反，”克劳维斯道，“这胡子倒是唯一我觉得您面善的地方。我觉得以前肯定在哪儿见过。”

“在下塔灵顿。”这位期待被他认出的绅士道。

“真是个好名字，”克劳维斯道，“有了这样一个名字，就算您一无所成也没有任何人能责备您了，不是吗？而且如果在国家危难时刻您打算筹集一支轻骑兵的话，‘塔灵顿的轻骑兵’听起来该多么贴切，多么令人振奋；可如果您叫斯布平的话，可就没门儿了。哪怕是在国难当头的时刻，斯布平也不可能拥有什么轻骑兵。”

来人敷衍地一笑，表示决不会因为对方的无礼就却步不前，又开始耐心地攻坚。

“我想您应该记得在下的名字——”

“一定一定，”克劳维斯极端真诚地道，“家姑母今天早上还要我给人家刚送给她的四只猫头鹰取名呢。我就都叫它们塔灵顿好了；这么一来，就算有一两只死了或是飞了，或是以任何猫头鹰的方式离我们而去，总还剩下一两只顶着您的大名呢。家姑母不会让我忘了的；她总会问我‘塔灵顿们吃了它们的耗子了吗’诸如此类的问题。她说如果你把野兽野禽什么的关起来养，就必得好好照料它们，当然她此言极是。”

“在下曾在令姑母家的午宴上跟先生有过一面之缘——”塔灵顿先生插进话头，虽面色苍白仍相当坚定。

“家姑母从不用午餐，”克劳维斯道，“她是国家反午宴同盟的会员，这个同盟正在悄悄地、谦虚地做很多善事。一季度捐半个克朗你就能免吃九十二顿午宴。”

“这肯定是新近才有的事。”塔灵顿叫道。

“我一直就有这么个姑母。”克劳维斯冷冷地道。

“我敢肯定曾在令姑母举办的一次午宴派对上碰到过您。”

塔灵顿坚持道，脸开始涨得红一块白一块。

“那次午宴都吃了什么？”克劳维斯问。

“哦，这个嘛，我记不太清楚——”

“您在都想不起吃了什么的情况下还能记得家姑母可真是太体贴了。我眼下记忆的运转方式可是跟您迥然不同。我在早就将女主人忘个一干二净后还能记得菜单的内容。我现在还记得七岁时在一个游园会上，一位公爵夫人之类的人物给了我一个桃子；我对她真是一点印象都没有了，只是觉得我们的交情想必极浅，因为她竟然称我为‘可爱的小男孩’，可我对那个桃子的记忆却不可磨灭。真可谓你半路上偶遇却在瞬间充溢了你全身上下的非凡桃子。那是温室里漂亮的出产，又同时带上了蜜饯的风味。你下口咬的时候非得同时猛吸里面的汁水。对我而言，在想着那又柔又嫩的圆圆的水果时总免不了心荡神驰，想着它们在漫长的夏日和芳香四溢的夜晚慢慢成熟完美起来，然后在它存在的最佳时刻突然闯入我的生活。就算我想把它忘掉都办不到。当时我把桃

子啃了精光之后，还把桃核留了下来，换了个没脑子的孩子早就把它扔了；我把它放进了一位年轻朋友的脖子里，他穿了件领子极低的海魂衫。我跟他说那是只蝎子，从他疯狂扭动、尖叫的表现看来他无疑信以为真了，这傻孩子也不想想在游园会上我怎么可能弄到活蝎子。总而言之，那个桃子对我来说真是一段永不褪色的快乐回忆——”

溃不成军的塔灵顿此时已撤退至听力所及的范围之外，只能尽可能地自我安慰：一次有克劳维斯参加的野餐会想来也好不到哪儿去。

“我倒真该进入议会呢，”克劳维斯沾沾自喜地再次找到姑母时自言自语道，“我能空口白牙就把麻烦的议案拖得流产，这可是千金难买的本事。”

命运的猎狗

一个阴暗的秋日薄暮，马丁·斯东纳拖着沉重的脚步沿泥泞的小路和手推车的车辙向前跋涉，他自己也不知道具体去往何处。他猜想，在他前面的某个地方应该就是大海，他的脚步似乎坚持要朝着大海奔去；他为什么要筋疲力尽地奔向这么个目标恐怕他自己也说不清楚，这就像一头被紧紧追逼的牡鹿在最后关头凭着本能朝悬崖上奔去一样。在他，命运的猎狗一直在毫不放松地紧跟追逼；饥饿、疲乏和绝望已经麻木了他的大脑，他都没力气再去想驱赶着他向前的那潜在动力到底是什么了。斯东纳生来倒霉，他差不多已经尝试了世间的一切可能，但天生的怠惰和卤莽一直都妨碍他尝到哪怕稍稍一点点成功的滋味，如今他已经走投无路，再也没有什么可以一试的了。绝望并没有唤醒他潜在的活力；正相反，伴随他人生的危机诞生的是精神上的麻痹。马丁·斯东纳如今只剩下身上的衣服，口袋里只有半个便士，他没有一个朋友或相识可以投奔，不敢指望今晚有一张床明天有一餐饭，他就这么麻木地向前跋涉，在潮湿的树篱间，在滴着水的大树下，他的脑子几乎一片空白，只下意识地觉得他前面的某个地方就是大海。另有一种意识也不时地不请自来——他真的很饿。眼下他在一扇洞开的大门前止住了脚步，大门通向一个宽敞却相当荒芜的庄园；几乎像是没有人烟，庄园尽头的房舍看上去阴寒而又冷淡。然而，已经飘起了毛毛细雨，斯东纳想他也许可以在这儿暂避一时，用他最后那枚硬币买杯牛奶喝。他疲惫地慢慢进入庄园，沿着一条狭窄的石板路走向一个边门。他还没来得及敲门，门已经开了，一个弯腰弓背形容枯槁的老人站在门边，仿佛是在让他进门。

“我能进来避避雨吗？”斯东纳开口道，不过却被老人打断了。

“进来吧，汤姆少爷。我就知道这些天您一准回来的。”

斯东纳蹒跚地跨过门槛，不解地盯着对方。

“先坐下，我给您弄点吃的。”老人急切地颤声道。斯东纳的两条腿也实在是累坏了，他于是迟缓地坐在老人推给他的扶手椅上。下一刻，他已经开始狼吞虎咽起放在面前的冷肉、奶酪和面包了。

“您这四年来没怎么变。”老人继续道，在斯东纳听来他的声音像是在梦里，遥远而又不连贯；“不过您会发现我们都大变了，您会发现的。这里的每个人都跟你当初离开的时候不一样了；只有我跟您的老姑母还是老样子。我去告诉她您回来了；她不会见您，不过她会让您住下来的。她总是说如果您回来了您可以住下，但她永远不会再看您一眼，跟您说一句话。”

老人在斯东纳面前的桌子上放了杯啤酒，然后蹒跚着沿一条长长的走廊去了。毛毛细雨已变成骤雨倾盆，猛烈地拍打着门窗。流浪者打了个寒战，想着暮色四合、狂风骤雨之下的海岸会是什么样子。他将食物和啤酒一扫而光之后就麻木地坐等他这位奇怪的主人回来。随着时间在屋角的落地大钟上滴滴答答地流逝，年轻人的心中不免再次闪耀起新的希望；那也不过是将先前对食物和片刻歇息的渴望扩展为在这个看似好客的屋檐下歇宿一

晚的向往。走廊那头传来的脚步声说明那位庄园里的老用人回来了。

“老夫人不愿见您，汤姆少爷，不过她说您可以留下来。这也没啥，等老夫人入了土，眼看着这座庄园就是您的了。我已经在您的房间里生了火，汤姆少爷，女用人也换好了干净床单。您会发现那儿一点都没变。您也许累了，想现在就去休息。”

马丁·斯东纳一语未发，沉重地站起身形，跟着他这位老救星走过一道走廊，爬上一段吱吱嘎嘎的短楼梯，又经过另一条走廊，进入了一个巨大的房间，火苗正愉快地闪烁着。屋里只有极少的家具，非常简朴而且老派，不过材质上好；笼子里一只剥制的松鼠以及四年前的一份挂历就是唯一的装饰了。不过斯东纳的眼睛除了那张床之外几乎对别的一切都视而不见，几乎都等不及把衣服脱掉就被疲惫裹胁着沉入舒适的酣眠。命运的猎狗似乎被暂时拦住了脚步。

当斯东纳在早上清冷的日光中慢慢想起他目前的处境到底是怎么回事时，禁不住难过地笑了。也许他能凭着跟那位失踪的浪荡子的几分相像再骗到点早餐，然后在强加到他头上的欺诈被揭穿前安全溜走。在楼下的房间里，他发现那位弯腰弓背的老用人已经为“汤姆少爷”准备好了一盘培根和煎蛋的早餐，而一位面色严峻的老女仆提进一把茶壶为他倒了一杯茶。他在桌边就坐后，一只小猎跑上前来向他示好。

“这是老伯克的崽子。”老人解释道，那位面色严峻的女仆叫他乔治。“她当初最喜欢您了；您一去了澳大利亚她就整个变了个样。大约一年前死的。这是她的崽子。”

斯东纳发现自己很难为她的死亡感到难过，作为她毕竟还有人惦念的证据表现出来。

“您要骑马出去兜兜风吗，汤姆少爷？”老人接着又大出意料地建议道，“我们已经给一匹不错的杂色小矮脚马备好了鞍鞯。老比蒂是有点上了年纪了，虽然她身子骨还行，我还是为您备好了小杂色马，就在门口候着呢。”

“可我没有骑装。”流浪者结结巴巴地道，低头看到自己身上的这套质地精良的衣服时几乎笑了起来。

“汤姆少爷，”老人急切地道，几乎带着点受到冒犯的语气，“您所有的东西还跟您离开前一样地收着呢。在壁炉前晾一会儿就能穿了。骑骑马打打猎什么的也是种消遣。您会发现这儿的老百姓对您还是一腔怨愤。他们不会这么快就忘了，也不会原谅您。没人会搭理您，所以您最好还是跟马呀狗呀什么的消遣消遣吧。它们也是很好的伴儿呢。”

老乔治蹒跚着出去发布命令了，斯东纳则上楼去检视“汤姆少爷的”衣柜，感觉越来越像在梦中。出去骑骑马算得上他最心爱的娱乐了，而且听说汤姆的旧相识都不乐意走近他，正可以免得马上就被人揭穿冒牌货的身份。当这位闯入者给自己套上颇为合身、保存得尚好的灯心绒骑装时，他开始迷惑地琢磨那位真正的汤姆到底犯下何等错事，竟然招致全村上下的厌恨。潮湿的地上传来的迅速、急切的踢踏声打断了他的沉思。那匹杂色的矮脚马早就带到边门前了。

“要饭的竟然骑到了马上。”斯东纳骑着马飞快地跑过泥泞的小路时禁不住想道，昨天踏过同样的道路时他还是个一无所有的流浪汉；然后他懒洋洋地将这些思虑抛在一边，尽情享受沿着大道旁的草皮侧路从容驰骋的乐趣。路过一扇敞开的大门时他勒住缰绳让过两辆去田里的大车。赶车的正好得便打量了他一番，在他跑过之后，听到背后兴奋的大呼小叫，“是汤姆·普里克！

我立马就认了出来；又在这儿露面了，啊？”

这么说来，他跟汤姆的相像不但蒙蔽了一个老眼昏花的老仆，就连眼睛清亮的小伙子都莫辨真假了。

在这次骑马的过程中，他充分认识到当地老百姓确实既没有忘记也不会原谅那个汤姆犯下的罪行，如今这一罪行已经由他继承了。他碰到的任何人无一例外都对他横眉冷对，而且相互间嘀嘀咕咕推推搡搡；只有心满意足跑在他旁边的“伯克的崽子”似乎才是这个满怀敌意的世界里唯一友善的伴儿。他在侧门下马时，瞥见楼上一位面容憔悴的老妇人正在窗帘后面窥视于他。显然就是他继承自汤姆的那位姑妈。

斯东纳一边吃着为他准备的丰盛午餐，一边已经能够静下心来考虑一下他眼下这种异乎寻常的处境的各种可能性。那个真正的汤姆在四年杳无音信之后随时都有可能出现在这个农庄，或者有他的信到。而且，作为农庄的继承人，他这个假冒的汤姆有可能会被召去签署文件，那可就麻烦了。再者，也有可能出现个把汤姆的亲戚，而且不会像姑妈那样对他敬而远之。所有这一切都会使他可耻地彻底暴露。而另一面的选择就是通往大海的广阔天空和泥泞小路。不管怎么说，这个农庄为他提供了一个临时的避难所，使他免受冻馁之苦；农业也是他曾经“尝试”过的众多职业之一，他有能力做些工作来报答他受之有愧的庇荫和关爱。

“晚饭的猪肉您是想冷着吃还是热一下？”面色严峻的女仆在收拾桌子的时候问。

“热了吃，加洋葱。”斯东纳道。这是他有生以来头一次这么快就做出决定。而且就在他下命令的同时他知道自己是想留下来了。

斯东纳严格遵守着那个似乎是默许的划界协定，只在属于自己的那部分房间里活动，决不越界。当他参加农庄的劳动时也像是遵照命令行事而非由他发号施令。老乔治、那匹杂色矮脚马还有伯克的崽子就是他在这个冷漠和敌对的世界里仅有的伴侣。至于女主人的面，他则从未有缘得见。有一次，他在确知她已去了教堂之后偷偷探访了一次客厅，为的是收集些他篡夺了其身份也继承了其恶名的这位年轻人的零碎信息。墙上挂了很多照片，也有不少嵌在古板的镜框里，可是并没有他要寻找的那种相像性。最后，在一本塞在角落里的影集中他找到了想要的东西。里面有一组照片，而且标了“汤姆”的名字：一个三岁的矮胖小孩，裹着件古怪的外衣；一个年约十二的尴尬少年，像是满含厌恶地握着个板球拍子；一个相当英俊的十八岁青年，顶着一头非常柔顺的中分头发；最后，他终于发现了一个满面蛮勇神色的年轻人。这最后一张肖像斯东纳看得尤其兴味十足；当真跟他非常相像。

老乔治在大部分题目上都喜欢饶几句舌，他于是一次次地想从老人的嘴里探得点消息，弄清楚汤姆到底做了什么弄得如此众叛亲离的。

“村子里的人都在怎么议论我？”他们从一块僻地里往回走时他问老人。

老人摇了摇头。

“他们对您怀恨在心，恨之入骨。也是啊，这可真是伤脑筋，伤脑筋啊。”

除此之外，他也就再也掏不出什么话来了。

在圣诞节前几天一个晴朗严寒的傍晚，斯东纳站在果园的一个角落里，整个村庄可以一览无余。四处都可以看到灯光或是蜡烛的闪烁，那是正在欢庆节日的一户户人家。他身后则是那幢阴沉、寂静的庄园，从不闻欢声笑语——哪怕是吵架也好，至少还会有些生气。当他转过身来望着这幢阴沉的建筑长长的灰暗正面时，一扇门开了，老乔治匆忙地奔上前来。斯东纳听到他焦虑万分地在呼叫他冒名顶替的那个人的名字。他马上意识到有麻烦了，因为自己景况的突变，他的这幢避难所在他眼里也一变而为和平和美满的圣地，他怕自己被驱逐出去。

“汤姆少爷，”老人嘶哑地低声道，“您得偷偷溜出去躲几天了。迈克尔·雷回来了，他发誓一旦碰到就一枪崩了您。他会说到做到的，他满眼的凶光。趁着天黑先躲出去吧，最多也就一个礼拜，他在这儿待不长的。”

“可我能去哪儿呢？”斯东纳都结巴了，老人的惊恐万状已经感染了他。

“您就沿着海岸到潘趣福德，在那儿躲一下。等迈克尔确定离开后我就骑着那匹杂色马到潘趣福德的绿龙客栈；等您看到那匹马拴到了绿龙客栈的马厩里，您就可以安全地回来了。”

“可我——”斯东纳支支吾吾地道。

“您甭担心钱的问题，”老人道，“老夫人也同意您最好按

我说的做，而且她还给了我这个。”

老人取出三个金镑和几枚银币。

斯东纳怀揣着那位老妇人的钱趁着夜色从庄园的后门溜出来的时候，才真正觉得自己是个彻头彻尾的骗子。老乔治和伯克的崽子站在院子里无声地望着他渐渐远去。他几乎不敢想象自己还能回来，对这两个热切盼望他回来的谦卑的朋友，内心突然一阵内疚的悸动。几天之后，那个真正的汤姆可能就回来了，如果真是这样，那些单纯的农人将会对他们曾以自己的屋檐庇佑的那个可疑客人的身份产生多么强烈的猜疑啊。对于自己的命运他倒并不觉得多么心焦；怀里只揣着三镑钱在这个世界上当然走不了多远，可对于一个习惯于以便士计量其财政储备的人来说这也不失为一个不错的起点。自从他上次身为一个绝望的冒险家走过这些小路以来，他已经以最匪夷所思的方式交了一次好运，也许他还有机会找个工作从头开始呢；他在离庄园渐行渐远之际，情绪也高涨了起来。重新寻回自己的身份，不必再冒充他人也自有一种畅快之感。他都懒得琢磨那个凭空跳出来闯进他人生中的死敌；既然那个人生都已经被他当作不真实的存在抛在了身后，这也就更不值一提了。多少个月以来他头一次哼起了轻松的小调。就在这时，从一棵巨大的橡树背后跳出一个带着枪的男子。不需要怀疑他是谁了；落在他苍白的脸上的月光清晰地照出斯东纳在一生的沉浮中从未见识过的彻骨仇恨。斯东纳拼尽力气向旁边跃起，想跳过路边的树篱，但坚韧的枝条将他牢牢地绊住了。命运的猎狗一直就在这些狭窄的小路上等着他就范，这次谁也挡不住它们了。

塞普蒂默斯·布鲁普的秘密罪行

“布鲁普先生是谁，又是干吗的？”克劳维斯的姑母突然有此一问。

里沃塞奇太太原本一直忙着剪死玫瑰的头，这下子赶紧打点起了精神。她属于那种旧式的女主人，认为应该对自己的客人略知一二，而这“一二”又应该属于值得称许的范畴。

“我记得他原是莱顿·巴扎德人。”她先从最基本的信息着手。

“现如今旅行这么快捷便利，”正在实验用香烟的烟雾驱散几只绿色蚜虫的克劳维斯道，“出生在莱顿·巴扎德也并不表示他就个性坚强。也可能只意味着不知餍足。如果他离开那儿是因为遭到白眼或是作为对当地居民无可救药、毫无心肝的轻薄无聊的抗议，那倒确实能显出点这个人的本色和他人生的使命来。”

“他是干什么的？”特罗伊尔太太盛气凌人地追问。

“他是《大教堂月刊》的编辑，”女主人道，“而且他对教堂内部的黄铜纪念碑、耳堂、拜占庭礼拜仪式对当今的影响以及诸如此类的问题特别博学。也许他有点太局限于一个领域了，不过说起来了，乡居派对要想办得有意思也需要各种各样的人物，不是吗。您没觉得他太无趣吧？”

“有没有趣倒是其次，”克劳维斯的姑母道，“我不能原谅的是他向我的女仆示爱。”

“我亲爱的特罗伊尔太太，”女主人喘吁吁地道，“您这是怎么话说的！我向您保证布鲁普先生连做梦都不会做出这等事来。”

“他做什么梦跟我无干；尽管我觉得他的睡眠可能就是一长串不成体统的色情冒险，每个女仆恐怕都难得幸免。但在他醒着的时候他不可以向我的女仆示爱。我绝对坚持这一点，在这上面没得商量。”

“可您肯定误会了，”里沃塞奇太太坚持道，“布鲁普先生决不是干这种事的人。”

“据我的了解，他绝对是干这种事的主儿，我如果在这种事上还有点发言权的话，他当然是最不该这么做的人。当然了，我并不反对那些行事体面的两情相悦。”

“我只是无法想象这么个人行事竟然毫无节操，他可是将教堂的耳堂和拜占庭的影响写得魅力十足，让人大长见识，”里沃塞奇太太道，“您说他做出这等事来可有什么凭据？当然了，我不是不相信您的话，可我们不能在人家听不见的时候就这么轻易下结论，您说是吧？”

“不管我们是不是给他下结论，他倒是肯定不会听不见。他的房间就在我的梳妆室隔壁，至少有两次，我猜他以为我不在，我明明白白地听见他对着墙壁在宣告：‘我爱你，弗洛丽。’楼上的隔墙薄得很；你几乎都能听到隔壁钟表的滴答。”

“您的女仆叫弗洛伦斯？”

“她叫弗洛丽达。”

“一个女仆叫这么个名字可太不寻常了！”

“又不是我叫起来的；她到我这儿来的时候就叫这个

名字。”

“我的意思是，”里沃塞奇太太道，“我要是觉得某个女仆的名字不合适就干脆叫她简；她们很快也就习惯了。”

“绝妙的主意，”克劳维斯的姑母冷冷地道，“可不幸的是我自己已经习惯被人叫做简了。这碰巧是我的贱名。”

里沃塞奇太太滔滔不绝的致歉被她一句话给打断了：

“问题不在于我是不是管我的女仆叫弗洛丽达，而是布鲁普先生是否被允许叫她弗洛丽。我坚决认为他没这个权利。”

“也许他不过是在重复某首歌的歌词，”里沃塞奇太太满怀希望地道，“拿姑娘的名字做叠句的傻歌多了去了。”她继续道，并将克劳维斯当这方面的权威求助，“‘你不该叫我玛丽——’”

“我当然不会叫您玛丽，”克劳维斯向她保证，“首先，我一直认为您芳名亨利埃塔；而且我还跟您没熟到这个分上，可以直呼您的小名。”

“我是说有这么一首歌，”里沃塞奇太太慌忙解释道，“而且还有‘罗达，罗达有个宝塔’，‘梅西漂亮无敌’之类的，多了去了。当然布鲁普先生也不大会唱这种歌，不过我觉得我们至少应该存疑。”

“我一直也只是存疑，”特罗伊尔太太道，“可不久就有了进一步的证据。”

“进一步的证据！”女主人叫道，“一定得告诉我！”

“有一天我用罢早餐正上楼的时候，布鲁普先生刚巧从我房间门前经过。此时，一张纸片以最自然不过的方式从他手里的一个小包里掉了出来，恰好飘落在我门前的地板上。我差一点脱口叫他‘你掉东西了’，再一转念我就没这么做，反而停下脚步等他回房后才上去。我是突然想到，一般来说这个时候我是很少待在房间里的，而弗洛丽达这个时候却总是在收拾房间。就这样，我捡起了那张貌似清白无辜的纸片。”

特洛伊尔太太再次沉吟起来，带着一种在一个夏洛特苹果派里侦察出一条蝰蛇的自得神色。

里沃塞奇太太则精力充沛地大剪起就近的玫瑰花丛，连带着也把一株刚刚绽蕾的“福克斯东子爵夫人”玫瑰给斩了首。

“纸上写的什么？”她问。

“不过是铅笔写的几个字：‘我爱你，弗洛丽。’底下还删去了一行字，虽模糊了些却很容易辨认：‘相会在紫杉下的花园里。’”

“花园深处确实有一株紫杉树。”里沃塞奇太太承认。

“他至少非常坦率。”克劳维斯评论道。

“您想想看，我的屋檐底下竟然要出这种丑闻！”里沃塞奇太太愤怒地道。

“我倒是不明白丑闻一跑到屋檐底下为什么就要不得了，”克劳维斯大发宏论，“猫猫总是在屋檐顶上干出大部分丑闻的，我总将其当作猫比人类更加优雅的明证。”

“这么一说我倒想起来了，”里沃塞奇太太继续道，“布鲁普先生有些事情我一直搞不明白。比如说他的收入：他编《大教堂月刊》的年薪只有两百镑，而且据我所知他家里也挺穷的，而且他没有任何私人财产。可他竟能住得起威斯敏斯特区的一套公寓，每年还能到布鲁日这样的国外城市度假，而且总是衣冠楚楚，还能在社交季举办相当不错的午宴派对。一年两百镑是无论如何做不到所有这一切的吧？”

“他还为别的报刊写稿吗？”特洛伊尔太太追问。

“不会吧，您瞧，他只是礼拜仪式和教堂建筑方面的专家，这个领域是非常狭窄的。他曾以著名猎狐中心的大教堂为题写过一篇文章投给《体育与戏剧》杂志，因被认为感兴趣的读者太有限而遭拒。不，我弄不明白他纯粹靠他的文章怎么能维持眼下的生活方式。”

“没准他将假冒的耳堂卖给美国的收藏狂呢。”克劳维斯道。

“耳堂你怎么卖？”里沃塞奇太太道，“这是决无可能的。”

“不管他是怎么维持的，”特洛伊尔太太道，“他也决不该借跟我的女仆调情消磨空余时间。”

“当然不该，”女主人赞同道，“这必须马上制止。可我没把握我们该怎么去制止。”

“您可以在紫杉树周围绕一圈铁丝网当作预防措施。”克劳维斯建议道。

“我不认为这么轻率行事能对已经出现的不雅有什么帮助，”里沃塞奇太太道，“一个好女仆可是个宝——”

“我肯定离了弗洛丽达就手足无措了，”特洛伊尔太太承认道，“她懂得怎么弄我的头发。我老早就放弃对我的头发自作主张了。我觉得头发就好比老公：只要你们在公共场合一起出现，私底下的分歧又何足挂虑。这一定是午宴的锣在响。”

午饭后吸烟室里就只有塞普蒂默斯·布鲁普和克劳维斯两个人。前者看起来坐立不安、心神不宁，后者则静静地细心观察着。

“lorry是什么？”塞普蒂默斯突然问，“我不是说卡车，我当然知道那是什么，不过是不是有一种鸟也叫这名字，一种大型的鹦鹉？”

“我想那应该是‘lory’，只有一个‘r’，”克劳维斯懒懒地道，“再这么下去对你没好处。”

塞普蒂默斯·布鲁普有些惊讶地望着他。

“您这话什么意思，什么叫对我没好处？”他问，语气里的不安相当明显。

“跟‘弗洛丽’押不上韵。”克劳维斯的解释要言不烦。

塞普蒂默斯一下在椅子上坐直了，脸上是不容置疑的惊恐神色。

“你是怎么发现的？我是说你怎么知道我正在竭力找个跟‘弗洛丽’押韵的词？”他警觉地问。

“我并不知道，”克劳维斯道，“只是在猜测。当你想给四个轮子的俗物插上诗意的翅膀，飞越热带森林的苍绿时，我就知道阁下肯定在苦吟一首十四行诗，而‘弗洛丽’是唯一能跟‘lorry’押上韵的女性名字。”

塞普蒂默斯看起来仍心神不安。

“我相信您知道的不止这些。”他道。

克劳维斯哑然一笑，不过什么也没说。

“您到底知道了多少？”塞普蒂默斯绝望地问。

“花园里的紫杉树。”克劳维斯道。

“这就是了！我是觉得把它给丢在什么地方了。不过在此之前您想必已猜到了一二吧。您瞧，您已经把我逮了个正着。您不会出卖我的吧？这没什么丢人现眼的，可一位《大教堂月刊》的编辑公开从事这类事务总有些不太合适，您说对吧？”

“这倒也是。”克劳维斯承认道。

“您瞧，”塞普蒂默斯继续道，“我靠这个颇赚了不少辛苦钱呢。光靠做做《大教堂月刊》的编辑我是没办法维持眼下的生活方式的。”

克劳维斯比刚才的塞普蒂默斯还要震惊，不过他更好地控制住了自己的神色。

“您的意思是说您从弗洛丽身上赚钱？”他问。

“迄今还没从弗洛丽身上赚到一个子儿，”塞普蒂默斯道，“实际上，我并不介意承认我在弗洛丽身上费尽了周折。不过还有很多其他的呢。”

克劳维斯嘴里的香烟都熄了火。

“这可真是太有趣了。”他慢吞吞地道。一直等塞普蒂默斯·布鲁普接着往下说，他才一下子恍然大悟。

“其他的数不胜数；譬如

“‘科拉拥有珊瑚一样的嘴唇，
你和我之间决不会有二心。’

“这是我最早成功的短诗之一，而且到现在仍在给我带来版税收入。还有——‘埃斯梅拉达，当我第一次见到她’与‘美丽的特里萨，我是多么乐于取悦她’，这两首诗都一直大为流行。还有一首相当可怕的呢，”塞普蒂默斯继续道，脸红得跟猪肝似的，“可论赚到的钱却数它最多：

“‘可爱活泼的小露西儿
长着淘气的小翘鼻儿’。

“我当然对所有这套东西深恶痛绝；事实上，在这些东西的影响下我就快成了个厌女狂了，可是我没办法对它们带来的经济利益掉头不顾。这么一来，您该理解一旦人们知道我原来就是

‘科拉拥有珊瑚一样的嘴唇’以及所有这些浓艳小调儿的作者，我身为教堂建筑和礼拜仪式权威的声誉就算不会毁于一旦，也会一落千丈的。”

克劳维斯已经基本上恢复了常态，于是虽还略微语带颤音，却颇为同情地问他“弗洛丽”到底麻烦在哪里。

“我怎么都没办法把她带入歌词的形式，”塞普蒂默斯悲哀地道，“您瞧，一首小调要想把人抓住，一定要有大量感伤、甜美的恭维成分，还要掺入一定的个人经历或是先见之明。你得让他们想起过去一连串的光辉岁月，要么就得向他们和你自己预示将来的美好前景。比如这个小调儿：

“‘俏生生的小妮子梅维斯，
她可称得上个小维纳斯，
我能攒下来的每分每厘
全都奉献给我的梅维斯。’

“它就正好合上了一个让人作呕、多愁善感的华尔兹调调，在布兰克普尔和其他的大众游乐中心有好几个月时间大家唱的哼的都是这个小调。”

这次克劳维斯的自控能力全盘崩溃。

“非常抱歉，”他笑得上气不接下气，“可我一想到您昨晚好意为我们诵读的您那篇一本正经的文章就再也忍不住了，就是那篇论科普特教会与早期基督教礼拜之关系的文章。”

塞普蒂默斯痛苦地呻吟了一声。

“我不是早就说过吗，”他道，“人们一旦知道我就是这些蹩脚的伤感小调的作者，所有对我一生中严肃劳动的尊敬马上就烟消云散了。我敢说对于教堂内部黄铜纪念碑的了解，举世再也没有比我更精通的了，事实上我希望有一天能出版一部有关这一题目的专著，可是无论我跑到哪里，都会给人家指指戳戳地说我们岛国整个海岸线上的黑鬼说唱演员嘴里唱的都是我的小调。我这么费心劳力绞尽脑汁想凑出一首关于弗洛丽的裹着糖衣的狂想诗，又怎么能不恨死了她？”

“那您干吗不将这种痛恨表达出来，干脆大骂一通呢？只要你能做到十足的坦诚，一首骂人的副歌会因为新奇马上大为走红的。”

“这个我倒从没想过，”塞普蒂默斯道，“恐怕我过度奉承的积习已久，没办法遽然在风格上改弦更张。”

“您丝毫不必在风格上改弦更张，”克劳维斯道，“只消将您的多愁善感转个向，您的那些空洞的辞藻照样用下去就是了。只要您能写出主要的歌词，我可以代您对付副歌的叠句，我认为这是最起作用的部分。我将抽取版税的一半，而对您的秘密罪行守口如瓶。在世人的眼里您还是那位将一生奉献给教堂耳堂和拜占庭仪式的专家；只是在漫长的冬夜，当狂风在烟囱里可怕地嚎叫、冷雨敲打着窗户时，我才会偶尔想到您就是‘科拉拥有珊瑚一样的嘴唇’的作者。当然了，如果您因为我守口如瓶纯粹出于感激而带我去亚得里亚海或是同样有趣的地方度个我急需的假期，承担所有的费用，我是决不敢拒绝您的好意的。”

“我已经跟布鲁普先生谈过弗的事了。”他宣布。

“你太了不起了！他怎么说？”两位女士同声问道。

“他见我已经知道了他的秘密后就相当坦率了，”克劳维斯道，“而且看来他的求婚意图还是相当严肃的，虽说有点不太合适。我试图让他认识到他这条路是走不通的。他说原是想有个能理解他的人，他似乎认为弗洛丽达对他这一要求独擅胜场，我于是向他指出英雄何患无妻，咱们英国教养良好心地纯洁的淑女中该有不下几十位都堪担当理解他的重任，可是能理解我姑妈头发的却唯有弗洛丽达独一个。这话对他颇有影响，因为他并非自私的动物，只需正确地引导他，于是我就引他忆起他的童年，那些消磨在莱顿·巴扎德雏菊地里的快乐时光（我猜那儿确实是长雏菊的），他明显是深受感动。不管怎么说吧，他向我保证他将把弗洛丽达彻底从他心目里排除掉，而且他也已同意最好是到国外做个短期旅行散散心。我将陪他到拉古萨。要是我姑妈希望送我一枚做工精良的领带夹（由我自己挑选），作为我对她老人家略尽绵薄之力的小嘉奖，我是决不敢拒绝的。我可不是那种觉得一出国门衣着就可以随便乱穿的人。"

几个星期后，在布兰克普尔和其他的流行音乐中心，下面的这首副歌不胫而走，传唱一时：

"你真让我烦，弗洛丽，
眼睛里满是空虚的蓝；
如果我娶了你，弗洛丽，
我发誓你会抱憾终生。
虽然我天性随和，弗洛丽，
可这次我言出必践，
如果我娶了你，弗洛丽
我定会让你寝食难安。"

格罗比·林顿的改造

“物以类聚，人以群分。”

格罗比·林顿在他嫂子的晨室里以成熟中年人貌似端庄的急切心情数着时间一分一秒地过去。再熬上一刻钟左右他才可以站起身来道别，由几个挑选出来的侄子侄女簇拥着穿过村子里的草坪到达车站。他是个心地仁厚的好性儿，理论上讲他很乐意定期拜访一下他已故兄长威廉的寡妻幼子；可从实践上讲，相较于相当无意义且无聊地闯入一个跟他几乎毫无共同之处的家庭圈子，他绝对更喜欢他自家房屋花园的舒适和隐居生活，喜欢跟他的书籍和鹦鹉为伴。所以他能偶然乘火车短期拜访一下他的亲戚与其说是出于他自己良心的驱策，毋宁说是源自对他兄长约翰上校坚持不懈的代理良心的顺从，这位兄长总是谴责他对可怜的老威廉一家漠不关心。格罗比在接到上校要登门拜访的威胁之前通常都忘了或是忽略了他附近这门血亲的存在，于是乎长痛不如短痛，他就会心急火燎地踏上朝圣之旅：乘火车穿越两家之间几英里的乡野，重新认识一遍他的侄子侄女，亲切虽不无勉强地关切一回他寡嫂的康宁。这一次他在开脱罪责的探亲和约翰上校来访的时间掐算上真是精确，他可能跟上校前后脚踏入自己的家门。不管怎么说，格罗比已经过了关，在他再次需要将自己的舒适和爱好牺牲于家族交际的祭坛之前至少还有六七个月的舒心日子过。眼下，当他在房间里踱来踱去，随手拣起一样东西匆忙扫上那么一眼的时候，他的心情实在称得上是轻松惬意的。

可他这种轻松的心不在焉突然转变为一种焦虑的关切。他在某个侄子的一本绘画和漫画剪贴簿上翻到了一张画他和他的鹦鹉的尖刻聪明的速写，画中的他俩以一种荒谬可笑的严肃和静止姿态两两相对，而且相互之间非常相像，这种相像正是素描作者所竭力强调的。在最初的愠怒消逝之后，格罗比不禁好性儿地笑出声来，暗自承认这幅素描画得确实聪明。再后来，憎恶的情绪再次涌上心头，他憎恶的并非将这一观念表现出来的画作者，而是这一观念表现的竟然可能就是斩截的事实。随着相处的时间日久，人真的会越来越像自己豢养的宠物吗？他当真已经在不自觉间越来越像他日常做伴儿的那只严肃得有点滑稽的鸟了吗？格罗比在由几个唧唧喳喳的侄子侄女簇拥着往车站走的过程中异乎寻常地沉默寡言。在回家的短途火车上，他越琢磨就越是深信自己早已渐渐沦落到一种鹦鹉式的生活常态。他的日常生活除了在自家花园的果树间，在自家草地上的柳条椅里或是在自家图书室的壁炉旁安静地散散步、啄啄食、歇歇脚之外，还有什么重要内容呢？而且他跟偶然碰上的邻居之间所有的谈话又都算得了什么？“多好的春日，啊哈？”“看来要下点雨了。”“真高兴又见到您，您可得好好注意身子骨。”“孩子们长得可真快呀！”一连串愚蠢而且无疑都是敷衍了事的对话涌上心头，这些寒暄根本就不是人类智力之间的交流，只不过是鹦鹉学舌。这跟“漂亮的波丽。猫咪猫咪喵呜呜！”又有什么区别？格罗比开始对自己先是在他侄子速写中表现出来、后又经过反躬自省印证了的呆鸟形象大发其火。

“回去就把那只呆鸟送人。”他恨恨地自语；不过他也知道自己是干不出这等事来的。这只鹦鹉他已经悉心喂养了这么多年，如今突然竟要将给它找个新人家实在有点荒唐。

“家兄到了吧？”他问赶着矮脚马车来接他的马僮。

“是的老爷，两点十五分到的。您的鹦鹉死了。”少年带着他那个阶层在报告一桩大祸时的津津乐道宣布出最后一句话。

“我的鹦鹉死了？”格罗比道，“怎么死的？”

“烟猴。”少年要言不烦。

“烟猴？”格罗比纳闷道，“这是什么玩意儿？”

“是上校带来的烟猴。”回答颇令人震惊。

“你是说家兄病了？”格罗比问，“得了什么传染病？”

“上校跟从前一样强健。”少年道；既然再也没有进一步的解释，格罗比只得暂且捺下满腹狐疑等回家再见分晓。他哥哥正等在门口。

“鹦鹉的事你听说了吧？”他立刻问道，“我真是由衷地感到抱歉。他一见那只我带来让你惊喜一下的猴子就大叫，‘给你耗子，先生！’而那只受到他如此祝福的猴子一跃而起，抓住他的咽喉把他摇得跟个拨浪鼓似的。等我把他从那个小要饭的爪子底下抢下来，他已经早就没气儿了。这只猴子一直以来性情都很温顺的，我怎么也想不到他会一下子怒成这样。我都无法表达我觉得多么歉疚，这么一来你肯定看都不愿意看那只猴子一眼了。”

“没什么，没什么。”格罗比真诚地道。如果他的鹦鹉惨遭不幸的悲剧发生在几小时前，那对他而言就真不啻一场灾难了；而如今这简直就像是命运女神特意垂顾于他。

“你也知道，这只鸟已经挺老的了。”他继续道，作为对他痛失宠物竟然并未表现出得体的难过的解释，“我已经开始认真考虑就这么任由他苟延残喘是不是件好事了。这小猴子可真叫可爱！”他被介绍给罪犯时又加了一句。

那是一只来自西半球的小长尾猴，带着一副温顺的半是羞答答半是信任你的做派，马上就俘获了格罗比的信任；若是换了个猿猴性格的敏锐的观察者，他会在它[1]眼睛里时隐时现的红光中看出它深藏不露的脾气的某些征象，那只鹦鹉就是如此鲁莽地葬身于这种脾气之下的。仆人们原都已学会了将已故的鹦鹉当作家庭成员看待的，这只鸟也确实很少给他们惹麻烦，如今却震惊地发现将他害死的这个渴血的凶手竟然取代了他的位置，摇身一变成了备受宠爱的家居宠物。

“这只肮脏野蛮的烟猴从来不能说不来让人高兴的话，哪里有可恋的波丽好啊。[2]”这就是厨房的男男女女做出的不利判决。

在约翰上校的拜访以及鹦鹉的悲剧发生了约一年或十四个月后的一个礼拜天早晨，威普莱小姐端庄地坐在教区教堂的座位上，格罗比·林顿的座位就紧挨在她身后。相对而言她是这个地区比较新的住户，跟坐在她后面的这位教友并没有什么私交，只不过两年来在礼拜天的早上总是低头不见抬头见。她并没有特别留意她这位教友，不过也可能已经正确地理解了他回答她的问候时发出来的那几个词语的意思，而他却相当清楚地留意到有关她的一个小事实：除了祈祷书和手帕之外她的座位旁还摆着一小纸包润喉糖。其实威普莱小姐很少需要她的润喉糖，不过为了以防

① 小说中对猴子的称谓有时用“he”，有时用“it”。

② 小马僮和用人的话一直有些缠杂不清。

突发咳嗽她一直在手边常备着。就在这个礼拜天的早晨，这包润喉糖却对她惯常平静的祈祷造成了极不寻常的干扰，其程度远甚于一连串突发的咳嗽。当她起身加入第一首赞美诗的合唱时，她觉得似乎看到她后面的那位邻座偷偷摸摸地伸手去抓她椅子上的糖包，她后面那排座位上就他一个人；她猛地转过身去，却发现那包糖已经踪迹皆无，可林顿先生却似乎太过明显地沉浸在他的《赞美诗》中。而这位遭到掠夺的女士无论喷射出多少质问的目光都无法使他的脸上露出丝毫自觉有罪的阴影。

“接下来的更糟。”正如事后她向一群倍感愤慨的朋友和熟人所言。“还没等我跪下来祈祷，一块润喉糖，我的润喉糖，就嗖的一声落在了椅子上，就在我鼻子底下。我转头瞪视，可那位林顿先生眼睛闭着嘴巴动着，摆出一副潜心祈祷的样子。我收敛心神再次祈祷之际，又有一块润喉糖啪地落在椅子上，接着又是第三颗。我假装没在意，然后突然转身，正逮到那个恶人要把另一块糖往我身上弹。他匆忙假装翻弄书页，这次我可不会上当了。他眼见恶行败露，就不再有糖弹过来了。我当然换了教堂的座位。”

“绅士是决不会这么有失体面的，”一位听众道，“可这位林顿先生从前一直备受大家尊重的。眼下他行事竟然像个没教养的小学生。”

“他行事像只猴子。”威普莱小姐道。

她的这一不利裁决差不多同时也在别处得到了附和。格罗比·林顿在他的扈从眼里从来就不是什么英雄[1]，不过他曾像他已故的鹦鹉一样被公认为一位快活善良的好人，不会惹出特别的

① 英谚有云：扈从眼里无英雄。

麻烦。可最近几个月来，他的性情可是殊难得到他家庭内部成员的认可了。那位迟钝的马僮，原是第一个向他宣布他那身披羽毛的宠物的死讯的，也最先跳出来表达在仆人中间已经相当普遍的不满情绪，而且绝对有理由这么做。因为天气骤热，他获准到果园里一个不大的池塘里洗澡，一天下午格罗比正朝池塘的方向散步，突然听到愤怒的咒骂夹杂着猴子的吱吱尖叫。接着他看到自己那胖鼓鼓的小侍从，只穿了件背心，脚上蹬着双袜子，徒劳地冲着端坐在一棵苹果树矮枝上的猴子大发雷霆，猴子则心不在焉地抓着少年其余的衣物，让他恰好够不到。

“烟猴抢走了我的衣服。”他带着他那个阶层解释显而易见之物的急切心情抱怨道。衣衫不整的样子让他自觉颇为尴尬，不过他还是热烈欢迎格罗比的出现，认为主人肯定会帮他夺回遭劫的外衣。那只猴子已经不再挑衅地吱吱乱叫，看起来主人只要略加欺哄它就会乖乖地交出战利品的。

“我要是把你抬高一点，”格罗比建议道，“你就能够到衣服了。”

少年同意了，于是格罗比紧紧抓住他的背心——那也是唯一能抓住的东西了——把他提离了地面。然后敏捷地一甩，嘭的一声把他送到了一片荨麻丛中，转眼就完全淹没在里面。这个遭到陷害的孩子因为没上过学，没人教他要压制自己的情感——要是有只狐狸想咬他的命根子，他会马上跑到最近的狩猎委员会去抱怨，才不会假作不以为意呢。于是这么一来，他在疼痛和惊怒之下制造出来的音量实在煞是惊人，而且良久不绝，可在他的惨叫声中他仍能清楚地听到那个树上的敌人胜利的吱哇乱叫，还有就是格罗比雷鸣般的轰笑。

当少年完成了赶鸭子上架的圣维托斯半旋转腾越，终于脱身之后——放在竞技场上早该使他一举成名了，正准备扬长而去的格罗比也确实深表赞赏并鼓掌致意——发现那只猴子已然聪明地溜之乎也，而他的衣服则散落在树下的草地上。

“不是一只烟猴，他们一共是两只。”他愤怒地嘟囔着，要说他的定论稍嫌严重了些，也是出于一时的激愤，情有可原。

一两个星期之后，伺候用餐的女仆被吓得几乎泪眼婆娑地跑到厨房里抱怨：“他冲着我龇牙咧嘴，真把牙龇出来了。”原因是格罗比因为肉排煎得不到火候就突然大发脾气。厨房的人众对小女仆深表同情。

“我倒想看看他敢不敢这么对我。”厨娘挑衅道，不过自那以后她的厨艺确实大有长进。

一直以来，格罗比·林顿就极少脱离自己习惯的家居生活外出参加或是自己举办乡居派对，所以他对格伦达夫太太将他塞在发了霉的乔治时代的耳房里，而且更甚的是竟然让他跟著名钢琴家伦纳德·斯巴宾克住隔壁大为恼火。

“他弹起李斯特来就像个天使。”女主人热心地向他担保。

“他就算弹得像条鳟鱼也与我无关，”他就这么回答女主人的担保，“可我敢打赌他肯定会打鼾，而且府上的隔墙薄得跟纸一样。他那样子就是打鼾的类型。我丑话先说在头里，要是听到他打鼾的话，他可就麻烦大了。”

事实果真如此，而且他也言出必践。

格罗比足足忍受了两小时外加一刻钟，然后就穿过走廊进入了斯巴宾克的房间。在格罗比强有力的措施之下，音乐家那松弛肥胖的身形迷迷糊糊、不知所措地坐了起来，活像个就要融化的冰淇淋。格罗比连戳带晃地把他完全弄醒，这位志得意满、脾气暴躁的钢琴家因之大怒，一掌打到这位作威作福的不速贵客的手上。紧接着，斯巴宾克就被一个枕头牢牢地箍住脑袋险些憋死，与此同时，他套着睡裤的胖脚被拽着从床上硬拉下来，一路被拳打脚踢，又掐又撞，无所不用其极地拖过地板，一直拖到浴缸里，浴缸的水虽然实在太浅，可格罗比仍锲而不舍地想淹死他。房间里一度几乎漆黑一片：格罗比的蜡烛在这次混战一开始就被打翻在地，它那点亮光几乎都照不到混战的战场，只有水花泼溅、连踢带打、压抑的喊叫以及乒乒乓乓和类似猿猴发出的愤怒的嘶鸣才标示出激战原是环绕浴缸周围展开的。又过了片刻，这场一边倒的战斗突然被窗帘以及易燃的墙壁嵌板的熊熊火焰所照亮。

当乡居派对的众位客人匆忙从床上爬起来逃窜到外面的草坪上时，乔治时代的那部分房间已经烧得很旺，而且喷出大量浓烟，又隔了不短的时间后，格罗比才跑出来，胳膊底下还夹着淹得半死的钢琴家，这才想起草坪尽头的池塘用来淹死个把人岂非便利得多。夜间凉爽的空气镇定了他的怒气，可等他发现自己已被平白当作拯救可怜的伦纳德·斯巴宾克的英雄看待，而且大家竟大声赞他有急智，还想到用湿床单裹住钢琴家的脑袋以免他被浓烟熏得窒息，他也就接受了现实，随后还绘声绘色地讲述他如何发现音乐家还在梦中，身边倒了一支蜡烛，大火又是如何烧起来云云。几天后，当斯巴宾克部分地从午夜责罚和浸水的打击中恢复过来之后，他也讲了自己的版本，可他的故事却遭到温和同情的微笑以及躲躲闪闪的回应，提醒他公众的耳朵并未向他敞开。不过，他仍然拒绝出席皇家人道促进会救生奖章的颁发仪式。

大约正在此时，格罗比的宠物猴因受不了北方的气候而罹病身亡，它的众多同类也死在这上头。它的主人看起来深深为失去它而难过，此后他的精神水平也再未恢复到他最近达到的健旺程度。在约翰上校新近送给他的乌龟陪伴下，他也就仅限于在自家草坪和菜园里松松垮垮地闲晃荡，再也不复他往昔的轻快和活力；他侄子和侄女提到他时都叫他“老格罗比叔叔”也真是恰如其分了。

母狼

莱昂纳多·贝尔西特是那种因未能发见这个世界的魅力和趣味，转而在自我的经历或想象——甚或凭空自造的那个“不可见世界”中寻求补偿的人。孩子们在干这类事上相当在行，但孩子们满足于自娱自乐，并不想试图说服他人以便普及自己的信仰。莱昂纳多·贝尔西特的信仰却并非为“少数人独享”，换句话说，谁都得听他的传道。

他那点神秘兮兮的存货若非因意外得到了加强的话，他对不可见世界的涉猎也就不会超越客厅空想家惯常的陈词滥调了。他曾跟一位对乌拉尔矿业有兴趣的朋友一道进行了次穿越东欧的旅行，正赶上俄国的铁路大罢工由威胁发展为现实；他回程时躬逢其盛，在彼尔姆远郊的某个路边小站滞留了一两天，期间他结识了一位马具和五金制品经销商，后者教了他些从贝加尔湖两岸的商人和当地人那儿贩来的鸡零狗碎的民间信仰，以此消磨滞留期间的郁闷。莱昂纳多回家后就开始大肆宣扬他俄国罢工的经验，又故意对某些所谓的神秘事件讳莫如深，他将之归诸西伯利亚魔法这个响亮的名下。因为大家根本就缺乏好奇心，莱昂纳多那种遮遮掩掩的做派坚持了一两个星期之后也就不攻自破，他于是开始更加详尽地暗示这种全新秘传能量的无边法力，用他自己的描述，只有少数几个懂得如何控制它的人才能掌控。他的姑母塞西丽亚·霍普斯是位热爱轰动甚于热爱真理的主儿，竭尽所能地为他大吹法螺，逢人就讲她侄子如何在她的眼皮子底下把一个西葫芦变成了一只斑鸠。作为拥有超自然法力的表现，这个故事在各个场合讲述的时候也不无增减，全凭霍普斯太太一时的想象力决定。

虽然对于莱昂纳多到底是个奇迹创造者还是个江湖骗子观点不一，他无疑还是以他这一行显耀人物的身份抵达玛丽·汉普顿的乡居派对的，而且他丝毫不避讳公开谈论这一话题。于是乎，只要有他或他姑母在场，有关秘传能量与非凡法力的话题就无处不在，而他本人的表演，已然实施以及可能实施的表演，就成为神秘暗示与隐晦声明的主题。

“我希望你能把我变成一匹狼，贝尔西特先生。”女主人在他到达的第二天道。

“我亲爱的玛丽，”汉普顿上校道，“我倒一直不知道你有这样的渴望。”

“当然是匹母狼，”汉普顿太太继续道，“如果一转眼不但改变了一个人的种属，还改变了其性别，那未免太让人无所适从了。”

“我觉得不该拿这种问题开玩笑。”莱昂纳多道。

“不是开玩笑，我是认真的，我向你保证。只是别今天就变；我们只有四对桥牌搭子，我如果变了狼就有一桌玩不成了。明天我们将举行一次规模更大些的派对。那就明天晚上吧，晚饭后——”

“在如今我们对这些隐藏的力量尚无法完全理解的情况下，我想我们在接近它们时应该满怀谦卑而非存心取笑。”莱昂纳多道，态度严肃至极，这个话题也就不得不立刻放弃了。

克劳维斯·桑格瑞尔此前在讨论西伯利亚魔法的可能性时通常都一言不发的。这次午饭后他将潘博厄姆勋爵引到了相对隔离的台球室，向他询问道：

“在您豢养的野生动物中有没有母狼？性情相对温顺的母狼？”

潘博厄姆勋爵想了想。“路易萨就堪称大灰狼的优秀样本，”他道，“她是我两年前用好几只北极狐换来的。我的大部分动物在跟我相处不长的时间后都会变得相当驯服；我想就母狼而言，路易萨可以称得上天使般温顺了。缘何有此一问？”

“我在想您明晚能否将她借我一用。”克劳维斯道，语气随便得像是借一颗领扣或是一个网球拍。

“明晚？”

“没错，狼是种夜行动物，我想时间晚一点对她也不会有什么伤害。”克劳维斯道，带着一种已经为对方考虑周全的神气；“您的某位下人可以在黄昏后将她从潘博厄姆庄园带过来，只需一点协助他就能够在玛丽·汉普顿悄悄退出之际将她偷运进温室。”

潘博厄姆勋爵带着可以理解的困惑表情盯了克劳维斯一会儿；接着他就忍不住哈哈大笑起来。

“哦，这就是你要耍的把戏了，啊？你想亲自来点西伯利亚魔法。汉普顿太太会乐意做你的同谋吗？”

“玛丽保证跟我通力合作，只要您能担保路易萨的脾性。”

“我绝对担保。”潘博厄姆勋爵道。

次日，乡居派对的规模已经大为扩展，贝尔西特自吹自擂的天分也在听众大为增多的刺激下适时地大为扩张。当晚的晚餐上，他滔滔不绝地大谈不可见的法力与无法预测的能量，直到客厅已备好咖啡，大家已经准备向牌室转移，他予人深刻印象的滔滔雄辩仍然没有半点减弱的迹象。

他姑母更是在一旁推波助澜，但她热爱轰动效应的心灵却渴望比单纯的口说无凭更具戏剧性的眼见为实。

“你就不能做点什么当面验证你的能量吗，莱昂纳多？”她恳求道，“把某样东西变成另一种形状。你知道，只要他愿意他就能做得到。”她向大家保证。

“哦，露一手吧，”梅维斯·佩灵顿诚挚地道，她的请求几乎得到了在场所有人的附和。有些人即便并不真信他这一套，也绝对乐于观赏一次业余的魔法表演。

莱昂纳多觉得该露点实实在在的本事了。

“在场的各位，”他问道，“谁有三便士的硬币或是别的没什么价值的小东西？”

“你肯定不是想把硬币变没了，或是其他这类小儿科的玩意儿吧？”克劳维斯轻蔑地道。

“我觉得你不接受我的建议把我变成一匹狼实在有失厚道。”玛丽·汉普顿道，然后她就走进温室从甜点盘子里拣些惯常的供品给她的金刚鹦鹉享用。

“我不是没警告过你用嘲笑的态度对待这种能量的危险性。”莱昂纳多庄严地道。

“我就不信你有这个本事，”玛丽在温室里充满挑衅地大笑道，“有本事你就显给我们看看。你根本没办法把我变成一匹狼。”

她一边说着，一边隐身于一簇杜鹃花丛中。

“汉普顿太太——”莱昂纳多以越发庄重的口气道，但话到半截就住了口。房间里仿佛掠过一阵寒气，与此同时那些金刚鹦鹋也发出刺耳的尖叫。

“这些讨厌的鸟儿到底怎么了，玛丽？”汉普顿上校叫道；与此同时梅维斯·佩灵顿发出一声更为刺耳的尖叫，惊得满座宾客尽皆离席。大家惊慌失措，形态各异，或一脸无助的恐惧或本能地摆出自卫架势，正跟他们面面相觑的是蕨类和杜鹃花丛中一只相貌邪恶的灰色野兽。

霍普斯太太第一个从惊骇和慌张的骚乱中缓过神来。

“莱昂纳多！”她冲着侄子刺耳地尖叫，“立刻把它变回汉普顿太太！它随时会袭击我们。把它变回来！”

“我——我怎么会变。”莱昂纳多嗫嚅道，看起来比任何人都更为胆战心惊。

“什么！”汉普顿上校吼道，“你竟敢肆意将我妻子变成了一匹狼，你现在倒安安稳稳站在那儿说你没法把她变回来！”

秉着对莱昂纳多绝对公正的态度，镇静并非他当时显著的态度特征。

“我向你保证我没把汉普顿太太变成一匹狼；我丝毫未曾有过这样的企图，”他抗议道。

“那么她现在何处，这只野兽又是怎么跑到温室里来的？”上校质问道。

“我们当然必须接受你没把汉普顿太太变成一匹狼的保证，”克劳维斯彬彬有礼地道，“但你也得承认外观看来跟你说的可恰恰相反呢。”

“那头野兽就站在那儿准备把我们撕成碎片，我们竟然还在这儿白费口舌！”梅维斯愤怒地悲号道。

“潘博厄姆勋爵，您对野生动物懂得很多——”汉普顿上校暗示道。

“我惯常接触的野生动物，”潘博厄姆勋爵道，“凡买进的都有著名经销商的信誉保证，要么就是在我自己的动物园里驯养的。在此之前我还从未碰到过一只大大方方从外面的杜鹃花丛里踱出来的动物，况且有一位非常迷人广受欢迎的女主人就这么不知所踪了。从其外部特征判断，”他继续道，“它应该是一匹发育良好的北美母灰狼，属普通犬狼属中的一种。”

“咳，您就别管它什么属了，”梅维斯叫道，这时那只动物已经又朝房间的方向迈进了一两步，“您就不能拿点吃的把它引开，关到什么地方去，别让它伤到人吗？”

“如果它真的是汉普顿太太，它可是刚刚吃了顿好饭，我不认为吃的对它能有多么强烈的吸引力。”克劳维斯道。

“莱昂纳多，”霍普斯太太热泪盈眶地恳求道，“就算这不是你变的，你就不能在这个可怕的野兽把我们全都咬死之前运用你伟大的能量把它变成某种无害的东西——比如说兔子什么的？”

“我不认为汉普顿上校会乐意将他的妻子变成一系列奇异的动物，仿佛我们在耍着她玩似的。”克劳维斯插了进来。

“我绝对禁止这么做。”上校发出雷鸣般的吼声。

“我打过交道的大部分狼都对糖有着异乎寻常的兴趣，”潘博厄姆勋爵道，“如果你们不反对，我想在它身上试试看。”

他从咖啡杯的杯托上拿起一块糖，向若有所待的路易萨扔去，母狼没等它落地就一口叼住了。大家都长出了一口气；一匹至少应该把金刚鹦鹉撕成碎片的狼竟然吃了一块糖，这多少已稍许减弱了些恐怖气氛。当潘博厄姆勋爵假意抛出更多糖块，已经把狼诱出房间时，大家的一口气已深化为连声不迭的感激声。然后大家马上冲进空下来的温室。除了盛有金刚鹦鹉晚餐的盘子外，汉普顿太太不知所踪。

“门是在里面锁上的！”克劳维斯大叫，当他假装试一下钥匙的时候已经巧妙地转了一圈。

所有的人都转向了贝尔西特。

“如果你没把我妻子变成狼，”汉普顿上校道，“你能否好心解释一下她消失到了什么地方？显然她没办法穿越一道上锁的门。我不会强迫你解释一匹北美大灰狼怎么突然现身于温室，但我想我有权询问一下汉普顿太太到底发生了什么事吧？”

贝尔西特反复解释这事跟他无关，但他的话淹没在一阵表示怀疑的不耐烦的低语声中。

“我拒绝再在这儿待下去了，”梅维斯·佩灵顿宣称。

“如果我们的女主人果真失去了人形，”霍普斯太太道，“那派对上所有的女士谁都没法好好待下去了。我坚决拒绝跟一匹狼为伍！”

“是一匹母狼。”克劳维斯安慰道。

在非同寻常的环境下需遵循怎样的得体礼仪谁都摸不着头脑。玛丽·汉普顿突然出现在大家眼前无疑给所有人都解了围。

“有人给我催了眠，”她执拗地大呼小叫，“我发现自己竟然偏偏跑到野味储藏室里待着，潘博厄姆勋爵还在喂我糖块吃。我痛恨被催眠，而且医生已经禁止我再吃糖了。”

大家把前后的情形向她解释了一番，如果容许讲出来的这点东西也可以称为解释的话。

“这么说来你真的把我变成了一匹狼，贝尔西特先生？”她兴奋地大叫。

但莱昂纳多早已烧焦了那条他本来可以航行至荣耀之洋的小船。如今他只能有气无力地摇着头。

“冒昧失礼的是我，”克劳维斯道，“你瞧，我碰巧在俄罗斯的东北部生活过几年，所以对那一地区魔法的了解就比一个过路客的一知半解要深得多。你不会介意有人说说这些怪异的法力，不过如果听到的都是胡说八道，你就会忍不住想显示一下在真正懂行的人手里西伯利亚魔法能有多大的威力。我向那种诱惑屈服了。我能来杯白兰地吗？施展魔法的努力已经使我相当虚弱了。”

如果莱昂纳多·贝尔西特在那一刻能把克劳维斯变成一只蟑螂然后再踩上一脚，他是绝对不会错失良机的。

劳拉

“你不会真要死吧？”阿曼达问。

“医生说我可以活到星期二。”劳拉道。

“但今天已经星期六了；这可太严重了！”阿曼达叹道。

“我不知道这算不算严重；今天倒确实是星期六。”劳拉道。

“死亡总是很严重的。”阿曼达道。

“我从没说过我就要死了。我大概就快不是劳拉了，但我将继续作为某种东西存在着。我想应该是某种动物。你知道，如果一个人在他这一生中做得不算太好，他会转世投胎为某种低一等的生物。想想看，我可算不得好的。我在环境似乎许可的情况下总是很小气，报复心又重。”

“任何环境都不许可这种事。”阿曼达道。

“如果你不介意我这么说，”劳拉道，“埃格伯特就是可以尽量干这种事的环境。你嫁给了他——那自然不同了。你已经起誓要爱他、尊敬他、容忍他。我可没有。”

“我没觉得埃格伯特有什么错。”阿曼达抗议道。

“哦，我想错的一直是我这方面，”劳拉不偏不倚地道，“他只是充当了使我的过错情有可原的环境。就说那次我把几只牧羊狗崽儿带到农庄外头溜达溜达，他竟然暴跳如雷，那么大惊小怪。”

“它们把他那几窝带斑点的苏塞克斯小鸡撵得到处乱跑，吓跑了两只正在孵蛋的母鸡，还在花圃里四处撒欢儿。你知道他多么热爱他的家禽和花园。”

“就算是这样，他也不用整晚上叨叨个没完吧。而等我开始觉得这种讨论也挺好玩了，他又说，‘我们到此为止。’我那种小心眼的报复就是这么来的，”劳拉突然出人意料地吃吃笑出了声，“我第二天就把全部斑点苏塞克斯鸡不论大小全倒在了他的秧苗棚里。”

“你怎么能这么做？”阿曼达惊叫道。

“这有什么，”劳拉道，“当时还有两只母鸡假装在下蛋呢，我才不管呢。”

“我们还以为那是次意外！”

“你看，”劳拉继续道，“我确实有理由相信我下一次投胎会降级。我会投胎为某种动物。不过话又说回来了，也不能说我是有心使坏，所以我想我应该会是种挺好的动物，又文雅又活泼，喜欢取乐的动物。也许就是只水獭。”

“我没法把你想象成水獭的样子。”阿曼达道。

“哦，我想你也没法把我想象成天使的样子吧。”劳拉道。

阿曼达没做声。她是没法想象。

“我个人觉得水獭的生活还是挺惬意的，”劳拉继续道，“一年到头都能吃鲑鱼，可以直接跑到鳟鱼家里去逮它们，不必等上几个小时晃荡着鱼饵等它们屈尊上来吞钩；而且体态又文雅又苗条——”

“你就不想想逮水獭的猎犬有多可怕，”阿曼达道，“被追得到处跑，提心吊胆的，吓得要死！”

“有一半的居民都在一边看着也挺好玩的，而且也不比这种从星期六等到星期二慢慢熬死的情况更糟；然后我就又成了别的什么生物了。如果我水獭做得好的话，再投胎成人也未可知呢；可能是挺原始的人——我想可能变个棕褐色不穿衣服的努比亚小男孩。”

“我希望你能严肃点，”阿曼达叹道，“如果你当真只能活到星期二就更该严肃对待了。”

事实上劳拉是星期一故去的。

“这可真够让心烦意乱的，”阿曼达对她丈夫的叔叔拉尔沃斯·奎因爵士抱怨道，“我已经请了很多人来打高尔夫、钓鱼，而且杜鹃花也开得正艳。”

“劳拉总是这么不体谅人，”拉尔沃斯爵士道，“她生在古德伍德赛马季，当时还有一位痛恨小孩子的大使正住在家里。”

“她的想法真是太疯狂了，”阿曼达道，“她的家族里是不是有某种精神错乱的遗传？”

“精神错乱？我可从没听说过。她父亲住在西肯辛顿，不过我相信他在其他方面理智都很健全。”

“她认定自己会转世投胎为一只水獭。”阿曼达道。

“这种转世投胎的想法经常都能碰到，即使在我们西方，”拉尔沃斯爵士道，“你不能认为这就是疯狂。劳拉生前就这么让人难以捉摸，她死后会怎么样我还真不敢妄下断语。”

“您觉得她真有可能成为某种动物？”阿曼达问。她是那种没主见的人，周围的人怎么想她就跟着怎么想。

正在这时，埃格伯特走进了早餐室，神情如丧考妣，单单劳拉的死绝不至于让他这么难过的。

“我有四只斑点苏塞克斯鸡给咬死了，”他大叫，“正是星期五要去展出的那四只。有一只是给拖到那个全新的康乃馨花圃中央吃掉的，我在上面费了多少心血和金钱啊。被毁的竟然正是我最好的家禽和最好的花圃；那个畜生简直就像是知道怎么能在最短时间内造成最大的灾难。”

“你认为是狐狸干的吗？”阿曼达问。

“听起来更像是臭鼬干的。”拉尔沃斯爵士道。

“不是，”埃格伯特道，“到处都是蹼脚的印迹，我们随着这些印迹一直追到花园底下的小溪边；显然是只水獭干的。”

阿曼达偷偷迅速瞥了拉尔沃斯爵士一眼。

埃格伯特激动得早饭一口都吃不下，又跑出去监管家禽园子篱笆的加固工作。

“我想她至少该等到葬礼结束吧。”阿曼达愤慨地道。

“可这是她本人的葬礼，”拉尔沃斯爵士道，“在礼节上一个人该对自己的遗骸持有多大的尊重还真是难说。”

翌日，无视葬礼习俗的做法更加变本加厉；在全家出席葬礼的空当，余下的斑点苏塞克斯鸡也尽数罹难。凶手撤退的路线看来遍及了草坪上的大部分花圃，连花园低洼地带的草莓苗圃竟然也未能幸免。

“我要尽快把水獭猎狗弄来。”埃格伯特残酷地道。

“千万别！绝对不可以！”阿曼达叫道，“我是说，葬礼刚刚结束就这么干似乎不合适。”

“事关紧急，”埃格伯特道，“水獭一旦盯上了你，它就不会罢手。”

“如今我们一只家禽都不剩了，也许它就会到别的地方去了。”阿曼达提议道。

“人家会认为你是在包庇野兽呢。”埃格伯特道。

“近来小溪里的水这么少，”阿曼达道，“在动物几乎无从藏身的情况下打猎似乎不太合体育精神。”

“我的老天爷！”埃格伯特怒道，“我想的可不是什么体育精神。我只想尽快把这个畜生干掉。”

礼拜天大家都去教堂的时候，水獭又潜入了房间，从食品室拖了半条鲑鱼出来，在埃格伯特画室的波斯地毯上撕成了碎片。如此一来，连阿曼达都不怎么反对了。

“要不了多久它就该藏到床底下撕我们脚上的肉了。”埃格伯特道。以阿曼达对这只水獭的了解，她觉得这极有可能。

在猎杀水獭前一天的傍晚，阿曼达独自一人在小溪两岸徘徊了足足一个小时，做出她想象中猎狗的叫声。听到她这种叫声的人都好意地认为她是在为即将到来的乡村表演进行模仿练习。

向她报告猎杀经过的是她的朋友兼邻居奥罗拉·巴雷特。

“真遗憾你没去看；这一天过得真不错。我们很快就找到了，就在你们花园下面的水塘里。”

“你们——把她杀了？”阿曼达问。

“当然了。一只很漂亮的母水獭。你丈夫在抓它的时候被它狠狠咬了一口。可怜的畜生，我还真挺为它难过的，杀它的时候它眼睛的表情简直就跟人一模一样。你肯定会说我很蠢，但你知道那眼神让我想起了谁？我亲爱的，你这是怎么了？”

在阿曼达从精神崩溃的打击中恢复到一定程度后，埃格伯特带她去了尼罗河谷以利于她的复原。景物的变换很快就带来了预期的健康复原和精神平衡。一只喜欢冒险的水獭因为想换换口味而做出的出轨行径如今也完全可以理智地看待了。阿曼达通常就很平和的性情很快恢复了原样。有天晚上，在一家开罗旅馆，她丈夫的更衣室里突然传出一连串愤怒的咒骂声，是她丈夫的声音却并非他惯常的用词；即便如此也未能搅乱她从容不迫继续化妆的镇定。

“怎么了？出了什么事？”她怀着一种愉快的好奇心问道。

“那个小畜生把我所有的干净衬衫全扔到了浴缸里！要是让我抓到了你，你这个小——”

“哪里来的小畜生？”阿曼达问，竭力忍住不笑；埃格伯特表达他愤怒情感的语言真是不可救药的失当。

“一个光屁股的努比亚小男孩小畜生。”埃格伯特语不择言地道。

这一下，阿曼达可真是病得不轻了。

野 猪

“从这儿可以穿到他们家草坪后头，”菲丽多尔·斯托森太太对她女儿道，“穿过一个小围场然后再穿过一个种满醋栗丛的围墙环绕的果园。去年他们家不住这儿的时候我把这块地都走遍了。果园有一道门开向一片灌木林，我们只要从那儿出去就能立刻混到客人里面，大家都会以为我们是从正常的路径进去的。这比从前门进去，冒着撞到女主人的危险要方便多了；迎头撞上未免太尴尬了，因为她碰巧没邀请我们。”

“要想得到一次游园会的邀请不是很难吗？”

“通常的游园会是很难；但这个社交季的这次游园会，绝对不难。全郡我所有认识的人都得到邀请去拜会公爵夫人，只落下了我们俩，与其费心劳力找些理由解释我们为什么没去那儿，倒不如抄小道不请自来的方便。昨天我还特意在路上拦住科文宁太太，直截了当地跟她谈到了公爵夫人。如果她假装听不见特意不给我们发邀请函，那可不是我们的错，对吧？我们到了：只要穿过这片草地，过那道小门就能进入他们的花园。”

斯托森太太及其千金于是整队向那个充满“欧洲王族家谱年鉴”气息的郡游园会进发，穿过狭窄的围场及其后的醋栗果园，带着一种庆典游艇沿一条乡间的鳟鱼小溪屈尊航行的架势。不过她们庄严的进军中也混合了些许偷偷摸摸的匆忙，仿佛敌方的探照灯随时会打到她们身上；而且事实上，也并非没有人注意到她们。玛蒂尔达·科文宁，凭着她十三岁的机警眼神外加高踞在一棵欧楂树枝上的优势，将斯托森母女的包抄行动尽收眼底，而且还准确预见到她们的行动会在何处受阻。

“她们会发现门已经上锁，她们只得原路返回，这可太棒了。”她自言自语道，“谁让她们不走正道呢。塔昆·超级巴士这会儿没在围场里溜达可真可惜。毕竟，大家都在自得其乐，为什么塔昆就不能出来舒散舒散。”

玛蒂尔达正处在想到就做到的年龄；她于是从欧楂树上溜了下来，等她重新爬上去的时候，塔昆——一头巨大的白色约克郡野猪的活动范围就已经从狭窄的猪圈扩展到了围场的草地上。斯托森母女的探险因意外受阻正相互埋怨着打道回府，也可以说因为大门紧锁正有秩序地撤退，此时突然在分隔围场和醋栗果园的门口止步不前了。

“一头看起来多么可怕的动物，”斯托克夫人叫道，“我们进来的时候它还不在这儿嘛。”

“可它眼下在这儿啊，”她女儿道，“我们到底该怎么办？但愿我们从没到这儿来。”

那头野猪已经又朝着大门走近了些，以便更仔细地探察一下这两个人类的闯入者，然后站住，大嘴巴使劲嚼着，两个小红眼睛眨个不停，这种举动无疑是想吓唬人；就斯托森母女而言，这个目的是圆满达到了。

“嘘！吓！吓！嘘！”两位女士齐声呼喝。

“如果她们以为背诵以色列和犹大国王的名号就能把它赶走，可是白费心机。”玛蒂尔达从她欧楂树上的宝座上大声评论道。斯托森太太这才第一次感觉到她的存在。如果放在刚才，斯托克夫人是宁愿这个花园渺无人迹的，不过眼下看到这个小女孩，她真是喜出望外了。

“小姑娘，你能不能想个办法把它赶——”

“什么？我不懂。[1]”小姑娘答道。

“哦，你是法国人？您是法国人吗？[2]”

“我不是。我是英国人。”[3]

“那干吗不讲英语？我想知道你能不能——”

“请允许我解释一下。[4]你瞧，我正倒着霉呢，”玛蒂尔达道，“我住在姑妈家，姑妈警告我今天一定要特别乖，因为很多人要来参加游园会，还告诉我要向克洛德学习，他是我表弟，他从不做错事，除非出于无心，然后还总是郑重道歉。看来他们是认为我午餐时吃了太多覆盆子果酱布丁，他们说克洛德从来不吃

①②③④ 原文为法语。

太多的覆盆子果酱布丁。等着瞧。克洛德午饭后总要睡半个小时，因为大人们吩咐他要睡，我就等着他睡着，然后把他的手捆起来，强行喂他吃了整整一桶覆盆子果酱布丁，这原本是他们为游园会准备的。有很多粘到了他的海魂衫上，有些漏到了床上，不过还是有很多进入了克洛德的喉咙，这样他们就再也不能说他从来不吃太多覆盆子果酱布丁了。也正因为这个原因，他们禁止我参加游园会，作为附加的惩罚我还得整个下午都讲法语。我只能用英语把这些经过告诉你们，因为有些词比如'强制喂他'我不知道法语怎么说；当然，我也可以自己发明一种说法，但如果我说 nourriture obligatoire，你们就根本不知道我说的是什么了。但现在，我们就得说法语了。①"

"哦，很好，非常好。②"斯托森太太很不情愿地道；心下不禁有些慌张，因为她懂的那点法语用起来可并不怎么自如，"那边，大门那边有一头猪——"

"一头猪？啊，小可爱！③"玛蒂尔达兴奋地大叫。

"不，它既不小，也不可爱；是头凶猛的野兽（un bête féroce）④——"

"应该是 une bête。⑤"玛蒂尔达纠正道，"你如果叫它猪，它就是阳性的，但要是你生气了把它叫做凶猛的野兽，它立刻跟我们一样成了阴性的了。法语真是门性别混乱的语言，真可怕！"

"看在上帝分上咱们还是讲英国话吧。"斯托森太太道，"除了那头猪挡道的围场，还有别的办法可以走出这个花园吗？"

---

①②③④⑤ 原文为法语。

“我总是翻墙出去，借道那棵李子树。”玛蒂尔达道。

“我们穿成这样子恐怕很难做到。”斯托森太太道；无论她打扮成什么样我们都很难想象她翻墙的英姿。

“你能不能去叫个人来把猪赶开？”斯托森小姐道。

“我向姑妈保证要在这儿一直待到五点的；现在还不到四点呢。”

“我肯定在这种情况下令姑母会网开一面——”

“我的良心却不能网开一面。”玛蒂尔达庄严地冷冷道。

“我们不能在这儿一直待到五点呀。”斯托森太太叫道，越来越恼怒。

“我可以为你们背诵点什么，这样时间就过得快一些了。”玛蒂尔达亲切地道，“‘贝琳达，小小年纪就得养家活口’是我最拿手的一篇，要么，也许应该来点法语的？亨利·卡特勒对他士兵的演讲是这门语言里我唯一真正知道的篇什。”

“如果你能跑去叫个人来把那个畜生赶走，我就给你点酬劳，你可以给自己买件可爱的小礼物。”斯托森太太道。

玛蒂尔达从欧楂树上向下滑了几英寸。

“这才算是你为了从这个花园出去做的最有可行性的建议。”她兴高采烈地评论道，“克洛德跟我正在为儿童新鲜空气基金筹款，我们要比比谁筹到的钱多。”

“我会非常高兴捐献半个克朗[1]，确实非常高兴。”斯托森太太道，一边从在她礼服上形成了个鼓鼓的小丘的容器底部把那枚硬币挖了出来。

---

① 按英国一九七一年前的旧币计算，一个克朗等于五个先令，一先令等于十二便士，一镑等于二十先令。

“克洛德眼下领先了我好多呢。”玛蒂尔达继续道，对她提到的献礼置之不顾，“你看，他才十一岁，又是一头金发，你在进行募捐工作的时候这可是极大的优势。前几天一位俄国女士就给了他十先令。在对礼物艺术的理解上俄国人可真比我们强多了。我估计单是今天下午克洛德就能净赚二十五先令；战场全都归了他，而且经过覆盆子果酱布丁事件后他正好还可以做出那副苍白、虚弱、不久于人世的架势，这对他就更有利了。没错，他现在肯定已经比我多整整两镑了。”

经过一番掏摸、拼凑外带不住嘴的悔恨的嘟囔，两位遭围攻的女士总共又筹措到七个便士外加一个六便士的硬币。

“恐怕我们就带了这么多钱。”斯托森太太道。

玛蒂尔达丝毫没有下地的打算，对她们的捐献似乎也丝毫没看在眼里。

“少于十先令我是不会对我的良心动粗的。”她生硬地宣布道。

母女俩低声嘟囔起来，其中“畜生”一词占了主导，而且像是并非指向塔昆。

“我发现我确实还有半个克朗。”斯托森太太声音哆嗦着道，“拿着吧。现在请你快点叫个人来。”

玛蒂尔达飞快地从树上溜下来，将捐款揣到兜里，然后从脚下的草地上捡了一把烂熟的欧楂果，爬到门上亲切地对野猪道：

“来呀，塔昆，亲爱的老小子；你知道你最喜欢烂熟腐臭的欧楂果了。”

塔昆的确喜欢。玛蒂尔达很有技巧地在它面前间错地撒下欧楂果，一路把它诱回了猪圈，与此同时两位获释了的女俘飞快地穿过了围场。

“哈，再也甭想了！下作的小娼妇！”斯托克夫人在安全抵达公路后大叫，“那动物根本就没什么野性，说到那十先令，我才不信那所谓的新鲜空气基金能见着一个子儿呢！”

在这点上她还真没说对。如果你检查一下基金会的账簿，就会发现赫然有这么一条：“玛蒂尔达·科文宁小姐募集：六镑两先令。”

布鲁哥

狩猎季节来了又去了，马里特一家仍未能售出布鲁哥。三四年来，这已经成了这家的一种传统，一种宿命论式的希冀——希冀能在狩猎季结束前给布鲁哥找到个买家；但狩猎季来了又去、去了又来，他们这种异想天开的乐观主义期望丝毫没有实现的苗头。这匹动物早年曾名曰“博瑟克”；后来改了如今的“布鲁哥”，盖言其一旦得之即万难除去之事实也。[1] 而芳邻们却都刻薄地暗示最好把它大号中的头一个字母去掉才算恰如其分。[2] 布鲁哥在出售目录中曾先后被描述为轻量级猎手，女士的温顺老马，以及至为朴素却仍难免于异想天开的“有益之褐色骟马，直立十五点一手宽[3]”。托比·马里特已经在西韦塞克斯骑了他整整四个狩猎季；你几乎可以在西韦塞克斯骑任何种类的马，只要你的马熟悉这片乡土。再没有比布鲁哥更熟悉这片乡土的了，方圆数英里内堤岸、树篱间的大部分裂隙都是他亲自造就的。他的举止和个性在狩猎区域当然算不得理想，但也许你骑着他冲向一群猎狗比骑着他在山路上溜达还更安全些。据马里特家族所言，

---

① “博瑟克”（Berserker）意为北欧的狂暴战士，“布鲁哥”（Brogue）尤指爱尔兰人讲英语时带的土腔。

② “Brogue”去掉首字母“B”后就成了“rogue”（流氓，无赖）。

③ “手宽”即一手之宽，等于四英寸，用于计量马的高度。

他也并非“怯路”，只是但凡遇上他不喜之物就会使他突发托比所谓的骤然转向之疾。汽车和自行车他倒能安之若素，但猪、手推车、路边的石堆、乡路上的婴儿车、刷得刺眼白的门扇都能令他的轨迹立刻变为叉状电闪的之字形——较近形成的蜂窝有时候亦有此效，但并不一定。如果有哪只雉鸡从树篱另侧扑喇喇飞起，布鲁哥也会在同时腾空跃起，不过这一行为应归因于一种同飞同宿的愿望。乡间还广泛流传着这匹马有咬槽咽气的积癖，但马里特一家坚决予以否认。

时节约在五月的第三周，马里特太太——西尔韦斯特·马里特的未亡人、托比及一大群千金之生母——在村外拦住了克劳维斯·桑格瑞尔，上气不接下气地跟他谈起了当地的特大新闻。

“你知道我们的新邻居彭里卡尔德吧？”她大喊大叫道，“富得流油，在康沃尔拥有好几家锡矿，年届中年而且相当文静。他长期租下了红楼而且花了一大笔钱用于改建和装修。嗨，托比把布鲁哥卖给了他！”

克劳维斯花了一会儿工夫来消化这则惊人的新闻；然后就爆发出滔滔不绝的贺词。如果他属于某个更加情感奔放的种族的话，他也许已经吻了马里特太太了。

“终于把它[①]给出手了，真是太走运了！现在你们可以买一匹像样的马了。我一直都赞托比聪明的。祝贺祝贺！”

“先别贺我。这可真算是我碰上的最不幸的事了！”马里特太太戏剧性地道。

克劳维斯惊愕地望着她。

“彭里卡德尔先生，”马里特太太道，把声音压低到她想象

---

① 小说中对这匹马的称谓有时用“he”，有时用“it”。

中能予人深刻印象的耳语，不过实际听来倒像是嘶哑、兴奋的尖叫，“彭里卡德尔先生刚刚开始注意我们家杰西了。起先不易察觉，不过现在已经不容置疑了。我真是个傻子，竟然没及早注意到。昨天，他在教区长的游园会上问她喜欢什么花，她告诉他是康乃馨，谁知今天就有一大捧各色康乃馨给送到了家里：丁香、法国石竹，还有可爱的深红色康乃馨，花开得可齐整了；还有一盒巧克力呢，肯定是他特意从伦敦买的，还请她明天一起去高尔夫球场转转。眼下可正是关键时刻，托比却把马卖给了他。真是个灾难啊！”

“可你们多年来一直想把这匹马脱手呀。”克劳维斯道。

“我有一屋子的丫头，”马里特太太道，“我一直都想——当然不是把她们脱手，但给她们找一两个丈夫总不算坏事；她们有姊妹六个呢，你知道。”

“我哪里知道，”克劳维斯道，“我从来都没数过，不过我想你总归不会数错，这类事情做母亲的一般都该知道的。”

“眼下，”马里特太太继续用她那种悲惨的耳语道，“一个富有的丈夫已经在地平线上闪现了，托比倒跑去把那头可怜的畜生卖给了他。要是他想骑骑的话它可能会害死他；至少也会把他对我们家所有成员的好感全盘害死。我该怎么办？我们又不能再把那匹马给要回来；你看，我们把它赞得什么似的，说那匹马就像是为他天造地设的一般。”

“你们能不能从他的马厩里把它给偷出来，把它送到几英里以外去？”克劳维斯建议道，“在马厩的门上写上‘妇女有权投票’，这一事件就会作为一次争取女性投票权的暴行轻轻放过。了解这匹马的乡邻谁都不会料到你们想把它再弄回去。”

“本地的每家报纸都会大肆渲染这一事件，”马里特太太道，“大字标题都想象得出来：‘贵重猎马被争取女性投票权之人士窃取’。警方会搜遍乡村各处，直到把马找出来。”

“哦，那杰西就得尝试以它是其旧爱的理由把它弄回来。她可以说当初卖它只是因为按照一份旧的整修租约之规定马厩须得拆毁，但如今经过协商后马厩还可以用个一两年。”

“刚刚把他卖了又立刻想把它讨回来听起来总归觉得蛮怪的，”马里特太太道，“不过必须得采取行动而且得马上采取行动了。那人没大骑过马，而且我相信自己还告诉过他布鲁哥温顺得就像只羔羊。如果被惹急了，就算是羔羊也会又踢又咬的，对吧？”

“羔羊的个性绝对配不上温顺的称誉。”克劳维斯赞同道。

翌日，杰西从高尔夫球场回来时可说是喜忧参半。

“求婚很顺利。”她宣称，“他在打到第六洞时就提了出来。我说我得有段考虑的时间。在第七洞时我接受了求婚。”

“我亲爱的，”她妈妈道，“我觉得稍微再多点少女的矜持和忧郁会更为得体，因为你认识他的时间实在太短了些。你应该至少等到第九洞。”

“第七洞可是个很长的洞，”杰西道，“再说了，那种紧张的状态搞得我们都没法打下去了。等打到第九洞的时候我们已经商定了好多大事。蜜月打算去科西嘉度，到时候如果有兴致就飞往那不勒斯，还要在伦敦休整一个礼拜。他要请他的两个侄女做伴娘，再加上我们这边的就有七个了，这可真是个吉利的数字。你要穿你的珠灰色礼服，愿意加多少手制小花纹花边都随你。还有，他今晚就会过来请你慨允有关婚礼的一切事宜。到此为止一切顺利，但布鲁哥真是个麻烦。我告诉了他关于马厩的那个神话以及我们多么迫切地想把马买回来的心情，但他似乎同样迫切地想留下它。他说既然现在住在乡下了，就得多多练习骑马，而且他打算明天就开始他的骑马训练。他在马路上骑过几次，骑的是惯常驮那些耄耋老翁与康复期病人的牲口，这就是他在马鞍上的全部经验——哦，他还曾在诺福克骑过一次矮种马，当时他十五那匹马二十四岁；而他明天就要骑布鲁哥了！我等不到结婚就会做寡妇了，而且我确实很想看看科西嘉到底什么样；它在地图上看起来可真蠢。”

克劳维斯被紧急召来，事态的最新发展摆在了他面前。

“谁都不可能安全地骑那个畜生，”马里特太太道，“除了托比，这也是因为他凭长期的经验知道那畜生会怕什么，马上会拉它突然转向。”

“我确实向彭里卡尔德先生——我应该叫他文森特了——暗示布鲁哥原来不怎么喜欢白色门扇。”杰西道。

“白色门扇！”马里特太太大叫，“你没提到一头猪会对他产生什么影响？他在到达大路之前必得经过劳克叶家的农场，那儿肯定会有一两头猪在小路上哼哼唧唧。”

“近来他又对火鸡很是不喜了。”托比道。

“很显然彭里卡尔德决不能骑那匹马外出，”克劳维斯道，“至少得等到杰西嫁了他并烦了他。我告诉你们该怎么做：请他明天去野餐，时间定得早早的；他不是那种早餐前就去遛马的主儿。后天我让教区长在午餐前就带他一道驾车去克劳利参观他们在那儿新建的乡村医院。这样布鲁哥就在马厩里闲着了，托比就可以主动要求驯驯它；然后它就能踩上石头之类的，顺理成章地瘸了腿。如果你们在婚礼上抓紧点儿，这个瘸腿的神话就能一直维持到婚礼安全结束。”

马里特太太属于情感奔放的种族，她吻了克劳维斯。

但人算不如天算，翌晨竟下起了瓢泼大雨，野餐显然是决不可能了。同样人算不如天算，实在倒了霉运，午后天又转晴了，引诱起彭里卡尔德先生第一次试骑布鲁哥的兴致。他们都没来得及走到劳克叶农场的猪跟前；教区长公馆的大门漆的是一种单调的绝不张扬的绿色，但一两年前曾漆成过白色，布鲁哥的记性倒是真好，一直没忘了他在这条小路的转角突然行个屈膝礼、接着后退再加个急转的习惯。随后，显然不必再需什么驾驭，他径自闯进了教区长的果园，又在那儿发现了一只圈在鸡笼里的火鸡；果园后来的访客发现鸡笼倒是完好无损，但火鸡却踪影皆无了。

受了点惊吓，有点哆嗦的彭里卡尔德先生膝盖受了点擦伤，其他部位也有些小伤，他好脾气地将这次意外归咎于他自己骑术欠佳以及对乡村道路的不熟，并允许杰西悉心照料他直至完全康复，在不到一周的时间内只进行些适度的高尔夫练习。

婚礼结束半个月左右，当地的报纸刊登了婚礼的礼品单，礼单上有如下的项目：

“棕色骑用马一匹，‘布鲁哥’：新郎致新娘的礼物。”

“这表明，”托比·马里特道，“他一无所知。”

“或者表明，”克劳维斯道，“他很有幽默感。”

母鸡

“多拉·贝特霍兹周四要来。”桑格瑞尔太太道。

“本周四？”克劳维斯问。

他母亲点了点头。

“够你受的吧？”他吃吃笑道，“简·马特莱特在这儿才待了五天，她待不够半个月是决不肯挪窝的，哪怕讲得清清楚楚只请她住一周的。周四前你是甭想把她赶出家门的。”

“此话怎讲？”桑格瑞尔太太道，“她跟多拉不是密友吗？至少我记得她们曾经是。”

“她们曾经是；正因此才分外眼红呢。都觉得自己是拿胸口养了条毒蛇。再也没有比发现自己的胸口竟然一直充当了毒蛇的疗养院更能煽起熊熊怒火的了。”

“但到底怎么了？有人挑拨离间吗？”

“也不尽然，”克劳维斯道，“主要是因为一只母鸡。”

“母鸡？什么母鸡？”

“是只古铜色的莱亨鸡或者这类的外国种，多拉卖给简的价格也相当可观。她们俩都热衷于获奖的家禽，你知道的，简本来指望这只莱亨鸡能繁殖一大家子小鸡，她的血本也就赚回来了。谁知发现这只鸡根本不下蛋，人家告诉我这两位女士之间的往来信件简直创下了一页信纸最多能容纳多少恶言谩骂的记录。”

“真岂有此理！”桑格瑞尔太太道，“她们的朋友就没有居间调和的吗？”

“都试过了，”克劳维斯道，“不过那肯定很像是谱写《漂泊的荷兰人》① 中暴风雨般的乐章。简愿意收回她的某些最伤人的评语，前提是多拉要把那只母鸡收回，但多拉说那就等于承认是自己错了，你知道她宁肯自认在白教堂区②拥有贫民窟也不肯认错的。”

“这可麻烦了。”桑格瑞尔太太道，“你认为她们俩根本就不会搭腔？”

“恰恰相反，最大的困难在于你没法让她们俩住嘴。迄今为止在她们对彼此操守和个性的评论中，心平气和的就没几句。”

“我没办法推迟多拉的来访。”桑格瑞尔太太道，“我已经把她的来访推迟过一次了，而且除非发生奇迹，否则简决不会在她自定的半个月期限结束前就离开的。”

“奇迹就交给我来试试看吧。”克劳维斯道，“我虽不敢打包票，不过会尽力的。”

“只要你别把我牵涉进去——”他母亲要他保证。

“用人们有时候挺难缠的。”克劳维斯午饭后坐在吸烟室里嘀咕道，他一边调鸡尾酒一边断断续续地跟简·马特莱特聊着

---

① 《漂泊的荷兰人》是德国作曲家和剧作家瓦格纳的歌剧代表作之一。取材北欧民间传说和海涅的短篇小说，描写被神灵施以咒语的荷兰船长永生永世驾驶幽灵船在七个大海中漂泊，直至纯洁的少女森塔为爱情而自我牺牲才得拯救的故事。

② 白教堂地区（Whitechapel）是伦敦著名的贫民区。

天，他曾将鸡尾酒的专利相当不逊地归于艾拉·威勒·威尔考克斯[1]名下。酒一部分是陈年白兰地，一部分是柑桂酒；另外还有些配料，不过从来都没一样样搞个清楚。

“用人们真难缠！”简惊叫道，立刻纵身跳入这一话题，仿佛一只猎犬精力旺盛地一跃离开大路，爪子感受到了草皮时的兴奋，“谁说不是呢！这些年来我为了适应他们受的苦告诉你都不会信。不过我看不出来你们有什么好抱怨的——令堂在用人方面的运气真是令人羡慕不已。就说斯特里奇吧——他已经跟了你们多年了，我确信他就是仆役长的典范。”

“这正是难缠的地方。”克劳维斯道，“用人跟着你的时间越长，麻烦也就越大。那种今儿来明儿就走的倒没什么——你只需找人替换他们就是了；就是这种待着不挪窝，还有所谓的典范最让你头疼。”

“但如果他们做得很好——”

“那也免不了会带来麻烦。既然你提到了斯特里奇——我刚才说到用人们难缠时想到的正是他。”

“出色的斯特里奇是个麻烦！我绝不相信。”

“我也知道他很出色，我们离了他寸步难行；在这个乱七八糟的家里他就是那颗可靠的定心丸。但也正是他这种井井有条对他自身造成了影响。你可曾想过，如果你一生的绝大部分时间都在同样的环境下以正确的方式一直不断地做着正确的事情会是个什么样子？知道在什么样的场合该用什么样的银器、酒杯和桌布

[1] 威尔考克斯（Ella Wheeler Wilcox，1850—1919），美国女诗人，新闻工作者，作品以通俗见长，出版诗集二十余部，包括《激情诗集》、《欢乐诗集》、《感伤诗集》等。

并发布命令、监督执行；要精细地安排酒窖、食品室和餐具柜并坚定不移地维持下去；要做到悄无声息、感觉不到，而一旦涉及你负责的部门又要无处不在、无所不能。”

“我会发疯的。”简深信不疑地道。

“一点没错。”克劳维斯深思熟虑地道，一边吞下了他调制完毕的艾拉·威勒·威尔考克斯。

“但斯特里奇并没有发疯啊。”简的语气中带了一丝探询的焦虑。

“在大部分问题上他完全清醒、绝对可靠，”克劳维斯道，“但有时候他会受到一些非常顽固的错觉的支配，碰到这种时候，他就不仅仅是个麻烦而且非常令人难堪了。”

“什么样的错觉？”

“不幸的是，这些错觉通常都以乡居派对的某位客人为中心展开，这也正是难堪的由来。比如，他将玛蒂尔达·谢林厄姆认作了以利亚先知[①]，而且由于有关以利亚先知的历史他只记得荒野中那群渡鸦的情节，他就坚决认定玛蒂尔达的个人饮食就该是他想象中的渡鸦，于是早上不许给她上任何茶点，而且如果是他本人在餐桌旁侍餐，他在轮流为客人分餐时就会干脆绕过她不管。”

“这可太不愉快了。你们是怎么对付的？”

“哦，玛蒂尔达好歹吃上点东西，不过我们一致认为她最好还是缩短她的作客期限。这也是唯一能采取的法子了。”克劳维斯说话时特意强调了这一句。

“我就不会这么做。”简道，“我会想办法迁就他。我绝不会

① 《旧约》中记载的九世纪以色列最伟大的一位先知。

就这么拍拍屁股走人。”

克劳维斯皱了皱眉头。

“如果有人脑子里转着这样的念头，总是迁就他们就不见得聪明了。因为你不知道他们受到纵容之后到底会发展到什么程度。”

“你不是说他可能会有危险吧？”简有些紧张地问。

“谁也不敢打包票，”克劳维斯道，“时不时地就有哪位倒霉的客人激起了他的幻想。眼下我就是为了这个担心呢。”

“什么？他又对这儿的哪个人产生错觉了吗？”简兴奋地问，“多可怕！你一定得告诉我是谁。”

“你。”克劳维斯要言不烦。

“我？”

克劳维斯点了点头。

“他到底把我想成谁了？”

“安妮女王。[①]”回答绝对出乎意料。

“安妮女王！莫名其妙。不过，不管怎么说，她也没什么危险吧；她这人实在没什么特色。”

“后世主要是怎么说安妮女王的？”克劳维斯颇为严厉地问。

“关于她我唯一记得的说法就是，”简道，“‘安妮女王已死。’”

“一点没错。”克劳维斯道，两眼紧盯着装艾拉·威勒·威尔考克斯的酒杯，“已死。”

---

① 安妮女王（1665—1714）是斯图亚特王朝最后一代君主，多病且才智有限，主要依靠大臣治理朝政。

“你的意思是说他把我当作了安妮女王的鬼魂？”简问道。

“鬼魂？哦，不。没人听说哪个鬼魂能下楼来用早餐，而且胃口十足地大吃腰子、吐司和蜂蜜。不，让他困惑不解又苦恼万分的是你这么活力四射、欣欣向荣的事实。他自打生下来就已习惯于将安妮女王看作所有已经死去或已完结之物的化身：你知道，‘死得跟安妮女王一样’；而如今他却得在午餐和晚餐时斟满你的酒杯，还得听你描述在都柏林赛马展上度过的快乐时光，他自然会觉得你这副模样相当不妥了。”

“不过他不会因此对我采取公然的敌对态度吧？”简紧张地问。

“我也是直到今天午餐时才真正有所警觉。”克劳维斯道，“我注意到他以一种非常险恶的目光怒视着你，而且还嘟囔道：‘老早以前就该死了，她该死了，得有人负起这个责任。’也正因此我才提请你注意此事。”

“这太可怕了，”简道，“令堂必须立刻与闻此事。”

“绝对不能让家母闻得半点风声，”克劳维斯诚挚地道，“那会让她极度不安。她事事都仰赖斯特里奇。”

“可他随时都可能杀了我。”简抗议道。

“也不是随时；整个下午他都忙着整理银器呢。”

“你一定得时刻留心着他而且警惕着他的任何谋杀性袭击。”简道，又有些固执地加了一句，“形势确实够吓人的，一个发了疯的仆役长在你头上就像那个什么什么之剑一样随时会劈下来，不过我仍然不会缩短我逗留的期限。”

克劳维斯低声恶毒地咒骂；奇迹显然没有出现。

翌日上午，克劳维斯在用过延迟的早餐后待在大厅里耐心地擦拭一根旧高尔夫球棒上的锈斑，突然想到了一个妙招。

“马特莱特小姐在哪儿？”他问正经过大厅的仆役长。

“在晨室里写信，先生。”斯特里奇道，宣告的事实不出问话者的所料。

“她想描一下那把有篮状护手柄的旧马刀上的题字。”克劳维斯道，指向悬挂在墙上的一把古兵器，“希望你能带给她；我手上都是油。从刀鞘里拔出来再给她，省得麻烦。”

仆役长依嘱拔出兵刃，虽年代久远，因为多年来悉心爱护，刀刃仍然熠熠生辉、非常锋利，他就这么举着它进了晨室。书桌旁有道门通向一道后楼梯；简闪电般迅疾地就此消失，仆役长都怀疑她是否看见了他进门。半小时后，克劳维斯已经驾车载着她以及她匆忙收拾的行李往车站驶去。

“家母兜风回来发现你已不辞而别肯定非常恼火，”他对就要启程的客人道，“不过我会编个故事就说有一封紧急电报把你召走的。我不会毫无必要地把斯特里奇的事告诉她。”

简对于克劳维斯所谓的毫无必要轻哼了一声，对于跑上前来体贴地查看她午餐篮子的年轻人几乎动粗。

同一天多拉写信来推迟了她的访期，导致这一奇迹部分地丧失了它的奇效，不过不管怎么说，克劳维斯创下了一个记录：他是唯一能硬逼着简·马特莱特改变她既定之挪窝时间表的人。

洞开的窗扉

“家姑母马上就下来，纳特尔先生，”一位颇为自持的十五岁年轻女士道，“在此期间您得暂时忍耐我了。”

弗拉姆顿·纳特尔尽力想说几句得体的话，既能适时恭维了眼前的侄女又得防止怠慢了就要登场的姑母。私下里他却比平常更加怀疑这种接连不断地正式拜访完全陌生之人对他正在进行的镇静神经的治疗是否有益。

“我知道结果会怎么样，”他姐姐在他准备隐居乡里时对他道，“你会把自己完全埋起来，不跟一个活人讲话，你的神经会因为闷闷不乐而更加糟糕。我会多写几封信，将你介绍给我在当地认识的所有人。我记得有几个人相当不错的。”

弗拉姆顿在想，眼下他已经呈上一封介绍信的这位萨普尔顿太太是否属于不错的阵营。

“这一带您认识的人多吗？”侄女在觉察他们之间已经沉默得够久了时问道。

“我几乎谁都不认识。”弗拉姆顿道，“家姊四年前曾在这儿小住，住在教区长公馆，您知道，她给了我几封写给本地某些人的引见信。”

他的最后一句话带上了明显的悔恨语气。

“这么说来您实际上对家姑母一无所知了？”这位颇为自持

的年轻女士追问道。

“只知道她的姓名和住址。”拜访者承认道。他在捉摸萨普尔顿太太是已婚呢还是寡居。房间里某种无以名状的气氛让人觉得这该是个男性的居所。

“她的重大悲剧就发生在三年前，”侄女道，“应该是令姊离开之后的事了。”

“她的悲剧？”弗拉姆顿问；在这个宁静的乡居之地，似乎绝无发生什么悲剧的可能。

“您也许会想，十月天的午后我们干吗还要把那扇窗户大开着。”侄女道，指向一扇开往草坪的巨大法式窗户。

“虽然已是十月天了，今年倒还挺暖和的，”弗拉姆顿道，“不过听您这么说，那扇窗莫非跟您提到的悲剧有关？”

“三年前的一天，她丈夫和她两个幼弟就是通过那扇窗户出去打猎的。他们再也没有回来。经过那片沼地到他们喜欢的猎鹬场时，三个人全都被一片背信弃义的沼泽吞没。那年夏天潮湿得可怕，您知道，很多原本安全的地方突然之间就没法立足了。他们的尸体一直都没找到。可怕的正是这个。”说到此处，侄女颇为自持的态度也消失不见，开始变得结结巴巴了，“可怜的姑母总是觉得他们总有一天会回来，他们还有跟他们一起去打猎的那条棕色的小猎，而且会像以往那样通过那扇窗户进来。就是因为这个，那扇窗户每天都从早开到晚。可怜的亲爱的姑母，她经常向我提起他们是怎么出去的，她丈夫的白色防水外套搭在胳膊上，而罗尼，她最小的弟弟则像一贯逗她的那样唱着：‘伯蒂，你为什么要跳？’因为她说那条狗总是搞得她很紧张。您知道吗，有时候，比如今天这样寂静、安静的傍晚，我都几乎有一种毛骨悚然的感觉，觉得他们就要通过那扇窗户——”

她微微哆嗦了一下。这时姑母匆忙走进房间，因为迟迟未能出面待客不断地道歉。

“希望薇拉没让您觉得厌烦。”她道。

“她一直都非常有趣。”弗拉姆顿道。

“希望您别介意开着的那扇窗户，”萨普尔顿太太轻快地道，“我丈夫跟我两个弟弟打完猎后会直接从那儿进屋，他们总是这么进来的。今天他们去沼地打鹬鸟去了，所以会把我可怜的地毯弄得一团糟。你们男人就是这副德行，不是吗？”

她兴奋地喋喋不休地说着打猎以及鸟类的稀少，还有冬天只能打鸭子的前景。对弗拉姆顿而言所有这一切都异常恐怖。他不顾一切地想转到某个不那么吓人的话题，不过只取得了部分功效，他觉得女主人并不能全神贯注地听他讲话，她的目光总是不断穿过他，投向洞开的窗扉和窗外的草坪。他竟然在这个悲剧的周年忌日前来拜访实在是个不幸的巧合。

“医生们都同意要我完全休息，禁绝精神上的兴奋并避免任何剧烈的体力运动。”弗拉姆顿宣布道，屈从于那种可以理解的普遍的错觉，即完全的陌生人以及偶遇的相识总是急于了解你的病痛和疾患及其病源与治疗的最小细节。“至于饮食问题，他们的看法倒没这么一致。”

“是吗？”萨普尔顿太太道，最后差点打了个哈欠。然后她又突然高兴地警觉起来——却并非针对弗拉姆顿的疾病。

“他们终于来了！”她叫道，“正赶上茶点，他们简直除了眼睛浑身都是泥，不是吗？”

弗拉姆顿轻轻哆嗦了一下，转向侄女，目光中想传递一种同情的理解。那个女孩子却惊恐万分地直直盯着洞开的窗扉。弗拉姆顿在莫名的惊恐下打了个寒战，在座位上转了个身朝同样的方向望去。

在越来越深的暮色中，三个人影正穿过草坪走向那扇窗户，他们胳膊底下都夹着枪，其中一位肩上还搭着件白色的外套。一条疲累的棕色小猎紧跟在他们身后。他们寂然无声地逼近房屋，突然一个嘶哑的年轻声音打破黄昏的寂静唱了起来：“我说了，伯蒂，你为什么要跳？”

弗拉姆顿疯狂地抓起他的手杖和帽子；客厅的大门、砾石铺的车道以及院门在他匆忙的退却中像是一晃而过的布景。一位骑自行车的为了避免跟他迎头撞上冲进了树篱。

“我们回来了，我亲爱的，”拿着白色橡皮防水外套的那位从窗户一脚迈进屋里，“是有不少泥巴，不过身上大部分还是干的。我们一出现就马上跑掉的那位是谁？”

“非常特别的一个人，姓纳特尔，”萨普尔顿太太道，“只知道谈论自己的病情，你们一到，他连句再见或道歉的话都没有就冲出去了。人家会以为他见鬼了呢。”

“我想是小猎的缘故，”侄女平静地道，“他告诉我他怕狗。他曾在恒河岸边被一群贱民的狗逼进了一个墓地，不得不在一

个新挖的坟里面躲了一夜，那群狗就在他头上龇牙咧嘴、满口喷沫。谁碰上都会惊慌失措的。”

浪漫传奇随口就来可是她的专长。

间 歇

“我已经邀请拉蒂默·斯普林菲尔德跟我们一道度周日并暂住一夜。”德莫特太太在早餐桌上宣布道。

“我还以为他正处于选举的阵痛中呢。”她丈夫道。

“的确如此；星期三就要投票了，这个可怜的人到那时累得还不只剩下个影子了。想想吧，在这种瓢泼大雨的糟糕天气里，要走泥泞的乡间小路，在四面透风的校舍里对着湿透了的听众讲演，如此日复一日要持续半个月。礼拜天一早他得在某个地方的礼拜仪式上露面，完了之后就能立刻到我们这儿来，暂时完全从与政治有关的一切事务中脱身出来。我甚至不许他想到政治。我已经命人将克伦威尔解散长期议会的画像从楼梯口取了下来，连罗斯伯里勋爵的“拉达斯”[①] 都从吸烟室的墙上摘掉了。还有，薇拉，”德莫特太太转向她年方十六的侄女又加了一句，“留心你扎头发丝带的颜色；决不可以用蓝或黄色；这是敌对党的颜色，新绿色或橙色也好不到哪里去，地方自治活动还很活跃呢。”

“在正式场合我总是用黑色缎带扎头发。”薇拉极有尊严

---

① 拉达斯（Ladas）是英国有史以来最著名的赛马之一；罗斯伯里伯爵（1847—1929）曾任英国首相，一度痴迷赛马，将拉达斯买下。

地道。

拉蒂默·斯普林菲尔德是个了无生趣、未老先衰的年轻人，他从政的心理有点像他人服完重孝之后的“半丧”。不过，他虽无论如何称不上热衷，却干得相当勤奋，德莫特太太断言他在此次选举中压力极大已经颇近于事实了。女主人强迫他进行的暂时休整当然很受欢迎，然而竞选造成的精神亢奋实在过于强烈，并非那么容易就完全置之脑后的。

“我知道他会坐到半夜，为他最后的演讲准备论点的，”德莫特太太遗憾地道，“不过，我们至少在整个下午和傍晚使他跟政治隔开了一臂之遥。再往后我们也就无能为力了。”

“这可得等着瞧了。”薇拉道，不过她只是自言自语。

拉蒂默几乎没等把卧室的门关严就投身于一捆笔记和小册子中，还一边用墨水笔在一本袖珍笔记簿上记下一系列有用的事实以及慎重的编造。工作了大约三十五分钟后，他所在的这幢乡间宅邸看来已然沉入乡村生活的健康睡眠之中，但走廊却突然传来闷声的叫唤还有混战声，随后他卧房的门上就传来响亮的敲门声。他还没来得及应门，薇拉就前拉后拽地闯了进来，问：“我说，我能把它们放在这儿吗？”

“它们”指的是一头小黑猪和一只健壮的红黑相间的斗鸡范本。

拉蒂默对动物有着适度的喜爱，从经济的角度看，特别对小型的家畜饲养充满兴趣；事实上，他正在用功的一本小册子就热情地呼吁在我们的乡下地区进一步发展养猪和家禽事业；即便如此，他也情有可原地不乐意跟鸡窝和猪圈里的住户一同分享一间宽敞的卧房。

“它们如果在外面岂不更自在些？”他问，表面上是关心它们的福祉，实则非常技巧地表达了自己的好恶。

“没有外面了，”薇拉的话真叫不同凡响，“只剩下一片黑暗的泽国。布林克雷的水库决堤了。”

“我倒不知布林克雷还有个水库。”拉蒂默道。

“哦，眼下已经没有了，已经一片汪洋了，而且因为我们的地势特别低，我们这儿眼下已经成了个内陆海。你知道那条河也漫堤了。”

“老天爷！有生命损失吗？”

“损失严重呢。有三具年轻人的尸体漂过台球室的窗口，而且都已被第二女佣确认为她的未婚夫了。要么就是她的未婚夫特别多，要么就是她在认人方面漫不经心。虽然也有可能是同一具尸体被旋流裹着不断冲过来；先前我倒没想到这一点。”

“但我们不该出去进行救援工作吗？”拉蒂默问，出于国会候选人一定要在地方上引人注目的本能。

“不行，”薇拉斩截地道，“我们没有任何船只，而且我们被汹涌的急流切断了跟所有邻居的通道。姑母特别希望您能留在自己的房间，以免添乱，不过她认为您如能收留‘哈特尔普尔的奇迹’——你知道，也就是这只斗鸡，在您的房间过一夜的话她将不胜感激。你知道，还有八只斗鸡呢，如果它们聚在一块儿就会斗个你死我活，所以我们得把它们分置于不同的卧房。鸡舍全都泡了汤，你知道。后来我又想到也许您能好意也收留一下这头小猪仔；他可真是个小爱物，不过脾气倒是顶刁钻古怪的。他这是从他母亲身上继承的——我倒不是在她已经淹死在猪圈之后还故意说她的坏话，可怜的东西。他真正想要的就是一个男人坚定的大手使他保持镇定。我试过自己搞定他的，不过我的房间里还有我的中国狗，你知道，他是一见到猪就会扑头上脸地乱咬的。”

“猪能不能放在浴室里？”拉蒂默怯懦地问，暗自希望他已然站稳了跟中国狗一样有力的立足点。

“浴室？”薇拉刺耳地大笑道，“如果至明晨为止仍有热水供应，浴室就会挤满童子军了。”

“童子军？”

“没错，大水只有齐腰深的时候有三十个童子军赶来营救我们；然后大水又上升了三英尺左右，于是就轮到我们来营救他们了。眼下我们正在分批给他们洗热水澡，把他们的湿衣服放到热气橱子里烘干，不过，透湿的衣服也不可能一下子就干，走廊和楼梯上已经开始像是图克附近的海滩景象了。有两个男孩眼下正披着您的麦尔登呢子外套呢；希望您不会介意。”

“那可是件新外套。”拉蒂默道，竭力暗示他介意得要命。

“您会好好照顾‘哈特尔普尔的奇迹’的吧？”薇拉道，“他母亲在伯明翰三次夺冠，他去年在格洛斯特的年轻斗鸡组里得了第二。他可能要栖息在您床底下的横梁上。我不知道如果他的某位妻子上来陪他的话他是否会觉得更自在些？母鸡眼下都在餐具室里，我想应该把‘哈特尔普尔的海伦’抱上来，她是他的最爱。”

拉蒂默在这一点上倒是表现出了迟来的坚决，薇拉没再坚持，她先是把斗鸡安置在他临时的栖木上头，然后跟小猪充满感情地道过别后就退出了。拉蒂默眼疾手快地宽衣上床，认为一旦关了灯，那头猪过分好奇的不安分就会有所缓解。离开了铺满稻草的舒适猪圈之后，这头闷闷不乐的小猪起先并未发现什么吸引它注意的东西，不过在经过一番勘察之后他突然发现了一样哪怕再豪华的猪圈也付之阙如的好物件。床的底部形成的锐边坡度刚好能让这头猪心醉神迷地来回蹭他的身体，与此同时还能优雅地隆起后背并伴以拖长的兴奋的嘶鸣。那只斗鸡也许想象着自己正在一根松枝上来回晃荡，以较之拉蒂默更加坚忍的态度忍受着这种动作。一系列对小猪身体的拍击非但没有被当作对其行为的批评和令其终止的暗示接受下来，简直就是额外的刺激；显然，仅仅男人的一只坚定的大手已经无法对付了。拉蒂默从床上溜下来，想找一个能起到有效劝阻作用的武器。不过房间里有足够的光亮使小猪洞悉了他的用心，于是继承自他已然淹死之慈母的乖戾脾气全盘大发作。拉蒂默赶紧跳回到床上，而他的征服者在颇为雄壮地大喷了几次鼻息、拼命大嚼了番唇角后，重又以全新的热情开始了其自我按摩之行径。在漫长的难眠煎熬中，拉蒂默竭力以对第二女佣未婚夫丧亡的得体同情来转移自己对目下困扰之注意力，但他发现自己想得更多的反而是有多少个童子军正在分享他的麦尔登呢子外套。违心地充当圣马丁的角色对他可没什么吸引力。

临近破晓时分，小猪终于沉入了欢快的酣眠，拉蒂默本来可以效法其榜样的，但大约就在同时，“哈特尔普尔的奇迹”却精神抖擞地来了次金鸡报晓，喧闹地跳到地板上，然后毫不犹豫地与他在穿衣镜里的影像展开了英勇的搏斗。拉蒂默想起了这只鸟原该在他的庇护之下的，于是就充当起海牙国际法庭法官的角色，用一块浴巾遮起了煽动性的镜面，但继起的和平只限于局部而且为时太短。斗鸡受到阻抑的精力发现了一个新的出口：他突然并坚持不懈地袭击起正在酣睡因此暂无攻击性的小猪，接下来的拼死决斗惨烈异常，简直容不得任何人置喙干扰。身披羽毛的战士有一种优势：当战斗过于激烈时他可以飞上床去暂避风头，并可自由地应用此一环境带来的好处；猪仔却从未能将自己掷到同样的高度，不过他也根本就不想一试。

决斗的双方谁都不能获得全胜，当女佣端着早茶出现在门口时战斗实际上已经陷于停滞状态。

“天哪，先生，”她大为惊异地叫道，“您想让这些动物待在您的房间里？”

想！

猪仔仿佛意识到自己的逗留早已不受欢迎了，于是冲出房门，斗鸡虽也跟在后面，不过步态要远为庄严得多。

“薇拉小姐的狗要是碰上了那头猪——！”女佣尖叫着冲出门去设法避免这场大难。

拉蒂默的心里不禁掠过一丝冰冷的怀疑；他走到窗前拉起了窗帘。明亮的细雨虽下个不停，却丝毫不见有什么发洪水的迹象。

约半小时后他在去早餐厅的路上碰到了薇拉。

“我并不愿意将您想象为一位蓄意的骗子，”他冷冷地道，“不过人有时候也不得不做些本不情愿的事。”

“不管怎么说，我成功地让您的思虑整夜都远离了政治。”薇拉回道。

这，当然是千真万确的事实。

传奇作家

时值伦敦的秋日，那个介于冬日的严酷与夏日的伪善之间的美好季节；一个值得信赖的季节，人们开始购买球茎植物，开始关注对某人投票的登记工作，开始相信春天与政府的更替。

莫顿·克罗斯比坐在海德公园一个隐蔽角落的长椅上，懒洋洋地享受着一支香烟，望着一对雪雁在草坪上漫步，雄的看起来像极了颜色赤褐的雌鸟的白化病版。透过眼角的余光，克罗斯比也颇有兴致地注意到有个人影正在他身后犹犹豫豫地盘桓，已经两三次经过他的座位，而且间隔时间越来越短，就像一只机警的乌鸦就要降落在某种可以食用之物的旁边。那人终于在长椅旁停了下来，跟克罗斯比近到可以进行密谈的距离了。那人不整的衣冠、蓬乱的灰白胡须外加鬼鬼祟祟的目光在在表明他是个职业乞丐，这种人宁肯满嘴编造屈辱性的故事、频频遭到回绝也不肯踏踏实实干半天正派的活计。

那人有那么一会儿目光热切又视而不见地盯着前方，然后就带着一种曲意奉承的调子开了口，意思是他要零售的故事颇值得你这种闲人花一段时间倾听。

“这个世界可真是奇怪。”他道。

由于这一陈述没得到回应，他于是改成了问句的形式。

“我想您也发现这个世界可真够奇怪的吧，先生？”

“就我而言，”克罗斯比道，“在这三十六年的时光里我已经见怪不怪了。”

“啊，”花白胡子道，“我告诉您的事您几乎不会相信。我身上可真是发生过不少奇怪的事儿。”

“现如今可没人要听真正发生过的怪事了。”克罗斯比令人气馁地道，“职业作家笔下的怪事可有趣得多了。比如，我的芳邻总是跟我说他们的阿伯丁猎犬、中国狗还有俄罗斯狼犬都干了怎样奇妙、不可思议的事儿；但我从来不听。反之，我倒是已经把《巴斯克维尔的猎犬》[1] 读了三遍。”

花白胡子在椅子上不自在地挪了挪；然后又开辟了一个新战场。

“我想您是位虔诚的基督徒吧。”他评论道。

“我是东波斯伊斯兰教社团著名的，我想可以说是深具影响力的一员。”克罗斯比道，暂时拐进了虚构世界中。

面对深入交谈的这一全新的拦路虎，花白胡子明显有些惊慌失措，不过这次失败只是暂时的。

“波斯。我倒是无论如何也看不出您是位波斯人。”他评论道，语气中还带了点代抱不平的意思。

“我不是波斯人，”克罗斯比道，“家父是阿富汗人。”

“阿富汗人！”花白胡子道，暂时被打击得陷入尴尬的沉默。然后他又重整旗鼓再次攻坚。

“阿富汗。啊！我们跟那个国家打过好几次仗了；不过我觉得眼下我们应该做的不是与其为敌，而该向它学习。我相信那是个非常富有的国家。那儿没有真正的贫穷。”

---

① 英国作家柯南·道尔爵士著的以福尔摩斯为主角的著名侦探小说。

他讲到“贫穷”一词时特意提高了声调以示强调。克罗斯比看出了门道，故意绕道而行。

“不过，那儿确有几位具有极高才能、富有独创性的乞丐，”他道，“若非我刚以如此蔑视的态度谈到真实发生的奇妙之事，我真想给你讲讲易卜拉罕与十二头骆驼驮的吸墨纸的故事。不过我也忘了最后是怎么结尾的了。”

“我自己的人生故事就堪称一奇。”花白胡子道，明显地很不想听什么易卜拉罕的故事，“我并非一直如您眼下看到的这副德性。”

“理论上讲，我们每经过七年就会经历一次完全的改变。”克罗斯比道，作为对前述论点的解释。

“我是说我并非一直就处在眼下这样悲惨的环境。”花白胡子顽强地继续道。

“这听起来相当无礼，”克罗斯比生硬地道，“想清楚，你可是正在对享有阿富汗边境最有天分之健谈人士美誉的人讲话呢。”

“我不是那个意思，”花白胡子慌忙道，“我对阁下的谈话深感兴趣。我指的是我不幸的财政状况。您也许都不信，我眼下可真是身无分文呀。几天之内也没有任何进账的可能性。我不认为您曾身陷如此境地。”他又加了一句。

“在约姆城，”克罗斯比道，“南阿富汗的一个城市，正巧也是在下的出生地，曾有一位中国哲人经常讲，身无分文正是人生中最重要的三大幸事之一。我忘了另两大幸事是什么了。”

“啊，那敢情，”花白胡子道，可语气中可丝毫没有对这位哲人的热心，“那么他有没有按他的信条实践呢？这才是关键。”

“他家徒四壁却生活得很快乐。”克罗斯比道。

“那我想他应该有朋友在他患难之时慷慨地施以援手，眼下我就身处难中。”

“在约姆城，”克罗斯比道，“根本没有为了得到帮助而交朋友的必要。约姆城的每个市民都把帮助一位陌生人视作理所应当。”

花白胡子这下子真正来了劲儿。谈话至少已经转到了对他有利的方向。

“如果有人，比如说就像我这样身陷不公正的困境，向您提到的那个城镇的市民求取一笔很小的款项暂渡几日的难关——五先令，或者也许更大些的数目——那些好心人会视作理所应当帮他这个忙吗？”

“这才不过是最起码的，”克罗斯比道，“他们还会把他带到一家酒铺，款待他好好喝一顿，再跟他好好地谈谈，一会儿之后就会把他需要的款项交到他手里并祝他日安。如此行事未免太兜圈子了，不过在东方就是这种行事风格。”

花白胡子的眼睛开始放光了。

“啊，”他叫道，言辞间带了一丝意味深长的嘲讽，“我想自从您离开故乡之后已然放弃了所有这些慷慨的习惯了。您现在不再这么干了，我猜。”

“但凡曾在约姆住过并还记得那些杏树覆盖的青山翠谷，记得峰顶的积雪融成的清凉泉水如爱抚般流下来、急冲过那些木质小桥之人，”克罗斯比无比热诚地道，“但凡还记得这些事物并珍视这些记忆的人，没有一个会放弃哪怕一丁点他们不成文的法律和习俗。对我而言，它们就像我仍然住在我青年时代居住的神圣家园一般真切。”

“既然如此，如果我向您讨一个小数目——”花白胡子讨好地开始道，在椅子上蹭得离克罗斯比更近了些，一边匆忙地算计该提出多大的数目而不会遭拒，“如果我向您讨，比如说——”

“换作任何别的时候，当然没有问题，”克罗斯比道，“然而在十一和十二两月，我们的种族严禁任何人赠与或接受任何款项或礼物；事实上，我们都不愿意提起此事。这被认为很不吉利。我们还是别再谈下去了吧。”

“可现在还是十月份呀！”眼看着克罗斯比从长椅上站起身来，冒险家急切又气愤地哀鸣道，“还有整整八天才到十一月呢！”

“阿富汗的十一月从昨天开始。”克罗斯比严厉地道，一眨眼他已经大步穿越了公园，只剩下他那位刚才的同伴坐在椅子上愁眉紧锁地嘟囔个没完。

“我信你才见了鬼呢，”他跟自己唠叨着，“自始至终都是一派胡言。当面把这话摔到他脸上才解恨。还自称什么阿富汗人！”

此后还持续了一刻钟的愤恨和咆哮不过验证了那句老话的确凿：同行是冤家。

沙茨-梅特克拉姆教学法

卡洛塔女勋爵步出列车，踏上路边小站的站台，来回走了几遭，以消磨列车停靠的这一段无趣的时间。这时，她瞥见铁轨外面有匹马因为负载太重在挣扎前行，而马车夫却似乎对帮他谋生的这匹动物表现出阴沉的憎恨。卡洛塔女勋爵轻快地跳到路轨上，脸上呈现出颇为不同的神色。她有不少朋友都不同程度地警告过她不要动不动就代表某只不幸的动物进行那种不受人欢迎的干涉，这种事“不干她的事”。但她只有一次将这一“不干涉”的信条付诸了实施：当时她的一位最雄辩的劝说者被一只愤怒的野猪围困在一棵既小又极端不舒服的山楂树上近三个小时，而卡洛塔女勋爵却端坐在围墙的另一侧，继续画她的水彩素描，拒绝对野猪及其囚犯横加干涉。恐怕她也因此失去了那位最终获救的女士的友谊。而眼下她大不了会失去火车，而后者已然让步于整个旅途中显露出来的头一次不耐烦，冒着烟丢下她跑了。她以一种哲学上的无所谓容忍了这一遗弃之举；她的朋友和亲戚早就对她的行李到了却不见人影的事实习以为常。她给此次的目的地发了封含糊的不负责任的电报，称她将“乘他车抵达”。她还没来得及想好下一步该怎么办，就跟一位盛装巍然的女士打了个照面，后者似乎是在对她的服饰和外貌进行延迟了的总量估价。

“你一定就是霍普小姐，我来接站的家庭教师。”那个怪胎开口道，语气似乎绝不容任何置疑。

“很好，如果我一定是那就一定是吧。”卡洛塔女勋爵带着危险的温顺自言自语道。

“我是夸巴尔太太，”那位女士继续道，“拜托，你的行李呢？”

“装错车了。”所谓的家庭教师道，沿用了谁不在场就把责任推给谁的人生智慧；事实上，她行李的操守一直以来都无可挑剔。“我刚刚还发电报询问此事。”她又加了一句，以求更接近事实些。

“多让人恼火，”夸巴尔太太道，“这些铁路公司就是这么粗心大意。不过，我的女佣可以借给你今晚的用具。”于是她头前带路走向她的汽车。

去往夸巴尔府的路上，卡洛塔女勋爵被隆重地告知强加于她头上的职务之性质；她得知克洛德和威尔弗瑞德是两位身子柔弱性情敏感的年轻人，艾琳的艺术气质得到了高度发展，而维奥拉出于这样那样的原因是二十世纪她所处的阶层和类型的一个平均水平的范例。

“我希望他们不单单是在被灌输，”夸巴尔太太道，“而且要对他们所学的东西产生兴趣。比如上历史课时，你必须努力使他们觉得他们面对的是曾经实际存在过的男女的人生故事，而非仅仅提出一大串人名和日期要他们背诵。当然了，法语我期望你一周内能选择几天在用餐时用它会话。”

“一周内我将四天讲法语，下剩的三天讲俄语。”

“俄语？我亲爱的霍普小姐，我们家没人会讲也没人听得懂俄语。”

“这丝毫不会让我觉得难堪。”卡洛塔女勋爵冷冷地道。

夸巴尔太太，我们用一种通俗的说法就是从架子上被撞了下来。她是那种远非完美的刚愎自用之辈，只要他们没遭到严重的反对就会一直颐指气使下去。哪怕最细微的出乎意料的反抗也会在很大程度上致使他们胆怯和认栽。当这位新家庭教师并未对她那辆刚刚购置的昂贵汽车现出惊羡之色，并且不经意地谈及这款刚刚上市的汽车的几个上好优点时，她这位女主人的溃败就已经变得几乎很是可怜了。她的感情好比古代战场上的一位将军，眼看着自己最重量级的战地大象丢人现眼地被投石器和标枪手赶下了战场。

傍晚用餐时，虽然得到了她丈夫的增援——他通常只会复制她的观点并一贯为她提供精神支持——夸巴尔太太仍然没能收复任何失地。家庭教师不但尽情自如地品酒，而且滔滔不绝地就各种葡萄酒问题谈得头头是道，在这方面夸巴尔太太决不敢摆出一副权威姿态。前任家庭教师在葡萄酒的话题上仅限于恭敬而又确定无疑地表示她宁肯要水。当话题已经扯到可以为他们推荐一家葡萄酒公司，他们经手的葡萄酒决不至于太坏时，夸巴尔太太觉得是该将谈话转向更加通常的话题的时候了。

“我们从坎农 · 提普那儿得到了对于你相当令人满意的荐举，”她道，“我想他该是位很可敬的人吧。”

“酒喝起来就像鱼喝水，还打老婆，除此之外性情倒是很可爱。”女家庭教师泰然自若地道。

“我亲爱的霍普小姐！我想你肯定是在夸大其辞。”夸巴尔夫妇齐声叫道。

“凭良心说也算得事出有因。”这位传奇作家继续道，“提普夫人是我打桥牌以来碰上的最难缠的主儿；她的开牌和叫牌每次都弄得搭档烦不胜烦，有一个星期天下午，全家就唯一一瓶汽水供她一个人狂饮，再没有供客人饮用的了，足见她对他人的舒适是何等漠然，我却没办法视而不见。您可能会认为我下此断语未免太草率，但事实上正是因为这个汽水瓶事件我才离开他们的。”

“这个问题我们改天再谈吧。”夸巴尔太太慌忙道。

“这件事我再也不会提起了。”女家庭教师断然道。

此时夸巴尔先生及时扭转了话题，问这位新教师翌日将以哪门功课开始其就职典礼。

“从历史开始。”她宣布。

“啊，历史，”他贤明地道，“你教他们历史时得费心要他们对所学的内容产生兴趣。你必须努力使他们觉得他们面对的是曾经实际存在过的男女的人生——”

“这些我都跟她讲过了。”夸巴尔太太道。

“我采用沙茨-梅特克拉姆教学法教历史。”女家庭教师傲慢地道。

“啊，没错。”夸巴尔夫妇道，想着至少可以拿这个名字唬唬熟人什么的。

“孩子们，你们在外面干吗？”第二天早上夸巴尔太太问道，她发现艾琳颇为郁闷地坐在楼梯顶上，她妹妹则既沮丧又不舒服地高踞在她身后的窗台上，一条狼皮毯子几乎将她盖了个严实。

“我们在上历史课。”她们的回答大出意外，“我扮的是罗马，维奥拉就是那头母狼；并非真的狼，就是罗马人过去珍视的那个形象——我忘了为什么了。克洛德和威尔弗瑞德已经去抓那些邋遢女人了。”

“邋遢女人？”

“没错，他们必得把她们抢走。他们原不想这么干，但霍普小姐拿来一根爸爸的手球棒说要是他们不听话她就打他们九下屁股，所以他们就照做去了。”

草坪方向突然传来一阵愤怒的刺耳尖叫，夸巴尔太太十万火急地循声跑去，怕女教师威胁的惩罚已经付诸实施。却发现叫喊主要地源自猎场看守人的两个小女儿，她们俩正被气喘吁吁、头发蓬乱的克洛德和威尔弗瑞德又推又搡着朝宅子而去，不过，被劫掠的两个小女仆的小兄弟倒是更加入戏，小拳头虽力道不大，却不断地落在两个强盗身上。女家庭教师则大大咧咧地手拿球棒坐在石头栏杆上，以一位女战神不偏不倚的冷静风度君临这场战斗。猎场看守的几个孩子不断狂怒地齐声叫喊“我要告诉妈妈”，但猎场妈妈却因为重听，此刻正专心致志地洗衣裳。

夸巴尔太太担心地瞥了一眼猎场小屋的方向（那位好女人极有军人脾性，有时候耳聋正是这种脾性附带的弱点），然后愤怒地飞奔上去解救正在挣扎的俘虏。

“威尔弗瑞德！克洛德！立刻放了这两个孩子。霍普小姐，这一场景到底什么意思？”

“早期罗马史；撒宾族妇女，您不知道吗？沙茨-梅特克拉姆教学法就是让孩子们通过亲自扮演历史事件来理解历史；这样他们就会牢记不忘了，您知道。当然了，如果因为您好心的干涉，您的两位公子终其一生都认为撒宾族的女人最终逃了生，那可绝对不能由我承担责任。”

“你也许非常聪明非常现代，霍普小姐，”夸巴尔太太坚决地道，“不过我希望你乘下一班火车离开此地。你的行李将在到达后立刻给你送去。”

“我还不太确定下面几天会在哪儿消磨，”那位被解了职的年轻人的导师道，“您可以暂时为我保管一下行李，等我打电报告诉您我的地址后再送出。只不过一两个箱子、几根高尔夫球棒还有一头小豹子。”

“一头小豹子！”夸巴尔太太喘着粗气道。就算要走了，这个非凡的女人看来仍旧注定要让她难堪。

“哦，也不能说是小豹子了；应该算半大了，您知道。一般来说每天喂它一只家禽，星期天喂只兔子换换口味。生牛肉会搞得它太兴奋。不用费心为我派车了，我挺想溜达溜达。”

卡洛塔女勋爵大步走出了夸巴尔府的地界。

那位真正的霍普小姐原是弄错了到达的时间，她的到来颇引起了一阵这位好女士很不习惯的骚乱。显然夸巴尔一家是被不幸地愚弄了，不过水落石出之后，夫妇俩也未始不觉得有些释然。

“亲爱的卡洛塔，你该觉得多无聊啊，”当迟到的客人终于到达后，女主人道，“错过了火车，又不得不在一个陌生的地方待上整整一夜，可不无聊死了。”

“哦，才不呢，”卡洛塔女勋爵道，“对我来说可一点都不无聊。”

第七只小母鸡

“我并不抱怨日常的苦差，”布莱肯斯洛普愤恨地道，“我恨的是公余生活的千篇一律和枯燥乏味。我从未碰到过什么有趣的事儿，没有任何不平常的事发生在我身上。即便是那些我努力在其中发现了点乐趣的东西似乎在别人眼里也乏善可陈，比如我花园里的一些事儿。”

“刚刚超过两磅重的番茄。”他朋友戈沃斯道。

“我告诉过你了？”布莱肯斯洛普问，“今天早上我是告诉同车的其他人了。我忘了是否告诉过你。”

“准确地说你告诉我的是它差一点就两磅重了，不过我将不同寻常的蔬菜和淡水鱼都有来生这一事实考虑在内了，它在来生还会继续生长呢。”

“你就跟他们那些人一模一样，”布莱肯斯洛普伤心地道，“你们就只知道寻开心。”

“错在你的番茄，可不在我们，”戈沃斯道，“我们对它没有丝毫的兴趣因为它没有丝毫趣味。跟你每天同车的那些人其实跟你的情形毫无二致；他们的生活都平淡乏味，他们自己都觉得没劲，所以他们当然不会对他人生活中平淡乏味的事儿满怀兴趣。跟他们讲点发生在你本人或是你家人身上刺激、离奇、开胃的事儿，你马上就能赢得他们的兴致。他们会带着某种个人的骄傲跟他们所有的相识谈起你：‘我有个好朋友，叫布莱肯斯洛普的，就跟我在一条街上住，好家伙，他带回家当晚餐的龙虾硬是把他的两个手指给生生夹断了。医生说整只手没准儿也得废掉呢。’这种对话就有水平了。你再想想走进网球俱乐部的时候说这种话：‘我认识一个人，种出来的番茄重达二又四分之一磅’，这该多没劲儿。”

“见鬼去吧，伙计，”布莱肯斯洛普不耐烦地道，“我不是告诉过你我压根就没碰上什么出奇的事儿吗？”

“那就造一点出来。”戈沃斯道。自从在一所预科学校得了个圣经知识的优秀奖之后，他就自觉有权比他周围的人多那么点肆无忌惮。对于一个早年就能罗列出《旧约》中提及的十七种树木的人而言这也确实情有可原。

“例如？”布莱肯斯洛普略有些急躁地问。

“例如有条蛇昨天早上爬进了你的鸡舍，吃掉了七只小母鸡中的六只，它首先用目光将它们催眠，然后就从容地将呆站着的小鸡一一吃掉。那第七只小母鸡是法国种，眼睛被羽毛遮了个严实，所以才得以逃脱催眠的陷阱，非但如此，它还拼命攻击它能看得见的蛇的部分身体，结果把蛇啄成了碎块。”

“多谢，”布莱肯斯洛普生硬地道，“真是个聪明的创造。如果我的鸡舍当真发生了这种事儿，我早就满怀兴致和骄傲地告诉所有人了。但我还是挺拘泥于事实的，哪怕都只是些平淡无奇的事实。”话虽如此，他脑子里却一直满怀渴望地留恋着这个第七只小母鸡的故事。他都能描画出他自己在火车上跟他的乘客朋友们讲这个故事，他们听得全神贯注的情形。不知不觉中，所有的细节和改进都开始自动显现，这个故事也变得越来越生动了。

第二天早上，他在车厢里就座时这种渴望仍然支配着他的情绪。他对面坐的斯蒂文厄姆就是靠着一位叔父在一次国会选举的投票中突然倒毙赢得公认之重要地位的。那虽然已经是三年前的老皇历了，斯蒂文厄姆仍然被咨以国内和国外的所有政治问题。

“哈啰，巨型蘑菇怎么样了？”布莱肯斯洛普能从旅伴们那儿得到的都是类似的问题。

年轻的达克比，他有些讨厌的一个人赶紧以讲述他家里发生的丧亡事件垄断了大家的注意力。

“我们家有四只小鸽子昨晚被一只超大型耗子给咬死了。哦，那简直是一只野兽；你从它在鸽房上咬出来的大洞就看得出来。”

在附近的区域看来没有一只大小适中的耗子曾犯下掠食之罪行；它们都大得惊人。

“真够狠的，”达克比眼见着自己已然稳获大伙儿的注意和尊重，继续道，“一扑之下，四雏丧命啊。人倒起霉来真是没法预料。”

“昨天下午我鸡舍外七只小母鸡中的六只被一条蛇给咬死了。”布莱肯斯洛普道，他自己都觉得不像是自己的声音。

“被蛇咬死了？”大家兴奋地齐声道。

“它用自己致命的闪烁目光将它们都迷住了，然后就一只接一只地将无助呆立的小鸡分别吃掉。一位卧床不起的邻居通过她卧室的窗户亲眼目睹了这一切，但她没办法呼救。”

“哦，这可是闻所未闻！”大家七嘴八舌地议论开了。

“最有意思的还是那没被咬死的第七只小母鸡。”布莱肯斯洛普笃悠悠地点起一支烟继续道。他一开始的缺乏自信已经荡然无存，他开始意识到只要你有起头的勇气，堕落实在是既安全又轻松的好事。“那六只被咬死的是米诺卡鸡；第七只却是只法国的乌当鸡，有一簇毛把眼睛遮了个严实。它几乎完全看不到那条蛇，所以自然也就不会像别的小鸡那样被迷惑。它只能看到地上有什么东西在扭动，于是就扑上前去把它生生给啄死了。”

“哦，真是万幸！”大家齐声叫喊。

在此后的几天内，布莱肯斯洛普发现，当你已然赢得了世界的尊敬之后，些须一点自尊的丧失实在算不得什么。他的故事终于登在了一份家禽类报纸上，继而又被一家八卦小日报当作奇闻趣事转载。一位苏格兰北部的女士写信讲述了一个她亲眼目睹的类似趣事，这次是发生在白鼬和瞎了眼的松鸡身上。一旦谎言变了庇佑所，它似乎莫名其妙地就很可以被原宥了。

作为第七只小母鸡故事的改编者，布莱肯斯洛普一度切实地享有重要人物之地位，因为他在当时的奇闻中独得了一份。但此后他又被史密斯-帕顿的突然崛起重新打回冷宫，此君是他每天的旅伴，他的小女儿被一位滑稽音乐剧女演员的车撞倒，险些受伤。当时那位女演员并不在车上，不过她问候爱德蒙·史密斯-帕顿先生的千金梅西健康的照片无数次出现在当地的报纸上。因为有了这一全新的兴趣关注点，当布莱肯斯洛普想向他的各位旅伴解释他为了预防毒蛇和外来之猎鹰侵入鸡舍而做的发明创造时，几乎遭到大家的恶声恶气。

当他私下里向戈沃斯袒露心声时，这位朋友给了他与此前相同的建议。

“造点什么出来。”

“话是没错，可造点什么呢？”

赞同的态度外加真心求教的提问表现出其伦理观已然发生了显著的转变。

几天后，布莱肯斯洛普向车厢里的旅伴们揭示了其家庭历史的新篇章。

“家姑母身上了发生了件离奇的怪事，她住在巴黎。”他这样开了头。他是有那么几位姑母，不过就地理分布而言均没有超越大伦敦区的范围。

“有一天午后，她在罗马尼亚公使馆用过午宴后正坐在林间的一把椅子上休息。”尽管这个故事因为引入了外交“气氛”显得与众不同，却也在同时破坏了故事的“即时性”感觉。戈沃斯确曾提醒过他这位新信徒要注意这一问题，不过这位新信徒惯有的热情已然胜过了审慎的判断。

“她颇觉得有点昏昏欲睡，也许是因为香槟的作用，在一天的中间就喝香槟可不是她的习惯。”

一阵心悦诚服的钦慕的低语在人群中掠过。布莱肯斯洛普的姑母们事实上是不惯于在一年的中间喝香槟的，她们只把它当作圣诞和新年的点缀。

“这时，一位相当魁伟的绅士经过她的座位并停了停想点一根香烟。说时迟那时快，一个年轻人追了上来，从一柄内藏刀剑的手杖里拔出利刃，一遍又一遍地足足把他刺穿了五六次。‘恶棍，’他向自己的刀下之人叫道，‘你不认识我。我叫亨利·勒图尔克。’被刺的那人抹了一把溅污了衣服的鲜血，转头面向他的行刺者道：‘从什么时候开始有预谋的暗杀倒成了自我介绍的途径？’然后把香烟点燃，扬长而去。家姑母本想呼叫警察的，但眼见着事件的当事人满不在乎的做派，她也就觉得自己贸然介入未免过于唐突。无须说，她自然也就把这整桩奇遇当作了公使馆的香槟外带一个令人昏昏欲睡的温暖午后所促成的白日做梦了。下面才是这个故事真正吓人的部分。半个月后，一位银行经理就在树林间她坐过的座位附近被一柄剑杖刺死。凶手是曾在那家银行工作过的一名女佣的儿子，那名女佣因为长期酗酒被那位经理给解雇了。她的儿子就叫亨利·勒图尔克。”

从那一刻起，布莱肯斯洛普就被默认为这个圈子里的吹牛大王了。他日复一日地考验着大家的轻信程度，因为没人肯予点破，布莱肯斯洛普就错误地认为他拥有了一群确信无疑的听众，于是为了力求耸人听闻更是加倍地勤勉和创新。达克比曾戏仿过一个颇有讽刺意味的故事，讲一只在花园水塘里的驯顺的水獭，只要水位超标就会惊慌地哀鸣，这跟布莱肯斯洛普狂热的创造相比也实在是小巫见大巫。于是，终有一天他得了报应。布莱肯斯洛普有天傍晚回到自己的郊区住宅，发现他妻子正在玩牌，不过神情异乎寻常地专注认真。

“又在玩单人牌戏了？”他漫不经心地问。

“哦，不；这可是‘死人头’牌戏，最难的一种单人玩法。我从没打通过，真要是打通了我还会莫名其妙地有点怕呢。妈妈一辈子就打通了一次；她也很怕。她姑奶奶曾打通过一次，但马上就兴奋过度而死，妈妈总有种预感，要是她打通了也会死在这上头。她就是在打通牌的那晚去世的。当然她当时的健康状况一直很糟糕，但这种巧合也未免太奇怪了。”

“要是怕就别玩了。”布莱肯斯洛普离开房间时颇为现实地建议道。几分钟后他妻子叫他。

“约翰，我真是胆战心惊，我就快打通关了。只要再有张方块五就成了。我真觉得我已经成功了。”

“嗨，没问题的，”布莱肯斯洛普这时已经回到了房间；“你只要把那张梅花六换到那张亮出的九上，你要的五就能挪到六上面了。”

他妻子匆忙按他的建议调整纸牌，手指都哆嗦起来，终于将整副牌都打通了关。然后她就效法母亲和曾姑奶奶的先例去了。

布莱肯斯洛普跟妻子当真是有感情的，不过在他中年丧妻的哀痛中，有一个占据主导地位的想法脱颖而出。他的人生中终于发生了一件耸人听闻的真实事件；终于打破了他一贯灰暗、乏味的记录。得体地描述他丧妻悲剧的新闻标题不断浮现在他脑际。“遗传之预感一朝成真。”“‘死人头’牌戏：一语成谶的邪恶牌戏，三代人以身亲证。”他为《埃塞克斯骑哨报》亲笔描述了这一致命事件的全过程，这家报纸的总编是他的朋友，还将一份概述给了另一位朋友，要他递交一份廉价日报的编辑部。但因为他素有大话王的美誉，他的两次努力均告落空。他的朋友私下里一致认为“在丧妻之痛中还继续充当吹牛大王实属不宜”，当地报纸上的新闻栏则遗憾地宣告“我们值得尊敬的邻居约翰·布莱肯斯洛普之妻因心力衰竭暴亡”，这就是他原本幻想的轰动效应的结果。

布莱肯斯洛普开始回避他往昔的旅伴，改乘早一班列车进城上班了。偶尔，他会力图以他最好的金丝雀鸣叫的技能或是他最大的甜菜根的具体尺寸赢得碰巧同车之人的同情和关注；他再也不会承认他就是那第七只小母鸡的主人了。

盲 点

“你刚从阿德莱德的葬礼上回来，是吧？”拉尔沃斯爵士对他侄子道，“我猜跟别的葬礼没什么两样吧？”

“午餐时我告诉你详情。”埃格伯特道。

“千万别。那既对不起对你姑奶奶的怀念也对不起那顿午餐。我们先用西班牙橄榄，然后是罗宋汤，再用些橄榄和某种鸟肉，外带相当诱人的莱茵河葡萄酒，比这个国家风行的葡萄酒便宜多了，不过自有其妙处。这份菜单中没有一样跟你姑奶奶和她的葬礼有丝毫协调之处。她是位迷人的女性，而且头脑也完全够用，但不知道怎么回事，想到她总像是一位英国厨子想到马德拉斯①咖喱。”

“她过去就常说你轻嘴薄舌。”埃格伯特道。语气中似乎暗示他本人相当认同这一论断。

“我相信是我有一次宣称清洁的肥皂在人生中比清洁的良心远为重要冒犯了她。她绝少比例感。哦对了，她把你立为她首要的继承人了是吧？”

“没错，”埃格伯特道，“还有遗嘱执行人。正是因为这个我特别想跟您谈谈。”

① 印度东南部的一城市名。

“任何时候商业事务都非我的强项。”拉尔沃斯爵士道，“况且我们马上就要用午餐了。”

“并非什么商业事务。”埃格伯特一边跟着他叔叔往餐厅走一边解释道。“比这个要严重得多。非常严重。”

“那就更不可能现在谈了，”拉尔沃斯爵士道；“没人能在用罗宋汤时谈论严肃的事。烹制精美的罗宋汤——你马上就会亲口尝到了——不但应该禁绝谈话，几乎也该消灭思想。稍安毋躁，等我们用第二道橄榄时，我会很乐意跟你讨论一下那本关于波罗[①]的新书，或者要是你更喜欢的话，谈谈卢森堡大公国的现状。但在用完鸟肉之前我坚决拒绝谈论任何接近事务性的事宜。”

用餐的大部分时间里埃格伯特都心不在焉地默不作声，那种脑子集中在某个问题上的默不作声。等饭后的咖啡端上桌时，他突然跳过了他叔叔对卢森堡宫廷的怀旧，道：

“我想已经告诉过您阿德莱德姑奶奶指定我做她的遗嘱执行人的事了。其实在法律事务方面上没多少要做的事，不过我得过一遍她的各种文件。”

“这本身就够繁重的了。我想应该有无数家庭信件。”

“有很多堆，而且大部分都毫无趣味。不过有那么一捆我想倒是应该值得细读。那是一束她哥哥彼得的来信。”

“那位带来悲惨记忆的教长。”拉尔沃斯道。

“一点没错，正如您所说，确实是悲惨的记忆；一桩迄今都没查明的悲剧。”

---

① 波罗（G. H. Borrow，1803—1881），英国散文作家、语言学家，作品多以他游历欧洲的见闻为题。

“也许最简单的解释就是最准确的，”拉尔沃斯爵士道；“他从石头楼梯上滑倒，摔破了头骨。”

埃格伯特摇了摇头。“医学上的证据在在表明头上的伤痕是有人自他身后重击所致。跟楼梯的剧烈撞击不可能伤到头骨的那个角度。他们做过将假人从每一可能的角度摔下的实验。”

“但动机呢？”拉尔沃斯爵士叫道，“除掉他没有任何人得益，而仅仅出于取乐就去谋杀国教教长的人恐怕极为少见。当然也有些精神不稳定之辈会做出类似的事来，但他们却绝少会隐瞒自己的创举；他们巴不得拿去炫耀呢。”

“他的厨子曾受到怀疑。”埃格伯特唐突道。

“这个我知道，”拉尔沃斯爵士道，“就因为他是事发之时唯一在场之人。但是，还有比指控塞巴斯蒂安犯有谋杀罪更蠢的事吗？他一点好处都捞不到，事实上，他会因雇主的身亡大受损失。教长付给他很高的报酬，并不比我接收他为我服务后付的少。事实上为了跟他的真正价值相称我已略微提高了一下他的薪水，但当时他是很乐意找个新职位的，根本没考虑到能提什么薪水。当时大家都对他避之唯恐不及，他在这个国家也没什么朋友。不；如果世上真有哪个人希望教长先生长命百岁胃口不减，那肯定就是塞巴斯蒂安无疑了。”

“并不是每个人都能理智地掂量他们一时冲动造成的后果的，”埃格伯特道，“否则也就不会有这么多杀人犯了。塞巴斯蒂安可是个脾性暴躁之辈。”

“他是个南方人，”拉尔沃斯爵士承认道，“准确地说他生在比利牛斯山脉的法国一麓。有一次因为园丁的儿子给了他赝品的酸模他差一点杀了那孩子，当时我就考虑到了这一点。我们应该对他人的出身、地域和早期环境持宽容的态度；‘告诉我你的经度我就知道该许你多少纬度'① 是我的座右铭。"

"呶，您瞧，"埃格伯特道，"他差点杀了园丁的儿子。"

"我亲爱的埃格伯特，差点杀了一个园丁的儿子跟活活杀死一位教长之间还是有很大距离的。你无疑也会经常想杀了某位园丁的儿子，但你从未当真这么做，我很尊重你的自控能力。但我不认为你曾起意要杀一个八十多岁的国教教长。除此之外，据我所知，这两个人之间从未有过任何争吵或不和。审讯时的证据已经非常清楚地表明了这一点。"

"啊！"埃格伯特道，似乎此时才意识到谈话的重要性，"这正是我想跟您谈的要点。"

他把咖啡杯推到一旁，从上衣内袋里掏出一本袖珍笔记本。从袖珍笔记本里摸出一个信封，又从信封里拽出一封信，信上写满了细小整洁的文字。

"教长写给阿德莱德姑妈众多来信中的一封，"他解释道，"写于他去世前几天。她的记忆在收到这封信时已经严重衰退了，我敢说她把信读完后马上也就忘了信里写了什么；否则，在随后发生的事件的印证下我们早该听说这封信的内容了。如果在审讯时出示一下这封信，我想结果当会大为不同的。正如您刚才所言，当时的证据否定了塞巴斯蒂安具有犯下这桩罪行的任何动机或者刺激，如果当真是桩谋杀罪的话。"

"哦，把信读一下。"拉尔沃斯爵士不耐烦地道。

"长篇大套的，就像他晚年的大部分书信一样。"埃格伯特道，"我就只读一下跟揭示那桩秘密直接有关的部分。

"'我深恐将不得不把塞巴斯蒂安开掉。他烧菜是没的说，

① 纬度"latitude"的另一常用意是"（行动或言论）的自由"。

但脾性却像个魔鬼或类人猿，我是切身体会到了对他的恐惧。我们曾有一次因为该在圣灰星期三上什么样的午餐争论起来，我为他的狂妄和固执深深激怒，最后将一杯咖啡泼到了他脸上，同时还骂他是放肆无礼的猴子。其实真正泼到他脸上的咖啡极少，但我从未见过一个人表现出如此可叹的缺乏自控。我对他盛怒中发出的要杀了我的威胁一笑置之，本想这场风波也就到此为止了，谁料打这以后我竟有好几次发现他以一种极讨厌的方式怒容满面并暗自嘀咕，再后来我都怀疑他在跟踪我，特别是我晚上在我的意大利花园散步之时。'

"他的尸体正是在那个意大利花园的台阶上被发现的。"埃格伯特补充道，然后继续读信。

"'我虽觉得不会有什么真正的危险；但要是他不再做我的厨子，我会感觉更为安心一点。'"

埃格伯特稍微停顿了片刻，没有立刻就这段摘录做什么结论；然后，因为他叔叔一直未予致评，他又补充道："如果使塞巴斯蒂安逃脱犯罪指控的唯一因素是他缺乏动机的话，我想这一封信将使这一案件的面貌大为改观。"

"你给别人看过吗？"拉尔沃斯爵士问，伸手要拿这份表明厨子有罪的文件。

"没有。"埃格伯特将信递上，"我是想首先告诉您。老天，你要干吗？"

埃格伯特的声音几乎变为尖叫。拉尔沃斯猛地将那封信扔到了壁炉火焰的中心。那些细小整洁的笔迹马上皱缩成黑色的灰烬。

"你到底为什么要这么做？"埃格伯特喘吁吁地问，"那封信是控告塞巴斯蒂安有罪的证据。"

“正因为这个我才把它给毁了。”拉尔沃斯爵士道。

“你为什么想包庇他？”埃格伯特叫道，“他不过是个普通的杀人犯。”

“他也许只是个普通的杀人犯，但他确是个极不普通的厨子。”

黄 昏

诺曼·戈茨比坐在海德公园的一把长椅上，背后是一道狭长的灌木草坪，由公园的栏杆圈住，面前的大街与一条宽阔的车道十字交叉。车水马龙的海德公园角就在他右手边。时节是三月的薄暮，约六点半的光景，夜色虽已沉重地落下，却又被暗淡的月色以及众多的街灯冲淡。街道与人行道上都显得空落落的，似乎都变宽了，不过仍有很多被忽视了的人影默默地穿越半明半暗的夜色，或是不起眼地星罗棋布于长凳和椅子上，幽暗处几乎都难以辨认出来。

戈茨比对眼前的场景颇觉满意，因为它跟自己目前的心境颇为和谐。黄昏，在他心目中正是属于失败者的时光。那些曾奋斗过却失败了的男男女女，尽可能地躲过好事者审视的目光，将他们倒霉的运气与已死的希望隐藏起来，在这个昏黄时刻走了出来，因为在这个时候，他们寒酸的衣装、塌下来的肩膀以及悲伤的目光可以不再引人注目，至少，可以不被熟人认出自己的模样。

被人征服的国王必定会看到奇怪的目光，
最苦涩的莫过于一个人的心房。

这些黄昏中的游荡者当然不会高兴有什么奇怪的目光盯着他们不放，所以他们才跟蝙蝠似的这时候才出来，在已然清空了其法定占有者的游乐场上哀伤地寻些乐子。在灌木和树篱的遮蔽之外，就是那条灯火辉煌、喧嚷忙碌的交通要道。那一条闪耀的、有层层叠叠明亮窗户的光带透过了黄昏并几乎要将它驱散，标出了另外那些人的身影，那些仍然在坚持自己人生的奋斗或至少还无须承认失败的人。这就是戈茨比坐在那条几乎荒废了的小道旁的长椅上脑子里展开的想象。他此时的心境是将自己也算在了失败者的行列。他缺的并不是钱；他倒宁肯自己是缺钱，果真如此的话他可能已经汇入那条明亮喧嚷的大道，在熙熙攘攘追名逐利的芸芸众生中占有他的一席之地了。他是在一种更加微妙的雄心中遭遇了失败，此时此刻他正处于悲痛和幻灭之中，因此并不反对观察并给那些在路灯之间的黑暗小路上游荡的同道中人贴贴标签，由此获得点愤世嫉俗的乐子。

他旁边的长椅上坐着位上了年纪的绅士，带着一种倾颓了的不逊神情，或许是一个已然无法藐视任何人、事之人所残留的那点自尊的表现。他的服饰也算不得寒酸，至少在半明半暗中看来还过得去，但你已经无法想象这身衣服的主人还会花半克朗去买一盒巧克力或是为自己的纽扣孔投资九便士买一支康乃馨了。他无疑属于一个已无人会应和着他们的笛声起舞的乐队；他是个已无法引得他人同声一哭的悲哀之人。当他起身离去时，戈茨比不禁开始想象他回到一个故意怠慢他的家，他在家里已经一钱不值；抑或回到某个荒凉的寄宿处，人家唯一关心的是他能否付得起每周一结的账单。他离去的身影慢慢溶入了黑暗，而他在长椅上的位置几乎马上就被一个年轻人占据了，此人的衣着虽然相当光鲜，但神态却并不比其前任更加快活。仿佛为了强调这个世界待他太薄的事实，这位新来者一屁股坐下来之后就开始怒气冲冲地破口大骂。

“你看来情绪不佳嘛。”戈茨比道，以他的判断，来人正是想引起他的注意。

年轻人转过身来，脸上带着一种能马上解除你敌意的坦诚，不过这倒马上令戈茨比警觉起来。

“你如果跟我一样倒霉的话，你也不可能有什么好情绪的。”他道，“我干了件有生以来最蠢的蠢事。”

“是吗？”戈茨比不为所动地道。

“我是今天下午到的，本来打算入住伯克郡广场的巴塔哥尼亚宾馆，”年轻人继续道，“但我到了那儿才发现这家宾馆几个星期前就给推倒了，原址打算建一家影剧院。出租车司机向我推荐了另一家宾馆，我就去了那儿。我给我的家人写了封信通知他们我的地址后就出来想买块肥皂——这次我忘了带而我又痛恨使用宾馆的肥皂。然后我就溜达了一会儿，在一家酒吧里喝了一杯并逛了逛商店，一直等我想打道回府时我方才意识到我忘了宾馆的名字，而且连它在哪条街上都没记住。对于一个在伦敦无亲无故的人来说这可真够瞧的！当然我可以给我的家人发封电报向他们要地址，但他们最早也要明天才能收到我先前寄出去的信，而与此同时我已经身无分文了，从宾馆出来我就带了一先令，正好用来买了肥皂和喝的，眼下我就只能怀揣着两便士硬币瞎逛荡了，找不到地方过夜。”

故事讲完后又加了一段意味深长的停顿。“我想你肯定认为我是在编故事。”年轻人又加了一句，语气中带了点怨恨的意味。

“这也算不得稀奇，”戈茨比态度公允地道，“我记得自己在某个外国首都也干过同样的蠢事，而且那次我们还是两个人，这就更不像话了。幸运的是我们还记得那家宾馆是在某条运河边上，我们只要不离开运河就总能找到那家宾馆。”

年轻人听后高兴了起来。“如果是在国外的某个城市我倒不会这么焦心了，”他道，“你可以去找本国的领事求得需要的帮助。正是在自己的国家你才真正束手无策了呢。除非我能碰上个正派的小伙子肯轻信我的故事，借给我点钱，否则我看来只能在泰晤士河边露宿一夜了。不管怎么说我还是挺高兴的，至少你并不认为我是在瞎编滥造。”

他在最后一句话里投放了大量热情，也许是为了彰显他对戈茨比会有那么一点点正派作风的期望。

“当然了，”戈茨比慢悠悠地道，“你的故事的弱点在于你拿不出那块肥皂来。”

年轻人匆忙坐直身子，迅速在外衣的口袋里摸了一遍，然后跳起身来。

“我肯定是把它给丢了。”他愤怒地嘟囔着。

“同一天下午既丢了宾馆又丢了肥皂，这可真是有点蓄意粗心的意思了。”戈茨比道，不过年轻人几乎没听到他最后的评论，他沿着小径迅速走去，头抬得高高的，带着一副有点厌倦的时髦派头。

“真是遗憾，”戈茨比思忖道，“这整个故事中最能令人信服的一点就是跑出来自己买块肥皂，不过也正是这个小细节让他最终败露。他要是真有远见，自己就该带一块肥皂，以药剂师柜台上的细心方式将它包好封好，那他编的这个故事就真正无可挑剔了。这个故事的天才之处在于它很经得起怀疑。”

戈茨比这么想着，也起身要走；他一站起来却禁不住惊呼一声。长椅旁边的地上躺着一个椭圆形的小包，正是以药剂师柜台上那种细心的方式包好封好的。那只可能是块肥皂了，显然是年轻人跌坐在长椅上时从他口袋里滑出来的。戈茨比马上沿着昏暗的小径跑去，焦急地寻找一个身着浅色外套的年轻身影。在他已经想放弃之时却发现自己追寻的目标正优柔寡断地立在车道路边，显然在犹豫是该穿越公园呢还是加入骑士桥那熙熙攘攘的人流。当他发现戈茨比在招呼他时，面带防御性的敌意猛地转过身来。

“证明你的故事确实属实的重要物证已经现身，”戈茨比拿着那块肥皂道，“肯定是在你就座时从你外衣口袋里滑落的。你离开后我在地上拣到了它。你必须原谅我的疑心，因为表面看来真的对你不利，现在，我既然已经吁请到肥皂的证词，我想我就该遵守其判决。如果借给你一个金镑能暂缓你的窘境——”

年轻人马上就消除了全部的怀疑，将那枚金币纳入袋中。

“这是我的名片，上面有我的地址，”戈茨比继续道，“本周的任何一天你都可以来归还，还有，这是你的肥皂——别再丢了它了，它可一直是你的好朋友。”

“你能找到它真是幸事。”年轻人道，然后他声音有点哽塞地脱口道了几次谢，匆匆朝骑士桥的方向逃去。

“可怜的孩子，他差点精神崩溃。”戈茨比自语道，“毫无疑问，暂脱困境的兴奋感肯定也很强烈。这对我是个教训，在知人论世上别太自作聪明。”

当戈茨比原路返回，经过刚才上演那场小戏剧的长椅时，看到一位上了年纪的绅士在椅子底下及其周围不断地又看又摸，正是先前在椅子上坐过的那个人。

“您丢了什么东西吗，先生？”他问。

“是的，先生，一块肥皂。”

但求真实

“希望你能对怎么过圣诞提点建议，”布朗兹夫人对她最后到达的客人道，“老式的圣诞和新式的圣诞都玩得没劲了。今年我想来点真正独创的玩法。”

“上个月我在马西森家做客，”布兰奇·博维尔热切地道，“我们想出了个绝妙的主意。参加乡居派对的每个人都得扮演某个人物并自始至终演下去，等派对结束时你得猜出每个人扮演的是哪个人物。公认演得最好的获奖。”

“听起来很有趣。”布朗兹夫人道。

“我扮的是阿西西的圣弗朗西斯，”布兰奇继续道，“可以反串。我在用餐时不断起身，把食物抛向鸟儿；你知道，大家最记得圣弗朗西斯的就是他喜欢鸟儿。可大家都蠢得要死，还以为是杜伊勒利花园里喂麻雀的老人。彭特利上校扮的是迪伊河畔快乐的磨房主。”

“这可怎么个扮法？”伯蒂·范·泰恩问。

“‘他从早到晚又笑又唱个不停。’”布兰奇解释道。

“这对你们来说该多讨厌，”伯蒂道，“而且他也不在迪伊河畔呀。”

“那就得靠你的想象了。”布兰奇道。

“如果这都能想象出，你们也应该可以想象出河对岸的牛群，想象是某个玛丽在隔着迪伊河的沙滩不断地呼喊它们回家了。或者你还可以将迪伊河换成雅罗河，并想象它正在你上头流动，然后你就可以说你是淹死在雅罗河里的威利或随便什么名字的人了。”

“要取笑它当然容易得很，”布兰奇尖刻地道，“不过真是有趣好玩极了。虽然最后的奖赏相当无耻。你知道，米丽·马西森说她扮的是‘慷慨夫人’，因为她是我们的女主人，我们自然也就公推她的角色扮得比大家都好。否则得奖的应该是我才对。”

“这真是开圣诞派对的好主意，”布朗兹夫人道；“我们就这么定了。”

尼古拉斯爵士却没这么热心。“亲爱的，你确定这么做明智吗？”等就剩下他们俩时他对妻子道。“马西森家的效果可能确实不错，他们的乡居派对相对严肃老派，但我们这儿的情况就不同了。比如说‘小荡妇’德莫特，她简直是不顾一切，而且你也知道范·泰恩是什么货色。还有西里尔·斯卡特利；他母系一边有疯病史，还有一个匈牙利裔的祖母。”

“我看不出这对他们要扮的角色有什么影响。”布朗兹夫人道。

“正是这不可知才最可怕。”尼古拉斯爵士道。“如果斯卡特利脑子里认为自己是巴珊的公牛，那我宁肯离家出走。”

“我们当然不会允许扮演任何《圣经》角色。除此之外，我也不觉得巴珊的公牛当真做过什么可怕的事，它们也不过围上前来张大嘴巴，[①] 就我的记忆所及。”

---

① 典出《圣经·诗篇》：“有许多公牛围绕我，/巴珊大力的公牛四面围住我；/它们向我张口，/就像吼叫的狮子。”

“我亲爱的，你根本不知道斯卡特利那匈牙利人的想象力可能会做出什么样的发挥；等事发之后再对他说‘你的所作所为并非巴珊的公牛该做的’可就来不及了。”

“哦，你可真有点杞人忧天。”布朗兹夫人道，“我特别想将这个主意付诸实施。大家肯定会议论纷纷的。”

“这倒是颇有可能。”尼古拉斯爵士道。

当晚的晚餐气氛不怎么活跃，一方面要力图摹仿某位自我选定的人物，另一方面还要对他人的举止察言观色，这种压力之下的宴乐也就自然难于轻松快活了。当好性儿的蕾切尔·克莱默斯坦提议大家应暂停“游戏”一两个小时，一起在饭后听一会儿钢琴演奏时，大家都不禁松了口气。蕾切尔对钢琴演奏的热爱并非不分青红皂白，主要集中在她当偶像捧着的两个孩子莫里兹和奥古斯塔演奏的曲子上，不过说句公道话，他们俩也确实弹得相当不错。

克莱默斯坦一家一直都是很受欢迎的圣诞客人；他们在圣诞节和新年送的礼物相当大方，而且克莱默斯坦太太已经暗示她乐意为这次游戏的优胜者提供奖品。每个人都为这一前景兴奋不已；如果由女主人布朗兹夫人提供奖品的话，她会认为价值二十或二十五先令的小纪念品就足够了，而如果克莱默斯坦出手，奖品的价值肯定会升至几畿尼。布兰奇·博维尔很早就告退了，以一连串吃力的跳跃离开客厅，希望被认作对芭蕾舞演员巴甫洛娃尚可容忍的摹仿。薇拉·德莫特，这位年方十六的小荡妇，却自信地表示这一表演是为了再现马克·吐温笔下那著名的跳蛙，而且她对这一案例的诊断得到了普遍认可。另一位早早上床的范例是沃尔多·普拉伯雷，他的生活原则建立在精确到分秒的时间表与养生学常规之上。沃尔多是位懒惰、胖胖的二十七岁青年，他母亲在他年幼时期即决定他是个非同一般的病弱孩子，并通过无限的溺爱和闭门静养成功地促成他的柔弱身体和暴躁性情。九小时不间断的睡眠，继之以精细复杂的呼吸练习以及其他养生学上的仪式，均属沃尔多强迫自己必须遵守的不可或缺之养生规则，此外还有被迫负责照料他的人为了满足他的要求无论如何必须遵守的无数琐碎规章；无论他碰巧在谁家过夜，一把专门煮他喝的早茶的茶壶必定得庄重地托付负责照顾他起居之人。谁都搞不清楚这一珍贵器具的原理所在，不过伯蒂·范·泰恩应为如下之传说负责：在早茶的泡制过程中壶口必得一直朝北。

然而，在这个特殊的夜晚，沃尔多那不可减削的九小时睡眠却被一个身穿睡衣之人突然而且绝非安静的入侵所严重毁损，正好在介于午夜和拂晓之间的那个半点钟。

“怎么回事？你在找什么？”被意外惊醒的沃尔多吃惊地问，然后慢慢地认出来人是范·泰恩，显然正在匆忙地找寻什么丢失的东西。

“找羊。”

“找羊？”沃尔多惊叫道。

“没错，找羊。你不会认为我在找长颈鹿吧？”

“我不明白你为什么认为会在我的房间里找到其中任何一种。”沃尔多激烈地反驳道。

“三更半夜的我才不跟你争这个呢。”伯蒂道，开始匆忙地彻底搜查五斗柜。衬衫和内衣扔得遍地都是。

“这儿没有羊，我告诉过你了。”沃尔多尖叫道。

“就是为了要你这句话。”伯蒂说着，把大部分床单被褥全都抖落到了地上，“你要是没隐藏什么的话，就不会这么大惊小怪了。”

沃尔多到这时候才确信范·泰恩是在说胡话，于是就心焦地竭力哄他。

“先像个乖孩子一样上床睡觉，”他请求道，“你的羊一早就会好好地出现的。”

“我敢说，”伯蒂沮丧地道，“肯定没了尾巴。养这么多马恩岛羊我可真是个傻子。”

为了发泄他对这一前景感到的恼恨，他将沃尔多的枕头全扔到了衣橱顶上。

“可为什么会没了尾巴？”沃尔多问，他的牙齿因为恐惧、愤怒外加低温格格打颤。

“我亲爱的孩子，你难道从没听说过‘小鲍-皮普’这首民歌[①]吗？”伯蒂嗤笑道，“这就是我在游戏中扮演的角色。我要是不到处找我丢失的羊，就没人能猜出我扮的是谁了；好了，现在像个好孩子一样哭一会儿就睡吧，否则我就要对你发脾气了。”

“我倒要你猜猜看，”沃尔多在给他母亲的长信中写道，“那天晚上我才睡了多少觉，你也知道九小时不间断的睡眠对我的健康多么重要。”

另一方面，他倒是有了更多时间用来进行诅咒伯蒂·范·泰恩的呼吸练习。

布朗兹小朝廷的早餐很不正式，秉着“悉听尊便”的原则，谁愿来就来。不过午餐时间派对的客人应该全部到齐的。但在“游戏”开始的第二天，却有几位显眼地缺了席。譬如，沃尔

① 这是英国一首著名的儿歌，歌词如下：“Little Bob Peep has lost his sheep, And did not know where to find them. Leave them alone and they will come home, Wagging their tails behind them.”

多·普拉伯雷据称正在养他的头痛。一顿丰盛的早餐外带“全国火车车站及客运时刻一览表”已经在早上送进了他的房间，但他迄今尚未露面。

“我猜他是在扮什么角色呢，”薇拉·德莫特道，“莫里哀不是有部戏叫‘无病呻吟’吗？我猜就是这个了。”

又列出了八九个可能的角色，并马上记录下来备查。

“克莱默斯坦一家哪儿去了？”布朗兹夫人道，“他们总是很准时的呀。”

“或许也是在演戏吧，”伯蒂·范·泰恩道，“‘失踪的十个部族’[①]？”

“但他们才不过三个人。而且他们也要吃晚饭的呀。有谁见过他们吗？”

“你不是开车带他们外出了吗？”布兰奇·博维尔转向西里尔·斯卡特利问道。

“是的，用过早餐后我马上就带他们去了斯劳格伯里沼地。德莫特小姐也一道前往的。”

“我看到你和薇拉回来了，”布朗兹夫人道，“但没看见克莱默斯坦一家。你把他们放在村子里了？”

“没有。”斯卡特利简短地道。

“但他们现在在哪儿呢？你把他们放哪儿了？”

---

① 据传说，古以色列的十二个儿女形成十二个部族，分为两个王国：南部王国为犹大国，由犹大及便雅悯两个部族构成，建都于耶路撒冷；北部王国称以色列，由另外十个部族构成。南北两个王国之间经常发生争斗。以色列被亚述王国灭亡后，这十个部族的人都被亚述王国放逐。后来亚述王国被巴比伦王国灭亡，以色列人获得了自由。他们中的大多数没有再回到原来居住的地方，这就是历史上著名的“失踪的十个以色列部族”。

"我们把他们放在斯劳格伯里沼地了。"薇拉平静地道。

"斯劳格伯里沼地？为什么，那儿有三十多英里远呢！那他们怎么回来？"

"我们当时没来得及想这个问题。"斯卡特利道，"我们请他们暂时下车，假装车子卡住了，然后我们就全速开走，把他们留在了那儿。"

"可你们怎么敢做出这种事来？这太野蛮了！而且雪已经下了有一个小时了。"

"我想他们走个一两英里应该能找到个村舍之类的。"

"但你们到底为什么要这么干？"大家既愤怒又困惑地一同问。

"那就得说出我们扮的是什么角色了。"薇拉道。

"我不是没警告过你。"尼古拉斯爵士悲惨地对他妻子道。

"这跟西班牙的历史有关；提醒你们一下这个线索我们倒不会介意。"斯卡特利道，一边兴高采烈地吃着色拉，然后伯蒂·范·泰恩突然兴奋地哈哈大笑。

"我猜到了！斐迪南和伊莎贝拉驱逐犹太人！哦，太有趣了！大奖肯定是你们俩的了；我们再怎么着也比不了这个。"

布朗兹夫人的圣诞派对被谈论和报道的程度是她做梦都不敢想的。单是沃尔多母亲写来的无数封信就够使它终生难忘了。

拜占庭式煎蛋卷

索菲·查特尔-蒙克海姆信念上是个社会主义者，嫁的是个查特尔-蒙克海姆。她嫁的这位是这个富有的家族中的富翁，连他的诸位亲戚也都很有钱。索菲对于金钱的分配具有非常先进和坚决的认识：她能够拥有这些钱很是遂心、实属幸运。她在各种客厅集会及费边社[①]会议上雄辩滔滔地抨击资本主义的罪恶时，也备感惬意地意识到这种制度虽极不平等极不公正，至少在她的有生之年应该会一直维持下去。对于已届中年的改革家而言，他们倡导的公益须等到他们身后才能实现——如果当真能够实现的话——实在不失为一种安慰。

某个春天的傍晚，晚宴马上就要开始了。索菲安静地坐在她的梳妆镜与她的女仆之间，她的头发正被精心梳理为时下流行的发型。她沉浸在气定神闲之中，这是历经巨大努力和不懈坚持终于得到自己渴望已久的结果，而且在心想事成之后仍感觉无限享受的那种气定神闲。叙利亚的公爵终于同意来到她的屋檐之下做客，而且已经住在她的屋檐之下，并马上就会在她的餐桌旁落座了。作为一位坚定的社会主义者，索菲不赞成社会差异，并嘲笑

① 费边社于一八八四年成立于英国，主张用缓慢渐进的改革方法实现社会主义。

君主世袭的观念，不过既然存在这些人为造成的阶级和尊贵的不同层次，她很乐于而且急切地希望能将一个尊贵等级中的一个尊贵的样品纳入她的乡居派对。她有足够的气量在痛恨这等罪孽的前提下热爱这等罪人——并非她对这位叙利亚公爵抱有任何个人的好感，这位公爵对她而言还基本上是个陌生人，不过，身为叙利亚的公爵，他在她的屋檐之下仍非常非常受欢迎。她很难解释清楚其中的原委，不过也没人会要她就此作出解释，而且大部分主妇都非常嫉妒她。

“今晚你一定得超越以往的水平，理查逊。”她心满意足地对她的贴身女仆道，“我一定得呈现出最佳的状态。我们都得超越我们自己。”

女仆虽一言未发，不过从她全神贯注的眼神与手指那敏捷熟练的动作来看，她显然也满怀超越她自我的雄心壮志。

有人敲了一下门，虽很轻却很坚决，像是个不容拒绝的人物。

“去看看是谁，”索菲道，“也许跟红酒有关。”

理查逊在门边跟一位隐身的信使举行了一次匆忙的磋商；等她转身回来后，一种显而易见的古怪的没精打采已经取代了她此前一直保有的机灵活跃的神情。

“怎么回事？”索菲问道。

“全家的仆人已经‘放下了工具’，夫人。”理查逊道。

“放下了工具！”索菲大叫，“你是说他们罢工了？”

“是的，夫人。”理查逊道，又多提供了些信息，“这次的麻烦出在加斯派尔身上。”

“加斯派尔？”索菲不解地道，“那个紧急雇用的厨师？那个煎蛋卷专家！”

“是的，夫人。他在成为煎蛋卷专家前是位贴身男仆，他曾是两年前在格里姆福德勋爵家发生的大罢工的破坏者之一。大家一听说您雇了他，就决定‘放下工具’以示抗议。他们并非对您本人有任何不满，但他们要求必须马上解雇加斯派尔。”

“可是，”索菲抗议道，“他是整个英国唯一懂得如何做拜占庭煎蛋卷的人。我是特意为了叙利亚公爵的来访才雇了他的，怎么可能马上找到替换他的人呢。我本该到巴黎请厨师的，公爵特别喜欢拜占庭煎蛋卷。一下车我们谈的就是这个。”

“他是格里姆福德勋爵府罢工的工贼。”理查逊重申道。

“这太可怕了，”索菲道，“仆人们在这个节骨眼上举行罢工，叙利亚的公爵正在这个家里呢。必须马上采取措施。快，快把我的头发做完，我去看看怎么能让大家运转起来。”

“我不能把您的头发做完，夫人，”理查逊平静却异常坚决地道。“我属于工会，在罢工得到妥善解决之前我半分钟的工作也不能做。很抱歉给您带来了不便。”

“可这太没人性了！”索菲悲惨地尖叫，“我一直是个模范女主人，一直只雇用参加了工会的仆人，这就是我的报应。我自己没法弄好头发；我不知道怎么弄。我该怎么办？这太恶劣了！”

“一点没错，”理查逊道，“我本是个坚定的保守党，对社会主义者的蠢行根本就没耐心，请您原谅。这是专制，他们整个的路线就是专制，可我得挣碗饭吃，跟别人一样，所以我必须得加入工会。没有罢工委员会的许可我就不能再碰一下发夹，即使您把我的薪水加倍。”

门猛地一开，凯瑟琳·马尔瑟姆一阵风一样卷了进来。

“这下可好了，”她尖叫道，“事先一点风吹草动都没有，全府上下的仆人就罢了工，我就成了这副模样！我这样子根本没法见人。”

索菲迅速打量了她一下，确定她这样子确实没法见人。

“他们都罢工了？”她问她的女仆。

“厨房的没有，”理查逊道，“他们属于别的工会。”

“至少晚饭有保证了，”索菲道，“这毕竟值得庆幸。”

“晚饭！”凯瑟琳鼻孔里嗤道，“要是我们谁都没办法出席，晚饭又有什么用？看看你的头发——看看我的！还是别看吧。”

“我知道没了女仆头发很难伺候；不过你先生不能搭一把手吗？”索菲绝望地问。

“亨利？他比我们的情况还要糟糕。他的手下人是唯一真正懂得那荒谬已极的新式土耳其浴的，所以他到哪儿就把他带到哪儿。”

“一天不洗什么土耳其浴应该也能过得去吧，”索菲道；“我没了头发真是没法见人，可土耳其浴可完全是种奢侈。”

“我的好姐姐，”凯瑟琳讲话的腔调异常严重，“罢工开始的时候亨利正在土耳其浴室里呢。在里面，你明白吗？他眼下还在里面呢。”

“他就不能出来吗？”

“他不知道怎么出来。他每次拉那根标着‘释放’字样的控制杆只会释放出滚热的蒸汽。土耳其浴室里有两种蒸汽，‘可以忍受的’和‘几乎不能忍受的’；他已经把这两种蒸汽全放出来了。我说话这会儿工夫没准儿已经是个寡妇了。”

“我怎么能把加斯派尔撵走，”索菲悲叹道，“我上哪儿再去找这么一位煎蛋卷专家。”

“我另找一位老公的麻烦在别人眼里当然都是不值一提的小事一桩喽。”凯瑟琳尖刻地道。

索菲让步了。“去，”她对理查逊道，“告诉罢工委员会或者指挥这次罢工的无论什么人，加斯派尔就地开除。并请加斯派尔立刻到图书室见我，我得付给他应得的薪水再尽可能解释一番；然后飞回来把我的头发做完。”

大约半小时后，索菲将她的客人引入大沙龙，在正式进军餐厅之前稍作休息。除了亨利·马尔瑟姆呈现出烂熟的覆盆子色——你有时在私人的戏剧演出中可以看到用这种颜色来表现人类的肤色——从在场的所有人身上都几乎看不出曾有危机到来并已被克服的外在迹象。不过因为刚才双方对峙时张力太大，所以不可能不在事后留下些许精神上的影响。索菲随意地跟她显耀的贵客聊着天，眼睛却不断游离出去扫一下不久就会宣布晚饭已经备好的大门，而且扫视得越来越频繁。时不时地，她也会瞥一眼镜中映出的她那做得极其完美的发式，仿佛一位保险商心怀感激地凝视着可怕的飓风过后他承保的船只终于安全地姗姗靠岸。门扇终于打开，仆役长大受欢迎的身影进入沙龙。但他并未面向大家宣布请大家入席，大门又在他身后关闭了；他只是给索菲一人送信来的。

“没有晚宴了，夫人，”他严肃地道，“厨房的所有人员已经‘放下工具’。加斯派尔属于厨师与厨房雇员工会，他们一听说他被解雇的消息就立即开始罢工。他们要求即刻给他复职并向工会正式道歉。我还应该补充一句，夫人，他们非常坚决；我已经被迫将已经在桌上摆好的餐包重新撤下。”

索菲·查特尔-蒙克海姆精神崩溃十八月后，终于开始在老相识之间走动了，不过她仍须非常小心。医生们严禁她参与任何带有刺激性的场合，诸如客厅集会或费边社的大会；不过，她是否仍然想参与这样的场合也很值得怀疑了。

复仇女神的筵席

“圣瓦伦廷节[①]不再时兴了是件好事，”萨肯伯里太太道，“已经有了圣诞节、新年和复活节，更不必说个人的生日，需要你记住的日子已经够多的了。我为了省事曾想在圣诞节只给所有的朋友送花，可是不顶事；格特鲁德有十一个温室和大约三十个花园，所以给她送花实在荒谬，而米莉则刚开了家花店，同样不可能给她送花。就在我原以为问题已经完全解决的情况下又得马上决定该给格特鲁德和米莉送什么礼物，这个压力把我的圣诞节全给毁了，然后就是那些千篇一律的可怕的感谢信：‘非常感谢您可爱的鲜花。您能想到我真是令人感动。’当然大部分情况下我根本就不想这人到底是谁；他们的名字都在我的‘决不能忘了’的名单上。要是指望我把他们都记住，那岂不给烦死了。”

“麻烦的是，”克劳维斯对他姑母道，“所有这些日子里扰人的责任顽固地对着人性的一个侧面喋喋不休，却完全忽略了其他侧面；这也难怪它们变得这么浮皮潦草和虚情假意。一到了圣诞和新年，你就被习俗鼓动着送出无数表达乐观的善意与卑屈之情感的信件，而这些人你压根就不会请他们吃午饭，除非在最后一刻你请的客人拒绝了邀请；如果你除夕夜在餐馆里吃晚饭，你

① 即每年二月十四日的情人节。

可以而且应该跟那些素昧平生而且再也不想见到的陌生人手拉着手齐唱《友谊地久天长》。可要倒个个儿，就不能这么做了。”

“倒个个儿；怎么叫倒个个儿？”萨肯伯里太太问。

“你就没法向你憎恶的人证明你的情感了。这正是我们的现代文明的迫切需要。想想看，要是单独拣出大家公认的一天来有仇的报仇有冤的申冤，那该有多爽，谁都可以理所应当地对一个细心珍藏的‘决不能忘了’的名单进行报复。记得我上私立学校的时候，我们就有那么一天，我记得是每学期的最后一个星期一，被奉为解决宿怨和嫉恨的圣日；当然我们当时并未给予它应得的珍视，因为，毕竟学期的任何一天都可以用于这一目的。如果你几个星期前已经因为哪个比你小的孩子厚颜无耻惩罚过他了，到了那一天你仍然有权再惩罚他一次以防他轻易忘记。这就是法国人所谓的重构犯罪。”

“我看还不如叫重构惩罚呢，”萨肯伯里太太道，“而且，不管怎么说，我不知道你怎么才能把小学男生挟仇报复的那一套引入文明化了的成人社会。我们并未丧失我们的激情，但文明社会期待我们已经学会了如何将其保持在严格的彬彬有礼的范围之内。”

“事情当然得做得暗渡陈仓并且彬彬有礼，”克劳维斯道，“其魅力正在于它决不会像别的事那么敷衍草率，只是例行公事。举个例子，比如你对自己道：‘我必须在圣诞节向威伯利夫妇表示一下，他们在伯恩茅斯对亲爱的伯蒂非常友善。’于是你就送了他们一份日历，这么一来，圣诞过后连着有六天，威伯利先生每天都会问起威伯利太太是否已记得为你送的日历表达了谢意。那么现在，把这一概念转移至你的本性中更加人性化的一面试试看，并对自己说：‘下礼拜四就是复仇女神节了；我到底该怎么对付隔壁那起可恶的家伙呢？上次小狗平阳不过咬了他们小儿子一下就那么大惊小怪。’到了那天，你起个大早，翻过院墙进入他们的花园，拿一把趁手的园艺耙子在他们的网球场上挖松露，你当然选择月桂树丛遮掩下的那块场地下手。你虽然肯定挖不到松露，却挖得了心情舒畅，你送多少礼物都不可能这么畅快。”

“我不该这么做，”萨肯伯里太太道，不过抗议的语气听来颇有点勉强，“这么做我会觉得像条爬虫。”

“一条爬虫在这么有限的时间内可没本事翻起这么多泥土，”克劳维斯道，“你要是有把真正趁手的耙子并奋力地挖那么十分钟，其结果应该不啻于一只极端专业的鼹鼠或是獾匆忙之中的杰作。”

“他们可能会猜到是我干的。”萨肯伯里太太道。

“他们当然猜得到，”克劳维斯道，“起码有一半的满足就在于此呢，就像你希望人们在圣诞节知道你送了什么样的礼物或贺卡给他们一模一样。当然了，如果你跟你憎恶的对象表面上还挺友好，势必更容易安排得多。比方说那个贪婪的小艾格尼斯·布莱克，她一心一意想的就是吃的，你就请她到某个荒郊野地里去野餐，然后在午饭准备好之前把她甩掉；等你们终于找到她的时候，吃的东西已经一口都不剩了。”

“要想在午饭在即之际把艾格尼斯·布莱克甩掉可不是常人能办得到了：事实上，我认为这根本就不可能。”

“那就全请你讨厌的人，让她们都没的吃。假装午餐送错了地方。”

“那野餐可就太恐怖了。”萨肯伯里太太道。

“对她们是，对你则不然，”克劳维斯道，“你在出发前就先早早地舒舒服服吃个饱，为了增强效果，你还可以细述那席不存在的盛筵的菜单——纽堡酱调味的龙虾啦，蛋黄酱调配的鸡蛋啦，还有应该在现场用小火锅烧开的咖喱菜啦，等等。等不及你细数到红酒的酒单，艾格尼斯·布莱克老早就该不省人事了。而且在漫长的等待间隙，在她们还没彻底放弃筵席最终会出现的希望之前，你还可以引她们玩些愚蠢的游戏，比如那个白痴游戏'梅耶勋爵家的晚宴'：每个人都得先选一样菜式的名称，当叫到她的菜式时她得把那道菜比画出来。在这种情况下，你叫到谁的菜式，谁都能哭出来。那简直就是天堂里的野餐。"

萨肯伯里太太沉吟片刻；也许是在脑子里编制她将邀请赴汉弗莱公爵野餐的客人名单。不过她又开口道："那个讨厌的年轻人，只知道纵容自己的沃尔多·普拉伯雷——你还想不出什么法子来对付对付他？"显然，她已经开始看到复仇女神节的可能性了。

"要是搞个节日庆祝活动什么的，"克劳维斯道，"沃尔多会强烈要求你提前好几个星期就跟他预定，即便如此，要是那天吹了点东风或者天上飘了一两朵云彩，他也很可能会因为太珍惜他的贵体托故不出。要是你能把他引诱到果园的一个吊床上，就在每年夏天的马蜂老巢旁边，就有好戏看了。温暖午后的一个舒适吊床应该挺对他好逸恶劳的口味，待到他昏昏欲睡之际，只要轻轻戳那么一下马蜂窝，那些蜂子就会愤怒地倾巢出动，它们很快就会在沃尔多肥胖的身体上乐不思蜀。匆忙中要想从吊床上脱身可决非易事。"

"他会被叮死的。"萨肯伯里太太抗议道。

"沃尔多看起来娇嫩，可不会这么容易就死，"克劳维斯道，"不过要是你不想干得太绝，你可以事先准备些湿稻草，戳马蜂窝的同时就在吊床底下点燃；除了几只最勇武的马蜂，大部分蜂子会被浓烟熏得无法下口，在这样的防护之下，沃尔多就不会被叮得很惨，最终还能重回他妈妈的怀抱，虽然浑身熏得通黑而且有几处被马蜂叮到，不过仍然颇具人形，他妈妈一眼准能认得出。”

“他妈妈会恨我一辈子的。”萨肯伯里太太道。

“那圣诞节你岂不少了一个须得互致问候的主儿？”克劳维斯道。

榅桲树[①]

“我刚去看过老贝西·穆伦，”薇拉跟她姑母贝伯丽·坎姆伯太太宣布道，“她看来很为租金的事发愁。她已经欠了十五个星期，而且说她根本不知道该到哪儿筹这笔钱去。”

“贝西·穆伦总是为她的租金发愁，你越是帮她她就越发得了意了，”姑母道，“我肯定是再也不会帮她了。事实是，她将不得不搬到一处更小些更便宜的小别墅了；村子那头就有好几座房子只要她现在付的，或者不如说应该付的租金的一半。一年前我就告诉过她该搬了。”

“可她在别处再也找不到这么好的花园了呀，”薇拉抗议道，“而且园角还有那么一棵漂亮的榅桲树。料想整个教区再也没有第二棵了。而且她竟然从来不做榅桲果酱；我想拥有一棵榅桲树却不做榅桲果酱该是一种性格力量的体现吧。哦，她可不能从那个花园里搬出来。”

“在你才十六的时候，”贝伯丽·坎姆伯太太严厉地道，“就会把只是自己不情愿的事叫做不能够。贝西·穆伦不但能够而且应该搬到一处更小些的住房；她几乎连填满那幢大房子的家具都没有。”

---

① 一种原产于西亚的灌木或乔木，开白色花，结坚硬的苹果状果实。

“说到值钱的东西，”薇拉在停顿了片刻后道，“方圆几英里内再没有比得过贝西的别墅的了。”

“胡说，”姑母道；“她以前有的那点旧瓷器老早就脱手了。”

“我说的不是贝西自己的东西，”薇拉神秘兮兮地道，“不过当然了，我知道的东西你并不知情，而且我想我也不该告诉你。”

“你必须立刻告诉我，”姑母喊道，立刻就像一只无聊地打着瞌睡的猎狗一跃而起去逮耗子般警觉起来。

“我绝对肯定我不该向你透露一分一毫，”薇拉道，“可是话说回来了，我又经常做些明知不该做的事儿。”

“我虽应该是最后一个建议你去做不该做之事的人——”贝伯丽·坎姆伯太太感人地开始道。

“而我总是会被最后给我建议的那个人所动摇，”薇拉承认道，“我还是要做我不该做的事，就全告诉你吧。”

贝伯丽·坎姆伯太太绝对情有可原地将自己的恼怒权且往后一推，耐不住性子地问：

“贝西·穆伦的别墅里到底有什么东西搞得你这么大惊小怪的？”

“说我这么大惊小怪可不太公道，”薇拉道，“这可是我头一遭提到，不过关于这件事已经有了无数的麻烦和神神秘秘，报上也有了无数猜测。就在新闻界没完没了不惜篇幅地瞎猜而且警方和侦探里里外外每寸地皮都搜遍了的时候，它的秘密却隐藏在这么一幢看起来清白无辜的小房子里，想想可真够有趣的。”

“你想说的不是卢浮宫那幅什么女人带着微笑的画两年前不见了的事吧？”兴味高涨的姑母尖叫道。

“哦不，不是那个，”薇拉道，“不过跟那个差不多同样重要同样神秘——且不说更加丢脸了。”

“不是都柏林的那——”

薇拉点了点头。

“全部的宝贝。”

“在贝西的别墅里？怎么可能！”

“当然，贝西压根就不知道那是些什么东西，”薇拉道，“她知道它们很宝贵，她必须悄没声地把它们存好。我也是偶然才发现它们到底是什么以及怎么弄到那儿去的。您瞧，弄到这些东西的人也是绞尽脑汁想把它们运到个安全的东西保存起来，有一位开车经过村子时看上了那幢安静孤独的小别墅，觉得正好可以藏在那儿。兰普尔太太负责跟贝西接洽，然后把东西偷偷运了进来。”

“兰普尔太太？”

“没错；你也知道她总是在教区内各家乱串的。”

“我知道她给贫苦的村民送汤送衣服还有劝善的书籍之类，”贝伯丽·坎姆伯太太道，“可处理偷来的东西可就另当别论了，她肯定知道些它们的来历；只要读过报纸，哪怕是偶然瞥两眼的，也肯定会明白这都是赃物，而且我想这些东西恐怕也不难认出来。兰普尔太太可是一直以恪尽职守著称的呀。”

“她当然是在包庇别的人，”薇拉道，“这一事件的重要特征就在于有很多相当值得尊重的人物都因为试图保护别人而身陷其中。您要是知道搅和进去的都是些什么人，肯定会大吃一惊的，我猜想他们之中恐怕很少有人知道元凶到底是谁；眼下您也知道了别墅的秘密，我把您也牵累进来了。”

“你绝对牵累不了我，”贝伯丽·坎姆伯太太愤怒地道，

“我可不想包庇任何人。警方必须立刻知道详情；不管谁牵扯进去，偷窃就是偷窃。值得尊敬的人物要是自愿收受贼赃，那也就不再值得尊敬了，就这么着。我马上就打电话给——”

“哦，我的姑妈，”薇拉语带责备地道，“可怜的教长要是听说卡斯伯特卷入了这样的丑闻，他可要伤心透了。这您是知道的。”

“卡斯伯特卷了进去！你明知我们对他有多么期待，怎么能这么信口胡说？”

“我当然知道您对他评价甚高，而且他还跟比阿特丽斯订了婚，而且他们真是天造地设的一对儿，而且他还是您心目中理想的女婿。即便如此，把这些东西弄到那幢小别墅里可正是卡斯伯特的主意，而且还是他开车运过来的。他这么做只是为了帮他的朋友佩吉逊，您知道——就是那个贵格会教徒，总是煽动要缩小海军的。我忘了他是怎么卷进来的了。我不是提醒过您有很多值得尊敬的人物牵扯进来了吗？正是因为这个我才说老贝西可不能离开那幢小别墅；那些东西占了好大的空间，带着那些东西还有她的那些家具什物搬来搬去的不可能不引起别人的注意。当然，要是她病了死了的话结果也会同样不幸。她母亲活过了九十，她告诉我，所以只要有适当的照顾而且少操心，她再活个十几年至少绝对没问题。到了那时，那些赃物也许早就另有安置的法子了。”

“我要跟卡斯伯特好好谈谈——婚礼之后。”贝伯丽·坎姆伯太太道。

“婚礼要到明年才举行，”薇拉在跟最亲密的女友重述了这个故事后道，“这段时间里老贝西就能免费住下去了，一周还有两次热汤送到，而且只要她手指头痛那么一下，姑妈的医生就会上门诊治。”

“可你到底是怎么知道这一切的？”她朋友满怀钦佩地问。

“这是个秘密——”薇拉道。

“这当然是个秘密，一个让所有的人都感到棘手的秘密。我最佩服的是你是怎么发现——”

“哦，你是说那些珠宝？那个部分是我的发明创造，”薇拉解释道，“我所谓的秘密是老贝西欠下的房租该从哪儿筹措；而她又决不愿意离开那棵漂亮的榅桲树。”

禁 鸶

“你对做媒在行吗？”

雨果·彼得比颇带着点个人兴趣地问。

“这个我可不擅长，”克劳维斯道，“给人做媒的时候倒没什么，可事后的副作用有时候能吓死人——你在婚配实验中教唆、帮助过的当事人目光中那不出声的谴责实在让人受不了。这就跟把一匹浑身都是毛病的劣马卖给某个人然后眼见着他在狩猎季一一将它们发掘出来一样糟糕。我猜你是看上了那个库尔特奈伯家的小姐。她生性快活，相貌也过得去，而且我相信还颇有些钱财可以继承。我没把握的是你怎么才能设法向她示爱。自打我认识她至今我就从没见她安静过三分钟。看来你得跟她打赌绕着围场连跑上六圈，然后趁着她还缓过神来的时候立马向她求婚才行。那个围场本来是晒干草用的，不过既然你真心爱她，也就不必在乎这个了，况且那又不是你的干草。”

“我觉得求婚的部分我可以自己设法解决，”雨果道，“只要我能得到跟她单独相处四五个小时的时间。问题是我恐怕没这么好运气。那个叫兰纳的家伙也已经表现出同样的兴趣。他富得让你绝望，而且还漂亮时髦得紧；实际上，我们的女主人对于能请到了他这个客人真有点受宠若惊呢。要是她闻得一点他对贝蒂·库尔特奈伯落花有意的风声，她肯定会觉得他们天造地设地般配，还不成天价把他们往一块儿推吗。这么一来我就一点戏都没了。我是想尽量能让他离她远远的，要是你能帮我——”

“要是你想让我缠着兰纳在乡间到处奔波，考察什么所谓的罗马遗迹或是研究当地的什么养蜂种地的文化，我怕帮不上你什么忙，”克劳维斯道，“你瞧，自从上次吸烟室的那个晚上以来他就当我是个厌物了。”

“到底怎么回事？”

“他拿几个陈腐的笑话当最新谈资来炫耀，我并非故意地说我怎么也记不清那到底是乔治二世还是詹姆斯二世的最爱了，结果一直到现在他都不喜欢我，尽管表面上还客客气气的。要是机缘凑巧我肯定会尽力帮你，不过必须得采取些迂回曲折的办法，我不能亲自出马。”

“能请到兰纳先生可真是有幸，”次日午后奥斯顿太太对克劳维斯谬托知己地道，“我前面请了他多少次了，他总是脱不开身。多么出色的人物；真该有位出色的小姐来配他。也就你我之间说说，我觉得他这次肯来像是别有他图。”

“真是英雄所见略同啊，”克劳维斯道，压低了嗓音，“实际上我几乎敢肯定是这么回事。”

“你是说他对哪位小姐有——”奥斯顿太太迫不及待地道。

“我是说他来是为了得到他能在这儿得到的东西。”克劳维斯道。

“可他能在这儿得到什么呢？”奥斯顿太太的语气里油然生出一丝愤慨，“你到底指的什么？他富得流油。他还想在这儿得到什么？”

“他有个最大癖好，”克劳维斯道，“据我所知，您这儿有一种他在别处弄不到的宝贝，这既非爱情，亦非金钱。”

“到底是什么？你到底什么意思？他有什么癖好？”

“收集鸟蛋。”克劳维斯道。“全世界各处都有他的代理人为他收集稀有的鸟蛋，他的收藏在全欧都堪称首屈一指；可他最稀罕的还是亲自动手收集他的宝贝。为了达到这一目的他在所不惜。”

“老天！是鸶，是毛脚鸶！”奥斯顿太太跌足大叫，“你不会认为他是想去掏它们的鸟巢吧？”

“您自己怎么认为呢？”克劳维斯反问道，“这片地区仅有的一对毛脚鸶就筑巢于贵府的林间。知道底细的人寥寥无几，可瞒得了别人，怎么能瞒过身为稀有鸟类保护协会会员的兰纳先生呢？我是跟他同一班火车到达的，我注意到他随身携带的旅行必需品中间就赫然有一厚册德里塞著的《欧洲的鸟类》。而且那一卷恰就是讨论短翼鹰和鸶的。”

克劳维斯一贯认为，要么不撒谎，要撒就得撒个滴水不漏。

“这太可怕了，”奥斯顿太太道，“要是这对鸶有个三长两短，外子决饶不了我。它们这几年来一直在留意我们这片林子，这可是它们头一遭在我们这儿筑巢。您所言极是，它们差不多算得上整个大不列颠境内为人所知的仅有一对鸶了；可眼下它们的巢穴竟然要被我热心款待的客人洗劫一空。我必须得予以制止。您觉得如果我直接跟他理论——”

克劳维斯哈哈一笑。

“就在前不久出了这么个传闻，我料想大部分细节都该属实，我们的这位朋友在马尔马拉海岸的某个地方插了一手。据说有位富有的亚美尼亚人的橄榄园里养了一种叙利亚夜鹰或是这一类的什么鸟，不知出于什么原因，兰纳虽然出了钱他还是不让他进园子取鸟蛋。这位亚美尼亚人几天后就给人差点打死，他园子的围墙也被夷为平地。这被视为一起穆斯林的挑衅行为，领事的报告中也是这么说的，可后来这种叙利亚夜鹰的鸟蛋就赫然出现在了兰纳的收藏中。不，我要是您的话，可决不会想到跟他理论的。”

“可我必须得制止他，”奥斯顿太太泪眼婆娑地道，“外子去挪威前的临别嘱托就是严禁这些鸟受到任何骚扰，而且他写来的每封信上都不忘要问到它们。你可一定要给我想想办法。”

“我建议您派人守护。”克劳维斯道。

“您是说派人把鸟巢保护起来？”

“不是守护鸟巢，是把兰纳看起来。夜里他是没办法跑到树林里去的，您可以安排您、伊夫琳或是杰克和您的德国家庭教师整个白天不离他左右。别的客人他可以置之不理，可主人家的成员他就只得敷衍了，这么说吧，就算他再义无返顾，脖子上挂着个德国女家庭教师他也绝对没法子爬到树上去取禁蛋。”

这么一来，原本一直懒懒地想寻个机会向库尔特奈伯家的小姐献献殷勤的兰纳骤然发现自己就连跟她单独待个十分钟的机会都是休想了。库尔特奈伯小姐倒是还有独处的机会，他自己却决无这种可能。他的女主人突然间变了脸，由完全对自己的客人放任自流这种最受欢迎的待客方式一变为拽着他们像春耕般转遍了各处。她带他看了药草园子和花房，带他参观了村里的教堂，带他欣赏她姐姐在科西嘉岛画的水彩速写，还有有望在晚些时候长出芹菜来的某块地皮。他被带着看了所有的爱斯勃雷鸭以及一排木头蜂房，要是不出什么病害的话早就养出蜜蜂来了。他还被带到一条长长的小路的尽头，指给他看远处的一个土丘，据当地的传说丹麦人曾在那儿搭建过营帐。逢到女主人有别的事须得暂时失陪的时候，他就会发现伊夫琳一本正经地陪侍在他左右。伊夫琳芳龄十四，讨论的话题一直离不开善和恶以及如果一个人下定决心尽其所能他能在多大程度上改造这个世界。一般说来她被杰克取代的时候总还能让人喘口气，这个小男孩今年九岁，除了巴尔干战争什么都不谈，可他的言论丝毫无助于厘清巴尔干的政治和军事历史。那位德国的家庭女教师跟兰纳讲述的席勒使他对这位德国大作家的了解超过了他这一生中对任何人的了解；这也许算是他的错，谁让他告诉这位家庭女教师他对歌德不感兴趣呢。当家庭女教师终于卸下包围的重任，女主人又马上冒出来以不容拒绝的口吻邀请他去参观一位记得查理斯·詹姆斯·福克斯[①]的老妇人的小屋；这位老妇人已经死了两三年了，不过她住的小屋犹在。结果，兰纳早于原来的预期就被召回了伦敦。

雨果并未成就跟贝蒂·库尔特奈伯的好事。到底是她拒绝了他，还是大家认为更有可能的，他压根就没得到连续说出那三个字的机会迄今仍是个疑案。不管怎么说，她仍旧是快乐的库尔特奈伯家的小姐。

那对鸳成功地孵出了两只小鸳，后来被当地的一位理发师一枪打了下来。

---

① 福克斯（1749—1806），英国辉格党下院领袖，曾任外交大臣，反对对美州殖民地的高压政策，废除奴隶贸易，赞成法国革命。

赌注

“罗尼对我可真是个考验，”阿特利太太哀怨地道，“去年两月份才满十八，就已经是个赌棍了。我真是弄不懂他到底像谁；他父亲从来就不碰纸牌，你也知道我不过只是偶一为之——冬天的星期三下午打打桥牌，一百分才赌三便士，其实要不是那个伊迪斯总是三缺一，而且要是拉不到我就肯定会去找那个讨厌的詹金厄姆女人的话，就连这个我也不会玩的。与其打什么桥牌，我宁愿坐下来聊聊天；我觉得打牌纯属浪费时间。可罗尼却满脑子整天想的就是桥牌啦巴卡拉赌啦甚至独玩的牌。我当然尽我所能想制止他；我已经请求诺里德拉姆一家在他去他们家的时候别让他玩牌，可要指望他们操心一位母亲母性的忧虑，还不如请求大西洋在你横渡的时候保持安静呢。”

“那你干吗还让他去那儿？”埃丽诺·萨克塞尔比问。

“我亲爱的，”阿特利太太道，“我可不想冒犯他们。他们毕竟是我的房东，我不论想对这幢房子做什么改进都得征得他们的同意；他们对那间淡紫色房间的新屋顶表现得非常大度。而且在我的车出了什么问题的时候他们还把自己的车借我一辆用，我的车出问题的概率你是知道的。”

“我并不知道它出问题的概率，”埃丽诺道，“不过肯定是极为频繁。不论我什么时候想请你用你的车带我去不论什么地方，我总是被告知它出了问题，要么就是司机犯了神经痛，你不想让他外出。”

“他经常犯神经痛的，”阿特利太太匆忙道，“总之，”她继续道，“你应该能理解我可不想冒犯诺里德拉姆一家。他们这家人是这一带最闹哄最没谱的，我相信他们谁都不能确定任何一顿饭菜什么时候能够上桌，就算真的端了上来也不能确定到底能吃到什么。”

埃丽诺·萨克塞尔比耸了耸肩。她喜欢她的三餐定时出现并由确切的成分构成。

“话说回来了，”阿特利太太继续道，“不管他们自己的家庭生活多么糟糕，作为房东跟邻居他们还是颇为周到、乐于助人的，所以我可不想跟他们起什么争执。而且，就算罗尼没办法在他们那儿打牌，他也会另找个地方接着打的。”

“要是你态度坚决的话就不会，”埃丽诺道，“我信奉态度坚决。”

“坚决？我一直很坚决，”阿特利太太叫道，“我不止态度坚决——我还很有远虑。我已经做了我能想到的一切来阻止罗尼赌钱。我已经停了他本年度的津贴，所以他都没办法赊账赌了，我已经用他的名义一次付清了给教堂的捐赠，不再给他每礼拜天往募捐包里放的零钱。我连付狩猎仆人的小费都不给他，而是通过邮局寄达。他对此气得要死，我就提醒他为了‘青年努力同盟’的‘自我克制周’我给他的那十先令的事。”

“到底怎么回事？”埃丽诺问。

“唉，据罗尼自己讲，他拿那十先令去全国越野障碍赛马会上做了些初步的‘努力’。用他自己的话说，要是成功了的话，他就能给努力同盟二十五先令而且自己还能净赚一笔不小的佣金；要是果真如此，就连那十先令同盟也得拒收才行，否则就有违他们的宗旨了。反正自那以后我就一直小心不让他手里有一个子儿。”

“这也挡不住他，”埃丽诺从容确定地道，“他可以卖东西呀。”

“我亲爱的，他已经把能变卖的都卖了。他的手表，他打猎用的扁酒瓶还有他的两个香烟盒子早就没了，如果他用仿金的替下了他罗达姑妈在他十七岁生日送的金质袖扣，我一点都不会吃惊。当然，他没办法卖自己的衣服，除非是冬天的大衣，不过我已经借口预防虫蛀把它锁在樟脑橱子里了。我真是看不出他还有什么可以典当的了。我觉得自己不但态度坚决而且还颇有远虑呢。”

“他近来还去诺里德拉姆家吗？”埃丽诺问。

“他昨天下午去了那儿还在那儿吃了晚饭，”阿特利太太道，“我不清楚他回家的确切时间，不过想来应该够晚的。”

“那他一定是在赌，”埃丽诺道，带着那种极少有什么主意一旦有了就死抱住不放的肯定神气，“在乡下地界待到很晚只能是在赌博。”

“要是他既没有现钱又没有入账的可能他怎么赌？”阿特利太太争论道，“即便是玩很小的赌注你也得有将来还账的保证才行。”

“他也许卖了几只阿默斯特小雉鸡，”埃丽诺猜测道，“它们每只能卖到十至十二先令呢，我敢说。”

“罗尼是不会做出这等事的，”阿特利太太道，“而且今儿一早我已经去数过了，一只都不少。不会，”她继续道，带着一种自觉天道酬勤的安心满足，“我猜就算罗尼离不开牌桌，昨晚他也只能满足于做个看客了。”

“那只钟准不准？”埃丽诺问，她的目光已经有那么一会儿不断地往壁炉架上瞟了，“午餐在府上一贯是非常准时的。”

“已经半点过了三分钟，”阿特利太太叫道，“厨娘一定是在特意为你准备什么不寻常的大菜呢。我对此是一无所知；整个早上都在外头，你也知道。”

埃丽诺体谅地微微一笑。阿特利太太厨娘的特别节目是值得多等几分钟的。

但事实上，当午宴终于姗姗来迟，却完全不孚那位著名厨娘的声望。光是头汤就已足够使食客对整顿饭食丧失信心的了，接下来所有的菜式果然一点也没挽回面子。埃丽诺几乎一言未发，当她发而为声时，语气中几乎带着哭腔，这可比公开的谴责远为意味深长，就连一贯漫不经心的罗纳德在品尝了“萨尔蒂科夫腰子”之后也面露不悦之色。

“算不上我在府上享用过的最好的午宴。”埃丽诺在发现她最后的期望伴随着饭后助消化菜的出现彻底破灭后，终于开口道。

“我亲爱的，这是我多年以来尝过的最糟糕的菜式，”女主人道，“最后那道菜就是辣椒跟吐司犯了潮的味儿。我真是太抱歉了。厨房出了什么问题吗，佩琳？”她问在旁边伺候的女仆。

“哦，夫人，新厨娘几乎还没来得及准备好呢，来得这么突然——”佩琳试图解释道。

“新厨娘！”阿特利太太叫道。

“诺里德拉姆上校的厨娘呀，夫人。”佩琳道。

“你到底什么意思？诺里德拉姆上校的厨娘跑到我的厨房里干吗来了——我的厨娘呢？”

“也许我能解释得比佩琳清楚些，”罗纳德匆忙接口道，“是这么回事，昨天我在诺里德拉姆家用晚餐，他们说很希望有个像您手下这样的好厨娘，就今明两天，因为他们请了位美食家朋友来做客：他们的厨子根本就不灵——大家也都看到她在匆忙中会弄出什么货色来了。所以我就想到，跟他们玩巴卡拉牌时拿我们的厨娘赌他们的现钱还是相当公道的，结果我输了，就这么回事。今年我在巴卡拉牌上一直霉得不得了。”

他后面的解释，关于他如何向两位厨子保证这一临时的对调已得到了他母亲的同意，以及如何在他母亲外出时将一个偷带出去另一个偷带进来，已完全淹没在激愤的谴责声中了。

“就算我把那个厨娘卖给人家做奴隶也值不得那么大惊小怪呀，”他事后向伯蒂·诺里德拉姆推心置腹，“而埃丽诺·萨克塞尔比竟然比家母更加暴跳如雷。这么着吧，我拿两只阿默斯特小雉鸡当五先令跟你赌她在槌球联赛上会拒绝跟我搭档。你也知道，我们可一直是旗鼓相当的拍档。”

这次他赢了。

克劳维斯论父母的责任

玛丽恩·埃格尔比安坐之后开始跟克劳维斯谈论她唯一乐意交谈的话题——她的孩子以及他们不同的优点和成就。克劳维斯正没情没绪的，懒得敷衍；在父母眼里光彩照人的埃格尔比的下一代引不起他丝毫的热心。另一方面，埃格尔比太太的热心两个人用起来都绰绰有余。

“你会喜欢埃里克的。”她道，与其说是希望还不如说是激辩。克劳维斯曾暗示他对艾米和威利都没什么兴趣。“没错，我敢肯定你会喜欢埃里克。不论谁一见之下都会喜欢上他。你知道，他总是让我想起那幅著名的年轻大卫的名画——我忘了是谁画的了，不过那可是非常有名的。”

“这就足够让我对他心生反感了，要是我经常见到他那还了得，”克劳维斯道，“就比如说打竞叫桥牌吧，你正集中精力回想你的搭子最先叫的是什么牌，琢磨哪张牌才适合你的对头最先垫出去的牌呢，要是你眼前有个人不断让你想起一幅年轻大卫的画，那岂不是要抓狂吗。要是埃里克真这么做我肯定会恨死他。”

“埃里克从不打桥牌。”埃格尔比太太极有尊严地道。

“是吗？”克劳维斯问，“为什么不打？”

“我把孩子抚养大可不是为了让他们玩牌的，”埃格尔比太太道，“跳棋、哈尔马跳棋这类游戏我是鼓励的。埃里克被公认为出色的跳棋手。”

“您这可是在您家庭的道路上撒播可怕的风险，”克劳维斯道，“我的一位朋友是监狱的牧师，他告诉我在他经手的最可怕的罪案中，被判死刑或是长期刑事劳役的罪犯没有一个是打桥牌的。可他知道这其中至少有两位是跳棋行家。”

“我真是不明白我儿子怎么会跟罪犯扯上关系，”埃格尔比太太不满地道，“他们都是在最悉心的呵护下长大的，这一点我绝对有把握。”

“这正说明您对他们会长成什么样子很没把握，”克劳维斯道，“您瞧，家母就从不为怎么把我拉扯大操心。她只留意到我经常碰壁，留心有人教我对错之分；对错之间是有些不同的，您该知道，可我忘了到底有什么不同了。”

“忘了对错之间有什么不同！”埃格尔比太太叫道。

“嘿，您瞧，我同时选了自然史和整整一大堆别的课程，谁都不可能什么都记得的，对吧？我曾经知道撒丁岛睡鼠跟普通睡鼠的不同，知道斜颈啄木鸟是否比布谷鸟更早抵达我们的海岸线，以及海象要花多长时间才能成年；我敢说您也曾经知道别的很多事情，可我打赌您也已经把它们都忘了。”

“那些事都无足轻重，”埃格尔比太太道，“可——”

“我们都把它们给忘了的事实本身就证明了它们的重要性，”克劳维斯道，“您肯定已经注意到了重要的事情总是很容易忘记，反而是生活中那些无足轻重的琐碎事实总钉在你的记忆里。比如说我有个表妹叫埃迪塔·克拉伯利；我怎么都忘不掉她的生日是十月十二号。对我而言她哪天出生甚至是否出生了都毫不相干；对我来说绝对是琐碎或是说毫无必要的小事一桩——我的表兄妹可是多了去了。另一方面呢，当我跟希尔德加德·施拉伯利一起待着的时候，我总是记不起她第一任丈夫那不值得羡慕的名声到底是得自赛马场还是股票行，这么一来你根本就没办法谈论体育或是金融了。除此之外，你还不能提旅行的话题，因为她的第二任丈夫不得不永久性居留国外。”

“施拉伯利太太和我出入于极不相同的圈子。”埃格尔比太太生硬地道。

“认识希尔德加德的人谁都不会谴责她进入某个圈子，”克劳维斯道，“她似乎将人生看作永不停息的奔驰，由永无穷尽的汽油驱动。她要是能找到个人替她付油钱可就锦上添花了。我不介意向您坦白，她教给我的东西比任何我能想到的女人都要多。”

“她都教了您些什么？”埃格尔比太太质问道，带着一副陪审团在不须离席即已做出裁决的情况下集体摆出的神气。

“且不说别的，她教了我至少四种不同的龙虾烹制方式。”克劳维斯满怀感激地道，“这当然对您没什么吸引力；弃绝了牌桌乐趣的人从来都不能真正鉴赏餐桌上那更为精妙的可能性。我想他们享受开明乐趣的能力因为弃之不用已经退化了。”

“我有位姑母在吃了只龙虾后大病一场。”埃格尔比太太道。

“我敢说，如果我们对她的过去有更多的了解，我们应该能发现她在吃那只龙虾前就经常病病恹恹的。您难道想隐藏她在吃那只龙虾老早之前就曾生过麻疹、流感、神经性头痛、癔症以及别的姑母都有的毛病这一事实吗？从没犯过一天病的姑母是极其罕见的；事实上，就我个人而言我是闻所未闻。当然了，如果她是在两周那么大的时候吃的龙虾，那倒兴许真是她的第一次犯病——也该是她最后一次。不过如果果真如此的话我想您早该提到了。”

“我必须得走了。”埃格尔比太太道，语气中连一点敷衍的遗憾都没有。

克劳维斯面带优雅的不情愿站起身来。

“我真是享受我们这次关于埃里克的短暂谈话，”他道，“我非常期待改天能有幸会令郎的机缘。”

“再见。”埃格尔比太太冷若冰霜地道；她吞下去的那后半句话是——

“这辈子你都休想！”

假期作业

凯内尔姆·杰顿在最拥挤的午餐时间走进金帆船大酒店的餐厅。每个座位几乎都坐满了，作为加座的小桌子已经备好，只要空间还允许就摆出来招待后到的食客，结果很多桌子相互间几乎都能碰到。杰顿由一位侍者引到唯一一张看来还空着的桌子旁边，颇不舒服地坐下来，毫无来由地觉得餐厅里几乎所有的人都在看他。他相貌普通，还算年轻，衣着素净，举止谦逊，他总是无法做到完全自如，老觉得大家都在看他，仿佛他是位显要人物或是超级怪人。点完菜之后就是一段不可避免的等待时间，他别无他事，只能盯着餐桌上的花瓶或是（只是他的想象）被几个尚未进入社交界的少女、几个比他成熟的同性以及一个面带讥讽的犹太人盯着看。为了摆出一副漫不经心的样子把这段时间应付过去，他假装对花瓶里的内容大感起了兴趣。

“这种玫瑰叫什么名字，你知道吗？”他问侍者。这位侍者随时都准备好掩饰他对于酒单或菜单内容的无知；却懒得掩饰他对玫瑰之名的无知。

“艾米·西尔韦斯特·帕丁顿。”杰顿身旁有个声音道。

声音来自一位神色友善、衣着讲究的年轻女士，她就座的桌子几乎碰到了杰顿的桌子。他匆忙又紧张地谢了她，又没话找话很不着调地评了几句玫瑰花。

“说来也奇了，”年轻女人道，“我能脱口告诉你这些花的名字，可要是你问起我的名字我却完全没办法告诉你。”

杰顿丝毫没想要将自己对分门别类标示名签的热望扩展至他这位芳邻。可在她这么一句颇不平常的宣告之后，他又得出于礼貌说点什么。

“没错，”女士回答，“我想这就是一种记忆的部分丧失。我乘火车一路到了这儿；我的车票显示我来自维多利亚车站，目的地就是这儿。我身上带了几张五英镑的钞票外加一个金镑，没有名片也没有其他任何表明身份的东西。我只能模糊地记得我有个头衔；我是什么什么夫人——除此之外我的脑子就是一片空白了。”

“您带行李了吗？”杰顿问。

“我不知道呀。我知道这家酒店的名字就决定到这儿来了，接这班火车的酒店行李员问我有没有行李，我只得编造出一个化妆包兼衣箱；我可以一直假装它们给送错了地方。我说我姓史密斯，可转眼间他竟然从一大堆行李和旅客中间又冒了出来，提着一个化妆包兼衣箱，上面的标牌上写着凯斯特尔-史密斯。我只得接了过来；除此之外我看不出还能怎么办。”

杰顿没接茬儿，不过他很想知道这件行李的法定主人可怎么办。

“顶着个凯斯特尔-史密斯的姓来到一个陌生的酒店当然很可怕，可要是空着手抵达就更是雪上加霜了。总之，我痛恨招惹麻烦。”

杰顿想到了烦恼的铁路官员和抓狂的凯斯特尔-史密斯，不过他没想到将他头脑中的图画付诸言表。那位女士继续讲她的故事。

“我的钥匙自然没有一把能打开行李，不过我跟一位伶俐的小听差说我丢了钥匙圈，他一转眼就把锁给撬开了。那孩子未免太伶俐了点儿；恐怕他日后得进达特穆尔。[1] 那位凯斯特尔-史密斯的梳妆用具并没有多少，不过总比没的用强些。”

“要是您肯定您拥有个头衔，”杰顿道，“那您干吗不找一本贵族名录过一遍试试呢？”

“我已经试过了。我将上院的名录一直过到‘惠特克’，可您得明白，单是一连串印刷体的名字对我来说实在是没什么意义。如果你是位军官而且丢了你的身份，你可能把陆军名录翻上几个月也找不到你是谁。我正在换一种方式尝试；我试着通过各种不同的小测试确定我不是谁——这多少会缩小查找的范围。您也许已经注意到了，比如，我午餐的主菜是纽堡酱龙虾。”

杰顿可没胆量留心这等事。

“这挺铺张的，因为这是菜单上最贵的菜之一，不过至少这证明了我不是斯达平夫人；她从来不碰贝类海鲜，而可怜的布拉德尔施拉伯夫人又根本没有消化功能；我要是她的话，今儿下午我肯定就该痛苦万状地死了，这么一来发现我到底是谁的重任就将移交给媒体或是警察之类的人负责了；我也就用不着费心了。纽福德夫人根本就分辨不出玫瑰的种类而且她还痛恨男人，所以她无论如何都不会跟你讲话的；而茅斯希尔顿夫人又会跟遇到的每个男人调情——我没跟你调情吧？”

杰顿赶忙连连称是。

“这么一来，你瞧，”那位女士继续道，“马上就从名录里排除了四个。”

---

① 英国位于达特穆尔高原的著名监狱。

“可要排除到只剩最后一个还早呢。”杰顿道。

“哦，当然还有成堆的人不可能是我呢——比如那些连儿孙辈都已经庆祝过成年礼的老女人。我只需考虑我这个岁数的就成。我告诉你你今儿下午怎么能帮我个忙，如果你不介意的话；去吸烟室过一遍最近几期的《乡居生活》和别的你能找得到的画报，看能不能翻到我跟个年幼的儿子或者这类的合影。这浪费不了你十分钟。下午茶的时间我们在休息室碰头。真是感激不尽。”

这位不知其名的美人在优雅地派杰顿为她寻找丢失的身份之后，起身离开了餐厅。当她经过这位年轻人的桌子时她又稍停了片刻跟他耳语道：

“你注意到我给了侍者一先令的小费吧？我们可以把乌尔维特夫人排除掉了；她宁死也不给一个子儿的小费。”

五点钟的时候，杰顿朝酒店的休息室走去；他已经在吸烟室里花了一刻钟时间勤勉地翻找各种插图周刊，可是一无所获。他的新相识正坐在一张小茶桌旁边，一个侍者在旁伺候着。

“中国茶还是印度茶？”待杰顿走上前来她问。

“中国茶，谢谢，不要吃的。您发现什么了吗？”

“都是些否定性的信息。我不是贝福纳尔夫人。她极端反对任何形式的赌博，可我在酒店大堂里认出一位著名赛马赌注登记经纪人之后，我就马上迎上去，为三点十五的赛事拿十镑押了来自梅托维查的威廉三世旁边的一匹没有命名的小母马。我想正是因为那匹马连个名字都没有，我才押了它。”

“它赢了吗？”杰顿问。

“没有，只跑了第四，你押一匹马跑第一或是第二的时候这是最恼人的结果了。可不管怎么说我现在知道我不是贝福纳尔夫人了。”

“在我看来这个信息得的未免太费了些。”杰顿道。

“哦，没错，我几乎身无分文了，”那位身份探求者同意道，“可能就剩一个弗罗林[1]了。那顿纽堡酱龙虾的午餐就够贵的了，还有，我当然给了那个为我撬开凯斯特尔-史密斯锁的孩子一笔小费。不过，我已经想到了一个相当有用的主意。我很肯定地觉得我属于‘中枢俱乐部’；我要回伦敦问问大堂的门房有没有我的信。他认得所有俱乐部的成员，只要有一封信或是给我留的电话口信，那问题自然就解决了。要是他说没有，我就问他：‘你知道我是谁，对吧？’这么一来，不论如何我总能找到答案了。”

这主意听起来不错；不过执行中有个困难需杰顿助一臂之力。

“自然了，”那位女士道，向杰顿暗示那个障碍，“我回伦敦需要旅费，还有这儿的账单、出租车费等等。要是你能借我三镑，我就能充裕地应付过去了。真不知该怎么谢你了。此外还有那件行李的问题：我可不想后半生都带着它。我把它拿到大堂来，我还要写一封信，这期间你可以假装看护它一会儿。然后我就溜出去前往车站，你就可以晃荡到吸烟室了，他们爱拿它干吗就干吗。过一阵子他们应该会出个告示，原主就能过来认领了。”

杰顿默许了这一策略，在行李的临时主人悄悄溜出酒店的时候假作看管它。这时有两位绅士从杰顿身边走过，其中的一位对另一位道：

“你看见刚出去的那个一袭灰衣的高挑年轻女人了吗？她

① 英国旧银币，值两先令。

就是——”

关键时刻！可那人已经走了过去，杰顿没能听到她到底是谁。他怎么都不会追上一个完全陌生之人主动跟他搭话，向他打听一个偶然路过之人的情况。而且他不是还应该摆出一副看管行李的架势吗？可几分钟之后，那个知道真相的要人又独自溜达了回来。杰顿召唤起他所有的勇气拦住了他。

“我想刚才听到您说您认识几分钟前离开酒店的那位女士，身材高挑，着灰色衣裙的那位；我跟她聊了能有半个多小时；她——呃——她认识我全家而且看来也认得我，所以我想应该以前在什么地方跟她有过一面之缘，可我又叫不上她的名字来。您能否——？”

“当然。她是斯特鲁普太太。”

“不是夫人？”杰顿疑道。

“哦，她是我们那个圈子里的高尔夫‘冠军夫人’。她人非常好，而且经常在社交界走动，不过她有个难言之隐：总是时不时地丧失记忆，使自己陷入各式各样的麻烦。不过要是你事后跟她提及此事，她会非常生气的。日安，先生。”

那位陌生人走了，杰顿还没来得及充分消化新得的信息，就发现自己全副注意力被一位暴怒的女士吸引过去，她正在焦躁地高声询问酒店的职员。

“有没有行李从火车站错拿到这儿来了，一个化妆包兼衣箱，上书凯斯特尔-史密斯的名字？到处都找不见。我眼见着它在维多利亚车站放上车的，我敢发誓。哎呀——这就是我的行李！锁怎么都给撬了！”

杰顿再没听到别的。他一溜烟躲进了土耳其浴室，而且一待就好几个钟头。

和平玩具

“哈维，”埃丽诺·波普道，递给她兄弟一份三月十九日伦敦一家晨报的剪报[①]，“请你看看这段有关孩子玩具的文章；不折不扣地表达了我们对于孩子应受何种影响和教养的观点。”

“国家和平委员会，”那篇文章道，“强烈反对为我们的男孩子提供斗士团、大炮连以及‘敢死队’。委员会也承认，男孩子天生喜欢拼杀和战争的全套壮观阵势……但并不能因此就鼓励他们的原始本能，而且或许会使之永久地定型。三周后将于奥林匹亚展馆开幕的儿童福利展上，和平委员会将以‘和平玩具’展的形式向父母们提供另一可行之建议。在一个特制的海牙和平宫的彩色模型前，聚集着的将不再是战士而是平民的小像，不再是枪炮而是犁铧以及工业用具……希望玩具制造商能从这一展览中获得启示，在玩具商店里结出果实。”

“这想法当然挺有趣的，而且非常有意义，”哈维道，“可在实践中能否成功就——”

“我们必须试试，”他姐姐打断了他的话，“你复活节要来看我们，而且你每次总给几个男孩带些礼物，所以这就是你进行这次全新实验的最好机会。去各家商店转转，买几样能展现平民

① 此为一九一四年三月一份伦敦报纸的真实内容。——原注。

生活中真正和平面貌的小玩具或是模型。当然你得向孩子们解释这些玩具的含义并让他们对这种新观念感兴趣。我不得不很遗憾地说，他们姑妈苏珊送的那个‘围攻阿德里安堡’的玩具根本就不需要任何解释；他们懂得所有的制服和旗帜，甚至双方指挥官的名字，后来有一天我听见他们使用一种听起来最让人反感的语言讲话，据他们说是用保加利亚语下达命令；当然可能真是这么回事，不过我还是不由分说把玩具给没收了。现在我期望你的复活节礼物会对孩子们的思想产生些相当新颖的刺激，给他们一个新的方向；埃里克还不到十一，伯蒂只有九岁半，他们可是正处在最易受到影响的年龄啊。”

“你知道，原始的本能是必须考虑到的，”哈维满腹疑虑地道，“而且还有家族遗传呢。他们有一位叔祖在因克尔曼打得最是凶狠——我相信电讯中还特地提到过他——而且他们的曾祖父在伟大的选举法修正法案通过后，竟然将他所有辉格党邻居的温室都砸了个稀巴烂，不过你说的也对，他们正处在易受影响的年龄。我会尽力的。

复活节的那个星期六，哈维·波普在他几位外甥热切期盼的目光中打开了一个巨大壮观的纸板盒子。“舅舅给你们买了最新式的玩具。”埃丽诺已经夸下了海口，孩子们焦虑的期盼也已经分成了阿尔巴尼亚军队和索马里骆驼兵团。埃里克特别热衷于后一种假设。“肯定是马背上的阿拉伯人，”他念念有词，“阿尔巴尼亚人都有漂亮的军服，他们从早打到晚，要是有月亮的话还会打一整夜，可因为那个国家多山，所以他们没有骑兵部队。”

盖子拿掉后，孩子们看到的是厚厚的衬纸；最让人激动的玩具总是这么开头的。哈维扯开顶层的包装，取出一个方形的、看来很没特点的建筑。

“是个堡垒！”伯蒂大叫。

“才不是，是阿尔巴尼亚的梅普里特宫，”埃里克道，因为知道这么个异国情调的名字大为自豪，“你看，它没有窗户，这样外面的人就不能朝皇室开火了。”

“这是个市政垃圾桶，”哈维慌忙道，“你们看，一个城市里所有的垃圾和废物都用它们来收集，要不然就会到处乱扔，损害市民的健康。”

在可怕的沉默中他又挖出一个身着黑衣的小型铅质人像。

“这是一位杰出的平民，”他解释道，“约翰·斯图亚特·穆勒。他是政治经济学的权威。”

“为什么？”伯蒂问。

“哦，他想这么做吧；他认为这会有利于社会。”

伯蒂富有表现力地哼了一声，充分表达了他对会计学毫无兴趣的意见。

又一座方形的建筑取了出来，这次既有窗户又有烟囱。

“青年妇女基督教协会曼彻斯特分会的模型。”哈维道。

“有狮子吗？”埃里克满怀希望地问。他已经读过了罗马史，认为只要你发现了基督徒你就满有理由期望能发现几头狮子。

“没有什么狮子。”哈维道，“这位是另一个平民，罗伯特·莱克斯，主日学校的创立者，而这个是一所市政洗衣房的模型。这些圆圆的小东西是清洁卫生的面包房里烤出来的面包。那个铅像是位卫生巡视官，这位是个教区议员，这个是地方政府的一位官员。”

“他是干什么的？”埃里克疲惫不堪地问。

“他负责跟他的部门有关的事务。”哈维道，“这个有道裂缝的盒子是个投票箱。选举的时候选票就是放到这里面的。”

“别的时候放什么呢？”伯蒂问。

“什么都不放。这是一些工业用具，一个独轮手推车和一把锄头，这些我想是供啤酒花攀爬的支架。这是个蜂窝模型，那是个通风设备，给下水道通风用的。这个看来是又一个市政垃圾桶——哦不，这是一所艺术学校和公共图书馆的模型。这个小铅人是赫曼斯太太，一位女诗人，而这位是罗兰·希尔，是他引入了廉价的邮资体系。这位是约翰·赫斯切尔爵士，杰出的星象学家。”

“我们要跟这些平民人物玩吗？”埃里克问。

“当然了，”哈维道，“这都是玩具；它们造出来就是给你们玩的。”

“可怎么玩？”

这可是个不小的难题。“你们可以让他们之中的两位竞争议会里的一个席位，”哈维道，“而且来次选举——”

“用臭鸡蛋、自由搏击外带无数打破的脑袋！”埃里克叫道。

“而且鼻子都要流血每个人都得喝得酩酊大醉。”伯蒂响应道，他曾仔细研究过一幅贺加斯的绘画。

“不是这么回事，”哈维道，“简直风马牛不相及。票要投进投票箱，市长负责计数——他要宣布哪一方得到了大部分选票，然后两位候选人将感谢他主持此次计票，两人都会说这次竞选自始至终都是以最为愉快和公正的方式进行的，最后他们在表达了相互间的尊重后友好分手。这真是给你们男孩子玩的好游戏。我年轻的时候可从没有过这样的玩具。”

“我想我们还是以后再玩吧。”埃里克道，没有丝毫他舅舅表现出来的高涨热情，“我想我们该做一点假期作业了。这次是历史；我们得学习法国波旁王朝的历史。”

“波旁王朝。”哈维道，语气里带出了些不赞成。

“我们得知道些路易十四的历史，”埃里克继续道，“我们已经知道了当时所有重要战役的名称。”

这可不对头。“当然在他的治下确实打了些仗，”哈维道，“不过我想它们的数量被远远夸大了；那个时代的消息是很不可靠的，实际上也没有战地记者，所以将军和指挥官就将他们参与的任何一次小冲突都夸大为决定性的战役。在今天，路易主要是以一位园林营造大师著称的；他对凡尔赛宫的设计受到交口称赞，整个欧洲都以之为师。”

“你知道杜·巴丽①夫人吗？”埃里克问，“她不是被砍了头吗？”

“她也是一位伟大的园林爱好者，”哈维敷衍道，“事实上，我相信著名的杜·巴丽玫瑰就是以她的名字命名的，我想眼下你们最好先玩一会儿，不用急着做功课。”

哈维退守到图书室，花了三十至三十五分钟琢磨是否有可能编一本历史教材专为初级学校所用，不要特别突出战争、屠杀、阴谋和暴力死亡。他也承认，约克和兰开斯特王朝以及拿破仑时代恐怕很难处理，要是把三十年战争整个略去不提也会造成一道断层。不过不管怎么说，如果在孩子们极易受影响的年龄让他们集中精力于棉布印花的发明而非无敌舰队或滑铁卢战役，还是会有所收益的。

---

① 杜·巴丽夫人是路易十五有影响力的情妇，被革命法庭以反政府罪判处斩首。

他想，该是回去看看那几个男孩子怎么玩他们的和平玩具了。当他站在门外时他听见埃里克在大声发布命令；伯蒂不时还提供些有用的建议。

“那是路易十四，”埃里克道，“就是那个穿及膝短裤的，舅舅说发明了主日学校的那个。不是很像，不过只能将就了。”

“我们等会儿就用我的颜料给他穿上紫色外衣。”伯蒂道。

“没错，还有红色脚后跟。那就是曼特农夫人①，就是舅舅称为赫曼斯太太的那个。她请求路易不要进行此次远征，但他置之不理。他叫萨克斯元帅②随他同行，我们还得假装他们带着成千上万的士兵。口令是是谁③？回答是朕即国家④——你知道，这是他最喜爱的口头禅之一。他们在深夜于曼彻斯特登陆，一个詹姆士二世党人⑤给了他们堡垒的钥匙。”

哈维透过门口偷偷望去，但见那个市政垃圾桶已被凿出了几个洞，以便给想象中的加农炮装上炮筒，如今又充当起曼彻斯特首要的强化阵地；约翰·斯图亚特·穆勒已在红色墨水里浸过了，显然代表的就是萨克斯元帅。

“路易命他的军队包围了青年妇女基督教协会并将她们一举擒获。‘一旦返回卢浮宫这些姑娘们就是我的了。’他大叫。我们必须再把赫曼斯太太用作其中的一位少女；她说‘休想’，然后就用匕首刺中了萨克斯元帅的心脏。”

“他血如泉涌。”伯蒂大叫，将红墨水慷慨地洒在基督教协

---

① 法王路易十四的第二任妻子，原为宫廷女官，一六八三年王后死后为路易十四所娶。

② 法国著名元帅与军事理论家。

③④ 原为法文。

⑤ 英国 1688 年革命后拥护詹姆士二世及其后裔复辟王政的人。

会建筑物的立面。

“士兵们一拥而入，以最野蛮的方式为他的死复仇。一百位少女惨遭杀害，”——说到这儿伯蒂将剩下的红墨水尽数倒在那幢虔诚的建筑之上——“幸存的五百名少女被拖到法国军舰上。‘我已经损失了一位元帅，’路易道，‘但我至少没有空手而归。’”

哈维偷偷溜出房间去找他姐姐。

“埃丽诺，”他道，“那实验——”

“怎么样了？”

“一败涂地。我们开始得太迟了。”

路易丝

“茶恐怕都凉了，你最好打铃再添些来。”寡居的比恩福德女勋爵道。

苏珊·比恩福德女勋爵本是位精力充沛的老妇人，可人生的大部分时间都花在跟臆想中的疾患调情上了；据克劳维斯·桑格瑞尔大不敬的说法，她在维多利亚女王的加冕礼上受了风寒，此后就再也不肯痊愈了。她的妹妹简·特罗普尔斯坦斯比她小了几岁，则主要以米德尔塞克斯郡最心不在焉的女士著称。

“今儿下午我可真是少有的机灵，”她打过铃之后快活地道，“我拜访了我所有想拜访的人；我还买了一切计划买的东西。我甚至记得在哈罗德的店里帮你配那块绸料子，不过我忘了带那块料子了，所以还是白搭。我真的觉得我这整个下午就忘了这么一件重要的事儿。对我来说够了不起的吧？”

“你把路易丝撂哪儿了？”她姐姐问，“你不是带她一起出去的吗？你原说要带上她的。”

“老天爷，”简叫道，“我把路易丝撂哪儿了？肯定是把她忘在哪个地方了。”

“到底忘哪儿了？”

“就是呀。我把她落哪儿了？我不记得卡里伍德两口子是不是在家，忘了我是不是刚把牌给落那儿了。要是他们在家，我可能是在打桥牌时把路易丝落下了。我这就给卡里伍德勋爵打个电话问问究竟。”

“是你吗，卡里伍德勋爵？”她在电话上问道，“是我，简·特罗普尔斯坦斯。我想问一下，您看到路易丝了吗？”

“《路易丝》，”爵爷回答，“看来我注定要看它三遍了。头一次，我得承认，我没什么深刻印象，可不久之后再看，那音乐倒是越来越觉得讨喜。不过我还不至于眼下就想再看一遍。你打算在包厢里给我留个位子吗？”

“不是歌剧《路易丝》——我说的是我侄女，路易丝·特罗普尔斯坦斯。我想可能把她落在府上了。”

“据我所知，你今天下午把牌落下了，不过我不认为你还落下个侄女。否则男仆肯定早就注意到了。把侄女给人家落下是不是要像把牌落下一样成为一种时尚了？我希望不会；伯克利广场上有些人家实际上没有多余的房间应付这类事件。”

“她不在卡里伍德家，”简回到茶桌宣布道，“现在想起来，我可能把她落在西尔福里奇店里的绸缎柜台那儿了。我可能告诉她在那儿等我一会儿，我把绸料子拿到光线好一点的地方细看看，当我发现我压根就没带你那块料子的时候可能就此把她给忘了。如果是这样的话她应该还在柜台那儿坐着呢。路易丝一点主动性都没有，拨一拨动一动，不跟她说她就决不会动弹。”

“你刚才告诉我是在哈罗德的店里配料子的。”女勋爵插了一句。

“我这么说的？那可能就是哈罗德的店。我真的不记得了。那种地方每个人都那么友好，那么体谅，那么尽心竭力，你简直都不好意思从那么让人愉快的环境里拿走一根棉线。”

“我想你可能已经把路易丝带出来了。我可不喜欢看到她坐在一大帮陌生人中间。要是有个无所顾忌的人跟她搭话可怎么办。”

“不可能。路易丝根本不会谈话。我还从没发现她在任何题目上的发言超出过‘您这么想吗，我敢说您是对的’范畴。我真的认为她对里博政府的垮台竟然不置一词实在是不可理喻，想想她亲爱的母亲巴黎去得有多勤吧。这面包跟黄油切得也太薄了吧；你还没来得及把它放到嘴里它早就化为乌有了。这也太滑稽了，你得跳起来在半空中吞你的食物，就跟鳟鱼跃上来吞蜉蝣一样。”

“你可真让我吃惊匪浅，”女勋爵道，“你把心爱的侄女给弄丢了之后竟然还能坐下来美美地享用茶点。”

“听你的口气好像我永远把她给丢了似的，我不过是把她放错了地方。我肯定要不了多久就能想起把她放哪儿了。”

“你没去什么教堂吧？她要是被落下了，在西敏寺或是圣彼得教堂、伊顿广场那儿溜达，又不能讲出任何让人满意的理由，就会因循《猫鼠法》[①] 给抓起来送到雷金纳德·麦克纳那儿去了。”

“那可就麻烦大了，”简道，一边抬嘴将一片抹了黄油的面包一口叼住，“我们几乎都不认识这位大臣一家，非得打电话给某位冷漠无情的私人秘书，跟他描述路易丝的模样请他在晚饭前把她送回家，这可真够烦人的。幸运的是我并没有去任何一家教堂，不过倒是确实混到过一队救世军里。跟他们近距离接触一下真是挺有趣的，他们跟八十年代我最初记得他们的时候可是全然

① 所谓《猫鼠法》（Cat and Mouse Act）是英国一九一三年通过的一项法令，旨在释放在押的争取妇女参政的绝食示威者。

不同了。那时候他们总是衣衫不整头发蓬乱地四处乱蹿，对世界充满一种欢快的愤怒，可如今他们都打扮得漂漂亮亮，态度洋洋自得，身上的装饰简直夺人眼目，活像个充满宗教信念的天竺葵花坛。那天劳拉·凯特尔维曾在多佛街地铁站的电梯上对救世军唠叨个没完，就说他们干了多少好事啊，要是他们根本不存在的话该是个多大的损失。‘要是他们从来没存在过，’我说，‘格兰维尔-巴克[1]也肯定已经发明出看起来跟他们一模一样的玩意儿了。’你要是在一部地铁的电梯上大声这么说话，不论你说什么听起来都像是警句。”

“我想你还是干点跟路易丝有关的实事吧。”女勋爵道。

“我正在努力回想我拜访阿达·斯佩尔韦克西特的时候她还在不在我身边。我在那儿过得挺开心的。阿达还是一如既往地硬往我喉咙里塞那个可憎的科里尔托夫斯基女人，明知道我讨厌她。后来她冷不防地说：‘她就要搬家了，打算搬到下西摩街去。’‘我敢说她会的，如果她在那儿待得够长的话，’我回道。阿达足足有三分钟时间没明白过味儿来，然后她就表现得很是粗鲁。没有，我确信没把她落在那儿。”

“你最好能记起到底把她落在哪儿了，这些否定性的答案有什么用，”比恩福德女勋爵道，“迄今为止，我们知道的一切不过是她不在卡里伍德家，不在阿达·斯佩尔韦克西特家，也不在西敏寺。”

“这起码能缩小范围，”简满怀希望地道，“我觉得去毛奈商店的时候她肯定还跟着我的。我知道我去过毛奈那儿是因为我记得碰到了那个可爱的马尔科姆什么什么的——你知道我说的是

① 格兰维尔-巴克（1877—1946），英国著名演员、剧作家、评论家。

谁。人要是有了个不同寻常的名儿可是一大优势，你就不必费心劳力记他的姓了。当然我还认识另外一两个马尔科姆，不过谁都称不上可爱。他给我两张在斯隆广场举行的快乐礼拜天晚会的票子。我可能也忘在他们店里了，不过这并不妨碍他的盛情可嘉。”

“你认为你把路易丝也忘那儿了？”

“我可以打个电话问问。哦，罗伯特，你先等会儿收拾茶桌，你先给摄政街的毛奈商店打个电话，问问今儿下午我是不是把两张戏票和一个侄女忘在他们店里了。”

“一个侄女，夫人？”男仆问道。

“是呀，路易丝小姐没跟我一道回来，我不能肯定把她落在哪儿了。”

“路易丝小姐整个下午都在楼上，夫人，给犯了神经痛的第二厨娘读书呢。我四点三刻的时候还给她送过茶点，夫人。”

“当然了，我可真够蠢的。现在我记起来了，是我让她给可怜的爱玛读《仙后》的，为的是让她尽快睡着。我自己犯了神经痛的时候总是叫个人给我读《仙后》，一般来说很快就能让我入睡。看起来路易丝并没有成功，不过谁都不能说她没尽力。我猜，最多一个钟头之后那位厨娘就会宁肯一个人犯她的神经痛了，不过当然了，路易丝在没人告诉她离开前是决不会挪窝的。苏珊，除了你的绸料子之外，今儿下午我看来就忘了这么一件事。对我来说实在很了不起了。”

下午茶

詹姆斯·库沙特-普林克利是个一直以来总认为自己马上就要结婚的年轻人，可一直到了三十四岁仍孑然一身。他对很多位女性怀有一种集体性的、不偏不倚的喜爱和仰慕，并不单选出一位当作未来的太太考虑；就像你可能很倾慕阿尔卑斯山却并不想将某座山峰收归自己当作私人财产。他在这一问题上的缺乏主动颇引得他家庭圈子里那些感情用事的女性成员很是不耐烦；他母亲，他的姐妹，一位驻家的姑母以及两三位关系不错的太太朋友都公开对他总是拖拖拉拉地不肯结婚持很不赞成的态度，一直唠叨个没完。他哪怕最无辜的调情也得到最急切的关注，简直就像是一群久不活动的猎狗不错眼地观察一个人哪怕最细微的动作，期盼着这就是要带它们出去遛弯儿的表现。没有一个灵魂正派的人经受得了好几对急切想出去遛弯儿的狗眼的恳求；面对家庭的影响，詹姆斯·库沙特-普林克利并非刀枪不入之辈，他岂能感受不到他的家庭对他应该尽快迷上一位可爱的适婚少女的殷殷企盼？而且他叔父朱尔斯去世后又留给他一份充裕的小遗产，看来他当真应当着手找个意中人来跟他分享了。不过，寻找意中人的实际过程与其说是出于自觉的主动，毋宁说是被公众舆论的建议和压力所推动；他的众位女亲戚以及前面提到的几位太太级的朋友都公推琼·塞巴斯塔布尔为他的相识中最适合谈婚论嫁的年轻女士，而如此一来，连詹姆斯本人也渐渐习惯了这个想法，觉得他跟琼将一道经历接受祝贺、收到礼物、挪威或是地中海旅馆里的蜜月等既定程序，最后进入两个人的家庭生活。可毕竟也得问问那位女士做何感想吧；整个家庭虽然已经以其出色的能力和判断力指挥和引导了调情阶段，可最后的求婚总还是需要他付出个人努力的。

库沙特-普林克利怀着一种适度自得的心绪穿过海德公园朝塞巴斯塔布尔府走去。因为事情马上就要解决了，那天下午他很高兴地觉得事情马上就要水落石出从此再也不必牵肠挂肚了。毕竟，即便是向琼这么一位可爱的姑娘求婚也是一桩颇为讨厌的事情，可不经过这道关他又怎么能到米诺卡去度蜜月并享受此后幸福的婚姻生活呢。他琢磨着米诺卡岛实际涉足之后会是个什么样子；在他的想象中那是个永远在服半丧的岛屿，满地都跑着黑色或是白色的米诺卡母鸡。也许经他实地检测后会发现完全不是这么回事。据去过俄罗斯的朋友讲，他们根本不记得在那儿见过一只俄罗斯鸭①，所以也可能米诺卡岛上根本就没有什么米诺卡鸡。

他的地中海冥想被钟敲半点的声音所打断。四点半。他不禁皱了皱眉。这样他到塞巴斯塔布尔府正赶上下午茶时间。琼将会在一个矮桌后面落座，面前摆出一列银水壶、奶油罐和细瓷茶杯，她的声音会在后面银铃般轻快地问你一串友好的小问题：茶要浓一点还是淡一点，要不要加糖、牛奶、奶油，要加多少，诸如此类。“要一块方糖？我都忘了。您需要牛奶的对吧？要是嫌

---

① 所谓“俄罗斯鸭”（Muscovy duck）实际上应该跟俄罗斯毫无关系，系由“musk duck”衍讹而来，应译作美洲家鸭或麝香鸭。

太浓的话，再给您添点热水吧？”

库沙特-普林克利已经在几十本小说里读到过这类描写，而且无数次的实际经验也告诉他这绝对符合事实。在下午这个隆重的时刻，成千上万的女性正坐在细瓷和银茶具后面，银铃般轻快地倾泻出一连串热切的小问题。库沙特-普林克利痛恨这整套下午茶的做派。照他的人生理论，女人应该躺在沙发或是卧榻之上，要么无比迷人地轻启朱唇，要么就看起来莫测高深，再么干脆一语不发地让人欣赏，这时再从丝质的帘幕后面进来一个努比亚小厮，默然奉上装着茶点的托盘，自然也要默然地接过，没有那些关于奶油啦糖啦热水啦之类冗长的唠叨。如果你当真拜倒在你女主人的石榴裙下，哪还顾得上什么茶浓茶淡？库沙特-普林克利从未向他母亲阐述过他就这一问题的上述观点；她的一生早就习惯下午茶时间在细瓷和银器后面银铃般地喋喋不休，要是跟她说起什么卧榻和努比亚小厮，她非得强迫他去海边度一周的假不可。眼下，当他经过几条乱糟糟的陋巷，拐弯抹角朝梅斐厄区那幢雅致的住宅走去时，他一下子突然很怕正撞上琼·塞巴斯塔布尔端坐在茶桌后面的情景。于是他灵机一动：他的一个远房亲戚罗达·埃尔玛就住在埃斯奎诺特街比较喧闹一端的一幢狭仄的小房子里，她只住了其中的一层，靠使用昂贵的材料制作女帽谋生。她做的帽子看起来真像是巴黎舶来的；可她卖的价钱不幸却从不像是销往巴黎的。不过，罗达的景况虽颇为拮据，她看来倒很能发现生活的乐趣，一直过得兴兴头头。库沙特-普林克利决定爬上她住的那层楼，将眼前的大事推迟个半小时光景；在她那儿磨蹭一会儿，他到达塞巴斯塔布尔府的时候那些细瓷想必也早该收拾起来了。

罗达将他让进一个看起来集工作间、起居室和厨房为一体的房间，话虽如此，却收拾得相当干净和舒适。

“我正在吃野餐呢，”她道，“你手边的罐子里有鱼子酱。你先把那点黑面包加黄油吃了，我这就再多切些。自己找个杯子；茶壶就在你后头。好了，现在跟我讲讲新闻吧。”

她对吃食的谈论到此为止，不过谈得很逗趣儿，而且也让她的客人很可以逗趣儿地闲谈。闲谈间她已经干净利落地切好了面包和黄油，还做了辣椒和柠檬片，换了别的女人十九都不会这么做，只会借口没有道个歉就完了。库沙特-普林克利发现自己正享用着绝好的下午茶，却不必像爆发了牛瘟之后的农业大臣一样回答数不清的提问。

“现在告诉我你为什么来看我，”罗达突然道，“你挑起的不单是我的好奇心，还有我的商业本能。我希望你是来订购帽子的。前段时间听说你继承了笔遗产，当然了，我就想到为了表示庆祝你要是给你所有的姐妹每人买一顶贵得要死的帽子该是件多美的好事。她们也许什么都没说，不过我敢肯定她们一定转过同样的念头。当然，我们因为要赶古德伍德赛马会的订单，我已经够忙的了，不过这是我的生意，我也习惯了；我们就生活在一连串的忙乱之中——就像婴儿期的摩西。”

“我来原不是为了什么帽子，”她的客人道，“事实上，我也不清楚到底为何而来。我正好路过就突然想到顺道过来看看你。不过，自打我坐下来跟你聊天开始，我倒是做了个相当重要的决定。如果你能暂时撇开古德伍德赛马会听我细说端详，我就告诉你到底是怎么回事。”

大约四十分钟后，詹姆斯·库沙特-普林克利重返他家庭的怀抱，带回一个重大消息。

“我已经订婚了。”他宣布道。

大家纷纷欢天喜地地道贺并自我标榜。

“啊，我们早就知道了！不出我们所料！我们几星期前就说过！”

“我敢打赌你们决没有料到，”库沙特-普林克利道，“如果今天吃午饭的时候有人告诉我，我会向罗达·埃尔玛求婚而且她还会接受，我自己都会一笑置之的。”

这件婚事罗曼蒂克的突发性多少补偿了一下詹姆斯对家里的女性长期以来的耐心努力和灵巧的外交手腕的粗暴漠视。一转眼就得将她们的热心从琼·塞巴斯塔布尔转到罗达·埃尔玛身上还是挺不容易的；不过，正在讨论的毕竟是詹姆斯的妻子，他的趣味还是应当得到尊重的。

同年九月的一个下午，米诺卡的蜜月已经结束，库沙特-普林克利走进他格兰切斯特广场新居的起居室。罗达已经在一张矮桌边就座，面前是一套细瓷茶具和闪闪发光的银器。她给他递茶的时候语气里有一种银铃般的欢快调子。

“你喜欢再淡一点，对吧？那我给你再添点热水吧？不要？”

瑟诺格拉茨的狼群

“这座古堡有什么传说吗？”康拉德问他姐姐。康拉德是个富有的汉堡商人，他虽生于一个极端讲求实际的家庭，却颇有些诗人气质。

格鲁拜尔男爵夫人耸了耸她丰满的肩膀。

“这些老地方总会有些传说。造一个出来并不困难，而且惠而不费。有关这个古堡的传说是如果城堡里死了人，村里所有的狗还有森林里所有的野兽就会嚎叫一整夜。那可实在不怎么好听，对吧？”

“那将多么怪异和浪漫。”汉堡商人道。

“管它呢，又不是真的，”男爵夫人志得意满地道，“我们买下这个古堡之后已经有证据表明这都是胡扯。去年春天我婆婆去世时我们都注意听来着，可根本没什么鬼哭狼嚎。这只不过是个故事，既能给这个地方平添了高贵又一文钱不费。”

“这个故事并非如您所言。”老家庭教师阿马莉突然道。所有的人都吃惊地转头看着她。她一直习惯于默默地坐在桌旁，穿着一身整洁、褪色的衣服，如果没人跟她搭话从不主动开口，事实上也极少有人会自找麻烦地跟她攀谈。可今天她竟突然变得健谈起来；她继续飞快、紧张地说下去，目光直直地射向前方，似乎并不是面向某个具体的人说话。

"并不是城堡里随便什么人死了都能听到狼嚎。只有瑟诺格拉茨家族有人在城堡中故去，远近的狼群才会聚到一起，在他临死前站在森林的边界一起嚎叫。这部分森林只有不多的几只狼，可是碰到这种时刻，据守林员讲就会有几十只狼聚到一起在附近区域徘徊并齐声嚎叫，城堡、村子以及附近所有农家的狗是因为狼的嚎叫，惊怒之下吠叫不止的，等那个人的灵魂终于离开他的肉体时，庄园里的一棵树也会应声倒地。如果一个瑟诺格拉茨家族的成员死在他家族的城堡里就会发生这种事。可如果是不相干的什么人死在这儿，当然也就不会有什么狼嚎树倒了。哦，当然不会。"

她说出最后几个字时，语气中含有一种挑战、几乎是蔑视的调子。营养过剩、珠光宝气的男爵夫人恼怒地盯着那个衣着寒酸的老女人，意思是她怎么敢一改往日卑微的姿态如此出言不逊的。

"你似乎很了解冯·瑟诺格拉茨家的传说嘛，施米特小姐。"她尖刻地道，"我倒是有所不知，原来家族史也还是你精通的科目呢。"

女教师对这一奚落的回答比她刚才突然的健谈更加出人意料。

"我本人就是冯·瑟诺格拉茨家族的一员，"老女人道，"所以我知道这个家族的历史。"

"你是冯·瑟诺格拉茨家族的人？你！"大家齐声质疑道。

"我们家徒四壁，我不得不外出教书之后，"她解释道，"我就把姓给改了；我当时想这会更相称些。可我祖父在这个城堡里度过了年少时的大部分时光，家父又经常给我讲起城堡的许多故事，所以我自然也就知道了所有家族的传说和故事。当一个人除了回忆已经一无所有时，他是会加倍珍视它们的。当初我开始为您工作时怎么也想不到有朝一日我会跟您一道重返我家族的旧居。我倒是宁肯再不回来。”

她这番讲完之后，一时鸦雀无声，然后男爵夫人就把话题转到了不那么让人尴尬的方向。可是等到老家庭教师悄悄地回到她的工作岗位之后，又起了一阵嘲笑和怀疑的喧嚣。

“这真是无礼之至，”男爵大人厉声道，他那对凸出的眼睛里闪着受到侮辱的神情，“这个女人竟敢在我们面前说出这等话来。她简直就等于告诉我们我们都是无名小卒，她的话我一个字都不信。她也就是个施米特，别的什么都不是。她肯定是跟本地的农民谈起原来的瑟诺格拉茨家族，然后把他们的历史和故事拼凑到一起罢了。”

“她想使自己显得重要些，”男爵夫人道，“她知道她马上就要被解雇了，她是想借此招我们同情。她祖父，说得跟真的似的！”

男爵夫人有好多位祖父辈的亲戚，可她从来没有，绝对不会拿他们出来炫耀。

“我敢说她祖父不过在城堡里做过餐具室男仆之类的角色，”男爵大人窃笑道，“那段故事也许是真的。”

汉堡的商人一语未发；他曾看到那个老女人说到珍视自己的记忆时眼睛里闪着泪花——不过也许因为他天性富于想象，他只是觉得他看到了也未可知。

“新年一过我就通知她走人，”男爵夫人道，“这之前太忙，没了她恐怕还不行。”

可男爵夫人只能一个人对付了，因为圣诞节后的严寒，老家庭教师病倒了，只能缠绵于病榻。

“这太让人恼火了，”当男爵夫人的客人在旧年将尽的某个夜晚在壁炉旁团团围坐后，她道，“她跟着我们这么多年来我还从没记得她得过什么重病，我是说病得没办法下床干活。如今我终于有了这么幢大房子，她可以在很多方面派上用场了，她倒一病不起了。她当然也挺可怜，缩成个干核桃似的，可还是让人着恼得很。”

“的确让人着恼，”银行家的太太满怀同情地同意道，“我想是因为今年特别冷，上了年纪的人才挺不住了。今年怎么冷成这样。”

“今年的霜冻是多年以来最厉害的。”男爵道。

“当然，她也够老的了，”男爵夫人道，“要是几个星期前通知她走人就好了，她就不会赖在这儿不动窝了。嗨，瓦皮，你怎么了？”

那只毛茸茸的小叭儿狗突然从它的垫子上一跃而下，缩在沙发底下穷哆嗦。与此同时，城堡的院子里也爆发出狗的怒嚎，远处亦传来群犬狂吠的声音。

“它们受了什么惊扰？”男爵问道。

然后，再侧耳倾听，就明白是什么引得群犬既惊又怒了；但听得一阵拖得极长的哀鸣，此起彼落，才觉得有几里格远，转眼就横扫过雪野，就像是从城堡的墙根下传出的。这个天寒地冻的世界里所有悲惨的冻馁，荒野里所有严酷饥饿的狂怒，与其他无以名状的孤凄及萦绕不去的旋律混杂到一起，似乎全都集中在了那一阵凄惨的哀号中。

“是狼！”男爵叫道。

群狼的奏乐在一瞬间突然迸发，似乎无处不在。

“有几百只吧。”汉堡的商人道，他是个想象力超强的人。

男爵夫人受到某种无法解释的冲动驱使，离开她的客人来到老家庭教师那个逼仄阴暗的房间，老家庭教师正躺在床上数着旧年的时光慢慢地流逝。虽然冬夜严寒刺骨，窗子竟然开着。男爵夫人恼怒地惊呼一声，冲上前去要把窗子关上。

“让它开着。”老女人道，声音虽然微弱，却有一种男爵夫人从未听到过的命令口气。

“可你会冻死的！”她劝道。

“我总归要死了，”老女人道，“我想听听它们的音乐。它们远道而来就是为了唱响我家族的死亡之乐。它们能来真是太好了；我将是冯·瑟诺格拉茨家族最后一个死在我们这个古堡里的成员了，它们是来唱给我听的。听，它们唱得何等响亮！”

群狼的呼喊在静止的隆冬空气中升起，环绕着城堡的厚墙成为拖长的尖利哀号；老女人平躺在床上，面上显出一丝久违了的欣喜。

“走开，”她对男爵夫人道，“我不再感到孤寂了。我是一个伟大旧族的一员……”

“我想她是不久于人世了，”男爵夫人回到客厅后道，“我觉得我们得请个医生过来。叫得多可怕！我才不愿意花钱要这种死亡音乐。”

“这种音乐花多少钱都买不来。”康拉德道。

“听！那又是什么声音？”男爵问，那是一阵爆裂、撞击的巨响。

是庄园里的一棵树轰然倒地。

有一刻谁都讲不出话来，然后银行家的太太开了口。

“是严寒劈倒了树木。也是严寒把这么多的狼驱赶出来。这是多年来最冷的一个冬天了。”

男爵夫人急切地赞同严寒要为这一切负责。同样也是因为开窗带来的严寒导致那位老小姐心脏衰竭，连叫医生都多余了。可是报纸上登出来的讣告却相当漂亮——

“十二月二十九日，阿马莉·冯·瑟诺格拉茨，格鲁拜尔男爵及男爵夫人多年以来珍视的老友，在瑟诺格拉茨堡病逝。”

面包黄油小姐

“‘八哥叫’和‘橡树山’在赌注上已经都被抛到后头了。”伯蒂·范·泰恩说着将晨报从早餐桌上扔了过去。

“这么一来‘保育室茶’就很是抢手了。”奥多·芬斯伯利道。

“目前‘保育室茶’和‘烟斗陶’位于赌注的榜首，”伯蒂道，“可那匹法国马‘五点钟’看来也同样受到追捧。再就是‘银鱼’，还有那匹名字就像在教堂里强忍住喷嚏声的波兰马；它们都似乎广受支持。”

“这可是多年来德比最有悬念的一届赛马了。”奥多道。

“光从外表挑是绝对不行的，”伯蒂道，“你须得只信任运气和灵感。”

“问题是信任谁的灵感：是自己的还是别人的。《体育风尚》预言‘巴拉丁伯爵’第一，‘五点钟’跑第二。”

“‘巴拉丁伯爵’——这又添了一个未知数。早上好，拉尔沃斯爵士；您对德比的赛马有兴趣吗？”

“我通常对赛马之流不怎么感兴趣，”刚刚现身的拉尔沃斯爵士道，“不过总是喜欢在畿尼和德比上赌上一把。可今年我承认，真是很难挑出明显胜出一筹的赛马。你觉得‘白颊鸟’如何？”

“‘白颊鸟’？”奥多呻吟道，“又添了一个。说真的，‘白颊鸟’好像没什么机会吧？”

“我管家的侄子是‘教堂少年旅’骑兵部的马掌铁匠，而且是位马肉权威，他预测它会位列三甲。”

“管家的侄子总是乐天派，”伯蒂道，“这是针对他们姑妈职业性悲观的一种自然反动。”

“看来我们在确定可能的胜者方面进展不大，”德·克劳克斯太太道，“我越是多听你们这些专家的意见就越是糊涂。”

“指责我们自然容易，”伯蒂对他的女主人道，“可您本人就从未有过任何灵感。”

“我的灵感就是在德比赛马季请你们过来，”德·克劳克斯太太反驳道，“我原以为你跟奥多能有助于澄清眼下的难题呢。”

进一步的揭短被洛拉·佩文西小姐的到来打断了，她面带优雅的歉意飘进了房间。

“真抱歉到得这么迟。”她道，迅速考察了一遍早餐的菜式。

“昨晚睡得好吗？”女主人敷衍地问道。

“相当好，谢谢，”洛拉道，“我做了个非常特别的梦。”

一阵预示着普遍厌烦的骚动掠过全桌。别人的梦就像别人的花园、小鸡或是孩子一样到处想引人关注。

“我梦到了德比的冬季。”洛拉道。

这话却马上引起了大家的兴致。

“快跟我们说说你梦到了什么。”大家一致道。

“真正特别的是我一连两晚都梦到它，”洛拉道，终于在香肠和奶油鱼蛋饭中选定了一样，“也正因此我才觉得有提一下的必要。你们知道，每逢我连续两三天夜里都做同样的梦，总是会有所应验的；在这方面我有特异功能。比如说，我曾三次梦到一头背生双翼的狮子在飞越天空时掉了一只翅膀，然后它就轰的一声跌到了地上；没过几天威尼斯的钟塔就倒了。你们该知道，带翼的狮子正是威尼斯的象征，”她解释了一句，以防大家对意大利的纹章学不甚精通。“后来，”她继续道，“就在塞尔维亚国王和王后被刺之前，我异常生动地梦见两个戴着王冠的人走进了一条大河岸边的一个屠宰场，那条河我认为就是多瑙河；还有，就在前几天——”

“还是跟我们说说你梦到德比的情况吧。”奥多不耐烦地打断了她。

“喔，我就像身临其境一样清楚地看到了赛马的终点；有一匹马轻松获胜，几乎是慢慢跑的，所有的人都大叫：‘“面包黄油”赢了！老“面包黄油”真是好样的。’我清楚地听到了这个名字，而且一连两晚我都做了这个同样的梦。”

“‘面包黄油’，”德·克劳克斯太太道，“问题是这到底指的是哪匹马呢？喔——自然是‘保育室茶’了！”

她面带揭开谜团的胜利微笑环顾左右。

“那‘五点钟’算不算？”拉尔沃斯爵士提议道。

“这两种选择都同样适合，”奥多道，“你还记得骑师穿什么颜色的衣服吗？这可能有所帮助。”

“我好像记得瞥见一抹柠檬黄的袖子或是帽子，不过我不能肯定。”洛拉在一番回想后道。

“可比赛中根本就没有一位柠檬黄衣服或帽子的骑师。”伯蒂在翻检了一遍发令员和骑师的名单后道，“你还记得那匹马的样子吗？要是比较矮胖，这个‘面包黄油’就肯定是‘保育室茶’；如果比较瘦，那当然指的就是‘五点钟’了。”

"有道理，"德·克劳克斯太太道，"一定细想想，洛拉亲爱的，你梦里的这匹马是瘦削还是矮壮。"

"我记不得这个那个的，"洛拉道，"你在撞线的兴奋之中哪能注意到这种细枝末节。"

"可这是匹象征性的马呀，"拉尔沃斯爵士道，"所谓的胖瘦表现出来就是要么像一匹拉车的牲口那么又粗又壮，要么就是像纹章中的豹子一样清瘦。"

"恐怕你是个相当粗心的发梦家呢。"伯蒂怨恨地道。

"我在发梦的时候自然是感觉像是亲历了一次真正的赛马，并非象征性的，"洛拉道，"否则我就会特别注意所有那些具有提示性的细节了。"

"德比明天才正式开赛，"德·克劳克斯太太道，"你觉得今儿晚上你还会做同样的梦吗？如果能；你可以把注意力集中在马的外形这些重要细节上。"

"恐怕今儿晚上我甭想睡着了，"洛拉哀婉地道，"每月的五号夜里我都会失眠，正好就是今儿晚上。"

"这可太恼人了，"伯蒂道，"当然，我们可以两匹马都押，可如果能把我们所有的钱都押在胜者身上那岂不强得多。你就不能服一剂安眠药水什么的？"

"橡树叶，浸在温水里放在床底下，有人推荐过这个偏方。"德·克劳克斯太太道。

"来一杯本笃会甜酒，再加一滴古龙水——"拉尔沃斯爵士道。

"我早就试过了所有可能的疗法，"洛拉颇有尊严地道，"多年来我就是个失眠症的牺牲者。"

"可如今我们也成了牺牲者，"奥多沉着脸道，"我特别想在今年的比赛上大干一场的呀。”

“我犯失眠症又不是为了取乐。”洛拉厉声道。

“我们还是抱最好的期望吧，”德·克劳克斯太太抚慰道，“今儿晚上也许是个例外呢。”

可是等早餐时间再次到来时，洛拉报告说就做梦而言昨晚是个空白。

“我想我连十分钟都没睡够，自然没什么梦。”

“真是遗憾，首先是为你，也有我们，”女主人道，“你觉得早餐后能试着小憩片刻吗？对你将大有好处——你也许能梦到点什么呢。我们下注前还有点时间。”

“我愿意遵命试试，”洛拉道，“不过听起来就像个小孩子被强制送去睡觉。”

“我可以为你读《不列颠百科全书》，如果你觉得那能让你更快睡着的话。”伯蒂亲切地道。

雨下得正急，所以没办法搞什么室外娱乐，接下来的两个小时大家都够受的，因为为了尽一切可能让洛拉入睡，整幢房子都强制保持绝对的安静。连台球的撞击声都被认为是可能的干扰因素，几只金丝雀临时挪到了园丁的小屋里，客厅里的布谷鸟大钟外面蒙了好几层毯子。依伯蒂的建议，大门上贴了张“请勿敲门或打铃”的告示，客人跟仆人讲起话来都压低了嗓门，仿佛可怕的死亡或什么恶疾侵入了这幢房子。结果所有的防范均告落空：洛拉不但度过了一个不眠之夜，就连上午也没睡着，大家的赌注只得平均分摊在“保育室茶”和那匹法国小马身上了。

“必须把我们的赌注分开真是太恼人了。”当诸位宾客在当天晚些时候齐聚在客厅里等着比赛结果时，德克劳克斯太太埋怨道。

“我为了你们可是尽了力的，”洛拉道，自觉没得到分内应得的感激，“我告诉了你们我在梦里看到的一切，一匹棕色马，叫‘面包黄油’，在所有的马中轻易获胜。”

“你说什么？”伯蒂叫着从椅子上跳了起来，“一匹棕色马！可怜的女人，你从没提过它是匹棕色马。”

“我没提过？”洛拉支吾道，“我还以为我告诉过你们那是匹棕色马了呢。在两个梦里它肯定都是棕色的。不过我看不出这个颜色会有什么关系。‘保育室茶’和‘五点钟’都是栗色马呀。”

“仁慈的上帝！难道黑面包抹上黄油再加少许柠檬汁没有使你想到什么吗？[①]”伯蒂狂怒道。

当大家逐渐明白了他这番话的意思，不禁集体发出拖长的呻吟。

洛拉在一天之内第二次退回到自己的房间；当“银鱼”以十四比一的悬殊比价被宣布为胜者时，她实在无法面对所有人投向她的责备的目光。

---

① 银鱼在西餐中的吃法一般是油炸或腌渍后夹面包食用，而西餐在吃鱼时通常都要配少许柠檬汁或柠檬片。

预 警

阿莱西娅·戴伯昌斯坐在一个很空的列车车厢的角落里，肉体上多少放松了下来，不过精神上还是有些哆嗦。以往的生活已经使她习惯于隔离和停滞状态，可眼下她却开始了一次不小的社交历险。已年满二十八岁的她如果回望过去的经历，也就是成天围着她姑妈那幢韦伯尔辛顿的房子转，那个小村子距最近的乡间小镇四英里半，距当今的时代则至少有四分之一世纪远。她们没几个邻居，仅有的几位也都上了年纪，因此社交往来非常有限，不过他们在你生病的时候却总是很帮忙而且极有同情心。通常的报纸是种稀罕物；阿莱西娅经常看的出版物要么是宗教类要么就是家禽饲养，而政治对她而言绝对是个未尝涉足的领域。她的人生观主要是通过那些流行的著名小说家的中介获得的，并经过她姑妈、教区牧师以及她姑妈的女管家摆在她面前的知识的进一步修正或强化。而如今，在她二十九岁之即，姑母撒手而去，她收入虽绝无问题，却成了孑然一身，没有亲友和人际方面的往还。她有几位表亲一直跟她保持着友好却相当稀少的通信关系，不过因为他们已经在锡兰定居下来，她对那个地方几乎一无所知，除了像传教赞美诗一样在信上向她证实那儿的人性邪恶之外，他们对她就再没什么直接用处了。她还有另外几位表亲，论关系更远些，不过论地理却没那么遥不可及，住在英格兰中部地区。她几乎不记得曾跟他们见过面，不过在过去的三四年间，他们曾有一两次很礼貌地邀请她去他们家做客；她因为姑母身体日渐不支不得不婉拒他们的邀请时，他们似乎也没因之特别沮丧。他们为姑母去世写来的吊唁短信上又含混地表示希望阿莱西娅能在不久的将来抽空跟她的表亲共度几日，经过反复考虑以及犹豫之后，她终于写信表示愿在几星期后某个确定的日子登门拜访。她那位表亲的家庭并不大，这在她也是种宽慰；两个女儿已经出嫁，不在身边，家里只有老布拉德沃德太太和她儿子罗伯特两个人。布拉德沃德太太患有某种残疾，而罗伯特是个已经从牛津毕业的年轻人，就要进议会了。再进一步的情况阿莱西娅就不甚了然了；只得靠她的想象来填补，而她的想象又全然是建立在对小说中碰到的人物的丰富知识上的。那位母亲并不难想象；她要么是位格外亲切和蔼的老夫人，以毫无怨愤的坚忍对待她虚弱的健康，对园丁的小男孩总是亲切鼓励，对偶然上门的客人总是快乐地笑脸相迎；要么她就会冷酷而易怒，眼睛像锥子一样扎人，而且对自己的儿子盲目地崇拜。阿莱西娅的想象更倾向于后面这种情况。罗伯特就比较麻烦了。在为他归类时有三类主要的男性形象可以参照；一是雨果，强壮、美好而又漂亮，人间极品，殊难碰到，二是詹斯佩尔爵士，极端邪恶而且绝对肆无忌惮，再就是内维尔，内心也不真坏，不过有张刀子嘴而且通常需要两个好心的女人终身的服侍才能使他不至于得什么绝症。据阿莱西娅想来，罗伯特可能属于最后那种类型，果真如此的话她就能有幸跟一两位出色的女性做做伴了，而且也许还能见识一下讨人厌的女冒险家或是跟几位不计后果只顾招人爱慕的已婚女性面对面。总而言之，前景还是颇令人兴奋的，这次突然闯入一个未知人群的历险，阿莱西娅颇希望能带上教区牧师跟她一同前往；可她又没有富有或是重要到能带个随行牧师的地步，像是她刚读过的那本小说里的穆瓦斯东克勒夫侯爵那样，所以她也就不过想想而已了。

她乘的火车是班慢车，沿线的小站多不胜数。大部分车站都似乎没人想上车或下车，不过有那么一站，站台上有几个小商贩模样的人，后来有两个农民或是牛贩子进了阿莱西娅的车厢。他们很明显是做完了一天的生意之后刚刚碰上，两人之间的交谈主要限于简短而友好地询问对方的健康、家庭、存货之类，再就是几句对天气的抱怨。然而，他们的谈话突然之间来了个戏剧性的转折，阿莱西娅不禁备感兴趣地细听下去。

“你觉得那位罗伯特·布拉德沃德先生如何，呃？”

问话里带着明显的轻蔑。

“罗伯特·布拉德沃德？一个彻头彻尾的无赖，他就是这么个东西。见到任何一个正派人他都该自觉羞惭。送他进国会代表我们——休想！他会把一个穷人最后一个子儿都给榨干，他决不手软。”

“啊，一点没错。为了让我们投他的票，他撒了几箩筐的弥天大谎，他就是这么做的，该死的。你看过本周《阿耳戈斯》是怎么揭露他的吧？把他剥得精光，连大腿带屁股，告诉你吧。”

他们就这么进行他们尖刻的控诉。他们所指无疑正是阿莱西娅的表亲、她正要去拜访的那家主人；对议会候选人的提及坐实了这一点。罗伯特·布拉德沃德到底做了什么，他到底是个何等样人，人们提起他的时候才会如此深恶痛绝？

“昨天他在首尔福德被嘘下了场。”其中一位道。

被嘘下了场！已经到了这等地步？在罗伯特·布拉德沃德的邻居和熟人出于绝对的轻蔑而嘘他这一概念中具有某种引人注目的圣经般的意味。阿莱西娅想到，海尔沃德·斯特朗拉斯勋爵曾被嘘过，在《马特比塔楼》的第八章，在他开设一个卫斯理教派市场的时候，因为被怀疑（后来证明是被冤枉了）将他的德国女家庭教师殴打致死。而在《被玷污的畿尼》中，罗伯尔·斯昆德比在骑师俱乐部的台阶上被嘘则是咎由自取，他在一项重要赛事开赛前递给竞争对手的骑师一份伪造的电报，里面谎报他母亲的死讯，以此确保他对手的马退出比赛。英国人撒克逊的血统历来冷静自持，如果不是有什么特别令人愤慨的原因，他们是不会如此轻易地显示自己的情感的。

列车停靠在又一个小站，那两个人下了车。其中一位落下了一份《阿耳戈斯》，即他提到的那份当地的报纸。阿莱西娅猛扑过去，想在上面找到点有教养的文学化的描述以证实那两个粗鲁的农民通过他们家常诚实的方式表达的责难。她没费多少劲就找到了；这份报纸的重要文章之一就是“大话王罗伯特·布拉德沃德”。她不太清楚“大话王”到底何指，也许指的是某种无以言表的残忍方式，不过她只读了这篇文章的开头几句话就已经发现，她的表亲罗伯特，她即将在其家中小住的这个人，是个肆无忌惮、毫无人性的家伙，才智浅陋却又狡诈多端，而且他跟他的同事要为这个地区遭受的绝大多数痛苦、弊病、贫困和无知负责；除了在一两首责难性的《赞美诗》中——她一直认为那是出自夸张的东方式想象——她从未读到过对某个人类如此极端的控诉。而这个怪物几分钟之后就要在达里尔顿车站迎接她了。她马上就要认识他了；他应该像詹斯佩尔爵士那样具有漆黑凸出的浓眉、敏捷诡诈的眼神、讥诮可怕的微笑。要临阵脱逃已经来不及了；她必须强迫自己在跟他会面时假作镇定。

及至见到罗伯特真人她却颇吃了一惊，他竟然白肤金发，狮子鼻，愉快的眼神，而且做派很有些学生腔。“披着狼皮的羊。”她暗自思忖；心下庆幸她已意外窥得了他的真面目。

他们驶出车站时，一个满脸酒色的劳工阶级向他友好地挥帽致意。“祝您好运，布拉德沃德先生，”他大叫，“您会独占鳌头的！我们要折断老乔伯厄姆的脖子。”

“那人是谁？”阿莱西娅马上问道。

“哦，是我的一个支持者，”罗伯特笑道，“一半时间偷猎一半时间在酒馆里泡着，不过他站对了立场。”

这么说来罗伯特·布拉德沃德就是跟这流人物混在一道的，阿莱西娅想。

“他提到的那个老乔伯厄姆又是什么人？”她问。

“是约翰·乔伯厄姆爵士，我的对头，”罗伯特答道，“右手边那片林子里的房子就是他家。”

这么说来还是有一个正人君子的，可能就是雨果型的，他在自己凶险的生涯中反抗、挑战那些恶势力，而一个卑鄙的阴谋正在谋划着折断他的脖子！这个阴谋有可能几小时之内就将付诸实施！必须有人提醒他。阿莱西娅记得《毒藤庭院》里西尔维娅·布鲁姆盖特夫人是如何假装在一位受到威胁的郡巨头门前让马惊走，如何在他耳边悄悄传递了一个警告，终于使他免受一次仇杀之害的。她急于知道马厩里是否有那么匹温顺的矮脚马，而且允许她一个人骑出来。问题是她很有可能会受到监视。罗伯特会在后面追上来，在她正要折向约翰爵士府的大门时抓住她的缰绳。

他们在村里的一条街道上经过的一群人对他们就没这么友好了，阿莱西娅觉得还听到了私下的嘘声；一会儿之后他们又碰上了一个骑自行车的小跑差。他面色老实坦率，头发梳得一丝不乱，衣服也相当整洁，证明他具有清白的良心和尽责的母亲。他直盯着车子里的乘客，待他们经过后，他以清亮的童音高唱道：

“我们要把博比·布拉德沃德吊死在酸苹果树上。”

罗伯特只是笑了笑。他就是这么对待他的邻里乡亲对他的嘲笑和谴责的。他已经以其寡廉鲜耻的堕落将他们驱赶至绝望的境地，直到他们公开地宣称要将他吊死，而他竟然笑得起来。

布拉德沃德太太果不出阿莱西娅所料：削薄的嘴唇、冰冷的眼神，显然一心扑在她那个一文不值的儿子身上。从她那儿是不可能得到什么帮助了。阿莱西娅夜里把她房间的门锁好，又把家具挪过来堵上，早上女仆费了好大的劲才突围进来奉上早茶。

早餐之后，阿莱西娅借口出去看一处僻远的玫瑰园，顺着她昨天傍晚途经的路线溜到了村里。她记得罗伯特曾指给她一个公共阅览室，她觉得在那儿有可能邂逅约翰·乔伯厄姆爵士，要么碰上他的个把熟人给他捎个口信也好。她进去的时候阅览室里空空如也；中间的桌子上摆着一本十二天前的《画报》、一本旧《笨拙》杂志以及一两种当地的报纸；别的桌子上大都堆着象棋和跳棋的棋盘以及装着棋子和多米诺牌的木头盒子。她无精打采地捡起一份叫做《哨兵》的报纸，浏览了一下内容。她猛地一惊，开始全神贯注地匆忙阅读一篇位于显要位置的文章，标题名曰“照一照约翰·乔伯厄姆爵士的真面目”。她的脸色变得煞白，眼睛中现出惊恐的绝望。她从未在哪部小说中读到过有哪位无助的年轻女性曾遭遇如此的困境。这位约翰爵士，她心目中的雨果，甚至比罗伯特·布拉德沃德更加邪恶和卑劣。他卑鄙无耻、惯会推脱，对本地区的利益漠不关心，是个大骗子，历来言而无信，他以及他的同事们要为本地区遭受的绝大部分贫穷、痛苦、犯罪以及国民素质的退化负责。他也是位国会候选人，看来这一地区在国会中只有一个席位，很明显不论是罗伯特还是约翰爵士胜出，同时也就意味着另一位的败北，因此，这两个同样卑鄙无耻之辈自然相互引为仇敌了。一位正在想方设法将他的敌人弄死，另一位则显然在鼓动他的支持者来一次私刑，将对方绞死。所有这一切都是为了自己可以因没有了对手顺利当选，这两位候选人中的无论哪一位就可以进入国会，继续他口蜜腹剑的营生。人类当真如此邪恶吗?

“我须得马上返回韦伯尔辛顿，”阿莱西娅在午餐桌上通告她那位大出意外的女主人，“我接到了一份电报。一个朋友病重，要我回去照顾。”

编造谎言固然可怕，可强似再在那个屋檐下度过一晚。

阿莱西娅如今比以往更加热心地阅读着小说。她本人曾涉足韦伯尔辛顿以外的那个世界，那个世界不停地上演着罪恶和奸邪的大戏。她侥幸毫发未伤地全身而退，不过假如当初她就这么一片真心地跑去找约翰·乔伯厄姆爵士并警告他注意危险，谁知道会发生什么事？想想都后怕！她之获救全应归功于当地新闻界的仗义执言哪。

非法闯入

喀尔巴阡山脉东沿的一处杂木森林中，一个人在一个冬夜立在那儿谛视、倾听，仿佛在等待林中的野兽进入他视线的范围，进而成为他枪下之鬼。不过此人如此热心守望的猎杀对象在狩猎家的历法中却付之阙如，实属不该；乌尔里希·冯·格拉德维茨在暗林中巡逻，为的是追踪一个人类的仇敌。

格拉德维茨家的林地幅员颇广而且猎物丰富；位于其边界的这条狭窄、陡峻的林地却藏不住什么猎物，犯不着在此地浪费弹药，不过在其领主的领地中却属它受到最为审慎的防护。通过他祖父时代的一起著名诉讼，这块林地才强行从临近的一位小领主的非法占有中夺过来；但被剥夺了所有权的一方却从未认同法庭的判决，于是这两个家族之间绵延三代不断爆发偷猎的争执以及类似的丑行，相互的敌意日深。到乌尔里希成为族长后，家族间的争执已发展为个人间的仇恨；假若说世间有一个人是他深恶痛绝，他巴不得他倒血霉的话，此人就是格奥尔格·兹纳耶姆，敌对家族的继承人、偷猎的惯犯以及争议林界的肆意入侵者。要不是这两个人之间素怀敌意，那场家族间的纷争可能早该消歇或达成妥协了；他们俩从小就渴望尝到对方的鲜血，成人后彼此祈祷对方不得好死。在这个狂风肆虐的冬夜，乌尔里希联合他的守林员一起看护这片黑林，不是为了追捕什么四足猎物，恰是监察他怀疑正准备穿越边界骚扰黑林的盗贼。通常在风暴之夜避居山谷的雄獐这晚却像被追的猎物般四处奔逃，而且那些惯于在黑夜中沉睡的物种也显得有些骚动和不宁。森林中肯定出现了干扰因素，而乌尔里希可以猜到其所从何来。

他独自一人离开他埋伏在山顶的岗哨，沿陡峻的远坡穿过杂乱的野生矮木林而下，目光穿过树干四处观望，耳朵透过狂风的呼啸、树枝不断的击打细心凝听，为的是看到劫掠者的身影，捕捉到他们的动静。他要是能在这个狂野的夜晚，在这个黑暗、孤独的地点撞上格奥尔格·兹纳耶姆就好了，就他跟他两人，没有目击者的存在——这就是他内心深处最强烈的渴望。而当他绕过一株巨大的山毛榉的树干后，他当真面对面撞上了他在搜寻的那个人。

两位仇敌各自原地站立，沉默地相互盯视了良久。每人手里都握着一支步枪，每人胸口都燃烧着仇恨，头脑里都渴望着杀戮。这一千载难逢的时机给了他们毕生的激情一个完全的发泄口。可一个在压抑性的文明规范下成长起来的人却无法轻易鼓起勇气在话都没说一句的情况下就将他的邻居残忍地射杀，除非是为了捍卫自己的家庭和荣誉。而就在他们犹疑之际，在他们还没来得及付诸行动之前，大自然却已先发制人，以其自身的暴力将他们俩一举击溃。随着一阵暴风雪猛烈的狂啸，但听得他们头顶喀嚓一声爆裂，还没等他们跳到一边，倾倒的山毛榉就在轰隆巨响声中将他们压在了底下。乌尔里希·冯·格拉德维茨发现自己摊倒在地上，身子底下的一条胳膊完全麻木，另一条深陷在纵横交叉的树枝之间几乎同样动弹不得，两条腿则完全压在了倾倒的大树底下。他沉重的猎靴救了他的脚，否则早就给压碎了，不过，他受的伤虽侥幸不算致命，可很明显他眼下至少是休想挪动一分一毫，只能坐待旁人助他脱难了。压下来的细枝已经击伤了他脸上的皮肤，他不得不紧眨了几下眼，把血珠子从眼睫毛上挤出去，这才大致看清楚了他遭遇的这场飞来横祸。在他身侧就躺着格奥尔格·兹纳耶姆，换了正常的情况他都能伸手够着他了，他还活着，在挣扎着，不过显然跟自己一样无助地被压在了树下。他们俩四周铺着厚厚一层碎裂的粗枝与折断的细枝的残骸。

一半是因自己还活着感到的庆幸，一半又因深陷困境动弹不得而恼恨，导致乌尔里希吐出一连串感恩与咒骂的奇怪杂烩。格奥尔格起先被血流糊了眼，暂时停下挣扎听了一会儿，接着满怀讥讽地短促一笑。

“这么说来你虽然该死，居然还没死，不过终究还是被压住了，”他叫道，“压得牢牢的。嚯，真是笑话，乌尔里希·冯·格拉德维茨被他偷来的林子给逮了个正着。你这才叫罪有应得！”

他再次哈哈大笑，充满挖苦和愤怒。

“我是在我自己的林地里被压住的，”乌尔里希反唇相讥，“等我的人赶过来救我们脱险之后，你也许就会宁肯自己被压着，也不希望在邻居家的林地里偷猎时被捉个正着了。你这个无耻小人！”

格奥尔格沉吟了片刻；然后平静地答道：

“你能肯定你的人还能救你出来？今天晚上这个森林里也有我的人，就在我后头，他们会首先找到这里救我出来。等他们把我从这些该死的树枝底下拖出来后，他们用不了费多大劲就可以把这些枝干全推到你身上。你的人会发现你死在一株倾倒的山毛榉之下。为了好看，我会将吊唁信送至府上。”

“倒是多谢提醒，”乌尔里希反唇相讥，“我原命我的人十分钟后就跟上来的，有七个人应该已经到了，等他们把我救出来——我会记得你的建议的。只不过既然你是在我的土地上偷猎致死的，我想我就不必向尊府送什么吊唁信了。”

“好，”格奥尔格怒骂道，“非常好。我们总算一直打到了死，就你我还有我们的护林员，没有什么可恶的外人搀和进来。去死吧，你个遭瘟的乌尔里希·冯·格拉德维茨。”

“你也一样，格奥尔格·兹纳耶姆，你个偷林贼、偷猎贼。”

两人话音里都带上了可能失算的悲苦，因为心里都明白自己的人可能还要很长时间才能找到自己；而且谁的人先到全靠撞大运。

两人已经都不再无谓地挣扎了，想从压得严严实实的大树底下脱身纯属妄想；乌尔里希现在竭尽全力想将他那条部分还能动弹的胳膊伸得离外套的外兜近一些，想把他的扁酒壶掏出来。就算已经掏了出来，他仍然费了九牛二虎之力才把盖子拧开，将酒灌进喉咙里。眼下这可真好比天赐洪福！时值深冬，又是在户外，还一直飘着零星小雪，这么一来感觉可就好受多了；酒能使伤者感觉暖和，精神也能振奋一下，他不禁带着点类似怜悯的感觉看着他仇敌躺的地方，尽量忍着不让痛苦和疲惫的呻吟从嘴里冒出来。

“我扔过去，你能够得到这个酒壶吧？”乌尔里希突然问，“里面可是好酒，人还是要有福同享。我们一块喝几口吧，哪怕今晚我们有一个就得死。”

“恐怕不行，我几乎什么都看不到；血把我的两眼都给糊住了，”格奥尔格道，“而且我从不跟敌人共饮。”

乌尔里希沉吟了几分钟，躺着静听让人烦不胜烦的风声。他脑子里慢慢形成了一个想法，他眼看着那个正拼死跟疼痛和疲惫做斗争的人，这个想法也越来越清晰。在痛苦和无力之中，乌尔里希自己也开始觉得原来一直熊熊燃烧着的仇恨似乎已经熄灭。

“朋友，”不久他开口道，“要是你的人先到，你愿意怎样就怎样吧。说来也算公道。不过就我而言，我已经改了想法。如果先到的是我的人，我会让他们先救你出来，把你当我的客人对待。我们自打生下来就像魔鬼一样为了这片愚蠢的林子争执不休，这块鬼地方给风吹得连棵树都长不直。今儿晚上躺在这里我开始觉得我们俩都是大傻瓜；生命中有多少好事，强似为了个分界争夺得没完没了。朋友，要是你愿意帮我将旧怨彻底埋葬，我——我愿意请你做我的朋友。”

格奥尔格·兹纳耶姆却一直没搭腔，乌尔里希还以为他可能疼昏过去了。然后他才缓慢而又激动地开了腔。

“要是咱俩并驾齐驱进入市场，这整个地区都会目瞪口呆、议论纷纷。活在世上的人还没有一个见过兹纳耶姆和冯·格拉德维茨家族的人友好地搭过腔。我们俩今晚如果能一笑泯恩仇，林区的这些居民就都能尽享和平了。如果我们努力使我们的人享受到和平，那外面就谁都甭想搀和进来了……你可以来西尔韦斯特在我的屋檐下安眠，我也可以在节庆日到你的城堡里尽情欢宴……我决不会再在你的土地上开一枪，除非是你请我跟你一起狩猎；你也该到我那儿跟我一起在沼地里猎野鸭。只要我们俩立志和平，这整个乡间谁也休想捣乱了。我原本一门心思地仇你恨你，可眼下我也改了主意了，就在这半个钟头之内。你还请我喝你的好酒……乌尔里希·冯·格拉德维茨，我愿意成为你的朋友。”

有一段时间，两人都沉默不语，翻来覆去地想着这次戏剧性的和解将会带来的所有奇妙的变化。在寒冷黑暗的森林中，狂风被光秃的树枝扯成一缕缕的阵风，从枝干间呼啸而过，他们俩静待将使双方同时获救的救援到达。两人都暗自祈祷自己的人先到，这么一来他就可以首先向已化敌为友的对方表示光荣的关切。

趁阵风暂时间歇之际，乌尔里希打破了沉默。

“我们大喊救命吧，”他道，“趁这阵间歇，声音可以传得远些。”

“怎么都穿不透树林和灌木的，”格奥尔格道，“不过我们可以一试。来，一起。”

两人抬高声音发出拖长的狩猎呼喊。

“再一起来。”乌尔里希几分钟后道，刚才的呼喊并未带来应答的声音。

“我除了这些瘟风什么都没听见。”格奥尔格嘶哑地道。

他们又沉默了几分钟，乌尔里希突然兴奋地大叫。

“我看见有人穿过树林过来了。他们跟我刚才下山走的是一条道。”

两人扯直了嗓门再次大喊。

“他们听见了！他们停住了。现在他们看见我们了。他们正从山上朝我们奔过来。”乌尔里希叫道。

“他们一共几个？”格奥尔格问。

“看不太清楚，”乌尔里希道，“九个或者十个。”

“那肯定是你的人，”格奥尔格道，“我只带了七个出来。”

“他们正拼力奔过来，真是好样的。”乌尔里希高兴地道。

“是你的人吗？”格奥尔格问。

“是不是你的人？”见乌尔里希没有回答他再次耐不住性子

地问。

“不是。”乌尔里希大笑道，可那笑声却是被极端的恐怖吓破了胆的白痴般的笑。

“他们是谁？”格奥尔格着急地问道，一边竭力睁开眼睛看看对方不愿看到的到底是什么。

“是狼。”

彭瑟比太太除外

将本来有成为一头白化病大象危险的庞然大物转化为一匹能助他沿坎坷的财政之途顺利前行的有用驮兽可是雷吉·布鲁特尔的独创。他靠继承得到却又无相应的供给充作其维持费用的“利姆府”就是那种自命不凡而又不肯与人方便的大厦，只有有钱人才住得起，可一百个有钱人里也不见得能有一个会选中它。它极有可能在不动产市场上被冷落多年，周围有一圈布告牌宣称，在一个生性多疑的世界的眼中，它是幢极为适宜的居所。

雷吉的计划是将其转变为一个长期举办下去的乡居派对的总部，从十月份一直到三月底——派对的成员由年轻或者还算年轻的男女构成，他们没钱大规模长时间地去打猎，可又热衷于高尔夫、桥牌、跳舞以及偶尔的观剧。他们谁都不算付费的客人，不过每个人又都算付费的主人；有个专门的委员会负责照顾饮食和支出，而一个非正式的下属委员会将在帮助组织计划中的娱乐方面发挥重要作用。

因为这只是个实验，所有参加这一活动的成员也就有必要达成一个共识：对他人都尽可能要宽容和互助。一个大有希望的核心已经成型，包括几对已婚的年轻夫妇，事情看来已经大有眉目了。

“良好的管理外加一点谦虚的劳作，我想事情应该能成功。”雷吉道，而雷吉还真是个辛苦在前乐观在后的主儿。

“你管理得再好，总还会有一块绊脚石让你不胜其烦，”达格伯里少校兴兴头头地道，“女人一定会吵架的。记住我的话。”这位灾难的预言者继续道，“我不是说男人就不会吵架，他们也可能吵；可女人是注定要吵的。你防不胜防；这是她们这个性别的天性。说厉害点，摇动摇篮的手亦能摇动这个世界。一个女人可以忍受种种不适，可以做出种种牺牲，可以克己到英雄的程度，可她唯一不能或缺的奢侈品就是吵架。不论她身处何方，不管逗留的时间何其短促，她都一定会制造出女性间的不合，就像法国人在极地的荒原里也会为自己做汤一样。每次海上的航行刚刚开始，男性旅客还认不清楚谁是谁呢，女人就已经平均为自己确定了一两个敌人，还有一两个当后备——当然前提是船上有那么多女人可以相互为敌。如果真没了对手她就会跟女服务生干架。你的这个实验要持续六个月；我敢说不出五个星期至少就会有五六方爆发战争，而且会发展到械斗的地步。”

“哦，算了吧，整个派对也就只有八个女人；她们不见得这么快就挑起争端吧。”雷吉反驳道。

“她们也许不会全都主动挑起争端，”少校让步道，“可她们都会拉帮结派，而眼下马上就是圣诞节了，依照其和平和与人为善的惯例，届时你肯定会发现自己将置身一个充满冷酷敌意的冰河时期，偶尔还会像埃特纳火山一样爆发几起公开的战争。老兄，这是不以你的意志为转移的。不过至少你不能抱怨事先没人警告你。”

头五个星期的冒险证明了达格伯里预言的言过其实，印证了雷吉的乐观主义。当然，偶尔也有些小口角，在日常交往的表面之下也可以察觉出一定程度的相互妒忌；不过总体说来，女性的群体还是处得相当不错的。不过有一个显著的例外。根本要不了五个星期，彭瑟比太太就使自己遭到她这个性别所有成员的强烈憎恶；只要五天也就绰乎有余了。大多数女士都宣称她们从见到她的第一眼就开始讨厌她；不过这也许只是事后的追加。

她跟男人们却处得挺不错，她并不是那种只会享受男人照顾的女性；她有足够的素质在一个相互合作的团体中起到自己的作用，成为可人的一员。她并没有通过抢夺一些小利益、聪明地逃避她应做的贡献而试图“胜过”她的男性同伴；她并不给人无聊或势利的印象。她打起桥牌来公平无欺，而且她在牌桌上的举止也无可挑剔。可她一旦跟她的同性发生接触，战斗的火焰立刻就会燃起；她引起仇恨的天分似乎与那些积极的天赋比邻而居。

不论彭瑟比太太关注的对象脸皮是厚是薄，是急脾气还是好性儿，她总能成就同样的效果。她几乎没有什么明显的弱点，可她直戳人家的痛处，她怠慢人家的热情，她争执起来一般都能占理，就算是不占理，她也能让她的对手显得愚蠢和武断。她以一种事务性的无辜态度干着说着那些可怕的事儿，她以一种可怕的方式干着说着那些事务性的无辜的事儿。总而言之，所有女性对她毫无疑义的判决就是她实在招人讨厌。

正如少校所言，拉帮结伙自然在所难免；事实上，对彭瑟比太太的厌恶几乎使别的女人都结成了同盟，而且不止一次，潜在的不和都因为她阴险而且过于明显的煽风点火反而迅速消弭于无形；最气人的是她在她的对手很难控制自己情绪的情况下总能成功地维持她镇定的风度。最恶毒的话从她嘴里说出来也像是地铁的售票员宣布下一站是布朗普顿路——语气标准而又倦怠，给人的感觉是她明知真理在握，可对于自己宣布的事实却全然无动于衷。

有一次，瓦尔·格温普顿太太——她可不能说具有最为沉着的性情——情不自禁跑去当面对彭瑟比太太生动地讲了她对她的真实意见的概要。这场长久积怨酿成的风暴的对象却耐心地等到她暂时住口，然后平静地对那位愤怒的小女人道——

“好了，我亲爱的格温普顿太太，让我告诉您一件两三分钟以来我一直想对您说的小事，您一直不给我开口的机会：您有一只发夹从左边滑了下来。你们这种头发稀疏的女人总是连发夹都很难戴稳。”

“你对这么个女人能怎么样？”瓦尔太太事后对一群深表同情的听众发问道。

雷吉当然也得到了无数有关这个女刺儿头招人嫌恶的暗示。他嫂子就曾当面向他细数她无数骇人的暴行。雷吉却像是在听一次发生在玻利维亚的地震或是东土库斯坦的农作物歉收报告，因为灾难距离自己太过遥远，简直可以全当它没有发生。

“那个女人已经把他给控制住了，”他嫂子恨恨地暗想，“要么她就是为这次活动出了资，所以才这么嚣张。再要么，上帝难容，难道他竟对她产生了奇怪的迷恋？男人的口味可真是特别。”

麻烦归麻烦，可也从未酿成真正的危机。彭瑟比太太作为“冒犯之源”几乎把所有女人都得罪遍了，如此一来反倒没有哪个女人会自觉被逼无奈只得站出来宣布决不能再跟她继续待在一个屋檐底下了。每个人都遭灾也就等于没有人遭灾。较之于实际上的冒犯行为，这点语言上的冒犯都算得上是种宽慰了。雷吉的嫂子还新添了一项兴致，一心想揭穿到底是什么样的秘密关联致使他对彭瑟比太太的作恶多端视而不见的。他在公开场合对她的态度倒是滴水不漏，可他私下里继续顽固地对指摘她的言辞充耳不闻。

除了彭瑟比太太招所有人厌之外，这次初试啼声的派对实验算得相当成功，下个冬天再依样组织第二次应该是顺理成章了。碰巧大部分女士以及两三位男士下一次因故不能再参加，不过雷吉早有准备，已经预定了大量“新鲜血液”。下一次派对肯定比这第一次开得更加盛大。

“很抱歉今年冬天我参加不了了，”雷吉的嫂子道，“我们必须得去爱尔兰的表亲家；我们已经推迟了无数次了。真是遗憾！你们这次可再也不能要那种女人了。”

“彭瑟比太太除外。”雷吉假作正经地道。

“彭瑟比太太！说真的，雷吉，你怎么这么白痴，还要请那个女人！她会像这次一样弄得所有女人都讨厌她的。你到底有什么小辫子被她抓在手里了？”

“她是个无价宝，”雷吉道，“她是我的正式‘吵家’。”

“你的——什么？”他嫂子气吁吁地道。

“我将她引入派对就是为了将女人之间的不睦和争吵集中到一起，否则早就四面楚歌鸡飞狗跳了。这么多人六个月时间里低头不见抬头见的，没有口角和争执才叫怪了呢，哪里用得着什么杂七杂八的朋友特意给你打预防针？所以我想，最好的办法就是将其集中到一处，就地封存。当然，我也让这位女士不虚此行，而且你们来自亚当镇的人她一个也不认识，而你们连她的真名实姓也不知道，所以她并不介意为了有益的目的故意惹人讨厌。”

“你是说她自始至终都是知情的？”

“这是自然，有一两位男士也知情，所以她在做了什么特别蛮横无理的事情之后可以跟我们一道躲在背后大笑一场。她确实过得很开心。你瞧，她本是一个相当好斗的人家的穷亲戚，她有相当一部分时间都花在平息别人的争吵上。现在轮到她对全体女性极尽恶毒之能事，而且还是出于和平的目的，你可以想象她该多么开心了。”

“我觉得你真是这个世上最讨厌的人了。”雷吉的嫂子道。这并不尽然；跟任何人相比，跟任何时候相比，她都从没这么恨过彭瑟比太太。这个女人从她手里硬抢去了多少争吵，这笔账是怎么都算不清了。

马克

奥古斯塔斯·麦娄肯特是个颇有前途的小说家；也就是说，眼下读他小说的人虽还有限，不过正在逐步增加，而且如果他继续年复一年地写他的小说，很有理由期望有一个越来越大的读者圈会养成读麦娄肯特的习惯，会特意向图书馆和书报摊指名要他的书看。在出版商的煽动下，他已经弃用受洗的名字奥古斯塔斯，改名马克。

“女人喜欢那种暗示出某人强壮而沉默，能干却又不愿回答问题的名字。奥古斯塔斯只能使人联想到懒散的荣光，而像马克·麦娄肯特这样的名字，除了音调铿锵之外，还能唤起一种此人又壮又美又好的感觉，就像是乔治·卡庞捷[①]和那个什么什么牧师的融合。”

十二月的一天早上，奥古斯塔斯坐在他的写作间里写他第八本小说的第三章。他已经颇花了些笔墨描述一座教区牧师公馆的花园在七月间的模样，为了便利那些对此没有概念的读者；眼下他正在花费更多的笔墨描述一位出身教区牧师和副主教世家的妙龄女郎如何第一次发现原来那位邮差挺吸引人的。

---

① 卡庞捷（1894—1975），法国著名拳击运动员，曾获世界重量级冠军和四种级别的欧洲冠军。

“当他递给她两份传阅的函件和厚厚的一叠裹着包装的《西埃塞克斯新闻》时，他们一下子四目相对了。相对的时刻虽转瞬即逝，却似乎抵得过天长地久。她觉得无论付出多少代价都必须打破他们之间这种难以忍受、似真亦幻的沉默。‘令堂的风湿病怎么样了？’她问。”

作家的劳作因为女仆的闯入而被打断。

“一位绅士要见您，先生，”女仆说着递上一张印着该亚法·德韦尔夫名字的名片，“说是有要事。”

麦娄肯特犹豫了片刻还是让了步；访客的所谓要事可能有诈，可他此前从未见过叫该亚法[①]的人物。这至少是次新的经验。

德韦尔夫先生很难看出具体的年龄；他又高又窄的额头、冷冷的灰色眼睛以及坚决的态度在在显示出来者不善。他胳膊底下夹着本大书，看来很有可能已经把一个装着同样书籍的包裹放在门厅里了。他不待邀请就已落座，把那本书摆在桌子上，开始以一种“公开信”的做派向麦娄肯特演说起来。

“您是位作家，是几本著名书籍的作者——”

“眼下我正埋头创作——忙得不可开交。”麦娄肯特直截了当地道。

“一点没错，”不速之客道，“时间是您相当重要的日用品。甚至每分钟都有它的价值。”

“是这么回事。”麦娄肯特同意道，看了看手表。

“这，”该亚法道，“正是我一定要提请您注意这本书正是您须臾不可或缺的原因所在。《写作大全》对作家而言实属必

① 该亚法是主审耶稣的大祭师。

需；它不是本普通的百科全书，否则我也就不敢烦渎尊听了。这是一座简要信息取之不尽的富矿——”

“我身边那个书架上有整整一排参考书，我需用的所有信息尽可以手到擒来。”作家道。

“而这本书能让你一册在手无须他求，”这位自诩的推销员坚持道，“不论您希望检索什么主题，不论您想核实什么事实，《写作大全》能以最简明扼要的形式予您所需的一切。譬如历史方面：约翰·胡斯的生涯，让我们查查看。在这儿：‘胡斯，约翰，著名宗教改革家。生于一三六九年，一四一五年在康斯坦次被处火刑。西吉斯蒙德皇帝被公认为罪魁祸首。’”

“他要是现在被烧死，所有的人都会怀疑妇女参政论者了。”麦娄肯特评论道。

“家禽饲养方面，”该亚法再接再厉，“这是描写英国乡村生活的小说中常常冒出来的题目。我们这里应有尽有：‘产蛋的来亨鸡。米诺卡鸡母性本能之缺失。小鸡的张口病，其起因及疗治。早市的小鸭子，如何催肥。’您瞧，尽在其中，无一漏网。”

“除了米诺卡鸡的母性本能，而这一点估计也没人期望你们能提供相应信息。”

“体育记录，这也很重要；如今能有多少人，哪怕是业内人士能脱口讲出具体哪一年的哪匹马在德比赛马会上获胜？而有了这本书之后，这不过是小事一桩——”

“我亲爱的先生，”麦娄肯特打断了他的话，“在下所属的俱乐部里至少有四个人能告诉我任何一年里哪匹马获胜，而且还有哪匹马应该获胜又为什么没胜。如果您的书能提供一种方法使我免受这类信息的侵扰，倒是比您标榜的这一切都更有用些。”

“地理，”该亚法泰然自若地道，“这是个在高压下写作的大忙人容易掉以轻心的题目。前几天一位著名的作家还让伏尔加河流入了黑海而不是里海，有了这本书——”

“你背后那个漂亮的红木架子上就摆着一本最新版本值得信赖的地图册，”麦娄肯特道，“现在我真得请您走了。”

“在地图上，”该亚法道，“您只能看到这条河的流程图，标示出其流经的主要地名。而《写作大全》却能让您了解到它的景色、交通、渡船费用、主要的鱼类、船夫的俚语切口以及主要的河用蒸汽船航行全程需用的时间。它能让您——”

麦娄肯特望着这位外表严峻，态度更是坚决冷酷的推销员，看着他固执地坐在他不请自坐的椅子上，毫不妥协地赞美着他那毫无吸引力的商品的优点，一种想以其人之道还治其人之身渴望竟油然而生；他为什么就得软弱地陪着听他这些令人厌烦又毫无说服力的长篇大论，他为什么就不能真的当那么一回马克·麦娄肯特，跟这个人来个针锋相对？

他突发灵感。

“您读过我最近的作品《摆脱牢笼的朱顶雀》吗？”

“我不读小说。”该亚法要言不烦。

“哦，不过您真的该读读这一本，每个人都该读读。”麦娄肯特叫道，从一个书架上把那本书捞了下来，“定价六先令，你只需出四先令六便士就行。第五章中有一段我保准你会喜欢，那段写的是爱玛在一个白桦林里等哈罗德·亨廷顿——就是她全家上下都想让她嫁的那个人。她本人也真心想嫁他，不过要到第十五章她才能发现这一点。听：‘她目光所及，但见石楠花翻滚着姹紫嫣红的巨浪，四处还散播着亮闪闪的黄色荆豆花和金雀花，周遭则环绕着优雅的灰色以及小白桦的银色和绿色。蓝色和棕色的小蛱蝶在石楠花丛上翩翩起舞，在灿烂的阳光下狂欢嬉闹，云雀也在以它们那独一无二的嗓音欢唱。这真是整个大自然绽放出它所有的——”

“您在《写作大全》中可以找到涵盖自然研究所有分支的全面信息，”那位书商插进来道，话音中头一次带上了疲惫的音符，“林学，昆虫生活，鸟类的迁徙，荒地的开垦。正如我所说的，任何一位需要涉及生活中各方面主题的人士都需——”

“不知道您会不会喜欢我早期的一本小说《卡拉姆顿夫人不情不愿》，”麦娄肯特道，再次在书架上搜寻起来，“有人认为这是我最好的小说。啊，在这儿呢。封面上已经有几处污迹了，我就要你三先令九便士算了。我一定要读给你听听小说是怎么开篇的：

“‘比阿特丽斯 · 卡拉姆顿夫人走进灯火昏暗的长长的起居室，她眼睛里燃烧着毫无来由的希望，她的双唇因无法掩饰的恐惧而颤抖着。她手里捏着把小扇子，一件由缎带和椴木制成的脆

弱玩具。她走进房间时突然喀嚓一声轻响，原来是那把扇子在她手里断作了数段。’

“怎么样，你觉得这个开篇如何？开门见山就让你意识到风雨欲来。”

“我不读小说。”该亚法沉着脸道。

“可你想想它们是何等有用，”作家叫道，“在漫长的冬夜，或是因为扭伤了脚踝不得不卧床——这种事谁都可能摊上；或者如果你在连阴天里参加某个乡居派对，可是女主人既蠢其他的客人又极端无趣，这时你只要借口要写几封信，就可以退回自己的房间，点上一支烟，只需三先令九便士你就能沉入比阿特丽斯·卡拉姆顿夫人及其侪辈的社交界。无论是谁，外出旅行时都该在行李箱中带上一两本我写的小说以备不时之需。我有个朋友前几天还曾言道，外出做客却不在行李箱里带一两本马克·麦娄肯特的书简直就像是去热带却不带奎宁一般无法想象。也许您更喜欢耸人听闻一点的？不知道我这儿还有没有《巨蟒之吻》。”

该亚法等不及受他挑选的惊悚小说的诱惑了。他嘟囔了一声没时间浪费在这种无稽之谈上，就收拾起他那本受到怠慢的宝书起身告辞了。他没有回应麦娄肯特颇为愉快的“早上好”的问候，不过作家感觉他那双冷酷的灰色眼眸里闪过一丝深深的仇恨。

刺 猬

年轻人的草地网球“混双”比赛正在教区长的游园会上举行；至少二十五年以来，年轻人的混双都在每年的同一时间同一地点举行。在这段时间里参加比赛的年轻人时有更替，但其余的一切似乎都一成未变。现在的选手充分意识到了这一场合的社交本质，因此很在意他们的穿着和外貌，同时也得充分喜欢运动，才会热衷于这种比赛。不论是他们的努力还是他们的外貌都处在身为官方观众的四位女士的四重审查之下，她们就坐在一条直接俯瞰球场的长凳上。那四位女士应该坐在那个特别的位置观看比赛——她们通常对网球一窍不通可对于选手却了如指掌——亦是教区长游园会的一项公认的传统。同样几乎成为传统的是其中两位女士应该相当和蔼可亲，而另两位则应该是道尔太太和哈奇-马拉德太太。

“艾娃·琼莱特的头发做得跟她实在太不般配了，”哈奇-马拉德太太道，“虽然在最好的情况下也丑得很，不过她也用不着特意搞得它莫名其妙啊。该有个人提醒她一声。”

或许艾娃·琼莱特能逃过哈奇-马拉德太太的非难，假如她忘了那个更加显眼的事实：艾娃原是道尔太太钟爱的侄女。或许，假如哈奇-马拉德太太和道尔太太被邀出现在教区长住宅的不同场合会更加适宜些，可一年间只有这么一次游园会，而且这两位太太不论少请了谁，整个郊区的社交界都甭想安生。

“这些紫杉在一年的这个时候看起来有多漂亮啊。”一位女士以柔和、银铃般的嗓音道，这种嗓音不禁让人想起惠斯勒画的绒鼠毛的皮手笼。

“你说一年的这个时候是什么意思？”哈奇-马拉德太太质问道，“紫杉树全年看来都不难看。这正是它们的魅力所在。”

“紫杉树不论一年的什么时候什么环境下看起来都只能惹厌。”道尔太太道，带着驳斥某样乐趣的那种缓慢而又斩截的口气，“它们只适合墓园和坟地。”

哈奇-马拉德太太鼻孔里喷出一股讥讽的冷气，意思可以理解为某些人才更适合坟地而非游园会。

“请问几比几了？”具有绒鼠嗓音的那位女士问道。

一位身着一尘不染的白色法兰绒套装的年轻绅士给了她急需的信息，其整体的梳妆效果让人觉得他极端注意自己的仪表，却也不会过分挂虑。

“伯蒂·迪克森怎么变了这么个可厌的愣头青！”道尔太太道，突然记起了伯蒂是哈奇-马拉德太太的宠儿，“如今的年轻人可是跟二十年前大不一样了。”

“自然是大不一样了，”哈奇-马拉德太太道，“二十年前伯蒂·迪克森才只有两岁，你当然有理由期望这两个时期他的仪表举止和言谈会有些不同。”

“您知道吗，”道尔太太颇为亲密地道，“如果您这话指的是他更聪明了我都不会感到吃惊的。”

“近来府上有什么有趣的客人吗，诺伯里太太？”绒鼠嗓音匆忙问道，“府上每年这个时候总会举办乡居派对的。”

“是有一位最有趣的女客，”诺伯里太太道，她一直都在默默地努力想把话题转向个安全轨道，“是我的一位老相识了，艾达·布里克——”

“多难听的名字。”哈奇-马拉德太太道。

“她的祖上是德·拉·布里克氏，是都兰的一个胡格诺教派的旧族，您知道。”

“都兰根本就没有什么胡格诺派。”哈奇-马拉德太太道，自觉可以安全地跟任何已经三百岁了的事实争辩。

“不管怎么说，她就要光临寒舍了，”诺伯里太太继续道，将她的故事迅速拖回到现在，“她今天傍晚到，她可是能通灵的，是第七个女儿的第七个女儿这类的。您知道。”

“太有趣了，”绒鼠嗓音道，“她那可真该到埃克斯伍德来，不是吗？那儿据说有好几个鬼呢。”

“这正是她急着要来的原因，”诺伯里太太道，“她为了接受我的邀请特意推掉了另一个约请。她有神视能力，又能做梦什么的，而且全都应验成真，真是太神奇了，可她从没真正看见过鬼魂，她非常渴望能有这样的经历。她属于那个探索协会，您知道。”

“我猜她会看到不幸的卡拉姆顿夫人，所有埃克斯伍德鬼里面最著名的一位，”道尔太太道，“您知道，我的先祖格瓦斯·卡拉姆顿爵士在拜访埃克斯伍德期间突然嫉妒心发作，谋杀了他年轻的新娘。他是在马厩里用一根马镫形状的皮带把她勒死的，就在他们刚骑过马回来后，后来不时有人在黄昏时看见她在草坪和马厩院落里游荡，穿着长长的绿色骑装，呻吟着想把脖子上的皮带弄下来。我将会非常感兴趣，如果您的朋友看见——”

“我不明白她为什么应该看到这么一个口说无凭毫无意义的所谓卡拉姆顿鬼，这不过是女仆和醉醺醺的马僮的信口胡言，可家叔父就不同了，他当时是埃克斯伍德的主人，是在最悲惨的情形下自杀的，所以最有可能在那里出没。”

“哈奇-马拉德太太想必从没读过《波普尔氏郡史》，”道尔太太冷冰冰地道，“否则的话她该知道卡拉姆顿的鬼魂背后有大量的证据——”

“哦，波普尔！”哈奇-马拉德讥讽地大叫，“随便什么垃圾老故事他都当个宝。波普尔，跟真的似的！而家叔父的鬼魂曾经一位乡村主任牧师所亲见，他还是位治安法官呢。我想这个证词对无论什么人而言都够可信的了。诺伯里太太，如果您那位通灵的朋友看到的是家叔父以外的任何哪个鬼魂，我都会将其视作蓄意的人身侮辱。”

“我敢说她根本什么都看不到；她从未看到过鬼魂，您知道。”诺伯里太太息事宁人地道。

“我提出这么个话题来可真是自作自受，”她事后向那位绒鼠嗓音的太太哀叹，“埃克斯伍德属哈奇·马拉德太太所有，我们只是短期租用。她有个侄子已经有段时间一心要住过来了，要是我们得罪了她，她就会拒绝再续租约。我有时候真觉得这些乡居派对是个错误。”

诺伯里一家在接下来的三天里面桥牌都一直打到凌晨一点；并非他们特别喜欢，而是为了尽可能减少他们那位贵宾探访鬼魂的时间。

“布里克小姐现在的精神状态可不利于看见鬼魂，”雨果·诺伯里道，“她上床的时候满脑子都是一大堆黑桃，没有王牌也没有大满贯。”

“我已经跟她谈了好几个小时哈奇-马拉德太太的叔父，”他妻子道，“并指给她看他当初自杀的确切地点，还编造了各种各样的感人细节，我还找了张约翰·拉塞尔勋爵的旧肖像画并挂在了她的房间里，告诉她那位叔父中年时期大体就那个样子。如果艾达果真能看到鬼魂的话，那肯定应该是老哈奇-马拉德无疑。不管怎么说，我们是尽了力了。”

可是所有的准备都落了空。在第三天的早上，艾达·布里克很晚才下来用早餐，她两眼看起来非常疲倦，可是却闪着兴奋的光芒，她头发胡乱扎了一下，胳膊底下夹着本巨大的棕色书籍。

“我终于看到了一样超自然的东西！”她叫道，炽热地吻了一下诺伯里太太，像是感谢她提供的良机。

“鬼魂吗！”诺伯里太太大叫，“不会吧！”

“绝对会而且不容置疑！”

“是个身穿五十年前的衣服上了点年纪的男人吗？”诺伯里太太满怀期望地问。

“风马牛不相及，”艾达道，“是只白色刺猬。”

“白色刺猬！”诺伯里夫妻两人异口同声地叫道，语气中带着不安的惊讶。

“一只巨大的白色刺猬，还有一对邪恶的黄眼睛，”艾达道，“我正半梦半醒地躺在床上，突然感到一阵异样，像是有种险恶又无法形容的东西正穿越房间。我坐起来四处端详，结果在窗户底下发现了一只正在爬行的邪恶生物，是一种巨大畸形的刺猬，浑身呈肮脏的白色，让人恶心的黑色爪子喀嚓喀嚓地沿着地板向前爬，细细的黄色眼睛里充满无法描述的邪恶。它爬了有一两码的距离，期间一直用那双冷酷丑恶的眼睛盯着我，等它爬到临近的窗户底下——那扇窗正开着——它就爬上窗台就此不见了。我立刻起身跑到窗边；它已经无影无踪了。我自然明白那肯定是来自另一世界的生物，不过直到我翻看波普尔著的本地历史，才认识到我看见的到底是什么。”

她急切地翻开那本巨大的棕色书籍，读道：“尼古拉斯·海里森，一个老守财奴，因农场的一个少年意外发现他密藏的财物将其谋杀，1763年在班奇福德被处绞刑。其鬼魂据称常在乡间游荡，有时显形为白色猫头鹰，有时则以一巨大白色刺猬的形象出现。”

“我想你是整晚都在看波普尔的故事，导致你在半梦半醒的时候以为你看见了一只刺猬。”诺伯里太太道，她这斗胆一猜可能非常接近于事实。

艾达轻蔑地拒绝了对她所见幽灵的此种假设。

“这可决不能声张，”诺伯里太太马上道，“用人们——”

“决不能声张！”艾达愤怒地大叫，“我正在为探索协会写一篇详细报道呢。”

正在这个节骨眼上，平素算不得机灵的雨果·诺伯里灵机一动，帮了他妻子的大忙。

“这都怪我们不好，布里克小姐，”他道，“可要是声张出去就成了丑闻了。那只白色刺猬是我们的一个老玩笑；是只剥制的白化变种刺猬，您知道，是家父从牙买加买回来的，那儿的刺猬能长得这般巨大。我们把它藏在那个房间里，上头系了根细绳，绳子的一端通过窗户顺下来，我们就在底下拉着它在地板上爬，正如您所描述的，最后把它从窗户里拽出来。我们跟很多人开过这个玩笑，他们都研读过波普尔的书，以为那就是老哈里·尼克尔森的鬼魂；不过，我们也一直都劝阻他们不要向报界披露此事。否则事情可就闹大了。”

哈奇-马拉德太太适时跟诺伯里夫妇续了租约，不过艾达·布里克却再也没有跟他们再续友谊。

“马品式”人生

“动物园里的这些‘马品围场’相对旧式的动物笼子来说可算是巨大的进步，”詹姆斯·格特尔伯利太太放下一份画报，“它们给人一种幻觉，像是看到了动物在它们自然环境下的样子。我很好奇动物自己会在多大程度上感受到这种幻觉。”

“那就要看是什么动物了，”她侄女道，“如果是丛林的野禽，只要你为它提供足量的妻子，各色植物的种子和蚂蚁卵，再加上宽绰的一堆松土供它随意乱刨，一株适宜的树供它栖息，还要有一两个对手凑趣儿，它无疑就会觉得它天然的丛林环境得到了忠实的复制。当然还应该有丛林野猫、猛禽以及其他促其猝死的代理以增加它自由的幻觉，不过鸟单靠自己的想象就能创造出这些——您就看看但凡有只秃鼻乌鸦或是斑尾林鸽飞过，一只家禽是怎么护着它的鸡雏死命大呼小叫吧。”

“这么说来，你觉得它们当真是有这么种幻觉了，只要给它们提供空间，足够它们——”

“只限于少量情况。我怎么都不信一英亩左右有形的围场能为一只狼或是老虎模拟出它们在野生状态下夜间漫游的环境。您就想想吧，一只真正的野兽在每天傍晚从窝里出来时，它面前会呈现多少声音、气味以及对往事的回忆，凭借这些知识它就能在几分钟内迅速找到一个就近的猎场，所有追猎的乐趣和狂怒都在那儿等着它呢；再想想它们头脑中塞满的各色感觉：每一阵风声，每一声叫喊，每一条弯曲的嫩枝，每一缕透入鼻孔的气味都别有意味，都跟生命、死亡和晚餐息息相关。想象一下，若能潜行至你自己特别的饮水处，选择你特别的一棵树来磨爪子，找到你自己特别的干草床在上头打滚，那该有多惬意。而如今，用以取代所有这一切的却是造一个有形的散步场地，不论是飞驰还是爬行，总共就那么大一个地方，还覆上陈旧而且一成不变的各种气味，配以已经不再具有任何意义或利害的嘶叫和声音。作为原来狭窄笼子的替代品，这种新的围场非常出色，可我不得不认为这真是对于自由生命的一种贫乏的模仿。”

“这么想未免太压抑了，”格特尔伯利太太道，“它们看起来这么广阔又这么自然，不过我想有很多我们视乎自然的对野生动物来说却可能毫无意义。”

“这正是我们那种超级自欺能力的表现，”侄女道，“我们能够在我们特别的马品围场里过着我们虚幻、愚蠢的小日子，同时又能劝服自己，觉得我们正是在合理的范围内过着理性生活的自由男女。”

“可是老天爷，”姑母叫道，立即跳起来激愤地自卫，“我们是过着理性的生活！你说的限制是什么意思？我们只不过受到文明社会正常、得体的习俗的限制。”

“我们受到收入和机会的限制，”侄女镇定而又无情地道，“而且首要地受限于缺乏首创精神。对有些人而言，收入有限并没什么大不了，事实上，这似乎经常还能成为一种促进，使你从生活中获得大量的现实；我确信，有一些男男女女虽只能在巴黎的陋街小巷里购买日用品，买上四个胡萝卜和一小块牛肉维持日常生计，却并不妨碍他们过一种绝对真实、有意义的生活。缺乏首创精神才是真正使我们残疾的因素，就是这个将您、我还有詹姆斯姑父这么毫无指望地限制在里面。我们正是无数被关在一个马品围场中的动物，差别只在于，动物还有人要看，可是连想看看我们的人都没有。实际上也根本没什么可看的东西。我们冬天感冒夏天犯花粉热，即便有只黄蜂叮了我们一口，那也是黄蜂的首创精神，不是我们的；我们所做的不过是静待肿胀消退。即便我们确实受到了当地的关注，出了名，也是经由间接的途径；比如今年碰巧是玉兰花的开花大年，邻居们就会说：‘你看到格特尔伯利家的玉兰花了吗？真是开得花团锦簇。’而我们就会四处告诉人家今年共开了五十七朵花，去年才只三十九朵。”

“国王加冕那年开过六十朵呢，”姑妈插话道，“你姑父每年都记录在案，已经记了八年了。”

“难道您就从没想过，”侄女毫不留情地继续道，“要是我们搬离了这儿或是不在了，那么谁碰巧住了这幢房子和花园，我们在本地的这点名头不就自动转到他头上去了吗？那时候大家就会说，‘你看到史密斯-詹金斯家的玉兰花了吗？真是开得花团锦簇啊。’或是，‘史密斯-詹金斯告诉我，今年一朵玉兰花都甭想见到了；东风把所有的花苞都吹成了黑色。’而如果，就算我们已经走了，大家仍会将我们的名字跟那棵玉兰树联系在一起，不管它已经暂时归了谁，如果他们说，‘啊，格特尔伯利家就是在那棵树上把他们的厨娘吊死的，就因为她配错了芦笋的调味酱。’这才是真正应归之于我们自己的首创性的事件，跟东风啦，玉兰树的生命力啦等等都截然不同了。”

“我们决不会做出这等事来。”姑母道。

侄女无奈叹了口气。

“真是没法想象，”她承认道，“自然，”她继续道，“有很多途径可以无须犯下耸人听闻的暴力罪行也能过上真正的人生。给我们的生活贴上马品标签的是那些假装重要的可怕的日常琐碎。要不是这么悲惨的话，这倒是颇有些喜剧性的，比如听到詹姆斯姑父一大早就大惊小怪地宣称，‘我得进城去打听打听大家都在怎么说墨西哥的事。那儿的事态看来开始严重起来了。’然后他就急匆匆出门进了城，跟烟草商一本正经地谈一会儿，顺带买一盎司烟草；也许他碰到了这个世界上另一两位思想家，跟他们一本正经地谈一会儿，然后又急匆匆地赶回来，更加一本正经地宣布，‘我刚在城里跟几个人谈到墨西哥眼下的事态。他们都赞同我的观点，即那儿的事态在转好之前肯定会进一步恶化。’城里才不会有人操心他对墨西哥事态的看法或者他是不是有什么看法呢。连那位烟草商都不会担心他买的那一盎司烟草；他很清楚他每星期都会买同一品种同样数量的烟草。詹姆斯姑父如果不是去了城里，而是仰面朝天躺在花园里跟丁香树谈论毛毛虫的习性也不会有丝毫差别。”

“我决不想听到有关你姑父的这等事。”詹姆斯·格特尔伯利太太愤怒地道。

“我的情况还不是一样糟糕一样悲惨，”侄女冷静地道，“几乎有关我的所有一切都尽是因袭常规的伪装。我舞跳得不好，也没人真心觉得我好看，可当我去参加本地的那种无聊的小舞会时，却按常规理应‘玩得快乐无比’，理应吸引那些本地骑士热情的臣服，理应满脑子旋转着幸福的回味回到家里。事实上，我只不过索然无味地跳了几小时的舞，喝了几杯粗劣的葡萄酒，听了无数吃力的轻浮谈话。要是跟那个有着愉快目光的副牧师趁着月色做一回偷鸡贼倒是刺激得多了；把契伯福德一家成天吹嘘的那些白色米诺卡鸡给他一锅端了，想想都觉得开心。我们把鸡都卖了以后可以把收益捐给某个慈善会，所以也就算不上错事了。可是在我人生的马品式局限之内根本就不可能发生这等事。不定什么时候，某个无趣、正派的平庸之辈会在某个网球派对上‘赢得我的芳心’，如俗话所说，于是附近所有那些无聊的流言闲话就会开始打听我们什么时候订婚，于是最后我们也就当真订了婚，于是大家就会送我们黄油碟子、吸墨纸盒子，还有年轻女人喂天鹅的镶了框的画。嗨，姑父，您要出去吗？”

“我要去城里一趟，”詹姆斯·格特尔伯利先生道，颇带了些严重的意味，“我想去听听大家是怎么说阿尔巴尼亚的。那儿的事态开始显得相当严重了。可依我看来还没到底呢。”

在这个问题上他也许是对的，可阿尔巴尼亚眼下或是预期的情形又跟格特尔伯利太太突然大放悲声有什么关系呢？

震骇战术

一个暮春的午后，艾拉·麦卡西坐在肯辛顿花园里一把绿漆椅子上，百无聊赖地盯着园内无趣的景致，可当视线里出现了一个期盼中的身影之后，百无聊赖就一变而为精神焕发了。

“喂，伯蒂！”她镇定地叫道，那个身影已走到她旁边的绿漆椅子跟前，急切地一屁股坐下，不过仍顾得上适当调整了一下裤子的位置，“多好的春日午后啊。”

这个陈述就艾拉的情形而言明显不实；伯蒂到来之前的整个午后她没觉得有一丁点好。

伯蒂得体地回了一句，话里显得若有所问。

“真是太感谢你送的手帕了，非常可爱，”艾拉道，答了那个未曾出口的所问，“正是我想要的。你的礼物只有一个小问题稍稍败了我的兴。”她又噘了噘小嘴加了一句。

“怎么了？”伯蒂紧张地问，担心他选的手帕尺寸也许不在正确的女性限度之内。

“我理该一收到就写信谢你的。”艾拉道，不料伯蒂却立刻一脑门子官司了。

“你也知道做母亲的，”他埋怨道，“她拆我所有的信件，要是她发现我送了人礼物她至少要唠叨半个月。”

“可是在你已经二十——”艾拉道。

“我九月份才满二十。”伯蒂插了句话。

“在你已经十九岁零八个月大的时候，”艾拉坚持道，“也该允许你享有通信的隐私了。”

“话是不错，可事实总不像应该的那般完满。凡是送到我们家的信家母一概拆看，不管是写给谁的。家姊和我都吵了好几回了，可她照看不误。”

“我要是你就会想点办法制止她再这么做。”艾拉勇敢地道，伯蒂觉得他煞费苦心的礼物带来的荣光已经因阻挡了致谢的讨厌限制黯然失色。

“出什么事了吗？”伯蒂的朋友克劳维斯当天下午在游泳池跟他会面时问他。

“为什么这么问？”伯蒂道。

“如果你在游泳池戴上一副苦瓜脸，”克劳维斯道，“会因为你没什么别的穿戴特别显眼。她不喜欢那几块手帕？”

伯蒂解释了一下原由。

“这可真是难堪，你知道，”他补充道，“一个女孩子在有很多话想写给你的时候却不能光明正大地寄给你，除非偷偷摸摸地转送。”

“人向来都是身在福中不知福，”克劳维斯道，“我现在却得费不少心思为自己不给人家写信编造些理由出来。”

“这可不是开玩笑的，”伯蒂恨恨地道，“要是令堂拆你所有的信件，你就不会觉得好笑了。”

“我觉得好笑的是你竟然让她拆。”

“我有什么办法。我已经争过好多——”

“我想是因为你争的方式不对头。从现在开始，如果你一见自己的信被拆就在晚餐的时候仰面朝天躺到餐桌上去，而且在午夜时分撒癔症或者把全家老小叫起来听你朗诵布莱克的《天真之歌》，你以后再有抗议就会受重视多了。人们对败坏了胃口搅扰了安眠的重视程度远甚过你的心碎。”

“嘿，你省省吧。”伯蒂气哼哼道，扎入水中的时候从头到脚溅了克劳维斯一身水。

这次游泳池畔的谈话过去一两天后，一封上书伯蒂·希桑特收的信就溜进了他家的信箱，自然也就到了他妈妈手上。希桑特太太是那种脑袋里空空如也的主儿，因此觉得人家的大事小情都格外有趣。越是显得私密，他们的兴趣就越发高涨。她无论如何都会把这封信给拆了的；信封上不但标明非她儿子“亲启”不可，而且还透出一缕淡淡的却极具穿透性的芳香，虽说大小信件她反正不会放过，这封信她可是迫不及待最先要拆的。结果信件内容的耸人听闻远远超过了她所有的预期。

> “伯蒂，卡里西莫，”上书，“不知道你有没有胆子去做：这也确实需要胆量。别忘了那些珠宝。它们不过是小事一桩，可我历来对这等小事备感兴趣。
>
> “你一如既往的，
>
> “克洛蒂尔达。
>
> “令堂绝对不能知道我的存在。如被问及即坚称从未听说我的名字。”

多年以来，希桑特太太一直孜孜不倦地在伯蒂的信件中搜寻他可能挥霍放荡或是年少放浪的蛛丝马迹，时至今日，那些一直刺激着她追根究底热情的怀疑终于因这次意外惊喜的收获得到了证实。任何顶着“克洛蒂尔达”这么个异国情调名字的女人写信给伯蒂，而且还不打自招地宣称“一如既往”就已经足够让人震惊了，更别提那更让人惊骇的对珠宝的暗示了。希桑特太太还能忆起几部珠宝在其中起到令人兴奋的主导作用的小说和戏剧，而如今，就在她自家的屋檐底下，就在她的眼皮子底下，她的亲生儿子竟然正在从事一项珠宝在其中只不过是有趣的小事一桩的阴谋！伯蒂要再过一个钟头才回家，不过他的几个姐姐也能暂时供她倒一倒脑子里已然负担过重的丑闻。

“伯蒂被一个女冒险家给俘获了，”她尖叫道，“她叫克洛蒂尔达。”她又补充道，仿佛认为她们最好还是先明了最糟糕的部分。有些情况下，对年轻姑娘们遮掩人生中的阴暗面反而弊大于利。

在伯蒂到家之前，他妈妈已经针对他罪恶的秘密讨论过了一切可能与不可能的臆说；姑娘们仍然认为她们这位兄弟软弱是有的，可怎么也说不上邪恶。

“谁是克洛蒂尔达？”伯蒂几乎还没迈进客厅就被质问道。他否认认识这么个人物的坚决态度只换来一阵冷笑。

“你还真够听话的！”希桑特太太叫道。不过当她意识到伯蒂坚决不肯向她坦白时，嘲讽就一变而为狂怒。

“不把一切都坦白清楚你就别想再吃晚饭。”她怒吼道。

伯蒂回应的形式是匆忙从食品间里取了些临时宴会的材料，然后就把自己锁在了卧室里。他母亲不断跑到上了锁的门外，坚持不懈地大声嚷嚷着反复盘问，似乎坚信只要你接连不断地问一个问题终归就能得到答案。伯蒂对这一假定没有采取任何鼓励措施。这种毫无结果的单方面会谈过去了一个钟头后，又一封注明伯蒂“亲启”的信件出现在了信箱里。希桑特太太旋风般赶了过去，其兴奋之情好比错失了一只耗子的猫又出乎意料地撞上了第二只。如果她希望揭开更多的秘密的话，她绝对不会失望的。

> “如此说来你当真做了！”信就这么斩截地起头道；“可怜的达格玛。如今她就这么完了，我几乎要同情她了。你做得非常好，你这个邪恶的孩子，用人们都认为那是自杀，不会有什么大惊小怪了。最好等到调查结束后再碰那些珠宝。
>
> “克洛蒂尔达。”

希桑特太太先前无论怎样地大呼小叫，都不及这次她冲上楼去疯狂地拍她儿子的房门激烈。

“可怜的孩子，你对达格玛做了什么？”

“现在又是达格玛了，哈？”他怒道，“下次就轮到杰拉尔丁了。”

“我整个晚上都费尽心思想把你留在家里，可竟然到了这种地步，”希桑特太太哭诉道，“你再瞒我也没用了；克洛蒂尔达的信已经把一切都泄露了。”

“那它泄露了她是谁了吗？”伯蒂质问道，“我已经听说了她这么多事，很想了解一点她家里的情况。我说真的，要是你再这么着我就叫医生去了；我平白无故地听你唠叨已经够多了，这次竟然异想天开把成群的妻妾都给拉扯了进来。”

“那这些信也是异想天开的吗？”希桑特太太尖叫道，“那些珠宝，还有达格玛，还有什么自杀的到底怎么回事啊？”

卧室门那边对这些疑问一概置之不理，不过当晚的最后一班邮差又送来了一封写给伯蒂的信，看了信后希桑特太太才恍然大悟，她儿子其实老早就猜到是怎么回事了。

“亲爱的伯蒂，”信上写道；“希望我假克洛蒂尔达之名编造的那几封信没使你莫名其妙。上次你跟我提过府上的用人或是别的某个人总是擅拆你的私信，所以我就想给拆上面几封信的人来点刺激的玩意儿。惊吓他们一下可能会有好处。

“你的，

克劳维斯·桑格瑞尔。”

希桑特太太对克劳维斯略知一二，而且相当怵他。从他这次成功的恶作剧中不难品出其言外之意。她追悔之下又去敲伯蒂的房门。

“桑格瑞尔写来的一封信。都是个愚蠢的恶作剧。那几封信是他写的。干吗，你要去哪儿？”

伯蒂开了门；而且已经穿戴齐整。

“我要去找个医生来看看你是不是有什么问题。这当然全都是个恶作剧，哪个脑袋正常的人会信那些谋杀自杀又是什么珠宝的鬼话。这一两个钟头里你制造的噪音都快把房子给震塌了。”

“可你让我怎么想那些信？”希桑特太太哀诉道。

“换了我就知道该怎么想，”伯蒂道，“你自己一门心思想从人家的通信里找乐子那是你的错。总之，我要找医生去了。”

这可是伯蒂的天赐良机，他也深知这一点。他妈妈意识到要是这个恶作剧传扬出去，她脸上怎么也搁不住的。所以她乐意付点封口钱。

“我再也不拆你的信了。”她保证道。

伯蒂·希桑特对克劳维斯真是肝脑涂地也在所不辞了。

七只奶罐

“威尔弗瑞德·佩金科特如今继承了从男爵的爵位和一大笔钱，我想我们是甭想在我们家见到他了。”彼得·佩金科特太太懊悔地对她丈夫道。

“是指望不上了，”他道，“眼看着在他一无所有的时候我们一再找借口不让他来看我们。我觉得自从他十二岁之后我就再没正眼瞧过他。”

“我们不想跟他接近也不是没有原因的，”彼得太太道，“有那么个臭名昭著的毛病，谁还愿意招惹他呀。”

“那毛病应该还在吧，我想？”她丈夫道，“还是说你以为他在继承财产的当口性格也有改善？”

“哦，他自然还有那个毛病，”妻子承认道，“不过谁都不会不乐意跟这个家族未来的族长攀攀交情的，但愿只是出于好奇。此外，且抛开犬儒主义那一套，他富了以后人家看待他那个毛病的方式也就不一样了。如果一个人富可敌国，不是一般的有钱，所有对其肮脏动机的怀疑自然也就烟消云散了；这事儿也就只成了一种烦人的疾病了。”

在威尔弗瑞德·佩金科特的堂兄威尔弗瑞德·佩金科特少校死于一次马球事故的后遗症之后，他突然成了他伯父威尔弗瑞德·佩金科特爵士的继承人。（有一位威尔弗瑞德·佩金科特曾在马尔伯勒①打的几次战役中屡立战功，威尔弗瑞德这个名字自此便成了这个家族在命名上的弱点。）这个家族头衔和财产的新继承人是一个年约二十五岁的青年，众多堂兄弟和亲属对他声誉的了解更甚于了解他本人。而且这个声誉相当不光彩。家族里其他无数个威尔弗瑞德主要以其住处或职业相互区分，比如哈伯尔堂恩的威尔弗瑞德、炮长小威尔弗瑞德，可是这位特别的苗裔却拥有一个很不光彩又很贴切的名号："三只手"威尔弗瑞德。自从他学生时代的后期以降，他就一直受控于一种极为强烈而且顽固的偷窃癖；可他虽不乏贪得无厌的偷窃本能，却缺少偷窃的辨别力：只要比餐具橱略小略容易携带并且价值高于九便士的不论什么东西对他都有一种不可抵御的吸引力，只要再加一条：属他人所有，一切必要条件就全部齐备了。他极少有机会获邀参加某个乡居派对，但凡有他参与，主人或是家族的某个成员通常并几乎必须要在他告辞的前夜友好地搜查一遍他的行李，看看他有没有"误拿"了人家的财物。搜查的结果通常都会有数量巨大品种繁多的收获。

"这才叫有趣呢，"彼得·佩金科特在谈话过去约半小时后对他妻子道，"我刚收到威尔弗瑞德发来的一份电报，说他正驱车途经此地，颇想登门致意。如果没有不便之处他想停留一晚。签名是'威尔弗瑞德·佩金科特'。这必是'三只手'无疑了；别的威尔弗瑞德都没有车。我猜他还会为我们的银婚纪念送件礼品呢。"

"老天爷！"彼得太太道，突然意识到了严重性，"这个节

① 马尔伯勒（1650—1722），英国著名将领，在西班牙王位继承战役中统率英荷联军击败法王路易十四。

骨眼上我们家来个有这种毛病的人可不得了了。所有那些银制礼品都摆在起居室里，别的还在源源不绝地寄到；我还没弄清楚我们都收到了什么，后面还有什么到来呢。我们不能把它们都锁起来；他肯定想参观一下我们的礼品的。”

“我们必须眼尖着点，这就行了。”彼得保证道。

“可这些老练的偷窃癖都聪明得很，”他妻子担心地道，“而且要是他怀疑我们在盯着他也够难堪的。”

当晚，那位路过的旅行者受到招待时，“难堪”的确是占据主导的气氛。谈话紧张而又匆忙地从一个客观的话题转到另一个。客人丝毫没有他堂兄嫂指望看到的那种鬼鬼祟祟、自知有罪的神情；他彬彬有礼，很是自信，也许，只有那么一丁点“装腔作势”。相反，他的主人却一直显得心神不宁，也许这才是有意堕落的表现。饭毕来到起居室之后，他们的不安和难堪就愈发明显了。

“哦，我们还没让你看看我们的银婚礼品呢，”彼得太太突然道，仿佛一下子想到了个待客的绝妙点子，“都在这儿呢。真是又漂亮又实用的礼物。当然，有些送重了。”

“七只奶罐。”彼得道。

“是呀，是有点恼人，”彼得太太接着道，“有七只呢。我们觉得我们下半辈子只能以奶油为生了。当然，有几只可以拿去调换。”

威尔弗瑞德全神贯注于这些礼物上头，仿佛当它们是古董一样细细鉴别，还特地把其中的几件拿到灯下细检其标识。这时候主人和主妇的焦虑就好比母猫眼看着它新生的猫崽子被抢去传看。

“让我看看；你还给我芥末罐了吗？这才是它的位置。”彼得太太尖声道。

“对不起。我把它放在红酒罐旁边了。”威尔弗瑞德道，他正忙着看另一件礼品。

“哦，还是再让我看看那个糖筛子，”彼得太太道，不安中透出顽强的决断，“我必须在忘记之前记下是谁送的。”

高度警惕之后却并未收获完全的胜利感觉。待他们终于跟客人道了“晚安”之后，彼得太太表示她肯定某样东西已经被他顺手牵羊了。

“看他的态度，我也觉得他确实像是得了好处，”她丈夫确证道，“丢了什么吗？”

彼得太太匆忙数了一遍排列的礼物。

“只有三十四件，我觉得应该是三十五件的，”她宣称，“我不记得三十五件里有没有包括副主教那个还没送到的调味品架子。”

“我们怎么知道？”彼得道，“那头吝啬的猪连一件礼物都没送，他要是再顺手牵走一样，我可真是不得好死了。”

“明天他洗澡的时候，”彼得太太兴奋地道，“肯定会把钥匙留在外头，我们就可以搜搜他的皮箱了。只能这么办了。”

翌日，半掩的房门外一直有人警觉地哨探，一等威尔弗瑞德披着件华丽的浴袍进入浴室，两个兴奋的人影就鬼鬼祟祟地迅速朝主客房奔去。彼得太太把门，她丈夫先是匆忙地找到了钥匙，然后就带着刁钻尽责的海关官员的神气一头扎进了皮箱。这次搜查马上就见了分晓：一只银制的奶罐就裹在几件薄纱绸衬衫里头。

“这狡猾的畜生，”彼得太太道，“他偷奶罐是因为有很多只；他以为丢了一只也不会有人注意。快，快拿着把它放回原处。”

威尔弗瑞德很迟才下来用早餐，他的态度明显说明出了什么问题。

“有件事很难启齿可又不得不说，”结果他脱口而出，“恐怕贵府的用人里头有贼。我的皮箱里少了件东西。那原是家母和在下为二位的银婚备的一点薄礼。昨晚饭后我就该呈上的，可碰巧那也是个奶罐，而你们像是正为那么多奶罐犯愁呢，所以我觉得要是再奉上一只就太尴尬了。我原想拿去换件别的礼物，可眼下它竟然丢了。”

“你是说这是令慈跟你本人备的礼物？”彼得先生和太太几乎异口同声地问。“三只手”可是做了多年的孤儿了。

“是的，家母目下刚到开罗，她在德累斯顿时写信给我要我为二位选购一件精巧漂亮的旧银器，我就选中了那只奶罐。”

佩金科特夫妇俩的脸色已然变得死青。提到德累斯顿他们才恍然大悟。眼前的这位原来是大使馆随员威尔弗瑞德，一位非常

出众的青年，平时很少出入他们的社交圈子，而他们竟然拿他当“三只手”威尔弗瑞德来招待。他母亲欧内斯汀·佩金科特夫人进入的圈子对他们而言绝对只有高山仰止的份儿，而眼前的这位公子没准哪天就能成为大使。而他们竟然搜查抢劫了他的皮箱！夫妻俩茫然、绝望地面面相觑。毕竟还是彼得太太脑子转得快。

“想到宅子里竟然有贼可真太可怕了！我们晚上都把起居室的门上锁的，当然，我们用早餐的时候已经丢了什么也未可知。”

她起身匆忙出去，仿佛是去确认一下起居室里的银器没有被一扫而光，过了一会儿双手捧着一只奶罐回来了。

“现在有八只奶罐，而不是七只了，”她叫道，“这一只原不在那儿的。记忆这个东西有时会跟我们捉迷藏呢，威尔弗瑞德先生！你肯定是昨晚偷偷溜下楼来，在我们锁门之前将它摆在那儿的，第二天一早又给忘了个干净。”

“人的记忆的确经常会跟我们捉迷藏，”彼得先生以无限的热心保证道，“就在前几天我进城去付一个账单，结果第二天又去了一趟，已经完全忘了我——”

“这肯定是我买给二位的罐子，”威尔弗瑞德仔细查看后道，“今儿早上我沐浴前从皮箱里拿浴袍时它还在，可等我出来打开皮箱时它就不见了。是我离开的那一会儿有人把它拿走的。”

佩金科特两夫妻的脸色已经更加死青了。彼得太太心一横，决定孤注一掷。

“亲爱的，去把我的嗅盐拿来，”她对丈夫道，“我想它们搁在化妆间里。”

彼得如释重负般冲了出去；刚才那短短的几分钟几乎长得没

有尽头，再这么下去他们的金婚大喜也将指日可待了。

彼得太太满面羞惭满怀信任地转向她的客人。

“您这样的职业外交官应该知道如何假作这件事根本没有发生。这是彼得的一个小毛病；也不知是怎么犯的。”

“老天！你是说他有偷窃癖，就像那位‘三只手’的堂兄？”

“哦，也不尽然，”彼得太太撇清道，急于给她丈夫再涂抹点白粉，不让他显得像她刚才画的那么黑。“他从来不碰摆在外头的东西，可是却无法自控地想搜索锁起来的东西。医生对此有个特别名号的。他肯定是趁您沐浴的光景突袭了你皮箱，拿走了最先看到的东西。自然，他根本就没有偷这么个奶罐的动机；您也知道，我们已经有七只了——当然，这并不意味着我们不珍视您及令慈的礼物——嘘，彼得回来了。”

彼得太太就这么戛然而止，奔出去迎她丈夫了。

“没事了，”她对他耳语道，“我已经解释清楚了。这件事不要再提一个字了。”

“勇敢的小女人，”彼得道，长出了一口气，“我是无论如何应付不了的。”

外交上的守口如瓶似乎不必推演至家庭事务。彼得·佩金科特怎么都想不明白，春上到他们家小住的康斯薇洛·范·贝尔雍太太为什么去浴室的时候总带着两个珠宝匣，还对每个在走廊碰到的人解释说那只是她修指甲和面部按摩的工具。

临时花园

“别跟我说什么城里的花园了，”埃丽诺·拉普斯莱道，“还是听我好好跟你说说花园这档子事儿吧。我们刚搬到这儿来的时候大家都对我们说，‘你们的花园大小正好。’我猜他们的意思是说我们那块地如果做个花园的话大小正好。事实上，那大小横竖都不合适；当个空院子完全不管显得太大，想养长颈鹿又实在太小。你瞧，我们要是能在这儿养几只长颈鹿或是驯鹿什么的食草动物，我们就可以将这片不毛之地归咎于花园里的动物群落了：‘你没办法同时养麋鹿和达尔文郁金香，你知道，所以我们去年压根没种什么球茎。’事实上，我们没养什么麋鹿，那达尔文郁金香没长出来是因为周遭大部分的猫将我们郁金香花床的中央当作了议会的会议室；那块看起来惨不忍睹的长条状地段我们原打算辟作天竺葵和绣线菊混种的花坛，可是被猫咪当作了议会的分会场。猫咪议会的分组表决近来实在太频繁了些，远比天竺葵的花期频繁得多。我并非对普通的猫咪有什么偏见，可我实在受不了这么多素食主义的猫拿我的花园当议会来用；它们肯定是素食主义者，我亲爱的，因为，不论它们如何蹂躏甜豌豆的苗圃，它们却似乎从来不碰一下那些麻雀；星期一花园里有多少只成年麻雀，到星期六一只都不会少，且不论那些羽毛未丰的小家伙了。从一开始，在麻雀跟上帝之间就似乎存在不可调和的观点，关于番红花到底是该扎根土里茎干挺直还是该斜躺在地上茎干齐齐被掐断；在这一问题上麻雀总是有最后的发言权，至少在我的花园里是这样。我怀疑上帝肯定原本是想引进一项修正法案的，或者不论什么名目吧，要么就是提供一种不这么具有破坏性的麻雀，要么就是引进一种更能抗破坏的番红花。我们的花园尚可引以安慰的一点是不论从起居室还是吸烟室都望不到它，所以除非有人跟我们一起用餐，否则他们是侦察不出这块不毛之地的真相的。也正因此我才恨死了格温达·鲍丁顿，她几乎是削尖了脑袋硬挤进我下周三的午餐会的；我原是跟保尔科特家的小姐说要是她那天进城购物的话就请她过来便饭，可给这个格温达听了去，硬赶着问我她是否也能过来。她过来无非是想看着我这些不毛之地的花坛沾沾自喜地夸耀她自己家那个过度栽培的可恶花园。别再跟我说什么这不过是邻居相妒了，事实上似乎属于她的一切——她的车，她的晚宴派对，甚至她的头痛全是别人望尘莫及的；除了她谁都甭想跟它们沾边。她大儿子行坚信礼的时候简直就是轰动一时，这是据她自己的报道，你几乎都要期望下院会就此提出问询了，而如今她是故意前来挑剔我那几朵可怜的三色堇和甜豌豆花坛里的沟沟坎坎，然后再容光焕发地穷给我描述她玫瑰园的花朵是多么稀有珍贵。”

“我亲爱的埃丽诺，”男爵夫人道，“你其实只需付给O. O. S. A一年期的订金，就可以不必这么心焦，还能省下无数园丁账单的肉痛，更别提操的那些麻雀心了。”

“这是什么玩意儿？”埃丽诺道，“闻所未闻。”

“临时绿洲提供协会，”男爵夫人道，“其存在正是为了迎合你这样的需要：后院儿没有辟为花园，可是逢上午宴或是晚宴派对又需要将其充当花团锦簇的背景。比如说你请的客人一点半过来用午餐，你只需在同一天上午十点钟给他们打个电话，报一句‘午餐花园’即可。你所要费心的仅此而已。到十二点三刻的时候你家的后院就会披上一段天鹅绒般的草皮，以丁香或红绣线菊或者无论什么当令花卉的树篱作背景，犄角旮旯里会有一两棵盛开的樱桃树以及几簇繁盛的杜鹃花做点缀；前景则会有花团锦簇的康乃馨或是雪莉虞美人，再或者正开到全盛期的虎皮兰。一等午宴结束，你的客人告辞，那个花园也就跟着告辞而去，那些虔信基督的猫咪再坐在你的后院里开会你也就根本不会操心了。要是你请的客是个主教或是好古成癖这类的人物，你只要在预订花园里提上这么一句，你就能得到一个古代的乐园了：会有修剪整齐的紫杉树篱，会有一座日晷，有蜀葵，也许还会有一株桑树，花坛里则会有美国石竹和坎特伯雷风铃，角落里还会藏一两个积年的蜂窝。这还只不过是绿洲协承办的普通服务，你只要一年再额外付上几个畿尼，就可以享受他们的 E. O. N. 紧急服务了。”

“这个 E. O. N. 服务又是怎么回事？”

“只是针对类似格温达·鲍丁顿入侵这类特殊状况的一个方便的信号。意思是你有个来吃午饭或是晚饭的客人，他的花园是所谓的‘邻居相妒’的对象。”

“没错，”埃丽诺兴奋地大叫，“那又会怎样？”

“会出现《天方夜谭》中的奇迹。你的后院儿会变得奢侈淫逸，种满石榴和杏树，还有柠檬树林和盛开着鲜花的仙人掌树篱，令人眼花缭乱的杜鹃花垄，大理石建筑的喷泉，栗白相间的苍鹭优雅地在里面异国情调的睡莲间漫步，金黄的雉鸡则在雪花石膏的阳台上高视阔步。那总体的效果简直会让你觉得是上帝跟诺曼·威尔金森[1]共同陷入了嫉妒，所以同心协力创造出了一处可供露天上演俄罗斯芭蕾的背景；而实际上，这不过是你午宴派对的背景。如若还想到时候刺格温达·鲍丁顿或者你当时的随便哪个 E. O. N. 客人一下，只需漫不经心地提一下你的攀缘普泰拉是英国独一无二的品种，自从去冬查茨沃斯那株死了之后。根本就不存在攀缘普泰拉这种东西，不过格温达·鲍丁顿这类人不经提示哪里晓得这么多花花草草的区别。”

“快，”埃丽诺道，“协会的地址。”

格温达·鲍丁顿那次午餐吃得很是不爽。那顿饭简单而又上品，烹饪得法、服务周到，可是却独缺了她自己的滔滔不绝这种开胃汁。她早已备好了一大套对她自家花园奇迹的歌功颂德，对它那无与伦比的园艺成就的赞美，可是结果呢，光是那奢华的西伯利亚小檗果树篱就把她这个主题的各个方面给堵了个严严实实，而这才不过是埃丽诺那个仙境乐园里种种让人手足无措的因素中一个耀眼的小背景。那些石榴和柠檬树，那个台阶状的喷水池，金光闪闪的鲤鱼在色调华美的鸢尾花的花根间蜿蜒游动，那一垄垄异国情调的花丛，那宝塔般的围栏，日本獾在其间嬉戏取乐，所有这一切都使格温达的胃口全无，也大大挫磨了她谈论园艺的欲望。

“我觉得攀缘普泰拉也没什么大不了的，”她简短地论道，“这也不见得就是英国唯一的一株；我就碰巧知道汉普郡也有一株。如今园艺也真是过了时了；我猜是因为大家都没这个闲工夫了。”

---

① 威尔金森（Norman Wilkinson， 1878—1971），英国海事画家及 LMS（伦敦—内陆—苏格兰）铁路的海报设计师。

总而言之，这称得上埃丽诺最为成功的午宴派对了。

不料，四天之后却发生了一件无法预测的灾难：格温达在午饭时间竟然不请自来并且直接闯进了餐厅。

“我想我必须告诉你我的伊莱恩有一幅水彩素描已经被潜能艺术协会接受；将在他们于哈克尼画廊举办的夏季展览中展出。届时这将是艺术界的一大盛事——老天，你的花园到底出了什么事？它不在了！”

“是那些鼓吹妇女参政的家伙干的好事，”埃丽诺马上接口道，“你竟没有听说？她们冲进来，不出十分钟就把一切都弄了个乱七八糟。因为这场浩劫我心都碎了，所以干脆把整个地方都清除了个干净；我打算日后弄个更漂亮的出来。”

“这才是我所谓的有急智呢。”她事后对男爵夫人道。

方形鸡蛋

(一只獾眼中的泥淖战壕)

在这种壕堑战中一个人确实最像一只獾，就是那种昼伏夜出、披着一身土褐色外皮的生物，不停地挖、掘、侧耳倾听；在极不舒适的环境下尽量使自己保持干净，拼命撕咬，就为了占有那几码蜂窝一样的泥土。

一只獾是怎么看待人生的我们永远不得而知，真是个遗憾，不过就算知道了也不会有任何助益；想知道一个人，哪怕是自己在战壕里是怎么看待人生的都是个难题。议会、税金、社交聚会、经济、支出以及所有文明带来的那一千零一种恐怖感觉上已然遥不可及，就连战争本身也似乎同样遥远，同样不真实。几百码之外，隔着一片阴郁、肮脏的战场以及几片锈蚀的铁丝网，躺着一位已被子弹射穿却仍保持警戒姿势的敌人；对面的战壕里就潜伏着正在观望的敌兵，他们会刺激哪怕最为迟钝的头脑的想象力，他们是曾在老毛奇[1]、布吕歇尔[2]、腓特烈大帝以及伟大的

① （老）毛奇（1800—1891），德国陆军元帅、普鲁士和德国军事家。

② 布吕歇尔（1742—1819），普鲁士陆军元帅。

大选帝侯[①]、华伦斯坦、萨克森的莫里斯[②]、巴巴罗萨[③]、阿尔贝特熊爵爷[④]、狮子亨利[⑤]、萨克森的维特肯德[⑥]麾下作战的勇士的后裔。他们眼下就在那边跟你为敌，人对人枪对枪，在这场也许是现代历史上规模最大的战斗中；然而你对他们的了解又是少之又少。你哪怕有一分一秒的时间忘记了他们的存在都是极不明智的，但你又绝对无法了解他们存在的详情；只能推测他们是在喝热汤、吃香肠还是正饥寒交迫，推测他们是有大量迈根多弗[⑦]的插图读物以及其他通俗小说消遣呢还是累得烦得要死。

相对于对面的敌人或遍及全欧的战事，你想得更多的还是眼下的泥淖，不时就像是干酪吞没一条干酪蛆一样将你吞了的泥淖。你或曾在动物园里见过一头麋鹿或是野牛在没过膝盖的烂泥塘里自得其乐，也或曾想过要是埋在这么个烂泥塘里洗上一小时烂泥澡会是什么感觉。你现在就该知道了。在逼仄的支援壕堑里，当霜冻之上再突然来个解冻和骤雨，当你周围的一切都漆黑一片，你只能靠着稀泥的墙壁摸索着走路，当你为了爬进一个防空壕只能四肢着地在稀得跟汤一样的烂泥里一寸寸地爬，当你身陷在烂泥里，靠着烂泥，用厚厚地裹了层烂泥的手指去抓滑溜溜地裹了层烂泥的物件，当你把眼里的烂泥眨出来，将耳朵里的烂

① 即腓特烈·威廉（1620—1688），勃兰登堡选帝侯。

② 莫里斯（1521—1553），萨克森公爵和选帝侯。

③ 即“红胡子”腓特烈一世（1123—1190），德意志国王、神圣罗马帝国皇帝。

④ 阿尔贝特（Albert the Bear， 1134—1170），勃兰登堡侯爵，鼓吹德国向易北河以东扩张。

⑤ 亨利（Henry the Lion， 1129—1195），萨克森和巴伐利亚公爵。

⑥ 维特肯德（Witekind the Saxon， 769—807），萨克森的末代国王。

⑦ 迈根多弗（Lother Meggendorfer， 1847—1925），德国著名儿童画、插图画家。

泥震出来，用沾满烂泥的牙齿去咬沾满烂泥的饼干时，至少你能够充分地理解在烂泥里打滚——野牛的快乐观真是愈发难以理解了。

在你不想烂泥的时候，十有八九想的就是小咖啡馆[①]。小咖啡馆就是你能在附近大部分小镇和村庄找到的舒适无比的避难所，它们仍旧在没了顶的、废弃了的房子里欣欣向荣，如果必要就草草地修补拼凑一下，顾客仍络绎不绝，不过由士兵替代了原来的平民。小咖啡馆是酒店和咖啡馆的混合体，一角设个小型吧台，摆着几张长桌和几条长凳，有个显眼的灶台，后面通常还藏着个小杂货铺，而且还总有两三个孩子跑来跑去，经常从很不方便的角度撞到你腿上。顺便说一句，战区村子里的小孩至少有一项可观的优势：没人再教他们一定要整洁了。当屋顶的相当一部分已经躺在后院里，当邻居家被铲平了的卧室里的床架已经半埋在甜菜根堆里，在小鸡就安家在食品橱里因为炸弹已经把鸡舍的屋顶和三面墙壁都炸飞的情况下，那句令人生厌的格言"凡事皆应各得其所"也就没办法再坚持下去了。

上述描写当然决不会让人觉得一家乡村酒店，通常就是弹痕累累的街道上的一所弹痕累累的房子，会成为梦想中的天堂，可当你一直就住在透湿的稀泥和透湿的沙袋构成的透湿的荒野里，就是想想小酒店那陈设简单的店堂里滚热的咖啡和普通的酒类[②]，也是一个潮湿泥泞的世界里一点温暖和舒适的享受啊。对于一个战壕—兵营两点一线的士兵而言，酒店就像是东方沙漠驼队的游牧民眼中的客栈。你在一大堆偶然聚在一起的人之间来

---

① 原为法文。
② 原为法文。

去，想不想被人注意都随你；置身跟你一模一样的卡其布军装皮绑腿的人群中，你会像绿色卷心菜叶子上的一条绿色毛虫一样惬意；你可以不受打扰地坐着，一个人也好跟自己的朋友一道也好，要么，如果你愿意多讲讲愿意听点小道消息，你也能很容易地在各色人等各色兵种相互交换或真实或胡诌的经验的圈子里找到这样一个位置。

除了这些沾着泥点的卡其军装一群群你来我往之外，这个区域还流动着些本地的平民、便装的翻译以及身着各色外国军装的散兵游勇，从正规军的士兵到只有这方面的专家才能叫上名字的某中间兵种的鬼才知道的什么角色，自然也散布着那个了不起的专挖人家钱包的冒险大军的代表，他们是不管和平还是战争永不会歇业的，而且遍布地球表面的大部分地区。你无论是在英国、法国还是俄罗斯、君士坦丁堡，都会见到他们的身影；甚至在冰岛都有可能撞上，虽然在这一点上我还没有直接的证据。

有一天，在幸运兔子酒吧，我发现身边坐了个难辨年龄、穿了身莫名其妙制服的人，显然是想将借个火儿当作正式的介绍以及一位银行家的证明。他的活泼中带着些疲惫的印记，临时装出一副友善的神情，像是一只觅食的乌鸦，凭经验知道应当机警，因必须方鼓起勇气；他的鼻子、胡须沉思般萎靡地向下垂着，眼睛鬼鬼祟祟地斜夺拉着，总之，全世界算计人家钱包的主儿的全套装配他一应俱全。

“我是个战争的牺牲品。”寒暄几句他叫喊道。

“不打破鸡蛋就别想做煎蛋。”我回道，因为方圆几十英里内触目皆是荒芜的乡村和毁坏的家园，也难怪缺少同情心了。

“鸡蛋！”他大叫，“可我想谈的恰恰正是鸡蛋。你可曾想过，这优秀的、最有用的鸡蛋——商业和烹调中每天都用到的普通鸡蛋的最大缺点是什么？”

“是它不耐久放吧，”我冒昧地一猜，“不像美利坚合众国那么越是天长日久就越发可敬和自重，一颗鸡蛋也不需要持久；就像你们的路易十五，他每活过一年公众对他的好感就降低一成——除非历史家们完全谎报了他的记录。”

“非也，”这位酒馆里的相识认真地道，“不是能不能久放的问题。是它的形状：圆形。想想它多么容易滚动吧。在桌子上，架子上，柜台上，只要轻轻一碰，它就能滚到地上，毁了。对于穷人对于节俭持家的人来说这是多大的灾难！”

我表示同情地耸了耸肩；当地的鸡蛋每个卖六个苏。

“先生，”他继续道，“这个问题曾经一直在我脑子里琢磨个不停，即对于普通鸡蛋进行经济的变形。在我们那个小村庄托尔多附近的维尔西，它位于达恩湖区，我姑妈有一处小牛奶场和养鸡场，我们靠着它有一份不多的收入。我们并不算穷，不过总得不停地劳作、筹划、节俭才行。有一天我偶然注意到我姑妈的一只母鸡，一只头上长着长毛的乌当鸡下了个不那么圆的蛋；也不能说它就是方的，不过确实形成了几个角。我发现这只鸡总是下这种特殊形状的蛋。这一发现使我茅塞顿开。只要将这些下不太圆的蛋的鸡拢到一起，并只要这些鸡生的小鸡，再继续遴选，总选那些蛋下得最接近方形的鸡，最后，凭着耐心和进取心，你终究能培养出只下方形鸡蛋的品种。”

“经过几百年的时间可能会如愿以偿吧，”我说，“没准需要几千年的时间。”

“放在你们寒冷的北方，那些懒得动的鸡或许会如此，”这位相识不耐烦而且相当气愤地道，“我们这些活泼好动的南方鸡就不同了。你听我说，我不断地搜寻、实验，我把我们附近的养鸡场都摸了个遍，我走遍了周围村镇的各个集市，只要发现下有角的蛋的鸡我就买下来；最终我拥有了一大群下有角蛋的鸡；在她们生的小鸡里面，我只选那些下蛋最不圆的。我坚持不懈地努力。先生，我终于培育出了下的蛋不会滚动的鸡，不管你怎么推它都不会动的蛋。我的实验真是大获成功；这可是现代工业的一个传奇。”

对此我并没有丝毫怀疑，可我没做任何表示。

“我的鸡蛋变得远近闻名，”这位所谓的[①]养鸡场主继续道，“一开始大家当它们新奇的玩意儿搜集。后来禽蛋商和主妇们就开始认识到了它们的实用性，认识到跟普通鸡蛋相比它们的先进和优势所在。我能以高出市场价不小的价格出售我的鸡蛋。我开始赚了。我有专利权。我决不出售一只下方形蛋的鸡，而且每一只流向市场的蛋都经过了细心的‘绝育’，以确保它没办法孵出小鸡来。我眼看就有钱了，会非常有钱。然后这场战争就爆发了，给这么多人带来了苦难。我被迫离开了我的母鸡我的顾客，奔赴前线。我姑妈照常维持生意，出售方形鸡蛋，出售我一手发明创造和完善的鸡蛋，利润全归了她；你能想象吗，她得了那么多，竟然连一生丁都不肯给我！她说照看鸡的是她，付钱买饲料的是她，把蛋送到市场上的也是她，赚的钱当然该归她。在法律上讲这些当然都该是我的；我但凡有钱打得起官司，就能得到自战争开始以来所有卖鸡蛋赚的钱，该有上万法郎呢。打官司只需要一点钱；我有位律师朋友肯为我便宜地料理官司。倒霉的是我连这点钱也不凑手；还需要大约八十法郎。唉！这可是战时。借钱哪那么容易啊。”

---

① 原为法文。

我可是总是认为这是个在战时尤其会得到放任的习惯，也就这么说了。

“大规模的；没错，可我说的只是小事一桩。商定一笔数百万的借款反倒比八九十法郎的小叮当更容易。”

这位未来的金融家紧张地踌躇了一会儿。然后他又以一种更加推心置腹的语调开始了。

“我听说，你们英国兵当中有些人是颇有点私人财物的：难道不是吗？也许你的同志中会有人愿意预支给我一笔小款子——也许就是你本人呢——这可是桩十拿九稳有利可图的投资，很快就能得到回报——”

“要是能请下几天的假来，我会到托尔多附近的维尔西去调查一下那个出品方形鸡蛋的养鸡场，”我严肃地道，“并询问一下当地的禽蛋商对这一生意的现状和前景有何看法。”

这位酒馆的相识几乎察觉不到地耸了耸肩，在座位上挪了挪屁股，开始心神不宁地卷一支香烟。他对我的兴趣已经突然间烟消云散，不过为了不至于太露骨，他还得给他费尽心机开始的谈话预备个草草的收场。

“啊，这么说来你想去托尔多附近的维尔西调查一下我们的养鸡场。那么要是你发现我跟你讲的方形鸡蛋确属事实的话，先生，你又会如何呢？”

“我就会娶令姑母。”

节日庆典

罗马野史摭趣

时值罗马历法的吉日，是为天赋异禀、备受欢迎的年轻皇帝普拉希多斯·斯尤普巴斯[①]之诞辰。罗马的每个人都决意要尽兴欢庆一番，天公也来作美，风和日丽，皇家大竞技场里自然挤了个水泄不通。庆典开始前几分钟，一阵高音喇叭宣告了皇帝陛下的驾临，随即在群众的喧嚷欢呼声中于皇家包厢的专座上就座。当众人的喊叫停歇之后，不远处即传来更加令人悚然的问候，那是皇家兽园关在笼子里的野兽不耐烦的咆哮和嚎叫。

“给朕讲讲庆典的节目。”皇帝将庆典的总管召到身边命令道。

这位显要的重臣看来却一脑门子的官司。

“荣耀的恺撒，”他宣告道，“我们已经设计准备了一组最壮观最有趣的节目祈请陛下恩准。首先是极为出色极有趣味性的战车竞赛；由迄今未尝败绩的三组战车竞争赫库兰尼姆[②]奖杯，外加陛下额外慷慨恩赐的奖金。各组获胜的机会几乎不相上下，

① 这位皇帝的姓“Superbus”意为“超级巴士”。跟《野猪》里的那头野猪同姓。

② 为意大利坎帕尼亚区古城，古代传说曾将其与希腊英雄赫拉克勒斯联系在一起。

公众亦为此下了大笔赌注。黑色的色雷斯人或许最被看好——”

“知道了，知道了，”皇帝打断了他的话头，整个早上他听到的就是这个话题，“还有些什么节目啊？”

“节目的第二部分，”总管道，“由盛大的野兽格斗组成，都是经特别遴选，最有实力最凶残最善斗的野兽。竞技场上将同时出现十四头努比亚雄狮和雌狮、五头老虎、六头叙利亚熊、八头波斯黑豹和三头北非豹，还有来自条顿森林的数头野狼和猞猁以及同一地区的七头巨大的野牛。还将有凶蛮无比的野猪、一头来自巴巴里海岸①的犀牛、几只凶残的人猿和一只以疯狂著称的土狼。”

“听来大有看头。”皇帝道。

“原本大有看头的，哦，恺撒，”总管愁眉苦脸地道，“原本是无与伦比的；可是在计划和实际履行之间出现了一朵乌云。”

“乌云？哪来的乌云？”皇帝问道，眉头一皱。

“是那帮主张妇女参政权的女人，”总管解释道，“她们威胁要干扰赛车竞技。”

“我倒要看看她们敢不敢！”皇帝恼怒地叫道。

“恐怕陛下的这个愿望会不幸成为现实，”庆典总管道，“我们当然已采取了所有可能的防范措施，所有通往竞技场的入口和马厩都配备了三倍的警力守卫；可是传闻一旦战车入场的信号响起，就会有五百名妇女从公共坐席上缘绳索降入场地，将赛道堵塞。若果真如此，自然也就没办法进行比赛了；节目就给毁了。”

---

① 埃及以西的北非沿海地带。

“朕的生日大典，”普拉希多斯·斯尤普巴斯道，“他们没胆量做出这等出格的事来。”

“场合愈是庄严，她们就愈发渴望在其中展示她们自己以及她们的目标，”那位烦不胜烦的重臣道，“即便是神庙的仪式，她们也会毫不踌躇地制造暴力冲突。”

“这些女人到底是什么人？”皇帝问道，“自打我从潘诺尼亚①的巡幸中归来，耳朵里灌的全是她们的放肆和示威，就没别的了。”

“她们是新近出现的一个政治派别，目标似乎是抢夺不小的政治份额。她们试图使我们相信她们有能力参与制定和执行律法的途径包括疯狂地制造骚乱、破坏以及挑战所有的权威。她们已经毁掉了几处最具历史价值的公共珍宝，这都是无法替代的损失。”

“这个我们如此尊崇如此倾慕的性别怎么会生出这么个恐怖部落来？”皇帝问道。

“一个性别里总归是鱼龙混杂，”庆典总管道，他倒是世事洞明得很，“而且，”他继续焦虑地道，“要搅乱一次节日庆典在她们可是举手之劳。”

“也许你担心的这场骚乱只不过是图一时口舌之快的威胁。”皇帝安慰道。

“可如果她们果真付诸行动，”总管道，“那整个节目就全给毁了。”

皇帝沉吟不语。

五分钟后，宣告娱乐表演开始的喇叭吹响。观众席整个涌起

① 位于欧洲中部的一个古罗马省，包括现在匈牙利西部和南斯拉夫北部。

一阵兴奋的嗡鸣，为这次盛大赛会押赌的最后赌注也匆忙地喊了出来。通往马厩的几扇大门正缓缓地开启，一队骑着马的服务人员绕赛道一周，确保赛车路线的通畅。喇叭声再次响起，正在这时，还没等战车出现，突然涌起一阵呼喊、狂笑、愤怒的抗议以及挑衅的尖叫组成的狂热骚乱。几百名妇女已在她们同伙的帮助下降到了竞技场内。转眼间她们就结成狂热的队伍，在本应比赛战车的赛道上奔跑、舞动。在竞技场里训练出来的赛马何曾见识过这等狂乱的阵势；竞赛是无论如何不可能举行了。观众席上涌起失望与愤怒的嚎叫，占据了控制权的妇女则和之以胜利的嚎叫。竞技场内的服务人员徒然地想把这个入侵的部落驱逐出去，结果只平添了喧嚣和混乱；这些争取妇女参政权的女人刚被赶出赛道的这头，马上又会拥往另一头。

庆典总管几乎在羞愤交加之下晕倒在地。普拉希多斯·斯尤普巴斯却仍旧波澜不惊，他把总管召过去耳语了几句。这位备受磨难的重臣头一次露出了笑脸。

皇家包厢里传出一阵喇叭声；骚动的人群马上安静下来。也许皇帝在不得已之下将向这些争取妇女参政的女人宣布某种让步措施。

“关闭马厩的各个大门，”庆典总管分布命令，“打开所有兽穴的出口。陛下希望将庆典的第二部分挪到头场。”

事实证明庆典总管丝毫未曾夸大这部分奇观的精彩程度。野牛当真够野，土狼也果然丝毫不负其疯狂之名。

译后记

萨基（Saki，1870—1916）被誉为英国最著名的短篇小说家。准确地说他其实应该算是苏格兰作家，不过却生在缅甸的阿恰布，父亲是缅甸警察局的总督察。他原名赫克托·休·芒罗（Hector Hugh Munro），“萨基”是他写作专栏和短篇小说用的笔名。关于这个笔名的来历有雅俗两种说法，雅的据说取自古波斯大诗人欧玛尔·海亚姆的《鲁拜集》，集中有些部分就是写给“萨基”的，其波斯语的意思是“侍酒人”；俗的说法认为这个笔名取自一只同名的南美猴子，不禁让人联想到《格罗比·林顿的改造》中的中心角色：“一只来自西半球的小长尾猴”，本性中既有温柔的羞涩又不乏恶毒的脾性。

萨基是三个孩子中的老幺，年方两岁母亲就被一头受惊的母牛生生踩死。他从小体弱多病，论起来兄长查尔斯和姐姐埃塞尔都算不得硬朗，他们的家庭医生甚至宣称这三个孩子恐怕都养不大。我们记得《斯莱德尼·瓦斯塔尔》中年方十岁的小男孩康拉丁就被一个“既圆滑又无能的”医生宣称活不过五年，想来小赫克托对此一定跟康拉丁一样心存芥蒂。母亲去世后，父亲把三个孩子留给奶奶和两位姑母照料，一个人去缅甸当差。两位姑母生性古板刻薄，体弱多病又极度敏感的赫克托想来肯定遭了不少罪。我们可以在他的小说中读到无数愚蠢、刻板和专横的姑母形象，自然就是他的“挟私报复”，据说《斯莱德尼·瓦斯塔尔》中那位心胸狭窄的德·洛普太太就直接取自他姑母的形象，他竟然安排她在雪貂的爪子下自取灭亡。

赫克托因为体弱连就学都给耽误了，很长时间都由家庭教师施教。三个孩子在三个古板女人的刻板照顾之下过着几乎与世隔绝的生活，很少能碰到同龄的其他孩子。他们翘首以盼的不过是舅舅每一年一次的来访以及父亲四年一次（！）的探亲假。他十二岁那年祖母去世，也就在那年才进入埃克斯茅斯的一所私立学校就读，三年后转入贝德福德文法学校。父亲在他年满十六那年退休，不论是父亲还是三个孩子总算享到了点天伦之乐。接下来的几年间，他们随同父亲在欧洲大陆旅行了不少地方。

一八九三年，萨基步父亲后尘远去缅甸就任父亲为他安排的军警之职。他虽一直病病怏怏，竟然颇为享受他的缅甸岁月，他饶有兴致地研究当地大为不同的动物群落，甚至还养过一头小老虎，他在英国就有了收集鸟蛋的嗜好，正好可以继续下去。这一嗜好在《禁鸶》中可见一斑。可是第二年他就发了异常严重的疟疾，只得返回英国。萨基在缅甸总共待了十三个月。

萨基于一八九六年来到伦敦，开始为《威斯敏斯特报》撰写政治讽刺文章，这些文章由著名漫画家弗朗西斯·古尔德爵士配以精彩插图，并特意借用诸多大家熟悉的形象借题发挥，比如《爱丽斯漫游奇境记》的角色，这些文章一九〇二年结集出版时即以《威斯敏斯特的爱丽斯》为题。萨基出版的第一本著作是《俄罗斯帝国之兴起》(1900)，这是他师法吉本的历史—文学名著《罗马帝国衰亡史》撰著的一本严肃的历史研究著作，可惜当时并未受到多少好评。萨基此后也再未进行过类似尝试。自一九〇二年始，萨基任《晨邮报》驻外记者，先后驻巴尔干、圣彼得堡和巴黎等地。一九〇八年萨基定居伦敦莫蒂迈尔街九十七号，并在萨里的山区买了一幢度假小屋，继续为《晨邮报》、《旁观者》、《威斯敏斯特报》和《每日快报》撰稿。

一九一四年第一次世界大战爆发后，早已超龄的萨基拒绝接受数次军官的任命，以普通士兵的身份参军。按他自己的说法，他在没有战斗经验之前无法期望士兵能随他冲锋陷阵。他在战争期间一直坚持写作，一九一六年九月被擢升为代理中士的下士。一九一六年十月十三日，萨基在法国博蒙-阿梅尔附近被一位德军狙击手射中，据说他最后的遗言是："把那支该死的香烟灭掉！"萨基的姐姐在他死后毁掉了他的大部分文稿，从她的角度重新描述了他们的童年时光。

萨基的文学成就主要是他的短篇小说，他先后出版了短篇小说集《雷金纳德》（1904，收十五个短篇）、《雷金纳德在俄罗斯》（1910，收十五个短篇）、《克劳维斯编年史》（1911，收二十八个短篇）、《野兽与超级野兽》（1914，收三十六个短篇）《和平玩具》（1916，收三十三个短篇）以及《方形鸡蛋》（1924，收八个短篇）共六部短篇集。这本《萨基短篇小说选》从这六个集子中共选了六十七篇，大约正是其中的半数。除了最享盛誉的短篇小说之外，萨基还著有两部长篇，分别为《无法容忍的巴辛顿》（1912）以及《当威廉到来之时：霍恩索伦王族控制下的伦敦》（1914）。前者描写的是一位生性挑剔、可爱却无法适应环境的主人公的种种际遇，在某种意义上预示了后辈作家伊夫林·沃早期作品的主题；后者描述了如果德国皇帝统治了英格兰会是一种什么情形。此外萨基还著有五个剧本。

萨基的早年经历与其后辈作家乔治·奥威尔简直如出一辙，或者应该反过来说才更合适，毕竟萨基是奥威尔的前辈。奥威尔也是从小难得见到供职于印度殖民地的父亲一面，虽还有母亲陪伴，也是个体弱多病、孤独敏感的小男孩。而且奥威尔在伊顿公学毕业后竟然也放着大学不读，决定步父亲后尘到缅甸担任军警。可他的缅甸岁月显然没有萨基般惬意，反而给他留下颇为深刻的精神创伤，使他认识到阶级、种族的残酷，直接导致他迹近自虐的精神状况。论起萨基幼年的精神创伤，则无疑就是姑母的苛待。他缺少正常的母爱，父亲的形象又几乎全付阙如，终于导致他成为同性恋者。他后来曾与小他十六岁的诗人、小说家西格弗里德·萨松出双入对，而且据说他在缅甸和伦敦的居处均蓄有“侍童”。说到性取向问题，他前辈后辈的作家中与他有同好者所在多矣，本无可厚非，而且反而更会强化他们对伪善的社会规则和习俗的敏感，不过具体到萨基，除了使他讽刺爱德华时代（1901—1910）社交界的锋芒更加尖锐之外，他的性取向以及他对姑母的不喜亦使他的某些作品带上了“厌女狂”的症状。比如，他几乎一得到机会就会刺当时那些争取女性投票权的女人一下，《“易怒者”赫尔曼——“大悲恸”的故事》以及《节日庆典》则直接拿她们“开涮”。

萨基短篇小说中最引人注目的人物形象当然就是两个串场人物：雷金纳德和克劳维斯，其实两者可以视作一人——他们正是愚蠢、古板、刻薄的姑母形象的反面：“堕落”却不邪恶，满嘴绚烂多彩的怪话和模棱两可的悖论，可以睥睨一切唯独外表马虎不得，像极了那位唯美主义大师奥斯卡·王尔德。比如开篇的《雷金纳德》：在这位活宝几乎把所有人都得罪光之后，“我”能将其劝走的最后一张牌即是提醒他提防潮气毁了他“右边眉毛上那精心弯转的发鬈”。再如，克劳维斯在《帕克尔泰德太太打虎》中就直接显摆“我的身材可是跟俄罗斯芭蕾舞团的小伙子一般完美”。萨基当然是把自己的一大部分授予了这两个角色，特别是克劳维斯，他赖以确立其文名的众多“警句”和“悖论”（paradox）也大多出自这两个人物之口。最早的短篇集《雷金纳德》中有好多篇甚至干脆就是雷金纳德就诸多话题发表的“评论”。我们在阅读萨基小说时的大部分乐趣也端赖这两个人物简直令人眼花缭乱的信口雌黄与貌似无辜的插科打诨。譬如《寻子记》中那毫无心肝的故意打岔：“她竟然纵容自己自私地沉溺于年轻母亲的丧子之痛，全然无视克劳维斯对芦笋酱汁的焦心。”借用王尔德《道连·葛雷的画像》中的说法：“既像玩杂耍，又像变戏法；刚刚让它滑过去，随即又把它抓回来；忽而用想象的虹彩把它点缀得五色缤纷，忽而又给它插上悖论的翅膀任其翱翔。”

萨基短篇小说中的女性形象当然并不限于可恶的姑母，“正面的”起码可以举出两类，一是冷静自持、敢做敢当的少女，如好几个短篇中那个不知是否一人的“薇拉”，用他小说中的评论就是“浪漫传奇随口就来可是她的专长”。再就是富于幽默感，同样敢做敢当的几个贵妇形象，最突出的当属《沙茨-梅特克拉姆教学法》中的卡洛塔女勋爵——她们其实就是女版的雷金纳德和克劳维斯。

除了讽刺伦敦和乡居圈子里社交界的浮华与无聊之外，萨基的短篇小说还有诸多方面的主题，即以本书选入的作品为例略举一二：如具有浓厚异教色彩的作品《加布里埃尔-厄内斯特》、《山上的乐声》等，其中野狼化身的俊美、邪恶少年以及潘神化身的笑声“灿若金石又含混莫测”的黝黑英俊少年自然有作者性意识的投射；再如前面已经提及的《斯莱德尼·瓦斯塔尔》，则是对作者童年伤痛的惨淡一瞥。

萨基的小说中的人物虽像极了那位唯美主义的悖论大师，可他的小说的基调或者说总体感觉并不会跟王尔德的作品混淆。他的基调其实是“冷嘲”：他更加自持，更加无情，更加含而不露。他的克劳维斯虽“臭美”得要命，可透过作品你会发现萨基本人在对社会和他人进行无情的冷嘲的同时也并没有太把自己当回事。他的小说“真实到足够有趣又不会真实得令人生厌”（《圣韦斯帕鲁斯的故事》），虽可以当作笔墨游戏于茶余饭后消闲解闷，可他却从不会哗众取宠、粉饰太平——他丝毫无意为所谓爱德华时代的生活方式辩护，他的冷嘲有时真会如匕首投枪般力透纸背，比如《拉普洛什卡的灵魂》、《托比莫利》、《预警》、《“马品式”人生》等诸篇。诚如他的后辈作家V. S. 普里切特所言：“萨基写起来就像个仇敌。社会已经使他厌烦到几乎想杀人的程度。一两声响亮的嘲笑不过是恐惧的嘶喊的替代物。”古人讲“长歌当哭”，萨基不过是“长笑当哭”罢了。

冯涛

二〇〇五年岁末

二〇一七年年中修订

图书在版编目(CIP)数据

萨基短篇小说选/(英)萨基(Saki)著;冯涛译. —上海:上海译文出版社,2019.12 (2023.12 重印)
书名原文:Saki:Selected Stories
ISBN 978-7-5327-8116-4

Ⅰ.①萨… Ⅱ.①萨…②冯… Ⅲ.①短篇小说—小说集—英国—近代 Ⅳ.①I561.44

中国版本图书馆 CIP 数据核字(2019)第 237889 号

SAKI
SELECTED STORIES
根据 Penguin Classics 2000 年版
The Complete Short Stories 译出
插图选自 New York Review of Books 2013 年版
The Unrest-Cure and Other Stories

译文版插图珍藏本世界文学名著
总策划/冯涛
技术总监/朱奇 设计总监/张志全

萨基短篇小说选
[英]萨基/著 冯涛/译 [美]爱德华·戈里/插图
责任编辑/顾真 装帧设计/张志全工作室

上海译文出版社有限公司出版、发行
网址:www.yiwen.com.cn
201101 上海市闵行区号景路 159 弄 B 座
上海雅昌艺术印刷有限公司印刷

开本 889×1194 1/32 印张 14 插页 8 字数 208,000
2019 年 12 月第 1 版 2023 年 12 月第 4 次印刷
印数:9,001-11,000 册

ISBN 978-7-5327-8116-4/I·4990
定价:168.00 元